狭衣物語 文《あや》の空間

井上眞弓　乾　澄子
鈴木泰恵　萩野敦子
【編】

翰林書房

狭衣物語　文の空間◎目次

はしがき…　4

【特別寄稿論文】

『狭衣物語』――物語文学への屍体愛＝モノローグの物語……神田　龍身　9
『源氏物語歌合』の特質――中世初期における『源氏物語』享受の一様相……渡邉裕美子　47
『風に紅葉』における〈精進落とし〉の記事をめぐっての断章
――『源氏物語』の摂取の新たな技……大倉比呂志　78

Ｉ　『狭衣物語』の〈文〉

京師三条邸という空白――『狭衣物語』空間の文を考える……井上　眞弓　95
『狭衣物語』の「ふところ」――もうひとつの〈空間〉……高橋　裕樹　117
飛鳥井女君物語の〈文目〉をなす脇役たち……千野　裕子　133
『狭衣物語』の堀川大殿と嵯峨院――『うつほ物語』享受という〈文〉――……勝亦　志織　156
〈あや〉なき物語を支える〈文〉としての〈歌物語的方法〉
――『伊勢物語』から『狭衣物語』へ……萩野　敦子　175

Ⅱ　『狭衣物語』の〈文〉を文える和歌・歌ことば

女君の詠歌をめぐって――『狭衣物語』贈答歌の〈文〉……乾　澄子　199
狭衣の〈恋の煙〉――『狭衣物語』における「煙」の表象をめぐって……井上新子　223
飛鳥井の女君「渡らなむ水増さりなば」をめぐって――水・涙表現の〈文〉をたどる……三村友希　245
『狭衣物語』飛鳥井遺詠の異文表現――「底の水屑」と「底の藻屑」から紡がれる世界……野村倫子　267
「虫の声々、野もせの心地」の遠景――『狭衣物語』における引用とその享受……須藤　圭　292

Ⅲ　『浜松』『寝覚』『とりかへばや』の〈文〉

『浜松中納言物語』恋の文模様――唐后転生へのしらけたまなざしから……鈴木泰恵　315
『夜の寝覚』における前斎宮の役割――父入道の同母妹として……本橋裕美　336
『とりかへばや』の女君・宰相中将と宇治の若者――親子関係の〈文〉……伊達　舞　358
『とりかへばや』の宰相中将の恋――過剰な「ことばの〈文〉」の空間……片山ふゆき　380

＊

あとがき…　402　英文題目…　405　執筆者紹介…　406

はしがき

本書は「さごろものがたり　あやのくうかん」と読みます。「文《あや》」といえば、まずは織物の経糸と緯糸の織りなす綾目のことでもあり、テクスチャー、フィギュア、レトリック等をさす時に用いられることばとして知られております。文学というわたくしどもが関わる領域では、ことばの構築による言語空間の有様を思い描いていただけるでしょうか。そもそも文は、人間の手が入ったものや作為行為を示す折にも用いられ、広く人工のものをさし示す時に用いられことばです。自然と寄り添いながら（平安時代ではという限定項をいれておきますが）、そこに手を加えて虚構空間をたちあげ、人間とは何者かを追究している文学も、まさにそうした創作営為であり、「文」をなすもののひとつです。文学とは何かという根本的な命題を内包させて言語空間について考究してみたいという研究会員合意のもと、本書を制作いたしました。趣旨にご賛同いただいた神田龍身氏、渡邉裕美子氏、大倉比呂志氏にそれぞれご論考をお寄せいただきましたこと、厚くお礼申し上げます。

現代は、ナノという極小単位の存在や宇宙空間には制限があるのかないのか、という議論にも象徴されるように、空間を捉える身体感覚はヴァーチャルなそれを含めて扱うことを前提としております。しかしながら、肉眼では見えないものを捉えるという意味では平安時代から既に文学ではそのような抽象的な空間の捉え方をしなかったわけではありません。目に見えないものはもちろんのこと、目に見えるものも目に見えたままのものであるというわけもなく、ことばに委ねられ、ことばで構築された言語空間がそこにひろがっています。先行研究に支えられて、現代という時代を透かして見えてくる移行期の文学としての平安後期以降の文学をわたくしどもはかねてより研究の対象としてまいりました。その成果は前書『狭衣物語　空間／移動』、前々書『狭衣物語が拓く言語文化の世界』として、刊行の機会をいただいております。

今回は、その成果を踏まえつつ平安後期という時代を映した言語空間とはどのようなものなのか、平安後期物語と他の作品とを交差させた折に見いだせる問題について、各々の論者が自身の研究を改めて見直し、さらに他の研究会員との議論の場のなかで読むことを意識化させ、問題提起を繰り返すことが行われました。結果として、今回の論集では、平安後期以降の作り物語の言語空間をフィールドとして、物語における虚構化の機構や登場人物間の関係性、先行作品の享受をめぐって見いだせる交差の文。頻出する異文・異本の交点で見える物語風景、語りのことばと和歌や歌ことばとの関係等、何かと交わり造られることばの空間性にかなりの稿者の注目が集まりました。また、平安時代の物語へとまなざしを広げた時に見いだせることばによって構築される「造られた空間」の問題や表面的には見えないが、たどると見えてくる社会や世の中の入り組んだ仕組みへのまなざしから文を捉える、ことばを支える文化的な背景などの論考も寄せられております。

また、ご寄稿いただいた三人の方からの問いかけも、これからわたくしどもが多角的に平安後期以降の文学を考究する手立てとしてそれぞれ頂戴いたしました。

ことばによって紡ぎ出された言語空間の多様さを改めて認識しつつ、現代人にも新鮮で興味深い読みを提示することができたかどうか、心許ないところは多々ございますが、本書が文学を考究し議論を共有できる場のひとつになれば幸甚です。

平成二六年三月　桜の開花予想を聞きながら

狭衣物語研究会
井上　眞弓

特別寄稿論文

『狭衣物語』――物語文学への屍体愛《ネクロフィリー》＝モノローグの物語

神田龍身

一　独詠歌の場面

『狭衣物語』は、「独詠歌」を要にすえた場面を物語構成上の基本単位とする。物語の冒頭をはじめとして、四季折々の景を背景に、悩み苦しむ狭衣の姿を配す場面が、手をかえ品をかえ繰りだされる。もちろん、贈答歌もあるが、あらかた女からの返しはなく、狭衣の一方通行で終始する。女からの応答がないという絶望を生きることに狭衣は淫している。狭衣は苦い現実の前に一人佇まざるを得ない。物語は狭衣と多くの女たちとの交渉を語るも、「今・ここ」でのコミュニケーション不能の索漠とした「モノローグ」世界としてそれはある。

　幼くより兄妹として育った源氏の宮に、狭衣は恋をうちあけるも、源氏の宮は震えるのみであった。かくして二人は少年・少女として何心もなく過ごした黄金時代から永久追放されることになり、それは、「少年の春は惜しめども留らぬものなりければ、三月も半ば過ぎぬ」（一・一七。引用は小町谷照彦・後藤祥子両氏校注の新編日本古典文学全集『狭衣物語』1（巻一・二）・2（巻三・四）による。数字は巻数と頁を表す。以下同じ）として物語が始まる所以である。春から夏へという季節の推移と、狭衣の大人への成長という人生の時間とが巧みに重ねあわされおり、時の過酷な流れを詠嘆する主人公像が定位されている。源氏の宮への恋の告白場面の次に、もう一つ天稚御子降臨事件がおかれている。狭衣は天稚御子とともに昇天し、夭折したならば、その少年性を永遠化することができたはずだが、それもかなわずに源氏の宮と大人の関係に入ることもできない。少年性に固執する狭衣は、最初から大人になる気はなく、成長することを恐怖しつつも、この世に生きつづけざるを得ない。

狭衣に降嫁の話があった女二の宮に対して、狭衣は源氏の宮を思慕するゆえに当初気乗り薄だったが、ふとした偶然から結ばれて、子までなしてしまう。しかし、狭衣はなぜかこの関係をひた隠しにし、引き受けようとしない。女二の宮母大宮は娘の不祥事による心労のために亡くなり、女二の宮も事態を傍観するだけの狭衣を冷酷な男として見限り、尼姿となる。飛鳥井女君とも、互いに名乗らぬ関係を続け、結局のところ飛鳥井は狭衣の前から忽然と姿を消す。式部大夫道成に西国へと連れ去られてしまうのであり、途中飛鳥井は入水を企てる。

『狭衣物語』は「後悔」「回想」の文学であるといわれる。源氏の宮に恋を打ち明けたことで、何心もなく過ごした少年期から永久追放されたことを、天稚御子とともに昇天しなかったことを、女二の宮をみすみす尼にしてしまったことを、飛鳥井女君の運命を傍観したことを、さらには曖昧な態度をとったがために一品の宮と不本意な結婚をせざる得なくなったことを……、すべてが女たちと心の交流を果たせなかったことの後悔の連続である。とはいえ、かくかくしかじかのことがあって、このような悲惨な結末になったのではない。彼が頻りに後悔しようとも、ここにあるのは後悔のための後悔、回想のための回想であり、すべては狭衣の望むような結果という外はない。後悔することを糧として、自己陶酔する倒錯的主人公像、それが狭衣である。

確かに彼は女たちとの心の交流を真から望んでいたのではない。もし仮に女たちからしかるべき応答があったならば、彼は怯え、尻込みするだけのことだろう。女二の宮のみならず、飛鳥井や源氏の宮、さらには一品の宮の件にしても、すべては解決可能な女性関係であった。源氏の宮とは幼くより兄妹として育てられたため、両親は彼女との結婚をゆるしてくれないと狭衣はいう。だが、はたしてそうなのか。狭衣は勝手に兄妹の恋というタブーを捏造しているだけのことである。また女二の宮との結婚を、その母大宮が反対していると狭衣はいうが、それは女二の宮との関係を引き受けないための口実にすぎない。また飛鳥井女君の件でも、狭衣が自身の身分を明かせば、かかる悲惨な結末をまねくことはなかったであろう。彼には女たちの言葉やその生き方を正面から受けとめる気などさらさらなく、懊悩する自身の姿に陶酔しているだけなのであった。

二　モノローグ的人間関係

モノローグの物語、それは狭衣個人の問題にとどまらない。物語の構造すべてが狭衣のかかる孤独な心象を現前させるべく一義的に機能しており、その意味ですぐれてモノローグ的である。

狭衣の独詠歌する場面を俎上にのせたが、そもそもそれはどのような言葉で構成されているか。例えば、「少年の春は」（一・一七～一八）という冒頭では、晩春の夕方、咲きほこる藤と山吹の花を狭衣が一枝ずつ手折って源氏の宮の部屋に持参させたところ、とりわけ山吹を選んだ源氏の宮の美しさをみるにつけて、狭衣の絶望が吐露される。「くちなし」色の山吹が忍ぶ恋を意味することをふまえての、「いかにせん言はぬ色なる花なれば心の中を知る人はなし」（一・一八）という狭衣の独詠歌は、「と思ひ続けられたまへど、げにぞ知る人なかりける」（同上）と受けられることで、狭衣の心中思惟の言葉であるとともに、悩み苦しむ狭衣像が客体として定位される。

諸注釈書の指摘があるように、「少年の春は惜しめども」は、『和漢朗詠集』所収の「燭ヲ背ケテハ共ニ憐レム深夜ノ月　花ヲ踏ンデハ同ジク惜シム少年ノ春」（『白氏文集』）を典拠とし、池の中島については、「中島の藤は、松にとのみ思ひ顔に咲きかかりて、山ほととぎす待ち顔なり」とあって、「夏にこそ咲きかかりけれ藤の花松にとのみも思ひけるかな」(『拾遺集』)、「我が宿の池の藤波咲きにけり山ほととぎすいつか来鳴かむ」(『古今集』夏、よみ人知らず)等がふまえられている。「池の汀の八重山吹は、井手のわたりにやと見えたり。光源氏、身も投げつべし、とのたまひけんも、かくやなど、独り見たまふも飽かねば……」という箇所については、「かはづなく井手の山吹散りにけり花の盛りにあはましものを」(『古今集』)、さらに『源氏物語』「胡蝶」「若菜」巻からの引用もある。

多くの典拠関係を検証しつつ、この場面をいかに多義的・多声的・重層的に解釈するかに研究史のすべてはかけられている。しかし、ここでの言葉ははたしてそのようなものなのであろうか。というのも、ここには、プレ・テクストとの、ずれ・いなし・揶揄・反転・批評・否定……の対話関係がなく、多義的な解釈の可能性など望むべくもないからである。あえていえば、プレ・テクストを肯定する引用ということになるが、しかし、肯定といっても、この場面に重層的な奥行きが付与されているのでもない。

「少年の春は……」は、同じく六条斎院宣旨作『玉藻に遊ぶ権大納言』の冒頭が「親はありくとさいなめど」という催馬楽からの引用という新機軸をうちだしたように、和歌ではなく、漢詩句による起筆という目新しさをねらったものだが、「少年」という漢語使用に斬新な味わいはあるものの、それ以上のものはない。光源氏の例にしても、「胡蝶」や「若菜 上」巻からの引用だが、だからどうだというのであろうか。そもそも、「光源氏、身も投げつべし、とのたまひけん」の「若菜」巻当該箇所では、源氏と朧月夜との久方ぶりの逢瀬が語られていて、そこでは『伊勢物語』四・五段や平仲墨塗説話が引用されることで、いかにご当人たちが昔の青春時代に回帰したかの気分で盛り上がっていようとも、客観的には厚化粧の中年カップルの恋以外でないことを暴露するという効果をうんでいる。

しかし、『狭衣物語』にあっては、プレ・テクストとの対話関係はみられない。狭衣が独詠するこの場面は確かに美しくはあるが、賑々しい装飾過多の空虚な引用、ないしは引用のための過剰引用という外なく、ここにあるのは言葉に対するフェティシズム、あるいは屍体嗜好愛とでも評すべきものである。『狭衣物語』の文体をして、しばしば美文とか評されるが、その実態とは以上のようなものなのであった。

この物語に布置されている人間関係にも留意したい。登場人物はそれなりに多い。しかし、彼らの担っている役割はいたって単純である。例えば、女二の宮と狭衣との逢瀬は、女房等の手引きによるのでない。狭衣がふとした偶然から女二の宮と勝手に契りを結んだのであり、二人の出逢いには他の誰も関与していない。女二の宮の周囲には多くの女たちが配され、そこには狭衣も懇意にしている女房もいるが、彼らはいったい何のためにいるのか。他の女君物語でも同様であり、飛鳥井女君・一品の宮物語にしても、多くの取り巻きたちがいるが、ここでもかかる周囲はすべて蚊帳の外にあり、物語は結局のところ狭衣と女君との直截交渉しか語っておらない。

女二の宮物語の悲劇的結末は、女二の宮と狭衣とが深い関係になったことを、周りが知り得なかったことによるが、それはどのように論理化されているのか。母大宮は娘の相手が誰と解らなかったが、当の女二の宮は相手を知らないはずもなく、今姫君の母代のように大宮がその旨を娘に問いただせば、狭衣との縁談話が進行中だったこともあり、その時万事解決だったはずである。しかし、異様なことに大宮と女二の宮の間にはなんの会話もないとされる。大宮は娘の懐妊を知り、乳母出雲や大和と相談して、自身の出産として公表するにいたるが、娘の腹の子が狭衣であることを知っていたならば、このようなことにはならなかったはずである。また狭衣と意を通じている中納言典侍は狭衣と女二の宮との関係にいち早く気づいたにもかかわらず、なぜかそのことを大宮に報告しようとしない。典侍は狭衣の乳母大弐の妹であるとしても、大宮の所にも昔から親しく仕えていたはずではないか。

そして典侍も狭衣も女二の宮の懐妊を知らされずにいたために、大宮が男御子を出産したとばかりに思いこんでいる。女二の宮と大宮、大宮・出雲・大和と中納言典侍、典侍と狭衣……というように、狭衣と女二の宮という当人同士の関係のみならず、その周辺の人間関係もすぐれてモノローグ的である。そして、大宮側が娘の相手が狭衣であること、狭衣側が女二の宮が出産したことを知った時は、時既に遅きにいたっていた。女二の宮と深い仲になっていたにもかかわらず、結婚を引き受けないという狭衣の煮え切らぬ人間像を浮き彫りにするために調整された人間関係しかここにはないのである。

飛鳥井女君物語でも、女君と乳母との間に心の交流があったならば、どういう結果になったか。乳母にしても、通ってくる男が狭衣だと知っていたならば、まさか道成に女君を託すことはなかったであろう。また道成の弟道季は、狭衣の供人として飛鳥井女君通いに同行していたのであり、となると、なぜ道成と道季との間に情報の共有がなかったのか釈然としない。道成としても、西国下向に同道させようとする女が狭衣の恋人であることを知っていたならば、こんなことはしなかったはずである。ここでも、狭衣と女君という当人同士のみならず、周囲に張り巡らされている人間関係もコミュニケーション不在のものとしてある。

故式部卿宮姫君物語は、狭衣にとって唯一幸福な結末を迎えた恋物語ではあるが、これまたすぐれてモノローグ的である。一見したところ、この物語は重厚な作りになっているがごときである。姫君の周辺には兄宰相中将やその母式部卿宮北の方が配され、さらに東宮と姫君との縁談話も進められている。狭衣は姫君の件で宰相中将と交渉し、ライヴァル東宮の出方をうかがい、さらに姫君当人ではなく、その母北の方にまずは心惹かれる。狭衣の恋の入り口が母親の方であることは大変興味深い。狭衣の窮極の思い人は実母の堀川の上だったように、成長拒否のこの主人公、まずは母親から入る方が抵抗がなかったということではないのか。適齢の女性にはなにがしかのコンプレックスを狭衣が抱いていることが解る。しかし、それらの問題は深められないままに放擲され、結局は、姫君が源氏の宮に似ていることですべてが解決してしまうのである。しかも、ここでもまた、姫君と狭衣との出逢いは、誰かを介してのものでなく、狭衣が勝手に姫君のもとに忍び入って瞬く間に成立してしまうのだ。「斎院にぞいみじう似たてまつりたまへりける」（四・二八二）という姫君を前にしての狭衣の感動をみると、相も変わらずの狭衣がここにいるではないか。彼は神が憐んで源氏の宮似の「形代」（同上）をプレゼントしてくれたともいっており、このあまりにおめでた過ぎる結末は、女君たちと心の交流をはたし得ない狭衣の在り方と表裏の関係にある。

三　回想媒体としてのエクリチュール（1）

ところで、回想のための回想、後悔のための後悔、というモノローグ世界を現前させるべく、この物語では、「エクリチュール（書（描）くこと・書（描）かれたもの）」なるものに窮極の価値をおいている。

飛鳥井女君物語では、狭衣の「扇」が飛鳥井女君の手に渡り、それが再び狭衣のもとに返ってくるという物語展開が構えられている（二・二五二）。また飛鳥井没後には、「真木柱」に書きつけた女君の歌や（三・一四三）、彼女の「絵日記」が狭衣のもとにもたらされる（四・三九四）。飛鳥井女君は確かに狭衣の前から忽然と姿を消したが、それで物語が完結したわけではなく、扇やら絵日記やらが狭衣のもとに回収されることで、二人の物語は飛鳥井失踪後に本格的に始まったともいえる。

まず扇だが、狭衣が筑紫へ下る道成に贈った餞別の扇が、飛鳥井の手に渡り、飛鳥井はそこに書かれていた狭衣の歌、そして狭衣の移り香を認めて涙する。入水を企てる際には、震える手で歌をそこに書き添えるのだが、その扇が再び狭衣のもとに回収される。

端つかたにて月にあてていそぎ見たまふに、違ふことなきに、目もきりふたがりて、はかばかしうも見とかれたまはず。げに、洗ひやる涙のけしきもしるく、あるかなきかなる所々、たどりつつ見ときたまふに、いまはとて落ち入りけむありさま、心の中見る心地して、悲しなど言ふも世の常なり。やがて、さし向ひたる心地する面影恋しきに、かきくらされて起きもやりたまはず。かやうなる月にあててこそは起き出でて書きけめ、いかばかり思ひわびて、いまはと落ち入りけむなど、そのほどのありさま見る心地して……（三・二五三）

扇を前にしての狭衣の感慨であり、綿々としたこの思いはさらにつづく。飛鳥井女君の涙の跡や筆跡を認め、その入水にいたる状況がリアルタイムに現前する。そして狭衣はこれに触発されて、女君の歌に応えるように扇に歌を書き添える。かくして二人の歌の応酬が「扇」という媒体上でからくも成立することになる。この後も、ことあるごとにこの扇の一件は狭衣により回想され反芻されていく。

さらに物語終末にいたると、女君の絵日記が突如登場する。女君は入水を企てるも、兄の阿私仙に救出され、常盤なる所に隠れ潜んでいたのだが、それはそこでの日々の生活を記したものであり、「月日たしかにしるしつつ、さるべき所々は絵に描きたまへり」（四・三九七）とあるような日次の絵日記であったという。そこには狭衣との出会いからはじめ、狭衣とともに過ごした日々、また常盤での生活、子供を手放す時の悲しみ、そしてその死の直前にいたるまでもが克明に記されていたという。物語内に誕生したもう一つの『飛鳥井女君絵日記』である。これを読むにつけても狭衣の悲しみは限りなく、飛鳥井の辞世に自らの歌を書き添える。

このような狭衣と飛鳥井との心の交流をどうみればよいのか。答えはもはや明らかであり、二人は幽冥合い隔たってしまったという絶望的状況において初めて交感し合えたということである。飛鳥井女君とは、狭衣がもっとも馴染んだ恋人であり、足繁く通い、多くの歌を詠みかわしてもいた。しかし、ここでみるべきは、彼らは互いに自身が誰であるかを明かしていなかった点にある。飛鳥井の方はうすうす男が狭衣ではないかと気づくも、狭衣は最後まで頑なに自身の身分を明かさなかった。そして明かさないことが、狭衣の饒舌さと気軽な振る舞いとを可能にさせていた。それは狭衣が自身の正体を明かさないという条件つきで成立したコミュニケーション以外ではない。狭衣の眼前に飛鳥井が生身の女としてある状況では、そうはなり得なかったであろう。飛鳥井が亡くなり、その書き物しか残されていないという絶望的状況は、狭衣がもっとも望んでいたものであり、狭衣はエクリチュールなるものを媒介にして、己の勝手な幻想を誰に邪魔されることなく全面開放することができたのである。

この『飛鳥井女君絵日記』の登場は『源氏物語』「幻」巻を典拠とする。源氏は故紫の上の残した文反古に、「かきつめて見るかひもなし藻塩草おなじ雲居の煙とをなれ」と歌を書きつけて焼く。とくに源氏が須磨へと旅立つ際の悲しみを綴った紫の上の文は、感動を誘うものだが、紫の上がいない以上、残しても詮ないものとしている。『源氏物語』は紫の上の文反古をめぐって、綿々と回想に浸るなどという場面を設けない。思い出に耽溺するためのエクリチュール、『源氏物語』はそんなことは不健康であるとでもいうかのように物語の可能性をそこにみない。あるいは、『竹取物語』のフィナーレを想起してみてもよい。かぐや姫が地上に残した手紙や不死の薬は焼き払われてしまうのであり、やはりここでもすべては天空高く昇る煙とともにパロールに回収されて終るのである。

狭衣は飛鳥井の扇は保存し、絵日記の方は、「細々となして」（四・四〇二）、経紙に加えて漉きかえし、狭衣書写の金泥の『涅槃経』という豪華本に仕立て上げる。その飛鳥井が住まっていた常磐の家も寺にする。すなわち、狭衣はその絵日記を経巻とし、その住処を寺とすることで、飛鳥井の存在を永遠化するに成功したのである。狭衣は飛鳥井の全人生をその没後において初めて所有し得たのである。思い出の中だけで……。

すべては狭衣の個人幻想の問題である。そもそも絵日記にしても、飛鳥井がそれを書いている現場は語られていない。それを入手した狭衣の立場から常にとらえられており、狭衣の視線の中にしか『飛鳥井女君絵日記』は存在しない。しかもこの絵日記の登場はかなり無理があり、飛鳥井が絵を得意とし、日頃そのような日記を記していたことが突然いわれても唐突の感否みがたい。

四　回想媒体としてのエクリチュール（2）

女二の宮物語についてはどうか。狭衣は尼姿の女二の宮からの返歌が期待できないとしつつも歌を贈る（三・九八）。一品の宮との望まぬ縁談に苦悩している自身への同情を求める内容のもので、女二の宮は仲介役の中納言典侍の説得むなしく返歌しない。が、女二の宮はふとその狭衣の手紙の片端に自身の歌を書きつけてしまう（三・一〇〇～一〇一）。それは一品の宮に対しても不実な狭衣を詰る体の歌であった。そしてその歌が狭衣のもとに回収されてしまうのである。女二の宮はそれを細かく破り、さらに破棄するよう典侍に命じていたが、典侍は機転をきかせてそれら紙片をかき集めて狭衣に届けたのである。狭衣はそれを継ぎ接ぎしながら貪り読むことになる。その後の女二の宮はそれに懲りて手習することもない（四・二二六）。

このような狭衣と女二の宮の文の贈答をどうみればよいのか。女二の宮が狭衣の手紙に反応しないことは常態であった。狭衣も、中納言典侍に是非返事をと頼みこむのだが、本当に女二の宮からの返しがあるなどとは思ってもみない。最初から返しがないことを覚悟しての贈歌であり、返しがないという絶対の孤独を狭衣は享楽せんとしたまでのことである。一方女二の宮も狭衣の文の端にたまたま手習しただけであり、それは狭衣宛のメッセージとはいえない。ともども相手に向けて言葉を発したのでなく、相手に読まれないとする前提のもとに呟いた歌以外ではない。そのような言葉がたまたま交換され、結果として贈答が成立したのである。

女二の宮の言葉を偶然受けとった狭衣は、自らの孤立した状況を再確認しただけで終る。女二の宮の歌を継ぎ接ぎして読んだ彼は、結局のところ、すべてが手遅れであることをあらためて確認させせられ、またしても後悔の連続である。この二人の間に言葉が交わされたとしても、新たなる人間関係が再構築される可能性はなく、物語はその可能性を早速にして閉じている。「からうじて、かかる破り反故を見たまひて、せちに継ぎつつ見続けたまへる心地、げにいま少し乱れ増さりたまひて、引き被きて、泣き臥したまへり」（三・一〇二）というように狭衣の相も変わらずの絶望感が語られて終始する。というより、ここでも絶望を享楽するためにこそ、それら紙片は十二分に生かされており、これぞまさにエクリチュールに賭けたこの物語ならではの方法である。

狭衣と源氏の宮との関係においても、エクリチュールの問題が孕まれている。源氏の宮への恋心の表出は、宮が絵仕立ての『在五中将の日記』（『伊勢物語』四九段）をみている時のことであった。狭衣はこの機会をとらえて、昔男の「うら若みねよげに見ゆる若草を人の結ばむことをしぞ思ふ」をふまえつつ、「よしさらば昔の跡を尋ね見よ我のみ惑ふ恋の道かは」（一・五八）と源氏の宮に詠みかけて、その手をとらえるも、源氏の宮はあまりのショックに狭衣の腕にうつ伏してしまう。ここでは、『源氏物語』「総角」巻の場面もふまえられているが、この二重の典拠関係について今はふれない。注意したいのは、「昔の跡」としての『伊勢物語』絵という媒体があったればこそ、狭衣は思いをかろうじて表出し得たという点である。二人の間に何ものも介在しなければ、彼は黙りこむしかなかったことであろう。狭衣は書かれたテクストを媒介に心を交わさんとしたのであり、というより、これしか彼の取り得る方法はなく、この試みはたとえ失敗に終ったとしても、きわめて狭衣らしい自己表出の方法なのであった。

しかも、狭衣は書物を媒介させての源氏の宮とのコミュニケーションを最後まで諦めてはいない。物語の終末、狭衣はもう一度同様の試みを夢想している。なんと、かの『飛鳥井女君絵日記』という至高の宝を源氏の宮と一緒に読みたいといっているのだ（四・四〇二）。これは実現しないが、たとえ未発に終わったとしても、まさにこのようなところにこそ、狭衣が最終的に何を夢見ていたかが解ろうというものである。この物語が自らの物語展開の中で生成した『飛鳥井女君絵日記』という窮極の宝を以てして、源氏の宮との心の交流が夢みられており、このようなかたちでの交流がこの物語がもっとも理想とする男女関係なのであろう。因みに、狭衣と賀茂斎院に卜定されて以降の源氏の宮とは、これ以上接近することはないという保証のもとに、二人を繋ぐメディアとして扇等も意味をもってくるが、省略にしたがう。

もう一つ今姫君物語という挿話がある。ひたすら烏滸話としか思えない物語だが、ここにもエクリチュールの問題が微妙な影をなげかけている。狭衣がふと今姫君の扇をみたところ、新田を耕している絵の上に、「母もなく乳母もなくて打ち返し春の新たに物をこそ思へ」（三・四八）という歌、さらに柳や桜を描いた絵には、「荒くのみ母代風に乱れつつ梅も桜も我失せぬべし」（同上）という姫君の手習歌が記されていた。狭衣は筆跡の方はお話にならないとしつつも、そこには母代に虐げられてある苦しい立場が吐露されており、無教養にして高圧的な母代の管理のもと、今姫君はいかにそれに耐えぬいて生きているかという日常の一齣を垣間見させてくれる。確かに今姫君は世間の物笑いの対象であるが、この扇の上の手習歌により、母代にこそ問題があること、そして今姫君の造型にもある種の奥行が付与される結果となっている。

さて、こうみてくると、狭衣と恋人たち、とくに源氏の宮・女二の宮・飛鳥井女君各々の位相差も解ってくる。これまでの論述からすると、絵日記や扇やらが登場し、狭衣ともっとも多くの言葉をかわした飛鳥井女君が最愛の恋人と思われるが、そのあたりどう整理すればよいのか。飛鳥井の場合、尼姿の女二の宮や賀茂斎院の源氏の宮に比べて、行方も知れずに亡くなったことが決定的である。死別というかんともしがたい現実、だからこそエクリチュールの何たるかが、他の二人の女君に比べて十全にその力を発揮し得たのである。が、逆説的ながら、だからこそ飛鳥井女君は他の二人の女君には劣るということでもある。この物語で夢想されてある理想の男女関係は、決定的に乖離した状況下における、エクリチュールを介しての幻想裡のコミュニケーションの回復であるが、そのような交流すらもが不可能であったという意味において、逆説的に女二の宮や源氏の宮が飛鳥井の上位に格付けされているのではなかろうか。

五　独詠歌の立ち聞き――モノローグとしてのパロール

ところで、女二の宮物語において、世間に対しては大宮の男皇子出産と公表することで、事態を糊塗していたわけだが、この段階にいたって、事の真相は当事者たちの知るところとなる。大宮側は娘の相手が狭衣であること、狭衣・典侍側は大宮ではなく女二の宮が出産したことを知る。しかし、登場人物間の対話関係のないこの物語にあって、なぜそれが知れるにいたったのか。その方法がこれまたすぐれてモノローグ的であり、それは「独詠歌」の「立ち聞き」によるとされる。

大宮は娘の女二の宮娘が何者かと通じたらしきことを、娘の足下に、「懐紙のやうなるもの」（二・一七七）が落ちていたことからいち早く察知していた。その紙にある移り香は並々でなく、娘の体にも同じ香がしたというが、これだけでは相手が誰か知れない。『源氏物語』では密通露顕は「文」によるとされる。柏木と女三の宮、匂宮と浮舟、というのが思い浮かぶ。浮舟と匂宮との関係は、その文使いが薫の従者の目にとまることによるし、柏木の女三の宮宛の手紙が源氏の手に入ることで二人の関係が知れる。次は柏木の文を手にした時の源氏の感慨である。

大殿は、この文のなほあやしく思さるれば、人見ぬ方にて、うち返しつつ見たまふ。さぶらふ人々の中に、かの中納言の手に似たる手して書きたるか、とまで思し寄れど、言葉づかひきらきらと紛ふべくもあらぬことどもあり。年を経て思ひわたりけることの、たまさかに本意かなひて、心やすからぬ筋を書き尽くしたる言葉、いと見どころありてあはれなれど、「いとかくさやかに書くべしや。あたら、人の、文をこそ思ひやりなく書きけれ。落ち散ることもこそと思ひしかば、昔、かやうにこまかなるべきをりふしにも、言そぎつつこそ書き紛らはししか。人の深き用意は難きわざなりけり」と、かの人の心をさへ見おとしたまひつ。

（「若菜　下」）

源氏はこの恋文の差出人を念入りに確認している。紛れもなく柏木の手跡だという。源氏は既に、玉鬘宛の柏木の文でその筆跡を知っていたのだ。しかも、この手紙には女三の宮のことを長年思いつづけ、そしてようやく思いが適った経緯までもが事細かに記されている。確かにそれは人の胸をうつものであるとはいえ、あまりに用意なき文であるとして、源氏は柏木のことを見下げる気分でいる。

ここにあるのは源氏自身による手紙論である。手紙は「落ち散る」こともあるのだから、それを前提に書かなくてはいけないという。自分は若い時から、誰かに読まれることを考えて、慎重に書いたという。手紙とは特定の誰かから特定の誰かへのメッセージであり、第三者が見ることは窃視にあたる。そして『源氏物語』はまさに手紙の窃視により密通露顕の物語を構築する。柏木の手紙は二十年後には薫の見るところとなり、薫は自身の実父が柏木であるという最大の秘密を知るにいたる。ことは密通の露顕に限らない。この「若菜」巻には、源氏がはるばる都に届いた明石入道からの手紙を読むという条もあり、かくして源氏は明石一族の野望の全容をはじめて知るにいたる。『源氏物語』は、いい意味でもわるい意味でもエクリチュールの何たるかを認識しており、もっとも重大な秘密の露顕には必ずのように文書をからませている。エクリチュールに孕まれているおぞましさを直視し、それを徹底的に生かした物語でそれはある。

しかし、『狭衣物語』では、女二の宮宛の狭衣の文が人目にとまるのではという可能性を仄めかしつつも、絶対に手紙からは足がつかない。狭衣は女二の宮に手紙を書くにも、「あらぬさまにぞ書きなしたまふ」（二・一八〇）とあるよう筆跡を隠すことを忘れない。そして既述したように、女二の宮方の女房中納言典侍にその文を託すにつけ、「大宮などの御前に散らしたまふな」（二・一八四）と釘を刺す。まさか狭衣が既に女二の宮と出来ていたとも知らぬ典侍は、二人の結婚は歓迎すべきとして、「大宮の御前などに取り出ではべらむは、便なくはよもとこそ思ひたまふれ。上の御前なども、あやしく音なきは、もの憂きことにやとこそ、たびたび仰せられしか。これ散らしはべるもなどかは」（同上）という。周囲は二人の結婚を望んでいる以上、文は公けにすればよいではないかという。しかし、なぜか狭衣は、「一所（女二の宮）に御覧ぜさせたまへ。やがて、破りたまへ」（同上）として女二の宮に文は見せた後は破り捨てて欲しいという。

典侍はその文を女二の宮のところに持参するも不審なことが多い。狭衣が立ち去り際に呟いていた「逢坂をなほ行きかへりまどへとや関の戸ざしもかたからなくに」（二・一八五）という歌も気になるし、大宮は「懐紙」を手にして泣いている様子である。そして当の女二の宮は狭衣の文をまったく見ようとしない。実は女二の宮は、「これをさへ散らして、大宮などの見たまはむこと」（二・一八八）、「ひき隠してよ」（同上）等と内心思っていたという。狭衣と女二の宮との間で何かがあったとうすうす解った典侍は、「この御文を大宮御覧ぜさせたらばしも、誰ならむと行方なく思しこがるることはあらじ」（二・一八九）ということで、いっそのこと大宮にこの手紙を見せてしまおうかとも思う。二人が既に深い関係にあろうとも、この結婚が歓迎されないはずもないのだから、大宮に話すになんの問題もない。

一方、女二の宮との関係を引き受ける気が毛頭ない狭衣は、相変わらずのように女二の宮に逢いたいが一切を秘密にしてくれというばかり。典侍と狭衣とのこのような駆け引きは、「ただ御文を散らしてまし」（二・二〇六）、「君、なほこの文散らさむことな好みたまひそとよ」（同上）というように再三繰り返される。かくして狭衣は、「御文などもおのづから落ち散るらむ、つつましうて、おぼろけならではえまゐらせたまはず」（二・一九三）とあり、大宮方も、「かごとばかりもそのしるしと見ゆる反古だに落ち散らぬは、なほいかなりしことぞ」（二・一九五）とあって膠着状態が続くこととなる。

その後、女二の宮の懐妊となるが、ここにいたってようやくその相手が狭衣であることが大宮側に知れる。大宮方では、女二の宮の懐妊を大宮の懐妊と偽装すべく事をはこんでいたのだが、そのような折り、病気見舞いに大宮を訪れた際に狭衣の口ずさんだ「人知れずおさふる袖もしぼるまでしぐれとともにふる涙かな」（二・二一五）という歌が、はからずも事の何たるかを明らかにしてしまう。この歌だけではいささか意味不明だが、狭衣の歌を聞き慣れている典侍がその「耳癖」ゆえに、おもわず、「心からいつも時雨のもる山に濡るるは人のさがとこそ聞け」（二・二一六）と続けてしまう。それを大宮方の乳母出雲に聞かれてしまうのだ。出雲は狭衣似の子供を女二の宮が出産したこともあり、この歌の件をも勘案して、狭衣の子ではないかと大宮に告げる。

一方、典侍も大宮が出産したとしか思っていなかったが、「雲居まで生ひのぼらなむ種まきし人もたづねぬ峰の若松」（二・二一八）という大宮の口ずさみを聞くことで、はじめて女二の宮こそが狭衣の子を生んだと知る。もちろん、この件は典侍から狭衣に話されるが、狭衣は例のごとく、「かくと聞かましかば、いとかくよそのものとはなしたてまつらざらまし」（二・二二三）というばかりである。

ここからいくつかの問題点がみえてくる。『狭衣物語』は、『源氏物語』をふまえつつ、密通露顕の役割をいかにも手紙に負わせる振りをしつつも、結局は、『源氏物語』と異なって、独詠の立ち聞きにその役を負わせている。そもそも秘密が第三者に漏れてしまうという物語展開を構えるうえで、エクリチュールもパロールもないはずである。いや、むしろ手紙等の痕跡が残るエクリチュールの方が、そのような事件を構成するに絶好のモチーフであるとさえいえる。しかし、『狭衣物語』が回想媒体としてのエクリチュールを高く評価しているために、秘密の露見という猥雑な役割をパロールの方に転嫁させていると思われる。ここにこの物語ならではのパロールの位相がある。

もちろん、『狭衣物語』にあっても、手紙等の書かれたものが第三者に読まれてしまうケースもなくはない。源氏の宮宛の東宮の文を狭衣が見てしまうこと、女二の宮宛の狭衣の文を嵯峨院が読んでしまうこと……である。しかし、これらはすべて他人に読まれることをあらかじめ想定して書かれている。女二の宮宛の狭衣の文を嵯峨院が読んで大丈夫かという緊張感をだしている箇所があり、典侍などは「胸つぶれて」（三・一〇七）いるが、なんのことはないそれは嵯峨院が見ることを予想したうえで書かれていた。ただし、狭衣の飛鳥井宛の手紙を、なぜか今姫君の母代が読んでいたという件はいささか異質かもしれぬ。母代は狭衣に対して、あなたの秘密を握ってますよと思うだけでもおぞましい。しかし、母代がここで二人の関係を知っていたからこそ狭衣は飛鳥井と遺児の行方を得意げであり、狭衣は不愉快きわまりない（三・五〇）。飛鳥井宛の思い出深い手紙を、こんな母代が手にしていたと思うだけでもおぞましい。しかし、母代がここで二人の関係を知っていたからこそ狭衣は飛鳥井と遺児の行方を知ることができたのであり、狭衣の人生を好転させるべくエクリチュールは機能しているといえる。ただし、それにしても、なぜ母代が狭衣の手紙を目にすることができたのか、ここにあるのはきわめて場当たり的な物語展開であり、『狭衣物語』がこのようなところにまったく意を用いない物語であることをみておきたい。

女二の宮物語に話を戻す。私が問題としたいのは、その「立ち聞き」の対象が、あくまで「独詠歌」である点である。誰々宛の手紙が窃視されたのでないのはもちろんのこと、人々の会話の立ち聞きにより情報が漏れたのでもない。まことに『狭衣物語』らしく、秘密の漏洩は独詠というモノローグ行為が偶々聞かれてしまったことによるという。ここに独詠の立ち聞きという、木に竹を接いだようななんとも珍妙な出来事が生じているのだ。

これはまことに強引な物語展開であると評すべきである。手紙ならば、書かれた文字である以上、いつでもどこでも誰かがそれを窃視する可能性が持続してあるが、独詠となれば、その声が発せられている現場に居合わせる必要があり、それは「今・ここ」でしか生起し得ない一瞬の出来事である外ない。しかも、心中での独詠ならば、まったく意味をなさないであろうし、そもそも『狭衣物語』には、心中思惟の言葉として独詠歌がある方がはるかに多いのである。また、相手が文字ならば、光源氏が何度も柏木の手紙を吟味したように、何が生じたのかを冷静に判断する余裕も生まれるが、ここでは声が問題である以上、その聞き取りには誤解や聞き落とし、さらには多義的な解釈の可能性すらあったはずである。しかし、ここでは、一瞬の立ち聞きであるにもかかわらず、そのような可能性は一切ないものとされていて、なんの疑いも滞りもなく、情報が正確に伝わってしまっているのだ。

独詠歌の立ち聞きで情報が漏れたというのでは、コミュニケーションが成立したことにならない。確かにこの独詠歌は声に出されたものに違いない。しかし、あくまで独詠である以上、モノローグとしてのパロールとしか評しようがない。しかも、情報は異様なほどに正確無比に伝わっており、このような伝達につきものの様々な誤解発生の可能性は一切ないとされている。なんとパロールの実態とはかけはなれたパロールであろうか。エクリチュールに価値をおく側からみた誇張されたパロールの姿がここにある。独詠、立ち聞き、情報の完全伝達……、このような乱暴な物語展開まるごとを私はモノローグと評しているのだ。

本稿冒頭で、独詠する場面がこの物語の基本単位であると述べたことを想起されたい。狭衣が独詠する場面において、「独りごちたまふを、聞く人なかりけるぞかひなかりける」（三・一〇六）等と聞く人がなくて残念という記述が多々ある。また源氏の宮や式部卿宮姫后の独詠する場面もあり、それは絵に描きたいほどに美しいと称賛されることもある（三・一五二、四・二九五）。それらに対して、ここでは盗み聞く者がいたとすることで、秘密漏洩のいかがわしい場面へと一挙に転換させている。いわば、この物語がもっとも美的とする独詠行為を、汚すべき行為として立ち聞きが対置せられている。また、そうすることで、逆説的に独詠する場面の美的純度を高める効果をも生んでいる。他にも、飛鳥井遺児を回収するために狭衣が一品の宮と結婚したことが宮自身に解ってしまうのも、狭衣の「忍ぶ草見るに心は慰まで忘れがたみに漏る涙かな」（三・一二〇）という独詠を、一品の宮の乳母子中将が立ち聞きしたことによるし、また、同じく狭衣の独詠を嵯峨院女一の宮が聞き、女二の宮と狭衣との関係にうすうす気づいてしまうという場面もある（三・一三三、一六二）。

六　噂の言葉というモノローグ

狭衣が一品の宮と結婚せざるを得なくなった理由は、「噂」によるとされる。この物語展開もすぐれてモノローグ的である。狭衣は飛鳥井女君の遺児を一品の宮が引き取ったことを知り、少将命婦という一品の宮付き女房を介してその子供の動向に探りをいれる。狭衣は一品の宮の屋敷一条院にしのび入る機会を得るが、その時に権大納言と鉢合わせとなる。大納言は以前より一品の宮に懸想しており、その日も宮への手引きを頼むべく、中納言の君という一品の宮乳母子のところにいた。大納言は即座にそれが狭衣であると知り、腹立たしさから一品の宮と狭衣との仲を世間に吹聴する。

噂の発生源は大納言の発言にあるが、そもそも彼は一条院で狭衣と出くわしたとしても、狭衣が一品の宮に通っているとの事実確認をしたわけではない。彼には狭衣の相手は一品の宮に違いないと最初から決めてかかっているようなところがある。大納言は早速このことを中納言の君に話すが、その時の言葉をみれば解る。「かかれば、さしもことの外にのたまふなりけり。さはありとも、内親王たちをも、何とも思ひきこえぬ人を。あな、をこがましや。よし、聞かんかし。内や院などに聞かせたまひては、さらに、憎くも、まめやかに御覧ぜられじ。いかに口清くあらがひ逃れんとすらんものを。御後見たちのめで惑ひて、かくしたまへるなめりかし」（三・七九〜八〇）というように勝ち誇ったような物言いをしている。自分を一品の宮に手引きしないのも既に狭衣という愛人がいるからであろう、嵯峨院皇女に目もくれなかった狭衣が今回どう弁明するかが見物だ、皆狭衣の美しさに眼が眩んでいる、と。狭衣に日頃抱いていた嫉妬心が大納言の言動を煽りたてており、鬱積したコンプレックスが噴出し、これを機会にとばかりに狭衣を徹底的に窮地に追い込まんとしている。噂なるものの発生、その発生源に遡るや、この程度のことでしかない。

かくして、大納言は憚りなく世間に吹聴したため、それは瞬く間に、女院・一品の宮・狭衣・堀川大殿・帝へと伝播していく。もちろん、噂の拡大に歯止めをかけようとする動きもなくはなかった。大納言から話を聞いた中納言の君にしても、「ゆゆしきことをかけてものたまふ。まことしう言ひなす人もこそあれ」（三・八〇）と懐疑的である。とんでもないことおっしゃる、誰かがまことしやかにいうようになったら大変としている。しかし、一方で大納言の真剣な顔をみるにつけ、「げにも天下に見ざらんことをば、かくはいかでか言はん、ただ一夜まではかくも言はざりしを」（同上）というように、事実無根のことを大納言がはたしてこう真剣になっていうだろうかとも思う。そして、母内侍乳母に相談したところ、少将命婦のもとに狭衣が時々たちよるのを誤解して、こんな話になったのだろうと彼女はいう。そして、「まねびをだになしたまひそ」(三・八二)と口止めしている。さらに、一品の宮側近の女房たちも、「『あさましきことかな。かかる物まねびなせそ』と、かたみに言ひささめけど」(同上)として互いに口封じをしているが、噂がわずかでも立ってしまったら最後、あとは加速度的に拡大伝播していくしかない。

噂を聞いた女院や堀川大殿の反応もみておきたい。女院は内侍乳母に対して、「むげになきことは、人の言ふにもあらぬを。さりとも知らぬやうあらじ」(三・八二)という。火のないところに煙は立たずであり、女院は少将命婦の仕業であろうと一人合点する。一方、狭衣が自身の身の潔白を、証拠の文をも添えて少将命婦を通じて女院にうったえたところ、女院は、「思ひやる我が魂や通ふらん身はよそながら着たる濡れ衣」(三・八四)という狭衣の歌をよむにつけ、「いかなる心にて、かく濡れ衣にしもなしたらんと、なほ涙のみこぼれさせたまふ」(同上)というように、かえって悲しみにくれる。女院の心のうちは明らかであり、彼女は狭衣が潔白か否かは別問題として、噂が立った以上、もう後には引けないと思っているらしい。だからこそ狭衣の見事な筆蹟をみて、一品の宮に相応しい相手であることを確認するにつけても、狭衣が「濡れ衣」の一点張りで、まったく一品の宮に無関心で、この事態を積極的に解決しようとしないところに不満を抱いている。

では堀川大殿はどうか。息子狭衣の結婚を心配していた大殿は、相手の身分が一品の宮ということで、当然この噂にとびつく。狭衣が何をいっても聞く耳をもたない。そしてこちらから、女院や帝に婚姻の件を申し出ることになり、この堀川大殿の積極性に留意したい。彼とて、この噂が事実無根でないかと疑うこともなくはないが、「無きことにても、かばかりの人に名を立てたてまつりて、音なくて止まんは、いといと不便なることなり。我このこと女院に申さん。さのみ心にまかせてみるべきことならず」（三・八七）というように、仮に嘘であろうとも噂となっている以上、結婚話を進めないことには、女院や帝や一品の宮の顔がたたないとしているのだ。もはや、ここでは噂の真偽が判断基準ではなくなっている。そして堀川大殿は女院や帝に結婚の件を願い出、帝は大殿がかくもいうのだから、「人の物言ひは真なりけり」（三・八八）と確信する。そして女院も帝もすべてを大殿の判断に委ねることになる。

噂には、一抹の真実があるというのが『源氏物語』の方法である。六条御息所の生霊事件にあって、御息所は自身が生霊と化したのではないかと、自身の心に問いつめて気づいたのではない。世間でそのような「噂」が流れていることを知るにおよんで、自身の心の暗部に想到し、その可能性に悩み苦しんでいた。自分のことは自分がもっとも知っているのでなく、自己の無意識は「噂」として外部からやってくるというはなはだ興味深い認識を『源氏物語』は示している。浮舟をめぐっても様々な噂が多量に発生するが、それらは浮舟なるものについてのなにがしかの真実を突いている。

しかし、『狭衣物語』の噂はどうか。なんら事実の裏付けもないところで、大納言の狭衣コンプレックスから喋った言葉がそのままに伝播し、それは懐疑的に扱われることもなく、瞬く間に事実と化し、さらには現実をも突き動かしてしまっているのだ。噂という大文字のパロールがすべてをなぎ倒し、あっという間に現実をも席巻しており、なんと暴力的な物語展開であろうか。となると、この噂は噂であるにもかかわらず、噂の言葉の誇張されたパロディであり、すぐれてモノローグ的にしか機能していないことになる。実際の噂がこのようなものであろうはずもない。

七　神託の言葉というモノローグ

源氏の宮の斎院卜定は賀茂明神の託宣によるし、狭衣の出家を阻止したのも賀茂明神の夢のお告げ、狭衣が即位するにいたったのも天照大神の託宣による。これらの物語展開をどうみるか。

嵯峨帝が譲位し、後一条帝が即位し、源氏宮入内が予定どおり進んでいたところに、新帝の父一条院が崩御する。御代代わりとともに、嵯峨院女一の宮にかわって一条院后腹の姫宮が斎院になっていたが、父院の喪に服する必要があり早速に退任、そこで誰を斎院に卜定するかの問題が出来する。世間では、「源氏の宮の内裏参りや、いかが」（二・二七三）等と噂しているが、当の源氏の宮の夢に、神の姿が、「あやしう心得ずもの恐ろしきさまにうちしきり」（二・二七四）みえたという。邸内でも、「おびただしきもののさとしどもあれば」（同上）、占わせる。そして決定打は、堀川大殿が、「賀茂よりとて、禰宜と思しき人参りて、榊に挿したる文を源氏の宮の御方へ参らするを、我も開けて御覧ずれば、『神代より標ひき結ひし榊葉は我よりほかに誰か折るべき　よし試みたまへ。さては、いと便りなかりなん』とたしかに書かれたり」（同上）という夢をみたことである。そして帝も同様の夢をみたということで、二人で相談のうえ、瞬く間に源氏の宮が斎院に卜定される。

狭衣の出家を引き留めるのも賀茂神である。ここでも堀川大殿の夢に現れ、それは「『光失する心地こそせめ照る月の雲かくれ行くほどを知らずは　さるは珍しき宿世もありて思ふことなくもありなんものを。とくこそ尋ねめ。昨日の琴の音あはれなりしかば、かくも告げ知らするなり』とて、日の装束うるはしうして、いとやんごとなきけしきしたる人の言ふ」（四・二〇七）という内容のものであり、かくして狭衣は出家を阻止される。

この託宣では、狭衣の将来の帝位を既に仄めかしており、即位にいたる経緯も確認しておこう。後一条帝は体調おもわしくなく譲位の意向だが、東宮（嵯峨院と堀川大殿女中宮との子）が即位するとしても、自身に世継ぎがない以上、新東宮にはやはり嵯峨院の若宮（狭衣と女二の宮の子）をたてようと考えている。そのような折り、斎宮に天照大神がのりうつって、「大将は、顔かたち、身の才よりはじめ、この世には過ぎて、ただ人にてある、かたじけなき宿世・ありさまなめるを、おほやけの知りたまはであれば、世は悪しきなり。若宮は、その御次々にて、行く末をこそ。親をただ人にて、帝に居たまはんことはあるまじきことなり。さては、おほやけの御ために、いと悪しかりなん。やがて、一度に位を譲りたまひては、御命も長くなりたまひなん」（四・三四三）と、「さださだと」（同上）と宣ったという。堀川大殿や帝の夢にも同様の諭しがあり、狭衣の即位が俄に決定する。

噂の言葉と同様に、これら神託の言葉も猛威をふるっている。人々はそれを権威ある神聖な言葉として、ひたすらひれ伏すのみである。しかし、偽の託宣やら神託が横行していたこの時代にあって、その真偽の検証こそまずなされるのが常のことであろう。しかし、ここには事態を懐疑的にとらえるような態度は微塵もみうけられない。しかも、この神の言葉はおそろしいほどに単純明瞭で、その解釈に窮するなどということもない。

とくに天照大神の神託が極端である。二世源氏の即位というのはそれだけで非現実的であり、鈴木泰恵氏がいうように（『狭衣物語／批評』第Ⅰ部第4章「〈声〉と王権」、翰林書房、二〇〇七・九）、その理由が理由になっていない。若宮が将来即位するならば、親の狭衣を臣下のままにしておく訳にはいかないという理屈だが、しかし、だとするならば、新東宮の候補にこの若宮があがっていることの方が問題である。神託の言葉は若宮の父が嵯峨院でなく、狭衣であるという秘密を暴露しており、二世源氏の子でしかない若宮は候補者になろうはずもない。しかも、この秘密の暴露はこれまでの物語展開の意味を無効にしてしまう暴挙でもある。大宮が娘女二の宮の子を自身の子にしてしまうという、命を賭してまでした窮余の一策はいったい何だったのであろうか。しかも、この驚くべき事実が公表されても、人々はいささか不審に思うまでのことで、もうそれ以上この問題について詮索しようとはしないのである。

この託宣問題に堀川大殿がからんでいる点にも留意したい。神の言葉は、この堀川大殿により有無を言わせず確実に実行にうつされていく。思えば、狭衣の両親、とくに父堀川大殿の造型はきわめて硬直したものである。息子狭衣に対して過保護にして盲目的愛をそそぐという出方しかしない。では、息子の意向を尊重しているかというと、決してそうではなく、息子の悩みに一切関知せず、その言動は常に高圧的であり、狭衣を徹底的に管理し雁字搦めにする。一方、狭衣は親の意向だけには背くことはできないとされている。狭衣が一品の宮と結婚せざるを得なくなったのも、出家もできずに即位することになったのも、すべてが堀川大殿が果敢に動いた結果である。エディプス的葛藤のない物語ということになるのだが、そもそもそれは物語冒頭の「少年の春は惜しめども」という大人になりたくない宣言と呼応していたのであり、父子間の葛藤などというものはこの物語が最初に放棄した対話関係なのであった。

それにしても、独詠歌の立ち聞きをはじめとして、これら噂や神託の言葉もあまりに明瞭にして権威的・暴力的でありすぎる。ここには、いささかの滑稽感すらもがあり、神託や噂の言葉を逆に空洞化させてしまっている。なぜこのような極端な物語展開が要請されているのか、というより、それがゆるされているのか。

『狭衣物語』では、冒頭から未来に突き進む時間の流れに逆行する姿勢を既にうちだしており、出来事ではなく、事が生じた後の回想の時空を現前させることを目的としていた。懐古し後悔する狭衣の美しい姿が再三呈示せられ、物語の構造すべてがそれを顕現させるべく収斂していた。しかし、時間継起的に出来事が生起しないことには物語は進まないことも確かであり、にもかかわらず、物語内部にはその動機づけを欠いていたことになる。そのため、一つは狭衣による子供捜しの物語というものが敷設されることになる。飛鳥井女君や女一の宮の遺児の行方を狭衣が追跡するというテーマが、とくに巻三以降の物語を支えている（拙著『物語文学、その解体』第Ⅳ章「仮装することの快楽――もしくは父子の物語」、有精堂出版、一九九二・九）。ここでは詳論しないが、飛鳥井遺児を一品の宮が引き取っていたという設定が、一品の宮物語成立の契機となり、また尼姿の女二の宮への接近を持続的に可能ならしめるために、狭衣との間の遺児が十二分に活用されている。ただし、ここでみておきたいのは、この狭衣による子供捜しの物語は、未来の時間を開拓する物語のようでありながら、狭衣当人からすれば、すぐれて過去回帰的な姿勢によって根拠づけられている点である。彼ら子供たちは、尼姿の女二の宮や故飛鳥井女君という、もはや回復すべくもない女君たちとの見果てぬ夢を、狭衣がいまだ見つづけるためのモチーフとして機能している。

そしてもう一つ、物語を強引に前進させるために、もしくは狭衣をこの世にひきとめるべく導入されたのが、この噂や神託やらの大仕掛けの事件だったのである。しかも、あくまで狭衣の孤独な心象を現前させることが目的であるため、これらの出来事自体は単純にして暴力的なものとして構成されても構わないし、またそうであればあるほどに、孤独な夢想に耽る狭衣の世界は純粋無惨なものとして定位されることにもなる。懐旧の念に浸る狭衣個人の自己完結的世界が中心にあり、その外側には囂々と吹き荒れる噂や神託等の言葉が配置されることになるのだ。狭衣は一品の宮との結婚を悔やんだり、即位したがために一切の自由がきかなくなったことを嘆くのである。

八 『狭衣物語』というエクリチュール

三谷栄一氏は『狭衣物語』について、「語るというものから超克して『書く』という主体が完成している」(『物語文学の世界』第五章「狭衣物語の方法」有精堂出版、一九七五・二)と論じていた。「語り」の喪失という問題である。本稿でのこれまでの論述をふまえつつ、最後にこの問題への私なりの接近を試みておきたい。

『狭衣物語』のモノローグ世界では、エクリチュールなるものに究極の価値をおいていたわけだが、なかでも、飛鳥井作『飛鳥井女君絵日記』のように、物語中で語られていた狭衣との恋物語が文書化されたものが狭衣の眼にするところとなって、物語世界内に流通していた。また、狭衣は女二の宮の遺児との交流を、「……しつらひありさまなど違はで、我が日々訪ひながめ暮したるさまなど、違ふところなく絵に描きたまひて、宮の笛吹きたまへるかたはらに、ありつる御独り言書きつけたまひて、また……」(三・三〇)というように絵日記に仕立てあげて、女二の宮におくっている。「ありつる御独り言」というのは、「憂き節はさもこそあらめ音に立つるこの笛竹はかなしからずや」(三・二九)という狭衣の独詠歌を指し、若宮(女二の宮との子)が笛を逆さまにして吹く真似をし、笛の音色のような声を出したところをうける。例の独詠の場面が狭衣自身により絵日記にされて物語世界内を動いている。その他、いたるところに書(描)かれたテクストが散在しているのが『狭衣物語』なのだ。

これらは、『狭衣物語』の自己言及の言葉と位置づけ得る。物語世界内で生じた現象が書かれたテクストとして同じ世界内で流通していることは、『狭衣物語』自身が書かれたテクストであることのことさらな態度表明である。さらに例をあげれば、物語冒頭の天稚御子降臨事件も同様の問題を孕んでいる。狭衣が宮中で吹いた横笛の音色に天が感応して、角髪結った芳しい天稚御子が降臨する。御子は狭衣を天空に連れ去るべく天の羽衣をかけようとした時、狭衣は、「九重の雲の上まで昇りなば天つ空をや形見とは見ん」（一・四四）とうたう。天稚御子は狭衣が人間界にはあまるほどに優れた人材なので天上界に迎えようとしたが、天皇（嵯峨帝）・皇太子が惜しみとどめるので、連れて行くことができない旨の詩をつくる。狭衣も地上の絆にひきとどめられた無念の心境を同じく詩にする。狭衣の昇天をひきとめた帝は、その代償として女二の宮の降嫁を約束する。そして、この事件は次のような記述で閉じられる。

その頃の言ぐさに、ただこのことをのみ言ひののしる。公も日記の御唐櫃開けさせたまひて、天稚御子のこと、中将の作り交したまへる文ども、書き置かせたまへり。その夜候はざりける上達部、殿上人などは、口惜しきことをぞ言ひ嘆きける。道の博士ども、高きも下れるも、この文どもを見て涙流さぬはなし。はかばかしくまねばぬ際の人々は、所々うち変へなどして、道、大路の行き交ひの賤の男どもも、片言どもうち交ぜなどしつつ、ただこの頃の言ぐさに賞で言ひけり。（一・五六）

この事件の顚末は、公の日記に、狭衣と天稚御子が交わした漢詩をも含めて記録されたことを物語は強調している。その場にいなかった人々もそれを読むことで、現場の感動をあらためて追体験することができたという。また「賤の男」にいたるまで、理解できぬまでも不正確な詩文を盛んに話題にしていたともいう。

そしてさらには、狭衣は女二の宮のところに忍び入った時、女房たちが天稚御子の降臨を話題にしているところを聞く。ある女房が、「中務宮の姫君にぞ、その夜のことを語りきこえさせしを、やがてそのままに絵にかきたまひたりし御子の御容貌は、うるはしく、めでたうて、いとようこそ似たりしか。『大将の御ありさまぞ、すべて及ぶべくもあらぬ』とて、果ては破りたまひき」（二・一七〇）といっており、中務宮の姫君にその夜の話をしたところ、姫君は天稚御子と狭衣の姿を絵に描いたというのだ。

このように天稚御子降臨事件が書（描）かれたことがことさら強調されている点は重要である。飛鳥井女君物語の結末と同様に、これも『竹取物語』のパロディである。天皇や翁に残したかぐや姫の形見の手紙は燃やされることで、パロールの世界へ還元され、遠からずかぐや姫についての記憶も消え失せるであろうが、それに対して、『狭衣物語』では、「今・ここ」の事件を再現前させるエクリチュールの機能を絶対評価する。現場に居合わせなかった人々もこの記録を読むことで、天稚御子降臨という未曾有の事件を追体験できるし、この事件の追憶に耽ることもできる。

もう一例あげる。巻三に、賀茂斎院に卜定されて二年、源氏の宮が紫野の本院へ渡御する場面があり、それは御禊や賀茂祭当日の場面へと続いていく。この一連の長大な場面では物語の書き手が前面に登場し、その儀式の様子が実に詳細に記されているのだ。

都全体が浮き立った気分でいるところに、堀川大殿の宣言からすべてが始まる。「世の人のことごとしきありさまに思ふらんしるしに、出だし車の飾りなど、例にはまさりたらんを見よかし」（三・一四六）とあるように本院渡御の準備に余念がない。女房たち全員を行列に参加させる計画で、車の手配も抜かりない。そして次に賀茂川での禊場面となるが、これは祭に先立つ禊であるとともに、初めて源氏の宮が賀茂神社に参るためのものでもあり、常にもまさる晴儀となる。その時の女房たちの衣装は次のようにある。

衣の色ぞ、ことにめづらしからねど、千代の例とにや、千歳の松の深緑を、幾重ともなく重ねたる多さはこちたく、同じ色の桜の表着、藤の浮線綾の唐衣、「松にとのみ」、縫ひ物にしたり。裳は、青き海賦の浮線綾に、沈の岩立て、黄金の砂に、白銀の波寄せて、浸れる松の深緑の心をぞ、縫ひ物にしたりける。童も同じ色にて、上の袴、汗衫、女房の裳、唐衣、同じことなり。書き続けたるは、見所なく、「こやいみじかりける」とて、もどき笑はれぬべかりけれど、その折、車引き続けたりしは、常よりも見所多かりけり。何の色も、言ひ続けたるよりは、染め張りがらに、清げにもあるぞかし。同じ綾織物、打物などいへど、ことの外に、同じ人のしわざとも見えずこそはあれ。かく書きつけたるよりは、見るはめでたくこそありけめと、思ひやるべし。

（三・一四九～一五〇）

それは、「千代の例」となるような、「常よりも見所多かりけり」盛儀であったという。その華麗な衣装が記録され、傍線部にあるように、それは書くことではなかなかに再現し得ないほどに素晴らしいと、書き手は苛立ちを隠し得ない。さらに祭の当日、賀茂神社に渡御する箇所も引用しておく。

今日は、四季の花の色々、霜枯れの雪の下草まで、数を尽して、年の暮までの色を作り、表着、裳、唐衣など、やがて、その色々にて、つがひつつ、高麗、唐土の錦どもを尽しけり。各々、白銀の置口、蒔絵、螺鈿をし、絵描きなど、すべてまねび尽すべき方もなかりけり。御輿の駕輿丁、形姿まで、世の例にも書き置かんとせさせたまひけり。口も筆も及ばで、いと口惜し。渡らせたまふほどに、そこら広き大路ゆすり満ちて、えも言はず香ばしきに、我はと思ひたる車どもの榻下ろさせて、過ぎさせたまふは、なほいと気高し。御社に参り着かせたまふありさまなど、例の作法の事に事を添へさせたまへり。殿も、やがて留まらせたまひぬれば、いづれの殿上人、上達部かは帰らん。若上達部などは、土の上に形くやうなる御座ばかりにて、夜もすがら女房たちと物語しつつ、明くるも知らぬさまなるに、京にはいまだ音せざりつるほととぎすも、御垣の内には、声馴れにけり。内も外も耳留めぬは、いかでかはあらん。いとをかしう、歌ども多かりけれど、え書き留めずなりにけり。

（三・一五三～一五四）

ここでも、「世の例」ともなる祭の日の華美な光景を、記録することの必要性がいわれているが、やはり十二分にそれを書き尽くすことは難しいとされる。

これら一連の記述について、三谷栄一氏の前掲論文は、藤原資房『春記』の記事を参照しつつ、はなはだ興味深い指摘をしている。『春記』が禖子内親王が本院へ渡御される光景を、「女房装束如花。過差無極而已」（永承三年四月一二日）とし、さらに賀茂祭での御禊について、「難有過差之制、不能糺弾也」（永承七年四月一五日）と述べていて、その「過差」を糾弾していることをふまえつつ、氏は、「その行列に参加した狭衣作者宣旨は『春記』の著者とは逆に、その美々しい風流に女性らしい得意さと誇りがあったに相違ない。狭衣物語における、この必要以上とも思われる精細な衣装描写も、作者が体験した往事の祭儀のなつかしい追憶を、今は不幸な主人禖子内親王と同僚の女房達と共に回想し、過去に共感を求めたのではなかかったろうか」と述べている。さらに、「享受者と共に、嘗ての禖子内親王斎院の盛儀の折を心豊かに回想してゐる表現……自分達仲間の参加した折の華やかさを追憶して楽しんだ表現……嘗て往事参加した祭儀の夜を回想させ、楽しい追憶に浸らせ、共感共鳴を呼ぼうとした表現」ともいう。

確かにこれらの叙述は、三谷氏のいうとおり、「必要以上とも思われる」ものであり、『狭衣物語』というテクストになくてはならぬ必然性はない。また、書き手の登場も物語中でここが突出して多い。三谷氏は作者六条斎院宣旨の属する作者圏の問題をここに導入することで、この箇所の解釈を試みている。物語では、あくまで賀茂社の神事に奉仕する源氏の宮の様子を語っているのだが、一方でここには斎院禖子内親王の昔が二重写しにされていて、その盛時を昔の仲間とともに懐古する気持ちがここにこめられているという。「思ひやるべし」、「口も筆も及ばで、いと口惜し」等という草子地は、その昔の仲間に対する呼びかけであるという。

妥当な見解だと思われるが、となると、単に『狭衣物語』がその世界内において、エクリチュールを評価しているのみならず、『狭衣物語』自身が自らが書かれたテクストであることの意味を明らかにしているともいえる。もちろん、ここで問題となっているのはあくまで斎院渡御等の場面でしかない。しかし、この議論は敷衍できる。『狭衣物語』総体が今は喪失した六条斎院禖子内親王サロンの過往を偲ぶ記念碑的テクストである、というようにである。確かに『狭衣物語』には、禖子サロンで催された物語合や歌合の言葉が縦横に駆使されており、この文化サロンの記憶を永遠に留めんとする思いをそこに認め得るのである。

九　メタ物語文学

『狭衣物語』のモノローグ構造、そして自身が書かれた物語たることを標榜する『狭衣物語』についてみてきた。ここにいたって、物語文学史上における『狭衣物語』の位置を考えることがようようゆるされるのではなかろうか。もちろん、『狭衣物語』ならずとも、平安時代物語文学史の系譜とは、書かれた物語の系譜である。しかし、少なくとも、『竹取物語』からはじまる物語文学は、「今は昔、竹取翁といふものありけり」、「いづれの御時にか」等の冒頭の語り手の口上に端的に表れているように、あくまで物語が始原的に口承物語であったことを忘却しなかった。『源氏物語』にしばしばみられる「……書かず」という主体も、玉上琢彌氏の用語を借りれば、「筆記編集者」の書く行為を意味しており、したがってその向こう側には語り手が存在することになる。書き手は単なる筆録者でしかなく、あくまで語る行為こそが物語を根拠づけているのだ。もちろん、その口承性にしても偽装以外でないし、実際の口承物語それ自体がここにあるはずもなく、実際に口承されていた物語を筆録したというのでもない。物語文学の語りとは、最初から紙上にしか存在し得ない、これまで一度も語られたことのない偽装の語りである。

しかし、それにしても、それら先行物語文学と『狭衣物語』との間には決定的な断絶がある。『狭衣物語』では、もはや語ることが物語であるという認識すらもが忘れ去られて、物語が書かれた物語であることを自明の前提として、すべてが始まっているようである。『狭衣物語』にしばしば登場する書き手とは、語り手の声を筆録している書き手では断じてない。では、その書き手は語るように書いているのかというと、そうでもない。語りの問題はまったく意識化されておらず、現実に物語文学が書かれたテクストであることを受けて、その反復として仮名文が書かれているといったところなのだ。物語世界の出来事は本当にあったことであり、それを見聞したものとして『狭衣物語』の世界があるという建前はとられているが、先に紹介した斎院渡御等の場面にもあったように、後世に記録として残すべく書いているとされており、それはエクリチュールの論理以外ではない。わずかに斎院での蹴鞠の場面において、書き手が、「その折は見しかど」（四・二三八）と発言している注目すべき箇所があって、この書き手は、『源氏物語』「若菜　上」巻で六条院で催された蹴鞠をも見聞したことがあるという。『源氏物語』と『狭衣物語』の世界とは地続きであり、この書き手は『源氏物語』時代の生き証人たることを表明している箇所だが、書き手の実体を忘れているわけでないことを誇示したものであるが、この場限りの思いつきのようなものである。

ここで、あらためて主人公狭衣にとって、『飛鳥井女君絵日記』が自らの夢想を培養するための閉じたテクストであったことを想起されたい。狭衣が過去を懐かしみ涙するためにこそ飛鳥井の言葉は存在しており、そこに生きた飛鳥井女君との対話があるのでない。また狭衣が独詠する場面が狭衣自身により書（描）かれていたことも参考にされたい。その苦悩する姿は一幅の絵として美的鑑賞の対象たり得ていたのであり、それは狭衣の自己陶酔を増殖すべく存在している。さらに斎院渡御等の一連の場面が、今は失われた六条斎院禖子内親王サロンへのノスタルジーを支えるための記録であること、そして、『狭衣物語』自体が斎院文化サロンの記憶を永遠化するための豪華本であったかもしれないのである。それらはすべて回想に耽溺するためにこそある書かれたテクストであり、いうならば、屍体としてのエクリチュールなのではあるまいか。

おそらく、『狭衣物語』にとって、物語文学のテクストとはすべて物象化されたオブジェとしてあり、その語りの内部に分け入って対話を交わすような生きたテクストではなかったのであろう。これまでみてきたそのモノローグ構造も、多声的・多義的・対話的・重層的……という語りの世界には入らないことによって保証されたものである。登場人物と物語に敷設された状況との対話関係、登場人物同士の対話、語り手と登場人物の対話、典拠との対話……、そのような自在な物語展開を促すような要素は事前に摘みとられてしまっていた。さらに本稿では具体的に論じてないが、会話文・内話文・地の文……の弁別についても、それぞれにふさわしい言葉が、それぞれに適当に案分されているだけのことであり、それ以上の意味をもたない。例えば、独詠歌が心中思惟の言葉としてあることがしばしばあり、はたしてこれが心中思惟なのかという疑問を抱かせるとともに、それでは地の文の独詠歌との違いは、声にだすかださないかの違いにすぎなくなる。登場人物の視点（主に狭衣）に同化して周囲を対象化する機能もきわめて限定されている。物語世界の言葉に没入して、対話的物語構造を内側から縦横に形成していくのでなく、作中世界からデタッチメントしたところから、世界を管理し調整しているといった塩梅なのだ。

『狭衣物語』にとって、物語文学とは、平安時代の記念碑的文化財以外でなく、物語文学史は既に出来上がったものとしてあり、すべては語り尽くされ、新たに語ることは何もないということだったのである。にもかかわらず、物語文学の歴史にさらに自らが参与せんとするならば、物語文学めいた物語文学の模造品を拵えおく以外に方途はなかろう。『狭衣物語』はまさにその一点に自らを賭けたのであり、かくして『狭衣物語』は、物語文学の累々たる屍の山を前にして、それらを解体し切り貼りするという、物語文学のブリコラージュとして成立したのであった。

あらためて、『狭衣物語』の骨格である時間構造を確認してみてもよいであろう。それは出来事の発生ではなく、過去へと向かうモノローグ的時空を現前させることを目的化し、従来の長編物語とは逆しまの時間構造の物語としてあった。このような構成の物語になったのも、新たに語ることは何もないと認識されていたからであり、だからこそ回想の時空という、出来事の意味づけの方にこそ語りの重心を移動させたのである。

しかも、これについても、新編日本古典文学全集『狭衣物語②』の小町谷照彦氏の解説「後悔の大将狭衣の君」の指摘があるように、物語表現史の蓄積があり、かかる既成品によりかかって再生産するだけのことである。後悔する主人公像という、薫大将に端を発した多くの主人公像の文学史的系譜が認められるのであり、『狭衣物語』の仲でも、「『八千度の悔い』とか、名につきたりし大将には、やや優りたるを」（三・一五〇）とあるように、狭衣像との比較されている箇所もあるほどである。そもそも回想する主人公像といっても、一様ではない。薫のような実存的な不安に苛まれた人物像もあるし、『浜松中納言物語』の主人公中納言の例を参照してみてもよい。異郷での恋の経験への憧憬を抱きつづけ、そこに回帰せんとして彼は身を焦がし続けていた。しかし、『狭衣物語』にあっては、そのようなファナティシズムは抑制されて、美的様式の中へと予定調和的にとりこまれてしまっているのだ。

もちろん、『狭衣物語』に新たなる物語世界の発見がないなどと私はいっているのでない。本稿で扱った範囲でみても、大宮が娘女二の宮所生の狭衣の若宮を自身の子にしてしまう物語展開も、すぐれて『源氏物語』のパロディたり得るし、あるいは、その若宮の父が狭衣と知れてしまうことを文ではなく独詠歌の立ち聞きによるとしていること、また噂や神託の単純至極な言葉の機能にしても、これまた『狭衣物語』ならではの方法であるといえる。しかし、これらのパロディにはある種の共通性が認められる。源氏と藤壺との密通は実際にあって、冷泉帝が誕生するが、『狭衣物語』の若宮誕生の真相ははるかにアクロバチックなものである。大宮は確かに自身の男子を欲しかったに違いなかろうが、彼女は狭衣の子を産み落としたのではない。なんと娘の子を自分の子にしてしまったのであり、ここでは「密通」がなかったにもかかわらず、狭衣と大宮との密通をあえて仮構し、かつそうすることで、密通というモチーフにかけた『源氏物語』の問題意識を無効にしてしまっているのだ（先掲の拙著『物語文学、その解体』第Ⅵ章「仮装することの快楽、もしくは父子の物語」）。

独詠歌の立ち聞きにしても、これまた日常的にはあり得ないような、いかに危うい状況設定であるかについては既述した。にもかかわらず、なぜか情報は正確無比に伝わってしまっていた。同じく、噂や神託の言葉があまりに権威的にして単純無比でありすぎて、もはや神託や噂の言葉とは思えない代物になってしまっていたことも述べた。これらは極端に誇張された噂や神託の言葉であり、パロディのためのパロディ、引用のための引用、といったところなのだ。パロディすること自体を目的化しているために、いわば内実が空洞化されてしまっている。噂や神託のあり得ないパワーを強調することで、噂や神託が虚仮威しの言語でしかないことが暴露されている。さらに故式部卿宮姫君という源氏の宮の「形代」の登場にしても、お手軽な結末であり過ぎて、『源氏物語』が意を用いた形代なるテーマがまったく意味をなさなくなってしまっているのだ。

平安時代の物語文学が実際の口承物語のメタ物語であるとするならば、『狭衣物語』はさらにそれからも身を飜したところから発想された物語文学のための物語文学、つまりメタ物語文学ということになる。『狭衣物語』は、平安時代の物語文学史を、いかにも『狭衣物語』らしい方法で総括し、葬り去ってしまったのである。そこにあるのは血液を抜き取られた物語文学の亡骸以外ではない。しかし、屍体の美というものの所在を強烈にアピールせんとしているのが『狭衣物語』なのだ。物語のゴールもそのような観点から玩味すべきものであろう。

狭衣と源氏の宮という至高のカップルは、かたや賀茂斎院に、かたや天皇にというかたちで結着がつく。ここに古代姫彦制の復活・再現を読みとる論者が多い（井上眞弓氏著『狭衣物語の語りと引用』第Ⅰ部第四章「『夢のわたりの浮橋』論」笠間書院、二〇〇五・三）。しかし、その説明では肝心要の問題をとり逃がしているのではないのか。狭衣と源氏の宮、二人は生身の男女として、「今・ここ」を熱く生きることはなかったのである。しかし、まさにそのことの代償として、なんと古代姫彦制の神話的時間にとりこむことで、二人の関係は冷たく化石化され、そして永遠化されてしまったということではなかろうか。このぞっとするような倒錯的な愛のかたちこそがこの物語の何たるかを如実に表わしているのではなかろうか。

付記

本稿は拙稿「平安朝のメディア空間」（新編日本古典文学全集『狭衣物語 2』月報、小学館、二〇〇一・一二）と「狭衣物語――独詠歌としての物語」（加藤睦・小嶋菜温子編『源氏物語と和歌を学ぶ人のために』所収、世界思想社、二〇〇七・一〇）をふまえる。松岡千賀子氏の「『狭衣物語』に於けるフミの考察―メディアとしての特性と役割」（学習院大学名誉教授吉岡曠先生追悼論文集『平安文学研究 生成』所収、笠間書院、二〇〇五・一二）という卓論から多くの示唆を得ている。氏は、「『狭衣物語』のフミはマイナス展開の要因とはならない。正に読み手のみに届く場合は勿論の事、それ以外の場合に於ても、『源氏物語』に見られるような露見・誤解が生じることはない。そうした事態は、独り言・噂といった『ハナシ』を主な要因とし、それらが立ち聞きされ、語り継がれることによって発生している」と述べている。本稿は氏の論を「モノローグの物語」という論脈に位置づけなおしたものである。エクリチュールとパロールという分類枠では、この物語はとらえられないのであり、それらが共通してどのような土俵上にあるかが問われなくてはなるまい。なお、この問題については、井上眞弓氏の先駆的業績があるが（先掲『狭衣物語の語りと引用』第Ⅲ部第六章「書物」）、私の論脈上に位置付けることが出来なかった。

また狭衣周辺の脇役たちにみるモノローグ的人間関係については、本書所収の千野裕子氏「飛鳥井女君物語の〈文目《あやめ》〉となる脇役たち」から、「噂」についても同氏「『狭衣物語』と『源氏物語』夕霧巻——一品宮物語を中心に」（平成二五年度中古文学会春季大会）から示唆を得た。『狭衣物語』の独詠歌については、高野孝子「『狭衣物語』の和歌」（『言語と文芸』第四二号、一九六五・九）、竹川律子氏「狭衣物語の独詠歌」（『お茶の水女子大学国文』五二号、一九八〇・一）という先駆的業績があるが、その後の研究史的整理は行っていない。

『狭衣物語』に限らず、平安時代末期成立の『夜の寝覚』『浜松中納言』『堤中納言物語』の世界はすぐれてモノローグ的である。であるからこそ、二十代後半から三十代前半にかけての私は、これらのデカダンス文学に可能性を認め、「『浜松中納言物語』幻視行—憧憬のゆくえ」・「『夜の寝覚』論—自閉者のモノローグ」・「『虫めづる姫君』幻譚——虫化した花嫁」・「性倒錯と短篇物語——『貝合』をめぐって」・「『風に紅葉』攷——少年愛の陥穽」「『思はぬ方に泊まりする少将』攷——短篇物語の終焉」等の論を書いたし、偏愛する物語が『狭衣物語』だったのである。しかし、現在の私はどうしても対象を分析的にとらえてしまうために、もはやこれらのモノローグ世界と全面的には共感することができなくなっている。この批評スタイルの変質は何を意味するのか。

『源氏物語歌合』の特質——中世初期における『源氏物語』享受の一様相

渡邉裕美子

はじめに

『源氏物語歌合』は、『源氏物語』の登場人物三六人の詠歌各三首を選んで結番したもので、計五四番、総歌数一〇八首からなり、「五十四番歌合」とも呼ばれる。物語の作中歌の歌合というと、すぐ思い起こされるのは定家撰『物語二百番歌合』であるが、それよりは後の成立で、その影響下にあると考えられている。伝本は甲乙丙の三系統に分けられている。そのうち甲本が原形に近く、乙本・丙本はそれぞれ別個に後人が甲本を改変したものと考えられており、改変の内実・方向性・改変の時期などが論じられているが、本稿では原形とされる甲本のみを取り上げることとする。甲本は仮名序・作者一覧を巻頭に持ち、引用された歌には一般的な詞書よりも長文の詞書が添えられ、さらにもともと絵を伴っていたと推測されるなど、興味深い特徴を持つ。成立時期・撰者ともに未詳だが、現存する伝本のうち二巻本歌合絵巻が室町初期写と推測され、それ以前であることは間違いない。樋口芳麻呂は、仮名序の内容（次節のCの破線部分）から、成立以前に公任の『三十六人撰』の影響を受けた歌仙歌合が盛行していたと考えられることから、『風葉和歌集』（文永八年（一二七一）成立、以下『風葉集』）や『女房三十六人歌合』（文永九年以後成立）と同時期の成立と推測する。[1]

この歌合については、樋口論の他、早くに久曽神昇[2]が言及し、歌合絵巻を紹介した森暢[3]、そして池田利夫[4]、寺本直彦[5]などの研究が続き、既にさまざまな指摘がなされている。しかし、影響を受けたと考えられる『物語二百番歌合』や同時期に成立した『風葉集』の研究が、近年、飛躍的に進んで新たな局面を迎えていること、また、鎌倉時代後期写の物語歌集で、『物語二百番歌合』との関連が注目される冷泉家時雨亭文庫蔵『源氏和歌集』[6]の影印が公刊され、その研究が進んでいることなどから、この歌合についても新たな視点から論じられるように思う。まずは、序文と作者一覧について考察し、それから詞書の構成方法を取り上げて、中世初期の『源氏物語』享受の様相について考えてみたい。

一　仮名序の内容（一）――全体の構成

先述したように、『源氏物語歌合』（甲本、以下「甲本」は略す）は、巻頭に仮名序を持つ。以下、わたくしにAからDの四つに区切って掲げてみる。[7]

Aそれ人の心をたねとして、よろづのことのはしげき中にも、昔、上東門院の女房むらさき式部ときこえしがつくりいでたりける光源氏の物語になずらふるたぐひはまれならむ。 a ことばは春のはなの、木木の梢ににほひをのこし、心は秋の月の、ちさとのほかまでもくまなかるべし。色をしり、なさけをふくむ家に、いづくにかこれをもてあそばざる。たかきもくだれるも世にしたがふ人の、たれかこの心をまねばざらむ。遊宴のことば、餞別のなごり、哀傷の詠、風月の篇、いづれか此中にもれたる。九重の雲のうへより、いやしきしづがきぬたのおとまで、わが国のことわざのみにあらず、こま、もろこしのふるきためしをもかきあらはせり。

Bされば、はじめきりつぼに、いづれの御時にかとうちいでたるより、夢のうきはしにいたるまで、露ことに袖のいとまなく、心をくだかずといふことなし。うき世をのがれ、かずならぬ身をすてても、思ひなれにしもとの心のなごりにや、物さびしかる柴の戸の春のあけぼのには、まづ b 北山の僧都のすみかにて、なみだもよほす滝のおとかなとよみけんけしきおもひやられ、 c 身にしむ風の秋の夕には、雲林院の律師の坊にて、念仏衆生摂取不捨とうちのべけむこゑの色きく心ちしてたふときにも、思ひ出づれば妄心の床のほとりには観念のたよりをすすめ、案じつづけては貪着の窓の中にも発心の中だちとはなどかならざらむ。さればあながちにこれをいとふなげきもあるべからず。

C しひてまたわすれむとしもなけれども、雲にふし、あらしにおくる身のもてあそびには、かずかずのまきをまき、てにしたがふることも、いとたやすからぬによりて、この中にあまねく人のくちにうたひ、つねにわがこころにそめたる名たかききこえある男女三十六人えらびいだして、左右とさだめて、おのおのよめる歌三首づつをとりならべつつ、五十四番にあはせて、そのかたはらに、なほあかずすてがたきあまりに、ことばをさへいささかかきとどめて、心あてにをかしきおもかげまでにたちそひぬるなるべし。三十六人といへる事は、公任の大納言はじめてのち、世世にあつめ、そのかずしげしといへども、かのよのおろかなる心ひとつをやりて、かしこかりし昔のあとをけがさむわざは、そのおそれおもくや侍らむ、道をまなぶ今のさかしき人は、またもれぬるうらみもありぬべかめり。これはそのおこり、いつはれるをもととすれば、たれかはよしあしのそねみをものこさむ。そのみなもとうきたるをさきとすれば、たれかもれぬるとがをもかこたむ。

D ただひとへに d 狂言綺語のあやまりなり、くらきよりくらき道に入りなむことをのみなげくといへども、 e 返りてはまた讃仏乗のいんにあらずや。光にひかりをそへて、 f 山のはの月、などか長夜のやみをてらさざらむ、かのりう女成仏の跡をたづぬるに、唯有一乗ののりよりいでたり。いかでか紫式部がことば、ひとり邪正一如のことわりをそむかむ。このみちを信ぜむ人は、おのづからあざむかぬこともやとて、もしほ草かきあつめて、かたみの浦にはかなき鳥の跡とどめ侍るものをや。

歌合記録の巻頭に序文的な文章を添える例は、平安時代初期から見られるが、それらは歌合の主催者や成立の経緯、行事次第などを記したもので、この序とはまったく性格を異にする。内容を簡略にまとめると以下のようになろうか。

A『源氏物語』の内容が広く、人の生活のあらゆる面に及ぶこと。
B自身は出家の身であるが、折々、慣れ親しんだ『源氏物語』が思い起こされること。それは発心の媒となるもので厭う必要は無いこと。
C大部の『源氏物語』に親しむのは容易ではないので、公任の『三十六人撰』にならって三六人の登場人物の歌を各三首抄出して歌合としたこと。その撰歌はそもそも虚構をもととしているので、誹りを受けるべきものではないこと。
Dこうした歌合を作り翫ぶという行いは狂言綺語の誤りに他ならないが、讃仏乗の因となること。

Aの書き出し「それ人の心をたねとして、よろづのことのはしげき中にも」の一節が『古今集』仮名序を意識することは誰の目にも明らかであろう。冒頭が『古今集』仮名序の引用で始まる点について言えば、同じく公任の『三十六人撰』を意識する『三百六十番歌合』（正治二年（一二〇〇）成立。真名序巻頭「夫和歌者吾朝万代之習俗也」）や『三十六人大歌合』（弘長二年（一二六二）成立。仮名序巻頭「やまと歌は、我が国の花の春、たかきいやしき家のことわざとそなはり」）が、巻頭に『古今集』序を意識した書き出しの序文を持つことに注意されよう。しかし、冒頭の一節以降の展開は、それらとはまったく異なっている。この点について、寺本直彦が、傍線部aは、源氏注釈や古系図によく収載される「源氏物語のおこり」（現存書の中では『源氏大鏡』第一類、『源氏増鏡』、『光源氏一部歌』と一致）と、傍線部d～fは『柿本講式』序文と対応するとして、この序文には「『古今集』仮名序、「源氏物語のおこり」、あるいは源氏講式としての「源氏一品経表白」「源氏物語表白」などの影響があるが、とりわけ『柿本講式』の影響が強いことがうかがわれる」と指摘していることが重要であると思われる。物語作中歌の歌合と言えば、『物語二百番歌合』の影響、作者三六人と言えば歌仙歌合の伝統が想起され、それも間違いではないのだが、序文の内容は、狂言綺語観を糧として、和歌や物語という文学が仏教教義と矛盾することなく存在し得ることを、整った文章や仏教的儀式として表現しようとする中世初期の動向と深い関係を持つことを示している。

二　仮名序の内容（二）――独自性の見られる点

前節で掲出した序文のB部分では、具体的に『源氏物語』の表現に即して、それが発心の媒となることを示そうとしているのだが、ここで注目されるのは引用された場面である。傍線部bは、若紫巻で瘧病の療養に北山の僧都の坊を訪れた光源氏が、法華三昧を行う堂の懺法の声を聞いて僧都と贈答を交わす場面で、「なみだもよほす滝のおとかな」は、「吹まよふ深山おろしに夢さめて」と詠む源氏の歌の下句に当たる。傍線部cは、賢木巻で雲林院に参籠した光源氏が、『観無量寿経』の一節である「念仏衆生摂取不捨」を読誦する律師の声を聞く場面である。どちらも物語の展開上、ことさらに注目して取り上げられるような場面ではないだろう。『無名草子』(8)の語り手の女房の一人が、「など、源氏とてさばかりめでたきものに、この経（稿者注、法華経）の文字の一偈一句おはせざらむ。…これのみなむ第一の難とおぼゆる」と言っているように、現行『源氏物語』には『法華経』の経文の引用箇所はまったくない。(9)そうした観点で物語をたどってみると、『法華経』以外の経典から唯一経文を引用しているのが、この賢木巻なのである。また、天台宗で朝課とされた法華懺法に触れる箇所は引用された若紫巻の場面しかない。むろん、『無名草子』の別の語り手が、『源氏物語』作者が『法華経』を読んでいないはずがない、物語を読めば深い道心を持っていた人であることがわかる、と弁護しているように、『源氏物語』に経典名や経典内容を踏まえた表現は多く見られ、法会や読経・勤行などの場面はかなり具体的に描かれている。しかし、この歌合撰者は、具体的な経文引用が無いことを難とした（恐らく、それは当時の『源氏物語』に対する代表的な難のひとつであったのだろう）『無名草子』の語り手の一人と同じようなレベル、同様の思考回路で、唯一の経文引用箇所や法華懺法に触れる場面を探し出して、序文にわざわざ引用したのではないかと推測される。ただし、このような姿勢が、序文に続く歌合全体に貫かれているかと言えば、それはまた別問題で、この点については詞書の構成方法を検討した後でまた考えたい。

序文の中で、この歌合のコンセプトを述べているのは、Cの部分である。『源氏物語』の登場人物三六人を選び出し、各三首の歌を左右に番え五四番の歌合とし、歌だけではなく物語の「ことば」も書き留め、「おもかげ」が立ち添うようにしたというのである。この各人三首ずつという点が、登場人物のうち二首以下の詠歌数しかない者は選べず、逆に光源氏のように多数の歌を読む主要な登場人物については三首しか選べないという縛りとなり、文学作品としてはマイナスの効果を生むことは、樋口芳麻呂や池田利夫の指摘するとおりだろう。さらに、選ばれた歌は薫と夕霧の歌の二箇所（二八・二九番右、四三・四四番左）の例外を除いて、物語の進行順に配列されており、結番によって生み出される文学的効果についての配慮はあまりなされていないと想像される。実際に結番を見てみると、例えば、夕霧の歌の配列を物語の進行順とは変えた二八番で「末の松山」を詠んだ歌を組み合わせていたり、哀傷歌同士を組み合わせたり（一番）、「宇治の山里」と「小野の里」を読んでいる歌を組み合わせる（二〇番）など、結番への配慮が皆無なわけではないのだが、重視されているようには見えない。この点についても、池田が「定家の『物語二百番歌合』が、詠歌順に全く関係なく、細心の美意識を以て配列・結番されていった方法とは、やや懸隔がある」と言うとおりであると思われる。しかし、この歌合撰者にとっては、和歌的な聖数である三六人の登場人物について各三首の歌を選ぶということこそが、配列や結番によって生み出される文学的効果に優先される、大切な要素だったのではないか（『源氏物語』の巻数については、当時さまざまな説があり、また序文でも触れていないので、確実とは言えないが、「五四番」という数が『源氏物語』の巻数と一致することも意識されていたかもしれない）。こうした点は、前節で確認した、整った文章や儀式を求める仏教と文学をめぐる中世初期の動向と一致するものなのだと考えられる。『源氏物語歌合』に乙本・丙本と後続の改編作品が生み出されたことは、このコンセプトが後代に魅力的なものとして受け入れられたことを物語っている。

もう一点、Gの部分で注目されるのは、「おもかげ」までが立ち添うとしているところである。これは寺本直彦が指摘するように、この歌合に選ばれた登場人物の絵が成立当初から添えられていたことを述べているのだと考えられる。現存伝本の中で原形に近いとされる二巻本歌合絵巻は、人物像のみを描く単なる歌仙絵ではなく、御簾や几帳など室内の背景や屋外の風情を描き込む白描絵が添えられている。この歌合が成立した一三世紀末には、こうした白描絵が盛行しており、(10)現存する二巻本歌合絵巻の絵は室町初期のものと森暢によって指摘されているが、成立当初に添えられた「おもかげ」を伝えているのではないかと思われる。その当否は措くとしても、現存する二巻本歌合絵巻の絵と歌合歌の関係は非常に興味深いものがある。この問題は、登場人物の組み合わせと深く関わるので、次節でそれを検討した後に触れることとしたい。

三　作者一覧——配列・結番の意図と歌合絵

仮名序に続く作者一覧は、以下のようになっている。

作者

	左	右
①	きりつぼの御門＊	朝がほの斎院＊
①	朱雀院	おほ宮
①	冷泉院	あかしの中宮＊
①	**六条院**	**六条の御息所＊**
①	うす雲の女院＊	秋このむ中宮＊
②	**ほたる兵部卿宮＊**	**玉かづらの内侍督**
②	宇治の八宮＊	おちばの宮＊
②	にほふ兵部卿宮＊	おぼろ月夜の内侍督＊
②	女三宮＊	手ならひの君＊

③
むらさきのうへ　　かをる大将＊
あげまきのおほ君＊　　かしはぎの権大納言
むかしにかよふ中の君＊　　夕がほのうへ
花ちるさと　　源内侍のすけ

④
ちじの太政大臣　　紫のうへのうばの尼＊
夕霧大将＊　　あかしのうへ
ひげくろの大将＊　　紅梅右大臣＊

⑤
うつせみのうへ　　あかしの入道
あかしのあま　　弁のあま

左方を基準に考えると、一覧の上に記したように、①～⑤の五つのグループに分けられる。左方の①は天皇・院・女院、②は皇子・皇女、③は王女（花散里は王女に准じた扱いか）、以上①～③は皇族・皇統の者、④はそれ以外の臣下、⑤は出家者というような、おおよその基準に拠るのではないか。グループ内で、さらに男女、即位の順、身分の高下、生年などを考えて配列しているのだろう。右方は三分の二以上が女性で、左方のグループ分けの基準に当てはまらないが、左方と組み合わせたときに、あまり厳密とは言えないが、それ程大きな身分的懸隔が無いように配慮しているのだと推測される。こうした現実の身分構造を意識した配列・組み合わせは、恐らく『物語二百番歌合』に倣ったものであろう。『物語二百番歌合』の作者目録が、男女に分けた上で身分順に整然と配列するのに比較すれば、雑然とした印象を受けるが、一応の配列基準は持っていたのだと考えられる。

それぞれの人物の表記については、物語終了時の現官もしくは極官で記そうとする意識が、一応、見られる。これもまた『物語二百番歌合』が、できる限り勅撰集に準じて、そのように表記していることに倣ったものだろう。[11]たとえば、光源氏は「六条院」、頭中将は「致仕太政大臣」と記される。しかし、それは『物語二百番歌合』のように徹底されてはいず、夕霧や鬚黒を極官ではない「大将」としている。また、『物語二百番歌合』作者目録は、「男性貴顕・公卿等は、院号、極官もしくは物語終了時の現官の正式名称で記され、物語中の通称、あるいは後世の読者による通称は使われない」と田渕句美子によって指摘されているが、[12]『源氏物語歌合』には、こうした配慮はまったく見られない。通称と思われる作者名に＊印を付けたが、その数は半数以上に上る。夕霧や鬚黒が「大将」とされるのも通称に拠ったためであろう。[13]

以上、見てきたように、『源氏物語歌合』撰者は、恐らく『物語二百番歌合』に倣って体裁を整えようとしているが、田渕が言うような「身分構造」を「厳しく反映」させるという定家の方針は徹底されることはない。そのことは、定家が『物語二百番歌合』という作品に込めた「歌合歌とは相反するメディアである物語歌をも、公儀性の強い文芸形式である歌合に取り込んで再構成して見せるという、挑戦的な戦略」[14]を理解していなかったことを物語る。

こうした点を、前節で触れた登場人物の選択方法や歌の配列・結番への配慮の薄さと合わせて考えると、否定的側面ばかりが浮き彫りになってしまうが、もちろんこの歌合独自のおもしろさもある。登場人物の左右の組み合わせについて、それ程身分的懸隔が無いように配慮されていると先述したが、その他に、原則的に物語における男女関係を反映させることを避けた、と池田利夫が指摘していることが注目される。池田が言うように、物語の中で実際に贈答を交わすような関係にあったのは、太字で示した六条院と六条御息所、蛍兵部卿と玉鬘の二組しかない。

基本的に、物語の中では別の時代を生きた者同士、あるいは同世代であっても交流のなかった者同士が組み合わされている（ただし、この方針も二組の例外があるように徹底されてはいないのだが）。この人物の組み合わせの着想のおもしろさは、歌合絵が添えられることで、一層、強調されることになるのではないか。物語の中では生きる世界を異にして交流することのなかった二人の人物、たとえば匂宮と朧月夜尚侍、空蟬と明石入道といった二人の歌によって三番の歌合が組まれた後に、二人が御簾を隔てたりしながら一つの邸の中で過ごしているかのような絵が描かれているのである。このような場面は一般的な源氏絵では決して描かれることはないだろう（ただし、例外の六条院と六条御息所については賢木巻の野宮での対面を思わせる場面、蛍兵部卿と玉鬘については、蛍巻の蛍が室内に放たれたと思われる場面が描かれている）。物語の登場人物ではなく、実存した歌人の歌合で、実際にはまったく交流し得ない、時代を異にする歌人を組み合わせたものに後鳥羽院撰『時代不同歌合』があり、やはり鎌倉時代後期の白描の歌仙絵が伝存し、その影響関係を考えるべきかもしれない。また、この『源氏物語歌合』の歌合絵は、森暢が既に指摘しているように、歌合に選ばれた歌の場面と密接には結びついていないようである。たとえば、源内侍は扇をかざした姿で、紅葉賀巻の「赤き紙の、うつるばかり色深きに、木高き森のかたを塗り隠し」た「かはぼり」をかざす場面を意識して描かれたのだと思われるが、その場面の歌は選択されていない。また、夕霧と明石上は、それぞれ箏と琵琶といった楽器を演奏する姿で描かれ、若菜下巻の女楽の場面を彷彿とさせるが、やはりその場面から歌は採られていない。選択された歌の場面に関わらず、その人物のもっとも印象深い姿で、あるいはもっとも適当と思われる場面で描かれているのだろう。稿者は美術史を専門とするわけではなく、また源氏絵を研究対象としてきたわけでもないが、和歌を研究する視点から以上のようなことは言えるのではないかと思う。

①空蟬と明石入道

②花散里と源内侍

③夕霧と明石上

四　王権への視線

前節で指摘したような、定家の作品構成の真の狙いを理解していないといった面は、『源氏物語歌合』の歌に付された詞書にも見出される。田渕句美子は、中世の勅撰集や公儀性の強い歌合・歌会の歌が「基本的に王威を侵すもの、ゆるがすものは記さない」という規範を持つのに従って、『物語二百番歌合』ではそのような記述は避けられているとして、若紫巻で藤壺と逢瀬を持った場面の源氏の歌を例として挙げる。(15)

・**物語二百番歌合**（百番歌合・一番左）

　中将ときこえし時、かぎりなくしのびたる所にて、あやにくなるみじか夜さへほどなかりければ　六条院

見ても又あふ夜まれなる夢のうちにやがてまぎるゝわが身ともがな（一）

この詞書では二人の逢瀬は朧化されているが、『源氏物語歌合』は、同じ場面の歌にそれが明確にわかる詞書を添えている（歌は省略）。

・**源氏物語歌合**（一〇番左・六条院）

　藤壺の宮わづらひ給ふことありてまかでたまへり。いかがたばかり給ひけむ、いとわりなきさまにて見たてまつり給ふ。なにごとをかきこえつくしたまはん、くらぶの山にやどりもとらまほしくおぼえ給へど、あやにくなるみじかよにて、あさましう中中なれば

ここで、歌合は公儀性が強く「王威を侵すものは記さない」というような規範はまったく意識されていないと言ってよいだろう。

平安末頃から『源氏物語』の歌を中心に抜き出す「源氏集」と呼ばれるような物語歌集や、梗概書が多く作られるようになるが、そうした書では同じ源氏の歌はどのように抜き出されているだろうか。次に鎌倉末までに成立していたと思われる三書を挙げてみよう。まず掲出するのは、「はじめに」でも触れた冷泉家時雨亭文庫蔵『源氏和歌集』である。

・源氏和歌集

中将におはせし時、かぎりなくしのびたる所にて、くらぶの山にやどりもせまほしけれど、あやにてなる《(ママ)》

みじか夜さへほどなかりければ、中〳〵にて　六条院

見てもまたあふ夜まれなる夢のうちにやがてまぎるゝ我身ともがな

むせかへり給さまもさすがにいみじければ、御かへし　薄雲ゐむ

よがたりに人やつたへむたぐひなくうき身をさめぬ夢になしても

『源氏和歌集』は『物語二百番歌合』詞書と類似した表現を持つとして、その関係の近さが指摘されているが[16]、引用した源氏の歌でも詞書の類似は明らかである。しかし、『物語二百番歌合』のように源氏の歌だけを独立して挙げるわけではなく、藤壺（薄雲院）の返歌を続けて載せるために藤壺との逢瀬は朧化されているわけではない。

次に尊経閣文庫蔵『源氏抜書』[17]を見てみたい。この書は物語中の歌をすべて抜き出し（現存本は桐壺巻から鈴虫巻までの残欠本）、掲出例のように前後の地の文を繋ぎ合わせて詠歌状況を説明すると指摘される。詞書を高く、和歌を下げていることから、梗概書の意識で書写されていると考えられる。

・源氏抜書

ふぢつぼの女御わづらひ給事ありて、このほど、さとにものし給へり。わう命婦をかたらひて、いかゞものし

給けん、さらにうつゝともおぼえたまはず、なにごとをかはきこへやりたまはん。くらぶ山にやどりもほしけれど、あやにくなるみじかよにて、なか〳〵なり。あか月いで給とて、源氏

みてもまたあふよまれなるゆめのうちにやがてまぎるゝわがみともがな

とおぼしたまふも、さすがにいみじければ、

よがたりに人やつたへんたぐひなくうきみをさめぬ夢になしても

次に同じく物語から和歌を中心に抄出する『源氏古鏡』[18]を挙げてみよう（現存本は桐壺巻から花宴巻までの残欠本で、現存部分に落丁も存する）。この書で引かれた和歌は、すべてではなく選択されているが、前掲二書に比べて全体的に物語の地の文を長く引用する。ただし、「和歌のない部分は物語上重要な記述を含んでいても言及されることが少な」く、詞書のほうが和歌より低く書写されていることから、「歌集的要素の残存」した梗概書と指摘される[19]。

・源氏古鏡

ふちづぼの宮わづらひ給事ありてまかでたまえり。かゝるおりにだにと心もあくがれまどひて、いづくにも〳〵まうでたまはず、ひるはながめくらし、よるは王命婦をせめありきたまふ。いかゞたばかりけむ、いとわりなきさまにてみたてまつり給。宮、あさましかりしことをおぼしいづるに、よとゝもの御もの思ひなるを、さてだにやみなんとふかくおぼしけるを、いと心うくて、いみじき御けしきなるものから、なつかしくらうたげに、さりとて、うちとけぬ御もてなしなど、ゝりあつめなのめなるところなく、人ににさせ給はぬを、などてすこしよろしきところだに、うちまじりたまはざりけむと、つらくさへ、おぼさる。なに事をかは、きこへつくしたまはん。くらぶの山に、やどもとらまほしうおぼへたまへど、あやにくなるみじかよにて、あさましう、なか〳〵なり。

みてもまたあふよまれなるゆめのうちにやがてまぎるゝわがみともがな

この例では、歌の直前の物語の地の文がそのままの形で掲げられている。

詞書の構成方法はそれぞれ異なるが、いずれも『源氏物語歌合』と同様に王権を侵す出来事をタブー視してはいない。物語全体のダイジェスト化を目指す梗概書は当然として、全体の筋よりも個々の歌と歌の詠まれた場面に重きを置く物語歌集でも同じである。こうして見てみると、定家の『物語二百番歌合』が、いかに細心の注意を払って構築された先鋭的な試みであったかが改めて理解されよう。田渕は勅撰集的な構成を持つ『風葉集』にもそうした配慮が見えないと指摘する[20]が、勅撰集や歌合の公儀性を強く意識し、厳密に対処しようとしたのは、やはり歌道家を負って立っていた定家だからこそだったのだろう。

五　詞書の構成方法（一）——三種の方法

第二節で挙げた仮名序のこの歌合のコンセプトを述べたC部分に、「なほあかずすてがたきあまりに、ことばをさへいささかかきとどめて」とあるように、この歌合では『物語二百番歌合』などと比較して、長文の詞書を持つ場合がほとんどで、大きな特徴となっている。岩坪健は、「一般に『源氏物語』を梗概化するには三種類の方法、すなわち抄出・補足・要約が用いられ」「三通りの方法を組み合せることが多い[21]」と指摘するが、前節で掲げた物語歌集や梗概書を比較してみると、一口に抄出と言っても、物語本文の引用やダイジェスト化にはさまざまな方法が用いられていることが理解される。『源氏物語歌合』詞書の構成方法もひとつで統一されているわけではなく、おおよそ以下のような三種類の方法が用いられている。

まず、第一に、物語本文の直接の引用は無く、内容を要約して、どのような場面で詠まれた歌かを示すもので、次のような例である。

廿一番　右　（落葉宮）

兵部卿宮はじめてわたり給ひて、御返りのあした、御ふみあり、かの御返し、ひめ君にかはりて

女郎花しをれぞまさる朝つゆのいかにおきけるなごりなるらん（四二）

『物語二百番歌合』の詞書は、田渕句美子により「和歌の読解に必要な情報を端的に」記すと指摘され[22]、この詞書はそれに比べると稚拙な感じはするが、近いと言えるかも知れない。また、田渕は『物語二百番歌合』詞書が「詠者の外側からの記述」であるのに対し、『風葉集』は「物語の作中人物、詠者の心に寄り添い、内側から記述する」ともするが、この点では『風葉集』に近いと言えようか。ただし、このように要約した詞書は大変少なく、掲出した例以外にもう一例（二四番右）あるに過ぎない。

第二には、物語本文を省略することも、要約した文章を付け加えることもなく、歌の直前の地の文をほぼそのまま抜き出すもので、二〇番右、二二番左（贈歌は一部省略）、二三番左、二五番右、二九番右、三四番左（贈歌は一部省略）、三五番左、三五番右、三六番左、五三番右などがその例となる。前節で引用した『源氏古鏡』の詞書が同様の方法を用いている。当該歌合ではこのような例も多いわけではない。

もっとも多いのは、前節で引用した一〇番左のような第三の例である。その詞書を再掲してみよう。

・源氏物語歌合（一〇番左・六条院）

藤壺の宮わづらひ給ふことありてまかでたまへり。いかがたばかり給ひけむ、いとわりなきさまにて見たてまつり給ふ。なにごとをかきこえつくしたまはん、くらぶの山にやどりもとらまほしくおぼえ給へど、あやにく

なるみじかよにて、あさましう中中なれば

この場面の物語本文を次に掲げてみる。[23]

・**源氏物語**

藤壺の宮、なやみ給ふことありて、まかで給へり。上のおぼつかながり嘆ききこえ給ふ御けしきも、いといとおしう見たてまつりながら、かゝるおりだにと心もあくがれまどひて、いづくにも〳〵参うで給はず。内にても里にても、昼はつれ〴〵とながめくらして、暮るれば王命婦を責めありき給。いかゞたばかりけむ、いとわりなくて見たてまつるほどさへうつゝとはおぼえぬぞわびしきや。

宮もあさましかりしをおぼし出づるだに世とともの御もの思ひなるを、さてだにやみなむ、と深うおぼしたるに、いとうくて、いみじき御けしきなるものから、なつかしうらうたげに、さりとてうちとけず心ふかうはづかしげなる御もてなしなどのなを人に似させ給はぬを、などかなのめなることだにうちまじり給はざりけむ、とつらうさへぞおぼさるゝ。何事をかは聞こえつくし給はむ、くらぶの山に宿りも取らまほしげなれど、あやにくなる短夜にて、あさましう中〳〵なり。

見ても又逢ふ夜まれなる夢のうちにやがてまぎるゝわが身ともがなとむせかへり給ふさまもさすがにいみじければ、

世語りに人や伝へんたぐひなくうき身を覚めぬ夢になしてもおぼし乱れたるさまもいとことはりに、かたじけなし。

（若紫①一七五頁～一七六頁）

傍線部が『源氏物語歌合』詞書と重なる部分で、比較すると、『源氏物語歌合』は、『源氏物語』の本文を大きく省略しつつ抜き出し、省略された部分を要約したりせず、離れた文と文をそのまま結びつけていることがわかる。

前節で掲げた中では『源氏抜書』の方法に近いが、それと比較しても『源氏物語歌合』は最小限の文末表現の変更で、文を繋いでいる。

こうした方法は、『源氏抜書』が似たような方法を用いていることからもわかるように、『源氏物語歌合』撰者のオリジナルではない。『源氏物語』古筆切の「後伏見院筆柏木巻切」も同様の例で、この詞書を検討した稲賀敬二は、「部分を略し、しかも辞句を新たに加えずに、筋をダイジェストしている」とし、「こういう原文省略によるダイジェストの方法は、国宝源氏物語絵巻の詞書のまとめ方にも共通するもので、一二世紀、あるいはそれ以前から行われていたと推定」され、「きわめて早い時期の物語梗概化の特色」であると指摘する。(24) また、前節で挙げた『源氏古鏡』も掲出例は異なるが、梗概化に際して「必要な本文を、原典からほぼそのままの形で借用し、繋ぎ合わせて」いると指摘される。(25)

梗概書や物語歌集以外でも、『源氏物語』のさまざまな場面を挙げて論評する『無名草子』に、同様の方法で物語本文を省略しつつ引用しているのが見える。一例だけ挙げてみよう。

・**無名草子**

また、心尽くしの秋風に、海は少し遠けれど、行平の帥の、関吹き越ゆると、浦波いと近く聞こえて、

恋ひ侘びて泣く音にまがふ浦波は思ふかたより風や吹くらむ（一六）

と詠みたまふ。

・**源氏物語**

須磨にはいとゞ心づくしの秋風に、海はすこしとをけれど、行平の中納言の、関吹き越ゆると言ひけん浦波、よる〳〵はげにいと近く聞こえて、またなくあはれなるものは、かゝる所の秋なりけり。御前にいと人少なに

て、うち休みわたれるに、ひとり目をさまして枕をそばだてて四方の嵐を聞き給に、波たゞこゝもとに立ちくる心ちして、涙落つともおぼえぬに枕浮くばかりになりにけり。琴をすこし掻き鳴らし給へるが、我ながらいとすごう聞こゆれば、弾きさし給て、

恋わびてなく音にまがふ浦波は思ふかたより風や吹くらん　（須磨②三一頁）

こうして見てくると、物語本文を省略しつつ引用し、辞句を新たに加えることなく、離れた文と文をそのまま繋ぎ合わせて詞書を構成するのは、かなり広く行われた一般的な方法であったと推測される。

六　詞書の構成方法（二）――問題点

『源氏物語歌合』では、前節で指摘したような離れた文と文をそのまま繋ぎ合わせる詞書の構成方法を多く採用するために、しばしば問題が生じている。

・源氏物語歌合

廿七番　左　（女三宮）

秋の虫はいづれとなき中に、松むしはすぐれたるとて、はるけき野辺を分けてたづねとりつつはなたせ給ふに、名にはたがひて命のほどはかなき虫はあるべきなどのたまへば

大かたの秋をばうしとしりにしをふりすてがたきすずむしの声　（五三）

物語本文の引用は省略するが、この詞書も物語の地の文をところどころ省略する形で構成されている。「分けてたづねとりつつはなたせ給ふ」と「のたまへば」の主語が記されていないが、歌が女三宮のものであることからする

と、前者は女三宮、後者は光源氏かと、一応、想像される。しかし、物語本文に当たってみると、後者はそのとおりなのだが、前者は秋好中宮が主語なのである。このような場合、意味が変わってしまう前者はもちろんのこと、後者についても主語を補わなければ、詠歌状況を説明する詞書として不十分であろう。『源氏物語歌合』では、このような詞書としては不首尾な例が散見されるのである。

また、次に挙げるのは、登場人物名を補っているのだが、それが不適切で問題が生じている例である。

・源氏物語歌合

四番　左　　朱雀院

斎宮くだり給ひし日、大ごく殿のぎしき御心にしみておぼしければ、かくべきやうくはしくおほせられて、きむもちのつかうまつれるいといみじきを、中宮にたてまつらせ給へり。御せうそくはただことばにて、左近中将御使にて

身こそかくしめのほかなれそのかみのこころのうちをわすれしもせじ（七）

これは、絵合巻で朱雀院が斎宮女御（秋好中宮）に絵巻を贈る場面で、詞書の書き出しの「斎宮」と、院が絵を贈った相手として補われた傍線部「中宮」は同一人物なのである。この詞書だけでそれを理解することは困難であろう。『源氏物語歌合』では他にも主語を補っている箇所はあるのだが、その場合は引用本文近くにある呼称を用いており、このように後の呼称で補うのは当該歌合の中でも異例である。一番おいて六番左の同じ朱雀院歌で、女三宮の裳着の際に秋好中宮が御髪上げの具を贈った場面を取り上げているのだが、その詞書に「女三宮のもぎに、中宮よりむかしの御ぐしあげのぐなど、ゆゑあるさまにあらためくはへて」とあり、恐らくこの詞書に引かれたものであろう。

この四番左詞書で問題なのは、それだけではない。詞書に引用されたあたりは物語では次のようになっている。

・源氏物語

年のうちの節会どものおもしろくけふあるを、むかしの上手どものとり〴〵にかけるに、延喜の御手づから事のこゝろかかせ給へるに、又わが御世の事もかゝせ給へる巻に、かの斎宮の下り給し日の大極殿の儀式、御心にしみておぼしければ、かくべきやうくはしく仰せられて、公茂が仕うまつれるがいといみじきをたてまつらせ給へり。艶に透きたる沈の箱に、おなじき心葉のさまなどいといまめかし。御消息はたゞ言葉にて、院の殿上にさぶらふ左近の中将を御使にてあり。かの大極殿の御輿寄せたる所の神〴〵しきに、

身こそかくしめのほかなれそのかみの心のうちを忘れしもせず

とのみあり。聞こえ給はざらむもいとかたじけなければ、苦しうおぼしながら、むかしの御髪ざしの端をいさゝかおりて、

しめのうちはむかしにあらぬこゝちして神代の事もいまぞ恋しき

とて縹の唐の紙に包みてまいらせ給。御使の禄など、いとなまめかし。

（絵合②一七八頁～一七九頁）

『源氏物語歌合』詞書の書き出し「斎宮くだり給ひし日」は、このままでは、朱雀院の「身こそかく」の歌が贈られたのが、その当日であると理解されてしまうが、物語本文を見ればわかるように、この歌はそれよりずっと後年、一四歳で伊勢へ下った斎宮が二〇歳で退下して都へ戻り、冷泉帝に入内して女御となり、弘徽殿女御と寵を競っているという状況下で絵合が行われることとなり、朱雀院から女御に絵が贈られるに際して詠まれた歌なのである。

また、歌合詞書の最後の波線部分に拠ると、朱雀院歌は「左近中将」を使いとして、「ただことば」（口頭）で斎宮女御に伝えられたと解されてしまうが、物語では、口頭で伝えられたのは「御消息」であり、朱雀院歌は絵に描か

れた「大極殿の御輿寄せたる所」に書き添えられたものとされている。

こうした問題が生じている箇所は、挙げた例以外にもかなりの頻度で見出せる。また、このような詞書は、田渕の言う、『物語二番歌合』のような「詠者の外側からの記述」とも、『風葉集』のように「詠者の心に寄り添い、内側から記述」しているとも言いがたい。詞書の記述の立場は明確ではなく、揺れ動いている。何故、こうした詞書が生まれたのだろうか。当該歌合撰者の『源氏物語』に対する理解度が低い、というような原因がまずは考えられようが、『源氏物語』を読み込んだ作者が書いたであろう『無名草子』にも僅かではあるが同様の問題は生じており[26]、理解度だけではない、当該歌合撰者の関心のありかに原因があるように思われる。また、池田利夫は当該歌合の歌の配列が物語の詠歌順になっていることから、「本書の撰歌過程において、いわゆる『源氏物語歌』が存在したことを想定させる」としている。物語に拠らずに源氏集や梗概書のような書を利用して歌合が作られたために、こうした問題が生じているのではないかとも推測されるが、そう言えるかどうかは少し検討が必要であるように思う。ちなみに、『源氏物語』から歌をすべて抜き出す『源氏抜書』の「身こそかく」の歌の詞書は次のようになっている。

・**源氏抜書**

　さい宮の女御の御かたに、院よりゐたてまつりたまふとて

ここには『源氏物語歌合』のような問題は生じていないのである。

七　詞書の構成方法（三）——関心のありか

では、次に『源氏物語歌合』の詞書の構成方法から、撰者の関心のありかについて考えてみたい。全体を通して感じられるのは、ひとつには、特定の場面の歌への好尚である。たとえば、哀傷歌は一〇八首中一八首あり、やや多めかと感じるが、中でも葵上に対する哀傷歌は五首を占め、印象に残る。また、賢木巻の野宮での別れの場面、須磨巻での女性たちとの別れの場面の歌はよく採られている。

また、第五節で指摘した第三の詞書の構成方法のうちに、取り上げた歌からは、かなり遡った地の文から引用を開始し、歌に至るまでの文を大きく省略しながら、離れた文と文を結びつけ、長めの詞書を構成している場合がしばしば見受けられる。次に挙げる一一番左がその例となるが、これは当該歌合撰者が好んで取り上げた野宮での光源氏と六条御息所の別れの場面でもある。

・源氏物語歌合

十一番　左　　　（光源氏）

斎宮の御くだりちかくなりて、のの宮にまうで給ふ。九月七日、八日のほどなれば、はるけきのべをわけ入り給ふよりいとものあはれなり。秋の花みなおとろへて、あさぢが原もかれがれなる虫の音に、松風すごくふきあはせたる。ものおもはしき人の心ちにて、ここに月日をすぐし給ふらむほどおぼしやらるるに、いみじうあはれに心ぐるし。月もいりかたにすごき空うちながめつつ、さまざまにうらみきこえ、かつはわがおこたりをことわりしられぬべくきこえつづけ給ふに、女もここら思ひつめ給ふつらさもわすれぬべし。やうやう思ひはなれ給ふに、さればよと、中中心うごきておぼしみだる。あけ行く空のけしきなどさらにつくり出でたらんやうなり

あかつきのわかれはいつも露けきをこは世にしらぬ秋の空かな（二一）

物語本文は長くなるので引用は省略するが、新日本古典文学大系本で四頁ほど遡った文から引用を始めている。比較のため同じ歌を抜き出す『物語二百番歌合』『風葉集』『源氏和歌集』『源氏抜書』から、歌は省略して詞書・梗概本文だけを挙げてみよう。

・**物語二百番歌合**（百番歌合・三九番左・七七）

大将におはせし時、さい宮の御くだりちかくなりてのころ、の、宮にまいりて、みやすん所にたいめんしたまへるあか月

・**風葉集**（恋五・一一二一・六条院御歌）

六条御息所、むすめの斎宮にぐしてくだらんとし侍りけるに、なが月のはじめつかた、たちよらせ給へるに、明けゆく空のけしきことさらにつくりいでたらむやうなれば

・**源氏和歌集**

そのおり、やう〳〵明行空も、ことに物がなしければ

・**源氏抜書**

あけゆくそらのけしき、さらにつくりいでたらんこゝちするほどなり。大将

こうして比較してみると、『源氏物語歌合』が、先行する『物語二百番歌合』や、他の物語歌集や梗概書などとはまったく異なる意識で詞書を構成していることが了解される。『源氏和歌集』は、直前に引用された贈答歌の詞書

を受けるので、「そのおり」で始まるが、直前の贈答歌の六条御息所の歌の詞書は、

斎宮群行ちかくなりける比、六条院、野ゝ宮にまうで給て、榊を折てさしいれつゝ、かはらぬ色をしるべにて

こそゐがきもこえにけれ、さもうく、ときこえ給へば

となっており、やはり『源氏物語歌合』のような長文の引用はない。『源氏物語歌合』において、他の同様の詞書構成方法を採る例を見渡してみると、この撰者が情緒溢れる風景描写に非常に強い関心を寄せていることに気付かされる。物語の展開でも、和歌のみでもない、情景描写そのものに関心が高いために、本文はなるべく要約したりせず、そのままの形で引用し、離れた文と文を多少不自然な続き具合になっても頓着せずに繋ぎ合わせて、歌の前に提示したのではないだろうか。

もうひとつ、当該歌合撰者は、歌が書き記された用紙や贈られる際の付け物については漏らさず引用しようとしており、強い関心を寄せていたと思われる。たとえば次のような例である。

・**源氏物語歌合**

十七番　左　（蛍兵部卿）

しろきうすやうにて、ためしにもひきいでつべきながきねにむすびて、女君にたてまつり給ふとて

けふさへやひく人もなきみがくれにおふるあやめのねのみなかれむ（三三）

『風葉集』『源氏抜書』の同じ歌の引用箇所を、やはり歌は省略して挙げてみよう。

・**風葉集**（夏・一七一・ほたるの兵部卿のみこ）

玉かづらの尚侍のもとに、ためしにもひきいでつべきねにつけてつかはしける

・**源氏抜書**

このひめぎみの御もとに、このみや、五日、御ふみたてまつりたまふ

比較すれば、違いは明らかであろう。こうした例は他にも多く拾うことができる。特定の場面や描写を好むことや、かなり離れた本文をそのまま抜き出して繋ぎ合わせて詞書を構成することからすると、『源氏物語歌合』撰者が既に世に流布していた源氏集や梗概書を利用した可能性は低いのではないだろうか。物語本文を要約して梗概化するタイプの書から、こうした詞書を構成することはできないし、たとえ要約に拠らないタイプの書でも、前掲の歌の直前の本文を抜き出した『源氏古鏡』にしろ、『源氏物語』本文を生かして詞書を構成している『風葉集』にしろ、『源氏物語歌合』撰者の関心と重なる本文を必ずしも引いていないからである。当該歌合が僅かの例外を除いて物語の詠歌順に歌を配列していることから、源氏集のような歌集は利用されたかもしれないが、それはこの撰者自身が自ら関心のもとに物語の歌と本文を抜き出したものだったのではないかと推測される。

おわりに

以上のような『源氏物語歌合』からは、どんな撰者像が浮かんでこようか。特定の場面や情緒溢れる風景描写を好み、手紙の用紙や付け物に高い関心を寄せ、その関心の赴くままにかなり歌から離れた本文でもそのまま引用し、主語や目的語が不明であっても、また離れた文と文を繋ぐ際に物語とは意味が変わってしまってもほとんど頓着しない、あるいは『源氏物語』の理解度はあまり高くはないかもしれない者。しかし、『源氏物語』を梗概書や源氏集によってではなく、恐らく全帖揃えて親しむことができる環境にあり、歌合に取り上げた登場人物の絵を依頼し

て描かせるか、自身で描くことができた者。定家の『物語二百番歌合』はよく知っていて、その体裁に倣おうとしているが、定家の作品構成の真の意図を理解しているわけではなく、歌の配列や結番、作者名表記などに一応の配慮を見せるが、その方針を徹底しようとは考えていない者である。当該歌合の撰者として、これまでに似せ絵をよくした藤原信実の娘の弁内侍(27)や、源親行の子で『紫明抄』を書写して鎌倉将軍久明親王に献じた素寂(28)の名が挙がっているが、確定できるほどの材料はない。少なくとも、歌道家に属していたり、その近縁で『源氏物語』に通暁している者、注釈や本文校訂を行う源氏研究の専門家といってよい人物ではないだろう。また、序文では自身は出家の身であると言っているが、これも本当にそうであるかどうかはわからない。序文の内容は第二節と第三節で確認したが、確かに狂言綺語観を披瀝し、物語が讃仏乗の因となることを具体的に物語本文を引用しつつ述べ、歌合でも哀傷歌の引用がやや多いと言えるかもしれないが、より大きな関心が寄せられているのは、情緒溢れる風景描写や手紙の用紙や付け物なのである。出家者であるというのは仮構の可能性もあるだろう。

いずれしろ、こうした『源氏物語歌合』は、『物語二百番歌合』とも『風葉集』とも、また引用したような源氏集や梗概書とも、また注釈書とも『源氏物語』に対する関心の向け方が異なっている。『源氏物語』がさまざまな関心の寄せ方をされ、中世初期において豊かな享受が行われていたことを改めて思うのである。

注

（1）「『源氏物語歌合』について」（『文学』五七号　一九八九年八月）。以下、樋口論の引用は同論文に拠る。また、同じく樋口の『王朝物語秀歌選（上）（下）』（岩波文庫）の注釈、解題も参照した。

（2）「源氏物語の歌合（上）（下）」（『國學院雑誌』四四巻三号、四号　一九三八年三月、四月）
（3）『歌合絵の研究　歌仙絵』（角川書店　一九七〇年）。以下、森論の引用は同書に拠る。なお、森は甲本に属する一本を「二巻本歌合絵」と称して紹介し、樋口芳麻呂もこの呼称を採用しているが、巻子本であるので、本稿では「二巻本歌合絵巻」と称することとする。
（4）「源氏物語歌合の伝本と本文」（古代文学論叢第八輯『源氏物語と和歌　研究と資料Ⅱ』武蔵野書院　一九八二年）。以下、池田論の引用は同論に拠る。
（5）「『源氏物語歌合』試考―弁内侍老後の作か―」（源氏物語探求会編『源氏物語の探求』第一四輯　風間書房　一九八九年）。以下、寺本論の引用は同論に拠る。
（6）冷泉家時雨亭叢書『大鏡　文選　源氏和歌集　拾遺（一）』（朝日新聞社　二〇〇八年）。以下、論考中で『源氏和歌集』を引用する際は、同書の影印に拠った。清濁、句読点は私意。傍記などは省略した。
（7）『源氏物語歌合』の本文の引用は新編国歌大観に拠った。同書は、甲本の伝本のうち宮内庁書陵部蔵本（五〇一・八五）を底本とし、二巻本歌合絵巻・乙本で校訂を施す。なお、底本とされた書陵部蔵本は、詞書が高く、歌が低く書写されているが（前掲注（4）池田論の資料編に翻刻がある）、新編国歌大観は恐らく校訂本である二巻本歌合絵巻の書式に拠り、詞書を低く、歌を高くしたのだと思われる。書陵部蔵本が近世初期まで書写が下るのに対し、二巻本歌合絵巻は室町初期写とされ、現存伝本中最も古く、また原本にあったと推測される絵も添えられており、こちらの書式が原本に近いのではないかと思われるため、本稿でもそれに従った。また、当該歌合以外の和歌の引用も、断らない限り新編国歌大観に拠った。表記を私に改めたところがある。
（8）引用は新編日本古典文学全集『松浦宮物語　無名草子』（小学館　一九九九年）に拠った。表記を私に改めたところがある。
（9）以下、仏教関連の表現の調査については、鈴木裕子・石井公成「『源氏物語』仏教関連表現データベース（β版）」（駒澤大学平成一六年度特別研究助成（共同研究）研究成果）を利用した。

（10）前掲注（3）森著書。その他、『白描絵巻』（『日本の美術』四八号　一九七〇年五月）参照。
（11）田渕句美子「『物語二百番歌合』の方法―『源氏物語』の人物呼称を中心に―」（『源氏研究』九号　翰林書房　二〇〇四年）
（12）前掲注（11）
（13）夕霧は『源氏或抄物』で「夕きりの大将」、『無名草子』で「まめ人の大将」。髭黒は源氏物語古系図で「髭黒大将」とするものがある。前掲注（11）田渕論文、常磐井和子『源氏物語古系図の研究』（笠間書院　一九七三年）参照。
（14）田渕句美子「『物語二百番歌合』の成立と構造」（『国語と国文学』八一巻五号　二〇〇四年五月）
（15）前掲注（14）。なお、『物語二百番歌合』の引用は、日本古典文学影印叢刊『物語二百番歌合　風葉和歌集桂切』（日本古典文学会　一九八〇年）の定家自筆本の影印に拠った。清濁、句読点は私意。新編国歌大観の歌番号を付した。
（16）前掲注（6）の岩坪健解題。田中登「『源氏集』の種々相」（森一郎・岩佐美代子・坂本共展編『源氏物語の展望』第六輯　三弥井書店　二〇〇九年）は、『源氏和歌集』の詞書は「物語の出来事を客観的に説明しようとする」と指摘する。また、品川高志「冷泉家時雨亭文庫蔵『源氏和歌集』詞書考―歌われた状況を説明する詞書―」（『同志社国文学』七二号　二〇一〇年三月）は、『源氏和歌集』の詞書は『物語二百番歌合』と類似するが、その性質が異なり、歌われた状況を具体的に説明することに徹し、詠者の心情を内側から具体的に説明するとし、その観点から「源氏と藤壺の関係の記述を避けようとしていない」と指摘する。
（17）引用は、岩坪健「前田育徳会尊経閣文庫蔵伝二条為明筆『源氏抜書』（翻刻）」（『源氏物語の享受　注釈・梗概・絵画・華道』（和泉書院　二〇一三年、初出は『親和国文』三四号　一九九九年一二月）に拠る。清濁、句読点は私意。尊経閣文庫蔵本巻末には中院通村により二条為明筆と判じた識語が付されている。
（18）引用は、天理図書館善本叢書和書之部『和歌物語古註続集』（八木書店　一九八二年）の影印に拠る。清濁、句読点は私意。
（19）田坂憲二「天理図書館本『源氏古鏡』について」（『中古文学』二八号　一九八一年一一月）

(20)「『風葉和歌集』の編纂と特質」（小嶋菜温子・渡部泰明編『源氏物語と和歌』青簡舎　二〇〇八年）
(21)前掲注（17）岩坪著書
(22)前掲注（20）
(23)『源氏物語歌合』撰者が用いている物語本文は、池田利夫や樋口芳麻呂の研究により河内本系別本であることが明らかにされており、厳密に言えば、その本文を掲出して比較すべきだが、完全に一致する本文を持つ伝本が存在するわけではなく、また、ここでは本文系統の問題には立ち入らないので、大島本を底本とする新日本古典文学大系に拠って本文は掲出し、『源氏物語大成』により本文の揺れを確認した。
(24)「源氏物語古筆切の形式と方法―後伏見院筆切・伝西行筆切など―」（古筆学研究所編『古筆と源氏物語』八木書店　一九九一年）。後に源氏物語研究叢書4『源氏物語注釈史と享受史の世界』（新典社　二〇〇二年）に所収。
(25)前掲注（19）田坂論
(26)たとえば、葵巻の光源氏の「見し人の雨となりにし雲ゐさへいとど時雨にかきくらすかな」という歌を引く直前の文は、「頭中将参りて」で終わっており、頭中将の歌のように解される。また、「いみじきこと」を列挙する部分で、源氏と朧月夜尚侍との関係について触れ、若菜上巻の文を抜き出しつつ「なほたち返る、いとめづらしきに」とするところが、源氏の行為や心情と受け取れる言葉続きとなっているが、物語では異なる。
(27)前掲注（5）寺本論
(28)前掲注（1）樋口論

『風に紅葉』における〈精進落とし〉の記事をめぐっての断章
――『源氏物語』摂取の新たな技《わざ》

大倉比呂志

四年ほど前に「『風に紅葉』と『とはずがたり』の共通基盤―〈性の被管理者〉から〈性の管理者〉へ―」と題した拙文（『日記文学研究』第三集　新典社　二〇〇九・一〇。後に『物語文学集攷―平安後期から中世へ―』に所収　新典社　二〇一三・二）をものしたわけだが、そこで取り上げなかった点をいささか述べていくことにする。

一

『風に紅葉』の男主人公内大臣（以下、内大臣と称する）は妹の宣耀殿女御（後に弘徽殿中宮）が懐妊のために衰弱した結果、祈禱を依頼する目的で唐から帰国した聖を難波まで迎えに行ったことが功を奏して、無事に二宮を出産した後、再度上洛した聖が、来年は内大臣が大きな災危の年に当たるために、加行に励むように警告したところ、内大臣はそれに従うことにしたものの、一人寝をすることになった北の方一品宮を気遣い、自分の身代わりを一品宮のもとに差し向けるのである。すなわち、かつて聖を迎えに行った折に住吉に住んでいた内大臣の故異母兄の一人息子である若者（以下、遺児若君と称する）を都に連れ帰り、その遺児若君に内大臣の代わりとして一品宮の性の相手をするように取り計らうのである。最初、遺児若君は内大臣の申し出を拒絶したものの、心底では一品宮を恋慕していた遺児若君は一品宮を妊娠させることになり、一品宮は男児を出産した後、苦悩の末に急逝する。四十九日の法事終了後に、内大臣の父関白の差し金で故師宮の姫君が内大臣に提供される件は次のように語られている。

①今宵はことさらこなたへ渡り給ふべく、殿（関白）のしひて聞こえ給へば、（内大臣ハ）渡り給へり。例のいろくづどもとり並べたる御物参りすゑて、今宵はこれにとまらせ給ふべく聞こえ給へば、参るよしにまぎらはして、更くるまで候ひ給ひつつ、御方しつらはれたるに、うちやすみにおはしたれば、上白き蘇芳の衣に、黄なる菊の小袿着たる人の、いとうつくしげなるぞゐたる。おぼえなう、所違へからとおぼして立ち給へるに、殿の宣旨にて、おとなしき人参りて、「『今宵、女房のそばにおはしまさぬは忌むこと』とて、もとときどきも参りける人々をもよほさせ給へども、一人として、『われ参らん』と申す人も侍らぬほどに、このほど、中宮の御方に、故師の宮の姫君とて候ひ給ふを、『なにの心もおはしまさじ』とて、迎へきこえ給へる」と申せば、うちほほ笑み給ひて、「ゆゆしき不祥にあひ給へる人にこそ。なきことをだにあるべかしくとりなす世の中に、急ぎ帰し渡し奉れ。なにとこれはもてあつかはせ給ふやらん。いづくの岩の狭間にも行きめぐりてあらんを。ゆゆしきこととおぼせかし」とて、うち泣かせ給ひぬるに、……（下 一〇一〜一〇二）

これによれば、内大臣は提供された故師宮の姫君を拒否したことになる。その理由は、前述の拙文で内大臣からすれば父親によって自分の〈性が管理されること〉、すなわち、〈性の被管理者〉という立場を忌避したからだと述べたわけだが、そのこととは別に、一品宮の法事が終了した後にこの記事が配置されている点から考えると、傍線部のごとく、父関白は息子の内大臣に〈精進落とし〉(1)の意味をこめて女性を与えようとしたのではなかろうか。

その故師宮の姫君に関しては、内大臣は遺児若君に「『いかにも思ふ心ありげに、優にあしからざりつるぞ。言ひ寄り給へよ』」（下 一〇四）とけしかけ、贈与しようとしたために、遺児若君は内大臣の〈分身〉であることを強調して、関係を結ぶわけだが、遺児若君の子を身ごもっていた故帥宮の姫君は、下巻巻末において、太政大臣の息子の大納言に盗み出されたので、内大臣の説得により遺児若君は故帥宮の姫君を諦念したのだ。この大納言による故帥宮の姫君盗み出し事件は、かつて内大臣が太政大臣から梅見の宴に誘われた折、〈女すすみ〉である北の方(2)が内大臣に恋着し、二人の間に関係が成立したことと関連する。当時左衛門督であった大納言と継母に当たる北の方とは無関係の間柄ではないという噂があり、北の方が内大臣との関係後、大納言に冷淡になったことを悔めしく思い、北の方の継子に当たる梅壺女御や麗景殿女御、実子の小姫君が一同に会している状況の中で、「左衛門督、簀の子に候ふ。うち嘆きたる気色にて、笛は吹きやみて、『竹河の橋の詰なる』と歌ひすさみて、『思ひやみぬる』など、ひとりごちて出でぬるに」（上 二二）とあるように、大納言は北の方の離反を嘆いている点からも、この盗み出し事件は内大臣側への一種の報復措置であったともいえよう。ちなみに、この「竹河の橋の詰なる」は催馬楽（呂歌・竹河）に、

竹河の　橋の詰なるや　橋の詰なるや
花園にはれ
花園に　我をば放てや　我をば放てや
少女にたぐへて

とある。これに関して「北の方を大将（私云―内大臣）に奪われた左衛門督の、多分に自虐的な気分が看守される(3)」と解釈され、さらに「思ひやみぬる」は、

女に年をへて心ざしあるよしをのたうびわたりけり。女、「なほ今年をだに待ち暮らせ」とたのめけるを、

その年も暮れて、あくる春までいとつれなく侍りければ
このめはる春の山田を打ち返し思ひ止みにし人ぞ恋しき（後撰集・巻九・恋一・五四四・よみ人知らず）
題知らず
梓弓春のあら田をうち返し思ひやみにし人ぞ恋しき（拾遺集・巻十三・恋三・八一二・よみ人知らず）
に依拠している。

ところで『風に紅葉』の上巻冒頭部は、内大臣の父親に関して、

②（男主人公内大臣ノ父親ハ）関白左大臣にて、盛りの花などのやうなる人おはす。北の方は古き大臣の御女、初元結ひの御契り浅からで住みわたり給ひし御腹に、いつしか若君出でき給ひて、世になうかしづかれ給ひしほどに、八年ばかりやありけん、いまの帝の一つ后腹の女一宮とて、九重のうちに雲居深くいつかれ給ひし姫宮を、いかにたばかり給ひけるにか、盗みきこえ給ひて、世の騒ぎなりしかど、あらはれ出でてもいかがはせんに、御許しありしかば、御心ざし際もなくもていたづききこえ給ふめる御腹に、若君・妹君、また出でき給へる。いつかしさ、げにこの世のものならず、光を放つといふばかりものし給ふを、朝夕この御かしづきよりほかのことなし。（上 八―九）

と語り出されているが、それによると、父親は最初右大臣女と結婚し、若君（権中納言）を儲けたものの、やがて女一宮を略奪した結果、男主人公と妹の宣耀殿女御が誕生したのである。その点について、関白左大臣による女一の宮略奪のくだりは、『いはでしのぶ』巻一巻頭に見える右大臣（左大将の養父関白の弟）による女一の宮略奪事件の設定・措辞を襲っている。また、ここでの人物設定全体としては、『恋路ゆかしき大将』巻一冒頭における、初め右大臣の娘と結婚していた戸無瀬の入道が、後に式部卿宮の美しい娘を盗

み出して熱愛し、二子に恵まれたものの、「もとの上」は夫の愛の移ろいを嘆いて死ぬ、という設定と酷似する。(3)

という注が施されており、『風に紅葉』における『いはでしのぶ』『恋路ゆかしき大将』の摂取が指摘されているわけだが、(4)この父親の女性関係が冒頭で語られていることは、内大臣のその後における女性関係に影響を与えたものと考えられはするものの、内大臣のそれは父親とは異なり、年上の高貴な女性たち（太政大臣北の方、梅壺女御など）からの強烈なアプローチ（内大臣が〈性の被管理者〉であること）が多く語られている点に注目すると、この『風に紅葉』という作品が男主人公の女性関係にまつわる内容であることを暗示していると同時に、数多くの〈女すすみ〉の状況が語られていることが本作品の特色であるともいえよう。

前述したように、『風に紅葉』と『いはでしのぶ』『恋路ゆかしき大将』との類似性は指摘されているが、『源氏物語』の享受はどのようになっているのだろうか。語句の類似性などにより明らかに『源氏物語』からの引用と考えられる個所を任意に取り上げてみると、

③上は隈なうおはしまして、采女が際までも、かたちをかしきをば御覧じすぐさず。（上 一一）

③´「采女・主殿司まで御覧じすごさず、隈なき院の御心地に、さぞおぼされつらん。さりながら、三瀬川は、言ふかひなき身にたぐひ給ふべかりけるこそ」と（内大臣ガ承香殿女御ノ異母妹君ニ）のたまへば、……（下 七二）

○帝（桐壺帝）の御年ねびさせたまひぬれど、かうやうの方（注―好色の方面）え過ぐさせたまはず、采女、女蔵人などをも、かたち心あるをば、ことにもてはやし思しめしたれば、よしある宮仕へ人多かるころなり。(5)（紅葉賀巻）

④大臣（太政大臣）は例のわれしもとく酔ひ給ふ癖にて、「むげに無礼には侍り」とて、入り給ひぬれば、……（上一七）

○大臣（内大臣。もとの頭中将）、「朝臣（注―息子の柏木のこと）や、（夕霧ノ為ニ）御休み所もとめよ。翁いたう酔ひすすみて無礼なれば、まかり入りぬ」と言ひ捨てて入りたまひぬ。[6]（藤裏葉巻）

⑤（承香殿女御ノ内大臣ヘノ）御返りは紅の薄様の千入に色深きに書きて、上をば白き色紙に、立て文にしてぞ奉り給ふ。（上一二七）

○（光源氏ノ朝顔斎院ヘノ返信ハ）紫の紙、立てすくよかにて藤の花につけたまへり。[7]（少女巻）

⑥（内大臣ハ）いとおぼえなくて、近く寄りて見給へば、十一、二ばかりなる人（注―遺児若君）の白き衣に袴長やかに着て、髪の裾は扇を広げたらんやうにをかしげにて、かたちもここはとおぼゆるところなく、一つづつうつくしなどもなのめならず。（上三三五）

○中に、十ばかりにやあらむと見えて、白き衣、山吹などの萎えたる着て走り来たる女子（注―紫上）、あまた見えつる子どもに似るべうもあらず、いみじく生ひ先見えてうつくしげなる容貌なり。髪は扇をひろげたるやうにゆらゆらとして、顔はいと赤くすりなして立てり。[5]（若紫巻）

⑦年返りて、正月に前の殿（前関白。男主人公の父親）の若君（遺児若君）といふ人出でき給ひて、元服し給ふ。今の殿（現関白。もとの太政大臣）ぞ引き入れし給ひける。中将になり給ふ。変へまうかりし女房の御姿ひき変へたる御気色、ことのほかおとなび給ひて、若き人々はことのはえに、やうやう思ふべかめり。（下五七）

○この君（光源氏）の御童姿、いと変へまうく思せど、十二にて御元服したまふ。……おはします殿の東の廂、東向きに倚子立てて、冠者の御座、引き入れの大臣の御座御前にあり。申の刻にて源氏参り給ふ。角髪結ひた

まへるつらつき、顔のにほひ、さま変へたまはむこと惜しげなり。(8)（桐壺巻）

⑧（后の宮＝モトノ弘徽殿中宮ハ）御位をもすべり、御さまをも変へんと聞こえさせ給ふを、院はよろづにすぐれておぼし嘆きて、この御思ひ少しもよろしくおぼしなるべき御祈りをさへせさせ給ふをぞ、世の人は笑ひきこえける。（下 九六）

○「この思ひ（注―紫上死去に伴う悲しみ）すこしなのめに、忘れさせたまへ」と、（光源氏ハ）阿弥陀仏を念じたてまつりたまふ。(9)（御法巻）

⑨まいて吹く風にももろき大臣（内大臣）の御涙は、つつみもあへ給はず。袖のしがらみせきかね給へる御さまの、面痩せ細り給へるしも、いよいよなまめかしう、かをり心はづかしう、似るものなき御ありさまを、……（下 一〇六）

○忍びやかにうち行ひつつ、（光源氏ノ）経など読みたまへる御声を、よろしう思はんことにてだに涙とまるまじきを、まして、袖のしがらみせきあへぬまであはれに、明け暮れ見たてまつる人々の心地、尽きせず思ひきこゆ。(10)（幻巻）

などとなる。これらの個所において『風に紅葉』と『源氏物語』との語句が類似しているわけだが、それは作品全体に関わるものではなく、『源氏物語』のある範囲内に限定された引用だと考えて差し支えなかろう。

だが、『源氏物語』からの引用は語句の類似というようなレベルにはとどまらず、以下に述べるごとく、構想上の問題とも密接に関わってこよう。葵上は六条御息所との車争い事件が発端となって、夕霧を出産した直後に、六条御息所の物の怪が取りついた結果、葵上は死去する。葵上の四十九日の法事後に光源氏が恋慕し続けている藤壺の姪で、二条院に略奪して来た紫上との新枕が語られている（葵巻）。それは「葵上と刺し違えるような形(11)」でなされた新枕ではあるが、『風に紅葉』の内大臣が父親という他者によって〈精進落とし〉が行なわれようとしたのとは異なり、いわば光源氏の意志によって挙行された〈精進落とし〉であったのだ。

さらに、内大臣は加行のために北の方一品宮が一人寝の状態になるのを心配して、遺児若君に一品宮を贈与した結果、遺児若君との間に男児が誕生することになるが、それは内大臣が遺児若君を都に連れて来た直後から一品宮に近付けていたのとは異なり、桐壺帝は光源氏の元服後には藤壺のもとから遠去けたものの、光源氏は藤壺との間で生じた密通の体験から、正妻格である紫上と息子夕霧との接触を防止しようとして、

⑩上の御方（紫上）には、（夕霧ヲ）御簾の前にだに、（光源氏ハ）もの近うもてなしたまはず、……（少女巻）

⑪中将の君（夕霧）を、こなた（注―紫上の居場所）にはけ遠く（光源氏ハ）もてなしきこえたまへれど、……（螢巻）

とあるように、光源氏は夕霧を紫上に近付けなかったのである。(12) にもかかわらず、野分巻で夕霧は激しく吹き荒れた野分の余波で「見通しあらはなる廂の御座にゐたまへる」紫上を垣間見した結果、「春の曙の霞の間より、おもしろき樺桜の咲き乱れたるを見る心地」がするものの、光源氏に懊悩した状態を悟られまいとして、夕霧はその場を立ち去るのである。だが、男女関係に敏感な光源氏は「かの妻戸の開きたりけるよと今ぞ見とがめたまふ」（以上、野分巻）と同時に、

⑫中将（夕霧）、夜もすがら荒き風の音にも、すずろにものあはれなり。心にかけて恋しと思ふ人（雲井雁）の御事はさしおかれて、ありつる（紫上ノ）御面影の忘られぬを、こはいかにおぼゆる心ぞ、（紫上ヘノ）あるまじき思ひもこそ添へ、いと恐ろしきこと、とみづから思ひ紛らはし、他事に思ひ移れど、なほふとおぼえつつ、……（夕霧ハ）人柄のいとまめやかなれば、似げなき（注―紫上への恋慕と密通）を思ひよらねど、さやうな

らむ人（注―紫上）をこそ、同じくは見て明かし暮らさめ、限りあらむ命のほども、いますこしはかならず延びなむかし、と思ひつづけらる。（野分巻）

とあるように、夕霧が紫上を恋慕し、密通の可能性が皆無とはいえない状況が語られているところから、「夕霧が紫上と密通して子どもが生まれるというのが、六条院物語に底流する可能性態の物語である」という指摘[13]が有効に機能することになろう。とすれば、この『源氏物語』の話筋が、『風に紅葉』において内大臣の許可のもとで北の方一品宮と甥の遺児若君との間に生じた関係とそれに基因する一品宮の出産という話筋に変奏されながら影響を及ぼしたと考えられるのではなかろうか。

また、朱雀院が本格的な出家をするのに当たって、光源氏は娘女三宮との結婚を依頼され、紆余曲折があったものの、結果的には結婚することになったわけだが、それ以前に六条院における蹴鞠を見物していた女三宮の飼育していた猫が簾を引き上げたために、垣間見した柏木は女三宮を恋慕し（若菜上巻）、それ以来女三宮に執着するのである。その後、女三宮との結婚が原因で発病した紫上の看病のために光源氏が二条院に出向いた結果、人少なになった六条院に女三宮の乳母子の小侍従の手引きで柏木は女三宮との密通に至るのである（若菜下巻）。すなわち、光源氏の正妻女三宮の〈性〉が柏木に盗まれて、妊娠するわけだが、このことは『風に紅葉』において、内大臣から遺児若君に贈与され、遺児若君の子を妊娠している故帥宮の姫君が大納言に盗み出された状況とは異なるものの、『風に紅葉』という作品は『源氏物語』を変奏しながら、その骨格を利用したのではなかろうか。

このように、『風に紅葉』をはじめとする中世王朝物語では『源氏物語』との関係は等閑にはできないが、重要な点は、『風に紅葉』における話筋の骨格として『源氏物語』のそれが利用されたということだ。とすれば、部分的な摂取にとどまるのではなく、『風に紅葉』の作者は『源氏物語』の話筋を基軸にして、光源氏にとって主要な女性たちである葵上、紫上、女三宮という正妻（紫上は正妻格）たちを総動員して、話筋を展開していったのである。そこに従来指摘されることのなかった『風に紅葉』における『源氏物語』摂取の位相を見るのである。

二

今まで述べてきたことを簡単に図示すると、『源氏物語』は、

㋑ 正妻葵上の死後、紫上との新枕〈精進落とし〉
←
㋺ 正妻格紫上と光源氏の息子夕霧との密通の可能性
←
㋩ 柏木と光源氏の正妻女三宮との密通と妊娠

となり、『風に紅葉』では、

㋑′ 正妻一品宮の死後における故帥宮の姫君との〈精進落とし〉の可能性
←
㋺′ 遺児若君への正妻一品宮と故帥宮の姫君の贈与と情事、並びに妊娠
←
㋩′ 大納言による故帥宮の姫君の盗み出し

となる。両作品とも男主人公に帰属する〈精進落とし〉的な性格を有する女性（故帥宮の姫君と紫上）を他者に贈与するか、もしくは盗み出される（あるいは密通の可能性）という流れのもとで構想されている点で、同質な話筋を形成しているといえよう。そのように考えてくると、既に辛島正雄によって指摘されているごとく、『風に紅葉』は『いはでしのぶ』や『恋路ゆかしき大将』というほぼ同時代的な作品群の影響を多く蒙りながらも、[14]『源氏物語』が摂取されている状況に照射せねばなるまい。前述したことだが、『源氏物語』の部分的な摂取は当然のことながら、『源氏物語』摂取の方法が第一部と第二部といういわゆる正編にまたがっているということが重要となってこよう。すなわち、光源氏に関わる話筋が照射されているのだ。もちろん『源氏物語』の第三部も摂取されており、例えば、

⑭（内大臣ガ）とのたまはばかく言はん、かくのたまはばなど（承香殿女御ガ）おぼしまうけける御恨み言どもも、例のみなおぼえ給はで、ただむせかへり給へる御さまの若び給へるも、（内大臣ニトッテ）さしあたりてはをかしからずしもなし。（下八一）

○尼君（弁の尼）なども、けしきは見てければ、（薫ガ）つひに聞きあはせたまはんを、なかなか隠しても、事違ひて聞こえんに、そこなはれぬべし、あやしきことの筋（注―匂宮と浮舟との秘密の情事）にこそ、そらごとも思ひめぐらしつつならひしか、かくまめやかなる（薫ノ）御気色にさし向かひきこえては、（右近ハ）かねてと言はむかく言はむとまうけし言葉をも忘れ、わづらはしうおぼえければ、ありしさまのことども（注―浮舟の入水）を（薫ニ）聞こえつ。[15]（蜻蛉巻）

⑮（内大臣ハ）絵を描き給ふこと人に優れたれば、（一品宮ノコトガ）せめての恋しさに昔の御面影を写しつつ、とかく描きて慰み給ふに、ことにただむかひきこえたるやうなるを、本尊にし給ひて、阿弥陀仏に並べて、夜

の御帳に懸け給へり。（下九八）

○「思うたまへわびにてはべり。音なしの里求めまほしきを、かの山里わたり（注―宇治）に、わざと寺などはなくとも、昔おぼゆる（大君ノ）人形をも作り、絵にも描きとりて行ひはべらむとなん思うたまへなりにたる」と（薫ガ中君ニ）のたまへば……、[15]（宿木巻）

をあげることもできるわけだが、[16]そのことよりも『風に紅葉』の構想に『源氏物語』の話筋が摂取されている点に注目せねばなるまい。その中でも重要と思われるのは、図示した㋺と㋺との関係において、『源氏物語』で光源氏最愛の紫上への密通が可能性にとどめ置かれたのに対して、『風に紅葉』では内大臣が加行のために最愛の一品宮の一人寝を避けようとして遺児若君に贈与したという点であり、そこに『風に紅葉』の作者の『源氏物語』からの新たな離陸が試みられようとしたのではないのか。それを『源氏物語』の変奏といってしまえばそれまでだが、全体的な構想のもとで『風に紅葉』の作者が『源氏物語』を摂取したのは、新たな『源氏物語』を創造したということに等しいはずだ。その点を看過すべきではなく、『源氏物語』の〈再生〉もしくは〈新生〉として『風に紅葉』を把握していく必要があろう。すなわち、『風に紅葉』の作者は『源氏物語』の摂取によって、『源氏物語』二世を創造したのだといえよう。

注

（1）　辛島正雄は「内大臣の孤閨を嫌う関白の作り事か」（『校注『風に紅葉』―巻二―』）『文学論輯』第三十七号　一九九二・三）と指摘する。

（2）詳細は「〈女すすみ〉の文学史」（拙著『物語文学集攷―平安後期から中世へ―』に所収　新典社　二〇一三・二）を参照されたい。
（3）辛島「校注『風に紅葉』―巻一―」（『文学論輯』第三十六号　一九九〇・一二）。
（4）辛島「『いはでしのぶ』の影響作　『恋路ゆかしき大将』と『風に紅葉』と」（『中世王朝物語史論』下巻に所収　笠間書院　二〇〇一・九）、注（1）（3）の前掲論文の注。
（5）辛島は注（3）前掲論文の注で参考としてあげている。
（6）辛島は注（3）前掲論文の注で藤裏葉巻の個所の投影があるとする。
（7）辛島は注（3）前掲論文の注で該当個所を指摘し、さらに「相手が学者ばりの女（私云―承香殿女御）であることを念頭においてのしわざであろう」と述べている。
（8）辛島は注（1）前掲論文の注で「光源氏元服の条が意識されている」と指摘する。
（9）辛島は注（1）前掲論文の注で紫上を失った光源氏が「阿弥陀仏を念ずるくだりのパロディ的表現」と述べている。
（10）辛島は注（1）前掲論文の注で参考としてあげている。なお、関恒延（『風に紅葉』　遊戯社　一九九九・一）は「女の死後の男の人生は「源氏物語」（御法・幻）に似通う」と指摘している。
（11）大朝雄二「葵巻における長篇構造」（『源氏物語正篇の研究』に所収　桜楓社　一九七五・一〇）。
（12）このことは『風に紅葉』において、内大臣が叔母の中宮を凝視したために帝が不安を感じて内大臣を遠去けた件と類似している。
（13）高橋亨「可能態の物語の構造―六条院物語の世界」（『源氏物語の対位法』に所収　東京大学出版会　一九八二・五）。
（14）辛島注（4）前掲書所収論文。
（15）辛島は注（1）前掲論文の注で参考としてあげている。

（16）第二部ではあるが、夕霧と落葉宮関係からの摂取が二例あり（夕霧巻）、さらに第三部では総角巻における大君関係の記事から一例影響を蒙っていると考えられる。

付記　『風に紅葉』の本文は中世王朝物語全集により、上・下は巻、漢数字は該当ページを示し、『源氏物語』『催馬楽』は新編日本古典文学全集、『後撰集』『拾遺集』は新日本古典文学大系による。なお、表記の一部を私に改めた個所がある。

I

『狭衣物語』の〈文〉

京師三条邸という空白――『狭衣物語』空間の文《あや》を考える

井上眞弓

はじめに

物語空間は、どのように語られているか、『狭衣物語』の空間特性を捉えてみたい。

そもそもこの物語の空間の語りは、曖昧にして多重な意味を獲得している特徴[1]を持っている。例えば内裏の空間は、そここそが内裏の場所であるという暗黙裏におかれ、具体的な人物の位置関係や室礼が語られることは少ない。空間描写はかなり曖昧で、言外の意味に委ねられている側面が多いといえる。曖昧かつ多重の意味を獲得しているとは、ある意味矛盾しており、双方向性をもつ言説である。一見背反する物語空間の様相は、語りによって文《あや》なされているが故であるが、それこそがこの物語が生成した架空空間なのであろう。本稿では、行動する狭衣、とくに京師をよぎる狭衣のまなざしの質を検証することから、物語空間の構造と語りの方法が連動する様を確認し、さらに、この物語が抱える、語り込まれていないが「確かに存在すると語られている空間」に、目を向けたいと思う。

まずは、「よぎる」「通ふ」「住む」という狭衣の行為とその折のまなざしに焦点を定めて、狭衣がどのように京師を見ているのか、物語で京師はどのように語られているかを検討し、京師という物語空間を生成する物語の機構を明らかにしたいと思う。また、それは、狭衣の行為と連動して物語空間が作られ、狭衣という存在が空間の語りとリンクしている様を論じることとなるだろう。

一　大路をよぎる――狭衣の視線によって創られた光景

内裏から堀川邸（院）への帰途において、道すがら狭衣の目に投影された京師の光景を見てみよう。

1　夕方、中将の君内裏よりまかで給ふに、道すがら見給へば、菖蒲ひきさげぬ賤の男もなく、行きちがひつつもてあそぶ様ども、〈げにいかばかり深かりける十市の里のこひぢなるらん〉と見ゆる足もとどものゆゆしげなるが、いと多く待ちたるも、〈いかに苦しかるらん〉と目とまり給ひて、

　うき沈みねのみなかるるあやめ草かかるこひぢと人も知らぬに

とぞ思さるる。玉の台の軒端にかけて見給へば、をかしくのみこそあるを、御車のさきに顔なども見えぬまで埋もれて行きやらぬを、御随身どもおどろおどろしく声々追ひとむれば、身のならんやうも知らずかがまり居たるを見給ひて、「さばかり苦しげなるを、かくな言ひそ」との給へば、「慣ひにて候へば、さばかりのものは何か苦しう候はん」と申。〈心憂くも言ふものかな〉と聞き給ふ。恋のもちぶは、我御身にて慣ひ給へばなるべし。大きなるも小さきも端ごとに葺き騒ぐを、御車より少しのぞきつつ見過ぐし給ふに、言ひ知らず小さき草の庵どもに、ただ一筋づつなど置きわたす。〈何の人真似すらん〉と、あはれに見給。笛を忍びやかに吹き鳴らし給ひて、ほの見給ふ御かたちの夕映、まことに光るやうなるを、半蔀に集り立ちて見奉りめづる人々ありけり。御車の有様、御随身どもの面持、気色、姿などもなべての人とは見えず、めづらしううつくしげなるを、「あれが身にてだにあらばや、何事を思らん」と、若き人々めで惑ひて、過ぎ給ふが口惜しければ、軒の菖蒲一筋引き落として急ぎ書きて、よろしきはした者して追ひて奉る。

（参考　大系　巻一　三八～三九）

＊〈 〉は心中思惟の記号とする。以下同。

内裏からの帰途、いわゆる「蓬が門」の女から文をもらう前場面である。傍線部のように、狭衣の目に捉えられているのは、端午節供の準備で沼から掘り出してきた菖蒲を背負って歩く足元がおぼつかない賤の男と菖蒲を既に軒にかけ終わった「玉の台」「草の庵」の光景である。狭衣がどの門から退出してどの通りを通ったかは語られず、笛を吹く狭衣を描き、その狭衣が他者（女房）からどのように見えるかが語られている。つまり物語は、最終的に狭衣の風趣ある姿を愛でるという到達地点へ辿り着き、恋に苦しむ狭衣の心中は他者には見えていないということを述べている場面であると括りとることが出来る(2)。

都を彩る自然の光景ではなく、「玉の台」と「草の庵」が混在し、そこを行き交う賤の男に自分の心情を重ね合わせる狭衣のまなざしによって刻まれた文《あや》なす光景がそこにある。内裏への往還でそれを見いだした狭衣は、他者には明かせない心情を身分違いの者に重ね合わせた。つまり、今までは見えなかった賤の男へ眼を向けることに端的なように、狭衣が日常に下り立つ者としてのまなざしを確保した瞬間が、ここにある。

実際、いつも通う道すがらであり、日常的光景なのであろうが、この時の狭衣のまなざしに捉えられた京師は、やはりいつもの都大路の光景というものとは些か異なっているといわねばならない。その日は端午の節供準備の日であり、招福除災の室礼へと変化している光景でもある。「玉の台」という狭衣にとっての日常的光景を注視するのではなく、「草の庵」へ目を向け、路上に賤の男という存在を認識しているところに、狭衣による京師の光景を再発見している文化的営為を読み取っておきたい。(3)

物語に京師の地名は「二条堀川」(4)等がスポットとして登場するが、例えば、飛鳥井女君の寄寓先である蚊遣火の煙たい家(5)がどこにあるか、具体的な場所の特定は免れている。先述の例文1にあるように、どう歩いているのかというよりも、今まであったにもかかわらず見ていなかったもの、狭衣にとって見えなかったものを浮かび上がらせる「目」が、新たな光景をつくっているとおぼしい。「風景・光景」は自然の産物ではなく、文化的な営為により創られたものであり、いつもとは異なる、ずらされた視線によって出現する。狭衣は都の大路を移動することによって、混じり合い入り組んだ都の光景に出会えたともいえようか。ある意味、若年の狭衣にとって京師は混沌としている場所のひとつにすぎない。言い換えれば、今回の大路をよぎる行為は、坊条制の配列と身分的布置がある京師という、自分が存在する場所について、気づいた体験であっただろう。したがって、賤の男に出会ったのは、狭衣にとってわたくしの中にわたくし以外のものを生成させた体験ではなかったか。今までの世界とは異なるもう一つの世界の存在が、物語空間の拡張という事象として見いだされる。狭衣のまなざしによって刻印され、痕跡として書き込まれた都の地図が、こうして物語空間を創っているのである。

『枕草子』において、「山の端」「山際」などと見えるものを截然と区別しながらかつ結びつける新しい風景観を把握することが出来る[6]が、この物語においては、そうした空間の外側ではなく内側にどのような人物が滞留し、移動しているかという「中身」の言分け[7]がなされている。大路をよぎって見える光景は、幾度も繰り返された通勤途上や邸への帰途というありふれた日常的光景でありながら、通常とは異なるものとの遭遇を徴《しるし》づけた。それゆえに狭衣の意識において、大路は多くの者が動き、立ち止まり、仕事をする場所でもあるという覚醒にも似た心象がそこに刻みつけられている。

二　忍びたる通い処——都の奥を透かし見る

狭衣は物語冒頭部より、源氏宮を一途に慕うと内面を吐露する和歌「いろいろに重ねては着じ人知れず思ひそめてし夜半の狭衣」(8)を詠み、母に夜歩きを制限され(9)浮ついたすきずきしいところがないと見られていたが(10)、そのすぐ後で忍んで通う処があることも語られている。狭衣に「心をのみ尽くす人々」という、女性の存在が示唆され、「いとなべてならぬあたり」への訪問が「かげろふに劣らぬ折々」もあったという。「通ふ」という行動に付随して語られるこの物語空間の語られ方を押さえておきたい。

2　まれまれ一行も書きすさみさせ給へる水茎の跡をば、珍しく置き難きものに思ふ人は多く、なほざりの行く手の一言葉も、をかしくいみじと心を尽くし、まいて近き程の気配などをば、千夜を一夜になさまほしく、鳥の音つらき暁の別に消えかへり、入りぬる磯の嘆きを、暇なく心をのみ尽くす人々、高きも賤しきもさまざま、いかでかをのづからなからん。それにつけてもいとど恨みどころなく、すさまじきのみまさり給ふべか（らん大系ナシ）めれど、いとなべてならぬあたりには、なだらかに情々しくもてなし給て、折につけたる花紅葉、霜雪、雨風につけても、あはれまさりぬべき夕暮、暁の鴫の羽風などにつけても、思ひがけずいづれにも訪れ給ふことは、かげろふに劣らぬ折々もあるに、なかなかいな淵の滝も騒ぎまさりて、磯の磯ぶちにもなり給ふめり。さこそおぼし離れたれど、なほこの悪世生まれ給にければにや、ただ引き寄せ給ふ道のたよりにも、ただ少し故づきたる山賤の柴の庵は、をのづから目とどめ給はぬにしもあるまじ。まして菫摘みには野をなつかしみ旅寝し給ふあたりもあるべし。

（参考　大系　巻一　三四～三五）

例文2は、一見して分かるとおり、過剰とも言える修飾語や引用歌句に満ち満ちている。具体的な街の表情はこれらの文言により影を潜め、狭衣の心を忖度する形で「をのづから目とどめ給はぬにしもあるまじ」「旅寝し給ふあたりもあるべし」と、語り手によってその事実が朧化されながら語り出されている。そして、今後の展開では、これらの女性たちについての情報は、なかなか表面化されない。物語はこれ以降、新しく関係を結んだ女性たちを中心に語るという姿勢を強固に押し出しているからである。

しかし、忍び通いの女性への言及が全くない訳ではなかった。以下の二例、例文3と4を見ていただきたい。

3　忍びたる処より夜深く帰り給ひて、一条の宮（大系「へ」挿入有り）おはするに、この宮の御門いと疾く開きて、いづれの殿上人の車にか、〈夜もすがら立て明かしける〉と見ゆるは、〈いかなる局より出づべからん〉と見入れ給ふに、〈院は昨夜内裏へ参らせたまひしを、宮もや入り給ひけん。さらば、幼き人は人少なにや〉と、思しやるも、過ぎ難くて、例の、やをら入り給ひぬ。常の立ち聞きの戸口に寄り居給へれば、

（参考　大系　巻三　二五六）

例文3は、「忍びたる処より夜深く帰り給ひて」と『堤中納言物語』「花桜折る少将」の冒頭部に似ている場面である。忍び処の女性は不明で、一条の宮とそれほど遠くないところにあるのだろうが、その実相は語られない。ただ、「忍びたる処」という空間が狭衣の色好みを静かに語り、物語空間である京師が意識化され奥行きをもつところとして立ち上がっている。そして、そこは、狭衣が帝になり、堀川院に行幸するところで突然その姿を現す。

4　久しうご覧ぜざりつる賤の庵どもも、またたまさかに立ち寄り給し妹が住み処の槙の戸どもも、あはれに過ぎ難う見入れさせ給ふに、故なからぬ気色しるく、〈さばかりにや〉と見ゆる栈敷・車どもの前は、〈いかにつらき心と見給ふらん〉と思すも苦しうて、後目ばかりただならで過ぎさせ給（略）

（参考　大系　巻四　四四二）

例文4も、やはり京師をよぎる狭衣の視線によって語られている場面である。物語に直截語られなかったこれらの人々は、「忍びたる処」という前の場面と響き合いながら埋めようのない不透明な部分をかかえている。ただ、「忍びたる処」と名付けられた空間がその背後に広がる京師に包摂され、内裏から二条堀川の道へと繋がり、その道近くにある「忍びたる処」を含めた物語空間の奥行きを確保して、朧気な街並み空間を構成している様を見ることが出来る。つまり、巻一の例文1と同様、邸や外界ではなく、近景の人物にスポットをあて、それを自身の心内と共鳴させた描写は、ある意味平板で曖昧な京師の光景しかもたらさない。しかし、ここへ来て、「忍び歩き」をする狭衣像が立体的に立ち上がり、「忍びたる処」と「賤の庵」「妹が住み処の槙の戸」ということばが向き合って、そこに物語空間としての京師が読者の想像力を得て構築される様が認められよう。大路をよぎる狭衣が京師に生きる者へのまなざしを得て作り出された物語空間は、ここにきて再び狭衣が大路をよぎることにより、狭衣の過去が明かされる契機を得た。現前する京師の光景の奥に過去の「通ふ」行為が連接されて、大路のさらにその先の広がり、今まで杳として語られてこないが故に見えなかった京師の隈のような場所があったことを透視させてゆく。過去を呼び覚ますことによって立体的になった、物語空間「京師の光景」となりおおせているのだ。

読者の情感や引き歌などの文芸的共有知を基盤として現出している光景と、狭衣の行動時に狭衣のまなざしによって捉えられ、心情表現と一体化した体験的個別的光景がこの物語には抱き合わされており、京師の光景は、複層化されているといってよい。具体的ではないことが物語での空間を曖昧にしていることは否めないが、それこそ狭衣の認識が張り付いている故といえまいか。そうであるからこそ、帝となった狭衣のまなざしに捉えられた「忍び処」の光景は、「賤の庵」「槙の戸」に住む女性の存在へと傾く狭衣の心の声で語られるのである。そして、それは、自らは今、帝として「玉の台」に居ることも相対させる言説である。

一方、狭衣の通い処は相手の女性にとって「住み処」であるという語られ方にも注意しておきたい。自らは帝として「内裏」に、かつての忍び処である女性は「賤の庵」や「槙の戸」に住んでいるという対比が見てとれる。この世に生きることの意味を煩悶しながら絶えず反芻していた狭衣[11]からすれば、狭衣の住み処とはどこなのかという命題は、未だに解消されていないと見るべきではないか。天稚御子降下事件以降、棚上げされずに絶えず問われてきた「住む＝結婚」が改めて表層へ立ち上ってくる。京師の光景を語ることが、とりもなおさず、そのようにまなざしている狭衣像を語ることになるのである。

また、この場面は、一節例文1にて考察した京師をよぎる狭衣の茫漠とした、世界を認識しはじめた頃のまなざしとの相違のなかに、狭衣の認識する世界の広がりを確認できるかと思う。かつては、大路という物語空間に集う賤の男と呼ばれる人々の労働する姿を見て、世界認識の緒をひもといた。例文4では、狭衣の忍び処という、今まで語られていない空間が語られたことで、帝となった狭衣の認識の変容が確認されるだろう。このような形でこの物語は、京師という都において現前されていない、視線では捉えられない、奥があることを語りの方法を用いて明らかにしているのである。

こうした何かの〈奥〉を見るというものの見方[12]は、日本において、ある意味一般的であるかもしれない。近現代の知の体系のなかでのまなざしではなく、近代以前のそれとして感受されようか。平安後期から中世王朝物語には、読者の想像力を持って〈奥〉を読み込むことが要請されているものがある。古代からのまなざしを今一度探求し直した際、物語言説の〈奥〉に立ち上がる光景がいきいきと語り出されていることに気づかれる。ことばとことばの狭間に立ち上がる文《あや》がそこにあるといえるであろう。

三　住めない三条邸――物語空間のその先へ

さて、この物語において、行動する狭衣、とくに京師をよぎる狭衣のまなざしの質を検証することで、物語空間が狭衣の人物像を補強し、物語の語られ方と連動する様を確認してきた。さらに、この物語における空間把握に関して、特徴とも言い得る空間の語りがある。その一端を三条という物語空間に定めて見ていきたい。『狭衣物語』に登場する三条のうち、今回の考察は、狭衣が主《あるじ》となるべく建立された三条邸である。

二節で確認したように、帝となった狭衣は、物語の表層において具体的な形象をもって語られなかった「忍び処」の女性が「賤の庵」「槙の戸」に住むところに着目していた。狭衣の意識下にある「住み処」が、明確な形で浮上していたことも否めない。よぎる処から住む処へ、京師に対する狭衣の認識が移行している。そんな狭衣が住もうとした場所が三条だったのである。

建築途上の具体的な経緯は詳しく語られていないが、完成した邸へ宰相中将妹君が招き入れられることになっているという記事が見える。しかしながら、この邸宅に関する語りは僅かなままで、狭衣は帝に即位することになり、曖昧な内裏の空間がせりだしてくるという物語展開になっている。果たして狭衣は、三条邸の主となって住んだのであろうか。そして、このようにわずかしか語られない三条邸は、物語の中でどのような文化的意味を担っているのだろうか。

5　三条のわたりに、いと広くおもしろき処、「この御料」とて、大殿の御（大系本は「心」とする）ことに造り磨かせ給ふを、〈いで、何にかはせん〉と、御心にも入れ給はざりつるを、「有明の月」住ませ給はんに、かひありぬべう見ない給ひてし後、御心添へて「なべてならぬ様に」と、いそがせ給ひけり。
（参考　大系　巻四　三九四）

三条邸は、堀川大殿の発案により建立が決定され、造作にはいったことが判明する。はじめ狭衣は出家願望を抱いていたため、「そんな家など造って何になろう」と素っ気ない。しかし、宰相中将妹君との関係の変化により、宰相中将妹君をどこに住まわせるかという具体的な処遇を検討したのであろう。ここに「有明の月」と呼ばれた宰相中将妹君を住まわせればいいのだと得心する。その時より意欲的に建築に関わったとおぼしい。しかも、「なべてならぬ様」を要求しているのである。

ただ宰相中将妹君を引き取り狭衣の妻の一人として住まわせるには、狭衣が配慮しなければならない要因がいくつかあった。まず、宰相中将妹君の入内を求めていた東宮の存在であり、そして、宰相中将妹君の入内を望んでいた狭衣の異母姉にあたる皇后への配慮である。この皇后は式部卿宮家筋の坊門上と堀川大殿の間に生まれ、嵯峨帝に入内した女性であった。東宮は宰相中将妹君に懸想文を贈り、宰相中将妹君側としては、入内までを見通せる位置にあったといえる。それを一族の狭衣が先に妻とする展開であり、『伊勢物語』の二条后や『源氏物語』の朧月夜と設定は似ているが、『狭衣物語』ではそれらの情人を帝に召し上げられる話柄とは異なる展開を見せる。狭衣は、東宮に宰相中将妹君を譲り渡そうという気はなく、この姫君の母の四十九日が過ぎたら移居させようと準備を始める。

三条邸への移居を前に、もう一方からそれを間接的に阻む要因が明らかになる。狭衣の正妻である一品宮とその一統である一条院系の人々の存在である。

6　女院、御物の怪だちて、いと重う患ひ給へば、行幸などありて、大方の世の人だにあり、心のいとまなきころ（内閣文庫本「心」、東大本によって改訂）なれば、まいて、大将殿は、あからさまにだに、え立ち出で給はぬままに、山里のおぼつかなさを〈いかにいかに〉と静心なう思ひやり給ひても

「憂かりける我が中山の契りかな超えずは何に逢ひ見初めけんるを

あまりおぼつかなきを心憂く、昔の御事を思し出でば、かようやはもてない給ふべき」など、恨みきこえ給へ

（参考　大系　巻四　三九四）

この物語において、唯一「御物の怪」めいたモノが登場する場面である。[13] 女院の病の篤さを「物の怪」とともに語ることの不穏な空気は読み取っておきたい。女院の病気見舞いの行幸もあり、女院の娘である一品宮を妻としている狭衣としては、女院の許を離れるわけにはいかないだろう。こうして、三条邸への宰相中将妹君の移居は引き延ばされていく。

さらに、宰相中将妹君の故母君の四十九日もすぎて、良い日取りを選んでいざ移居となった時に、女院が薨去となる。また、狭衣は服喪の期間を過ごさねばならず、どこへも出られずに焦慮する仕儀となった。

つまり、この三条邸とは、計画の初めから何度もその計画が書き換えられ、宰相中将妹君の移居が実行に移せないさまざまな要因が出来している処なのである。

7〈かうのみ思ふ日数の過ぎつつ、違ふやうにのみあるは、ついにいかなるべきにか〉と思すも、静心なく、後ろめたきままには、御文ばかりは日に二三度うちしきり聞こえ給へど、御返しぞつゆなかりける。

（参考　大系　巻四　三九六）

このように計画が食い違ってばかりいると仕舞いにはどうなるのだろうという、波乱を予知するかのような含みのある狭衣の心中思惟である。ここに「静心なく」過ごしている狭衣がいる。この「静心」ない状態は、宰相中将

妹君の兄も同様で、兄宰相の方は按察使大納言の娘の許へ通っており、その女君のことを心許なく思っていた。宰相としては、妹と一緒に女君も本邸に移居させて世話したいと思うもののなかなか出来ずに、妹のみを年末本邸に移し、女君のもとへ通うという形態をとっているので、夜は本邸に泊まることもない。

こうして物語には「静心なく」いる狭衣と併行してやはり「静心なく」女君を本邸に移そうと思っている宰相中将妹君の兄宰相の姿が描かれているが、その「静心」ない宰相の隙を縫って、「静心」ない狭衣が宰相中将妹君の許に闖入することとなる。

こうして宰相が留守の折に狭衣は宰相中将妹君のもとに忍び、そのまま宰相中将妹君を「いと軽らかにかき抱きて」[14]車にのせ、堀川邸に連れて来てしまった。

8　殿におはして、まづ、わが降り給ひて、御几帳ども取り出でなどして、例の、降ろし奉り給ひつ。弁も降りぬれば、道季に「この人、ありつかず思ふらん。局などあるべかしうて、心しらへ」などの給へば、「何か、旅とな思し召しそ。今いとようありつかせ給ひなん」と言ひて、げに、いと思ふさまなる局し出でて据ゑなど、扱ひ歩く。（参考　大系　巻四　四〇三）

ここに登場する弁とは、宰相中将妹君の乳母である。そして、連れてこられたのは三条邸ではなく、堀川邸である。この堀川邸に「ありつかず」「ありつかせ給ひなん」という表現が用いられていることに注意しておきたい。このことばは、今姫君が洞院上第に移居した折に心の動揺を表すことば[15]として見えていた。この時点で三条邸に移ることが留保されていることは否めないだろう。大貮の乳母に対する狭衣の発話は、

9　「かの聞こえしわたりの、故郷にひとり立ち帰りて心細げなれば、今朝やがて迎へたるぞ。問はせ給はざらんかぎりは、上などにも何か申さるる。宮のわたりにも、いと折あしき頃なれば、よきことども（の）給はせ

じ。三条に渡るまでは、〈忍びやかにて〉と思ふなり」　（参考　大系　巻四　四〇四）

とあり、堀川邸はあたかも姫君を密かに隠す場所であるかのように語られている。

次に、宰相中将妹君の乳母である弁の君の視線によってとらえられた堀川邸の描写を見ておこう。

10　三葉四葉に輝くやうなる殿づくりの、御しつらひ有り様よりはじめ、さぶらふ人々のなり・かたちなどもおぼろけの人、さし出づべうもあらずめでたげなるに、我はただ、水鳥の汀に立ち出でたる心地して、いとわりなし。大将どののおはします方よりは別に五間四面なる小寝殿・対ども、廊・渡殿など、皆、この御方の女房の曹司、さぶらひ、蔵人所などにせさせ給へる（大系「なる」挿入）べし。庭の真砂も黄金と見えたるに、はかなき木草のたたずまひも、なべての枝ざしも（大系「と」を東大・近衛本により校訂）は見えず、吹き寄する風の音なひもおもしろういみじう、この世のとはおぼえぬを、（大系本「お」挿入）前の木立有り様を御門の外よりは見入れつつも、〈この中にあけくれさぶらひて何（内閣文庫本「とふ」を東大本により改訂）事を思ふらん〉。いかなる様なる人、かかる有り様をすらん〉など、思ひやられしを、身の上になりて、見出したるは、身を変へたる心地のみぞする。　（参考　大系　巻四　四〇八）

堀川邸は目にも輝くような立派な殿づくりで、「玉の台」である。かつては門の外から想像することしか許されなかったその場所に自分が居ることを「水鳥の汀に立ち出でたる心地」と表現している。宰相中将妹君の一族は王族統《わかんどおり》の血脈をもつ貴族であって所謂「草の庵」や「葎の宿」「賤の庵」に住んでいたと言いがたいが、父母亡き境遇である姫の乳母は、「この世のとはおぼえぬ」程に堀川邸の持つ社会的文化枠と自身のそれとの相違を感じ取っているのである。ここにも京師をよぎって狭衣が目にした「玉の台」と「賤の庵」の対比が想起される。

ところで、堀川邸という場所は、これまで物語においてどのような空間として語られていただろうか。

堀川大殿の本邸である巻一冒頭部の堀川邸は、狭衣や源氏宮また今姫君等、子どもから大人へと移行する時期の者たちを擁する空間であり、中宮を輩出した空間であった。また、時間の移行に伴って、堀川大殿が後見する嵯峨院女宮の里下がり場所となり、堀川邸は、現世的政治的な思惑が宿る場所となった。巻四の堀川邸＝堀川院は、狭衣の係累である子どもたちを繋ぎ止める空間として機能し、狭衣の血を引く若宮や飛鳥井姫君が呼び集められた。つまり、堀川邸＝堀川院は、この世に生きる人間として住む場を得、子孫を残す、あるいは生きる場を与えられ、その役職の全うのために移居する場所なのである。「定着すること、持続させること」の象徴的な場所であったと押さえておきたい。まさしく狭衣も父母によって、この世につなぎ止められたのである。[16] 堀川大殿と狭衣は意図すると否とにかかわらず、二人でこの世に係累をつなぎ止め、嵯峨朝皇女の後見役を担って、政治的社会的力が発動し得る堀川邸という空間を創っていたともいえようか。事実、狭衣は自らの係累をいったんは堀川邸に集結させ、自らは生い育った堀川邸から離れ、最終的には帝即位に伴って内裏へと移動している。一方の三条邸は、「住むべき処」と志向した狭衣を翻弄させ、住むに至らない多くの時間を経過させている。事実、物語内では、決して住むという事象が出来しない。「中宮（藤壺）も、かの御心ざしありて造らせたまひし三条殿に出でさせ給へば[17]」と、三条邸がでてくるが、そこがどのような場所であり、そこでどのようなことが行われたかという記述はない。

四　地図に書き込めない三条邸——物語が生成する空白

三条邸は、『源氏物語』桐壺巻において桐壺帝の妹大宮の邸宅である三条宮として登場し、結婚前の頭中将も住んだ。そして、葵上没後大宮が夕霧と雲居雁を育てた場所でもある。また、藤壺の里邸は三条宮であり、女三宮が出家後に居住した場所も三条宮と呼ばれる。横笛巻には、夕霧と雲居雁が子どもを養う場所として三条殿が登場している。宇治十帖に至ると浮舟が匂宮からの恋慕を逃れて待避した小家が三条にあると示され、物語に登場する人物が仮寓にしろ「居る」「住む」場所として、三条という空間表象は、ある意味、物語になじむ場所としてあると理解できる。さらに薫が大君・浮舟を住まわせるために造営した邸も三条にあった。『うつほ物語』[18]では、三条堀川に兼雅邸があり、山の洞から引き取られて同居した俊蔭女は、三条の北の方と呼ばれた。その息である仲忠は放置された俊蔭ゆかりの邸跡を改修して三条京極殿を再興させた。楼は「住む処」ではなく、秘琴伝授の空間であった。源正頼は妻となった女一宮が母から伝領した三条院に住み、多くの娘や婿を抱えて大所帯を形成した。源正頼の三条院と藤原兼雅の三条邸という、二大邸第が三条にある。物語世界において、物語に登場する貴族たちの日常の起居動作が行われるにふさわしい場所として、「三条」という地名は刻まれている。『落窪物語』でも、男君女君の三条邸への殿うつりが語られ、四の君は帥中納言を婿取るにあたって、三条邸の西の対に迎えられる。

むろんこれらの物語に語られている三条邸・三条院は、それぞれの物語内で彩られた有意の場所であり、ある特定の意味を持つと言い切れないが、物語空間としての「三条」は、貴族の邸が建ち並びながらもそのなかに受領階級が所有する小家も散在する空間表象であったといえるであろう。中世王朝物語と呼称される『あきぎり』にも、三条邸が女君の秘匿や定住にかかわる重要な場所として登場する。物語史をたどる中で獲得された「三条」という物語空間は、『あきぎり』にとって「住む」ことにかかわる場所として、定位していたとおぼしい。

実在との接点として『栄花物語』では、殿上の花見巻に丹波守章任の家が三条にあるという記事に触れることも出来、その他管見資料によって平安時代の前期後期を問わず多くの貴顕の邸が三条にあったことを事実として把握することができる。平安時代実在した三条院は、三条天皇の後院で、村上天皇皇女資子内親王が伝領、藤原定輔が購入し、これを三条天皇に献上したものである。三条上皇は長和五年十月、ここに遷御したことが『日本紀略』に見える。ここは三条三坊十五町と所在が証されている。そのすぐ近くの三条宮と呼ばれる処には、冷泉天皇皇后であった昌子内親王の御所があった[19]。その隣には藤原定方の中西殿があったとされる[20]。定方は、紫式部の曾祖父にあたる人物である。歴史上存立した建物とそこに住む人が同定でき、その中から「三条」界隈が物語に登場することの妥当性も見えてくるように思われる。その他、『枕草子』に出てくる竹三条宮は、定子が亡くなるまで過ごした場所であり[21]、程を経て、娘の脩子内親王が御所とされ、その後、養女の後朱雀帝女御藤原延子が伝領した。『更級日記』にも孝標邸の向かいが竹三条宮との記載があり[22]、三条邸という地理的な場所は、この物語との幾重にも交差する歴史的接点をなす位置にある。

また、内裏の焼失にともなって里内裏がおかれることとなるが、その里内裏の多くもまた三条を中心とした場所に定められた。当然のことながら貴顕の邸が提供されることが多いので、必然的な流れである。東三条邸も「東三条院御所」名で一〇〇〇年代より何代にもわたって里内裏であった。二条南にあって三条にかかる堀川院は、藤原兼通、師通邸であるが、九七〇年代・一〇八〇年代、九〇年代・一一〇〇年代と幾度も里内裏となっている。一〇五〇年代頃の頼通第でもある「三条堀河殿」、一〇六〇年代の藤原長家第でもあった「三条大宮第」、その他一〇八〇年代の「三条烏丸第」、一一三〇年代鳥羽上皇御所「三条京極第」、など枚挙に暇がない[23]。こうした里内裏の制によって、邸が御所の機能を持つところという意味では私住みの空間では無くなる。ある特殊性をもった建物から臣下の者がそこに住むことの意味が剥落してくることは否めないであろう。

なかでも平安中期の例として、藤原氏の領有にかかわる東三条殿が注目される[24]。東三条殿は、良房から基経・兼家へと伝領され、兼家女で冷泉帝女御の超子が後の三条帝を、円融帝女御詮子が後の一条帝を生んだ邸であり、一条帝や三条帝の里内裏ともなった。ここを伝領した頼通は、高陽院を自宅とし、ここに住まなかった。重なる焼失により再建も遅れたが、完成後、後朱雀天皇はここを里内裏とした時期がある。頼通亡き後の東三条殿は、藤原氏長者の所有する邸であるが、皇室の儀式に用いられるという特殊な空間となった。東三条殿が「住み処」としての邸ではなく儀式・祭りという聖性を帯びた非日常的空間としてあったことを押さえておきたい。『狭衣物語』の三条邸は「住む」と明確に語られない処であり、「住む」ということばがもつ日常性を排除している点で遠く東三条殿の空間と響き合っているようにも思われる。

頼通が自宅とした高陽院・堀川院や東三条殿は京に実在した邸宅である。『狭衣物語』の空間の〈奥〉にはこうした意味の連なりが想起されるような、確かに存在した空間や人々に語られ読まれている物語世界の空間も包摂されているのではないか。狭衣が住もうとして住むことがかなわない三条邸は物語に語られざる空白として存在している。そこは、物語空間に語られており、確かにあるのだが、そこに行き着けないがゆえに、物語空間の地図に書き込めない場所なのである。ある意味、そこには先行作品や実在の「三条」が饒舌な語りを擁して屹立している。三条邸は、造作した狭衣にとって「住むべき処」と認識されていたにもかかわらず、住むことから退けられてしまう、狭衣不在の空間として存立しているのである。

『狭衣物語』の三条邸は、時間と距離を超えて『うつほ物語』の三条院や三条邸、三条京極へ、また、実在の東三条殿へとつながる〈奥〉という伸びしろを抱えている。しかし、その内実が語られないまま、京師という物語空間の地図を描くとすれば「空白」とならざるを得ない。「三条にある立派なおやしき」という一般項を丁寧に抱きかかえた空白の領域なのである。奥という観念が、この物語の場合、物語空間のその先へ、現実へと射程を伸ばしている様を確認しておきたい(25)。

おわりに

三条邸のおかれた三条という場所は、物語に多出する場所にして実在の貴顕の邸が並ぶ現実と通底できる、きわめて日常的な空間である。その日常性をまとうこの地に狭衣は住むことができない。住むことが語られないまま物語空間は閉じられていった。狭衣が造作して住もうとした三条邸とは、ここにあると語られているにもかかわらず、結局はどこにもない、京師にぽっかりあいた空白である。

『狭衣物語』は、こうして語られる空間の先にある実在の場所や先行作品の世界をありありと想起させながら読む物語であり、そこにこの物語の文《あや》なされた方法がある。

そもそも「住み処」とは、主観と客観という、二元的な対立図式が成立しない、空間との間で親密な経験が出来る場所ではなかったか。[26]それゆえ三条邸が、この親密な経験を持ち得ない狭衣像を浮かび上がらせる空間であることは否めないだろう。

この物語では、狭衣という男主人公にこの世へ定住する（住む）のか、という問いを幾度も揺り戻しをかけて抱え続けさせる。そして、それに伴って狭衣が女君の空間にどのように関わるのかを語っているのである。[27]そうした行動により、とりもなおさず「住むべき処」を棚上げされながらも狭衣は、この世の王となった人物と取り押さえることができよう。狭衣自身が持つ空虚＝空白は、この世へ違和を抱え、超俗的属性をもてあまし、かといってこの世から飛翔することも出家することもできずにこの世に留まり、自身の思いと相反する生き方しかできずにいることの中にあるだろう。「住む」ということばの中にある「この世への定着」は、帝となった今果たされているだろうか。超越的属性はないと証明された天稚御子降下事件の余波は、「住む」という問題を狭衣に突きつけ続けている。その答えのなさこそが、「三条邸」という京師における空白の地なのではないだろうか。狭衣が作る地図に書き込むことが出来ない空白の三条邸という存在と狭衣像は、互いに向き合っているのである。

このように、この物語では、狭衣が自身抱え持つ空虚＝空白を炙り出し、その空白を顕在化させるものとして、京師という空間を造作していると確認することができる。京師をよぎる狭衣の日常的行為は、そこがどこであるのか、探索のまなざしで満ちた空間であった。

注

（1）井上「風の物語としての『狭衣物語』」（井上眞弓・乾澄子・鈴木泰恵編『狭衣物語　空間／移動』翰林書房　二〇一一年）において、風が物語の端緒で吹き始め、全編に吹きわたりつつ物語の終末で静まり、狭衣の心情との関わりの中で多様な意味を表しつつ不確かな狭衣という存在を表徴しているさまを論じた。その中で、この物語の空間の特徴のひとつが曖昧性にあると指摘した。

（2）ただし、本稿では、狭衣が大路をよぎる時に見た光景が物語を経る時間の中で、見えなかったものが見えてくるように畳み重ねられていく語りのあり方に着目している。

（3）『源氏物語』胡蝶巻には「文目知らぬ賤の男」（新大系②四〇二頁）とあり、『源氏物語』に描かれる賤の男との認識に差異が認められる。狭衣は、賤の男に自身の心情を託している点に着目したい。

（4）参考　大系　巻一　三二頁

（5）参考　大系　巻一　六九頁、飛鳥井女君が寄寓していた乳母の家。

(6) 中村良夫『風景学・実践篇』(中公新書　二〇〇一年)

(7) 注(6)に同。「風景は言(こと)分けによって立ち現れる、という側面がある。風景の言葉が大事なゆえんがここにある。見分けは生物としてのヒトに普通の生命現象であるのに対し、文化現象としての言分けの風景は、歴史の運動のなかで生まれ、明滅し、円熟する。この意味で風景は、自然現象ではなく文化現象である。」一四頁

(8) 参考　大系　巻一　五二頁

(9) 注(1)参照

(10) 諸先学の指摘がある。稿者はこうした狭衣像は憂愁を湛えた狭衣の有り様と重ね合わせることが出来るというスタンスに立っている。

(11) 「人よりは物すさまじげに口惜しき方に思ひ聞こえさせたる人もあるべし」(参考　大系　巻一　三四頁)という表現があった。「槙の戸」は、たとえば『古今和歌六帖』二にある「君や来む我やゆかむのやすらひに槙の板戸をささで寝にけり」歌を初めとする歌ことばであることを押さえておきたい。なお「槙の戸」は、狭衣の女二宮への詠歌(参考　大系　巻二　一三三頁)があり、女二宮の影が宿ることばでもある。

(12) 槇文彦『見えがくれする都市』(鹿島出版会　一九八〇年)、及び『漂うモダニズム』(左右社　二〇一三年)

(13) 参考　大系　巻二　一四六頁

(14) 参考　大系　巻四　四〇三頁

(15) 井上「『狭衣物語』の転地(ディスプレイスメント)―飛鳥井女君/今姫君/狭衣」(狭衣物語研究会編『狭衣物語が拓く言語文化の世界』翰林書房　二〇〇八年)

(16) スエナガ・エウニセ「狭衣の父―世俗的な堀川大殿が新たな論理を獲得するとき」注(15)、及び井上前掲注(1)

(17) 参考　大系　巻四　四五四頁

(18) 三条における邸第についての研究として、以下の論文の恩恵に与った。住谷智「三条院物語試論―『宇津保物語』

あて宮求婚譚の構造―」（『中古文学論攷』四号　一九八三年一二月）、勝亦志織「〈家〉の物語―「三条」に集まる屋敷の問題から―」（『うつほ物語大事典』勉誠出版　二〇一三年）等

（19）坊門南高倉東あたりと『日本紀略』正暦元年十月四日条にあるが、異説がある。参考論文：角田文衛「太后昌子内親王の御所と藤壺の三条宮」（『古代文化』二八巻　一九七六年三月）

（20）時代的には後の成立となるが『拾芥抄』中第二〇を参照。「大西殿三条坊門北万里小路、定方大臣家。中西殿同富小路西同人家。」

（21）三巻本『枕草子』二二三段「三条の宮におはしますころ」（新編日本古典文学全集　三五八頁）

（22）「いと暗くなりて、三条の宮の西なる所につきぬ。ひろびろとあれたる所の、過ぎ来つる山々にも劣らず、大きにおそろしげなるみやま木どものやうにて、都のうちとも見えぬ所のさまなり。ありもつかず、いみじうものさわがしけれども、いつしかと思ひしことなれば、『物語もとめて見せよ、物語もとめて見せよ』と、母をせむれば、三条の宮に、親族なる人の、衛門の命婦とてさぶらひける、尋ねて、文やりたれば、めづらしがりてよろこびて、御前のをおろしたるとてわざとめでたき冊子ども、硯の箱のふたに入れておこせたり。」（日本古典文学全集『更級日記』二九八〜二九九頁）。この部分、『狭衣物語』一条宮の描写に近似表現がある。なお、孝標宅と禎子内親王・脩子内親王邸の位置について、伊藤守幸『更級日記研究』（新典社　一九九五年）参照。

（23）丸川義広「里内裏の庭園遺構」（西山良平・藤田勝也編著『平安京と貴族の住まい』京都大学学術出版会　二〇一二年）

（24）太田静六「東三条殿の研究」（『寝殿造の研究』吉川弘文館　一九八七年）、川本重雄「東三条殿と儀式」（『日本建築学会論文報告集』二八六号　一九七九年一二月、後『寝殿造の空間と儀式』中央公論美術出版　二〇〇五年）、平安後期の内裏の里内裏化と後宮政策の変転は通底する。野口孝子「閑院内裏の空間構成―領域と諸門の機能―」（『日本歴史』六七四号　二〇〇四年七月）、山中裕編『平安時代の歴史と文学　歴史編』（吉川弘文館　一九八一年）、朧谷寿『平安貴族と邸第』（吉川弘文館　二〇〇〇年）

(25) 語りの方法としては、社会的文脈を読み込んでいる姿勢と相通する。井上「天照神信仰―社会的文脈を引用することとは」(『狭衣物語の語りと引用』笠間書院　二〇〇五年)

(26) 桑子敏雄『感性の哲学』(NHK出版　二〇〇一年)

(27) この問題に関しては、「源氏・狭衣、それぞれの悲哀―『住む』『住まふ』ということばをめぐって―」(原岡文子・河添房江編『源氏物語　煌めくことばの世界』翰林書房　二〇一四年)を用意している。狭衣は女君・若宮の「住み処」を「隠れ処」となそうとするが、女君の居所を侵食し、女君を心理的に領有しているような気分になっている。しかし、裏返して言えば、「住む」ということから遠い処へ狭衣を導いていることになろう。

付記　本文として、内閣文庫本の写真版をわたくしに翻刻したものを使用し、適宜漢字仮名遣いを改め、句読点を付したものを使用した。また、参考として日本古典文学大系『狭衣物語』(岩波書店)の当該頁数を付した。

『狭衣物語』の「ふところ」——もうひとつの〈空間〉

高橋裕樹

一　『狭衣物語』の語り手

『狭衣物語』の主人公である狭衣は自らの邸を持たない。故に『源氏物語』の主人公、光源氏のように、自らの邸に女君を集め、恋の物語を展開していくという展開方法は閉ざされている。『狭衣物語』では狭衣が〈移動〉することによって、女君たちとの恋の物語が展開されていくのだ。源氏宮をはじめとして女二宮、飛鳥井女君を希求する力を原動力とし、狭衣は彼女たちのもとへ〈移動〉する。彼女たちを獲得することが不可能となった狭衣は粉河詣で以降、自らの「子」を求めんという力を原動力とし、「子」のいる場所へ〈移動〉する。そして「子」のいる〈空間〉を、狭衣は追い求めるのであった(1)。

では「子」は如何にして狭衣の求める〈空間〉を生成しているのであろうか。または狭衣が「子」に生成させているのであろうか。狭衣の希求する〈空間〉の内部に主眼をおき、狭衣と「子」の動きを追っていきたい。

先の機会に、『狭衣物語』の「一条の宮」が「ふるさと」と称されることに着目し、若宮がいることで「一条の宮」は狭衣にとっての非日常的空間となっていること、それ故に彼が希求する対象となったことについて論じた(2)。本論では、やはり「一条の宮」で過ごす狭衣の前にあらわれる「ふところ」ということばに着目して物語の〈空間〉についてて考えていく。ことばによって織りなされる物語の〈空間〉を「ふところ」という一つの語からひも解くことを目的としたい。

二　『狭衣物語』の「ふところ」

「雪降りて心細げなる夕つ方」（巻三②二六）、狭衣は若宮がどのように過ごしているのかと気になり、「一条の宮」へ〈移動〉する。「一条の宮」の邸内において狭衣は乳母と話をする。

「見えさせたまはぬほどは、つれづれに心苦しう、院のさしもおろかならず思ひまうさせたまふをば、怖ぢたてまつらせたまひて」など聞こゆれば、「院の御心ざしに劣るべきにもあらぬものを。なほ幼き御身にも大人びさせたまふままに、思し知るにこそ」などのたまひて、端つ方なる御座にうち臥したまへれば、若宮も御懐に入りたまひて、何とはかばかしうも聞こえぬことを聞こえ戯れたまふ御あはひ、いとかからぬ児どもならば、かたはらいたうやと見えさせたまへり。（巻三②二七）

乳母と一通り話した狭衣は、廂の間の端近の御座所に横になった。すると若宮が狭衣の懐に入ってくる。そして狭衣が自身の懐に入った若宮と、「何とはかばかしう」ことを話し合っている様子が語られるのである。若宮を懐に入れたまま狭衣は、

「参らざらましかば、誰が懐に入らせたまはまし。かく恐ろしき雨も降らぬ、大臣などももろともに侍る所に、出でたまひねよ」（巻三②二七）

と若宮に問う。この狭衣の問いから、若宮の居場所は狭衣自身の「ふところ」以外にあり得ない、という狭衣の思いが伝わってくる。それを表すかのように、以後狭衣の「ふところ」は若宮の居場所として機能することとなる。

例えば狭衣が若宮に笛を教える次の場面において、

「宮のとくおよすげさせたまへかし。教へたてまつらん。いかにうつくしう吹きたまはん」とのたまへば、懐より起き出でたまひて、さかさまに取りたまひて、うつくしき御口にあてて、笛の音のやうに、声を細く出だして、「さて、そこに吹くに似たるは」とのたまふが、言ひ知らずうつくしうおぼえたまふにも、つれなく思ひ捨てて、知らず顔に見放ちたまへる御心の中は、なほ我が過ちといひながら、涙こぼれたまひぬ。

憂き節はさもこそあらめ音に立つるこの笛竹はかなしからずや

さてもいかやうにか思さるらんと、御心の中も恋しうゆかしき慰めに、懐に入れたてまつりて、いとうつくしき御身なりのめでたきを、ただかやうにこそはなど、思ひ出でられて、いみじうかなしきに、げにおろかなるべき形見にはあらざりけり。（巻三②二八〜三〇）

笛を吹くために若宮は一度、狭衣の懐から出ることが語られる。笛を吹く若宮の姿を見た狭衣は女二宮を想起せられ、再び若宮を自身の懐の中に入れる。笛を吹くという動作のために狭衣の懐から出た若宮は、その行為が終わると狭衣の懐の中にきちんと帰って行くのである。これは狭衣の「ふところ」がまさしく若宮の〈空間〉として機能している証であろう。

また、狭衣が若宮を使って女二宮のいる御堂の鍵を開けさせようとし、若宮が御堂内に入り込む場面において、

「今宵は、宮の御懐に御殿籠れ。つとめて、迎へに来んと、言ひつるや」と、語らひたまへば、「さて、例ならず、近づきまいらせたまふなりけり」とて、笑へど、宮は見だにおこせたまはず。（巻三②一七七）

若宮は、乳母に今夜は女二宮の懐で寝よと言われたことを狭衣に告げる。今宵「は」ということから、やはりいつもは狭衣の「ふところ」で寝ていることが推察できよう。更に巻四になると、若宮は狭衣の「ふところ」に一層

の執着を見せるようになる。狭衣が式部卿宮姫君を引き取った後、若宮は堀川大臣夫妻に、次のように言う。

「大将の御方には、斉院の御前に似たてまつりたる人ぞある。宮の姫君にやあらん。されば、まろをば懐に夜も寝させたまはず」と、恨めしげに思してのたまふを、（巻四②三一九）

式部卿宮姫君を引き取ったことで、狭衣は自分（若宮）を懐に入れて寝てくれないと訴えるのである。また、狭衣と式部卿宮姫君との結婚後、

若宮の、なほ、夜の御ふところ争ひの若々しさを慰めきこえたまふたびごとにも、まづかきくもり、物あはれなる心の中は、つゆばかり、ありしに変ることなかりけり。（巻四②三三〇）

とあるように、若宮が狭衣の「ふところ」を取られまいと、「御ふところ争ひ」をしている姿が描かれている。(3) 以上のことから狭衣の「ふところ」は、若宮にとって絶対無二の居場所であると言えよう。「一条の宮」はそこに若宮が存在して初めて狭衣の居場所となる〈空間〉であった。(4) しかし〈空間〉の内部に入ると狭衣が若宮の〈空間〉を生成するのである。親子が外部と内部で互いの空間を生成し合う『狭衣物語』の独自の構図をここに読み取りたい。

狭衣親子は互いの〈空間〉を内部と外部において生成し合う相互関係にある。故に狭衣が若宮の〈空間〉を生成することは、自身の〈空間〉を獲得せんとする行為にもあたる。

この狭衣親子の相互に空間を生成する構図は、飛鳥井姫君にも見ることができる。本稿では詳しくは触れえないが、狭衣は一条院という日常的空間において、飛鳥井姫君のいる空間（子どもの空間）に非日常性を見出し、希求することが語られていた。狭衣が一条院において飛鳥井姫君と邂逅するのは子どもたちの「走り遊ぶ」音に導かれてであった。不如意な一品の宮との結婚生活において、その〈子どもの空間〉に狭衣は「隠れ所」を見出していた。

この一条院内においても狭衣は、

過ぎにし方は、かうやうなる夜な夜な、さして、心とまる方のなかりしかばこそ、姫君、ふところに臥せたてまつりたまひ、（巻四②三二五）

と一品の宮が狭衣に冷淡な態度をとるときには、姫君を「ふところ」に入れ慰め過ごしている。飛鳥井姫君のために「ふところ」という〈空間〉を生成しつつも、一条院内に自身の希求する空間を彼女に見出しており、これもまた〈空間〉を生成し合う親子関係にあることの端的な表れである。このように狭衣は自身の「ふところ」という〈空間〉を子のために生成し、一方「子」は狭衣が現実から逃避する〈空間〉を用意しているのである。

さて、ここで注目したい点がある。『狭衣物語』において、主人公狭衣の「ふところ」に入るヒトは若宮と飛鳥井姫君だけなのである。故に狭衣の「ふところ」は完全に自身の「子」たちとの親子の空間として機能していることが言えよう。他に「ふところ」にヒトを入れる場面として、飛鳥井女君の絵日記に左のような記述がある。

顔に涙の、とりもあへずほろほろとこぼれかかれば、袖を顔にふたぎて、えだに見えたてまつりたまはぬに、「日暮れぬべし」「疾く」など急げど、とみに懐よりもえ差し出でたまはぬに…（巻四②三九九）

飛鳥井女君が娘である姫君と常盤にて別れる場面であるが、ここで飛鳥井女君は姫君を懐に入れ、なかなか差し出すことができなかったと綴られている。

以上のように『狭衣物語』では、「ふところ」に入る人物と入れる人物が全て親子関係になっている。つまり『狭衣物語』において「ふところ」とは、親子の〈空間〉として機能しているのである。

では「ふところ」という親子の〈空間〉は、『狭衣物語』において如何様な機能を果たすのであろうか。ここから、物語の論理を炙り出すことが可能なのではないだろうか。

三　平安物語における「ふところ」

「ふところ」にヒトを入れるという描写は、『狭衣物語』に初めて見られるものではないが、『伊勢物語』や『大和物語』等の歌物語にはそのような描写は見られなかった。また「物語の出で来始めの祖」と言われる『竹取物語』にも見られない。しかし『落窪物語』巻二に、

①『落窪物語』

二条におはしたれば、雪の降るを見出して、火桶に押しかかりて、灰まさぐりて、居たまへる。いとをかしければ、対ひたまへるに、

はかなくて消えなましかば思ふとも

と書くを、あはれに見たまふ。まことにも思して、男君、

いはでをこひに身をこがれまし

とて、やがて男君、

埋火のいきてうれしと思ふにはわがふところにいだきてぞぬる

とて、かき抱きて臥したまひぬ。女君、「いとさがしきことなり」とて笑ひたまふ。

（『落窪物語』一五三）

と二条邸で少将が落窪の姫君を懐に入れるという場面があり、管見ではこの場面が平安物語の中で「ふところ」にヒトを入れる、もっとも古い用例になる。『落窪物語』の中で「ふところ」にヒトを入れることに関する描写があ

るのはここだけであり、「ふところ」は少将夫妻の愛を育む〈空間〉として機能していることが読み取れる。

②『うつほ物語』

『落窪物語』以降の平安王朝物語においては、『うつほ物語』に「ふところ」にヒトを入れる描写を多く見ることができる。最初に見られるのは「俊蔭」巻で、俊蔭の娘が仲忠を出産する場面、

　かくて、六月六日、子生まるべくなりぬ。気色ばみて悩めば、嫗、肝心をまどはして、「平かに」と申しまどふほどに、ことに悩むこともなくて、玉光る輝く男を生みつ。生まれ落つるすなはち、嫗、おのが布のふところに抱きて、母におさおさ見せず、ただ乳飲ますする折ばかりゐて来て、負ひかづき養ふ。

（『うつほ物語』①六七）

と俊蔭の娘に仕える嫗が生まれたばかりの仲忠を、自分の粗末な着物の懐に抱き入れている。出産場面という点で共通するが、女一の宮が仲忠の娘犬宮を出産する場面においても、

　中納言、御帳のもとに寄りて、つい居て、「まづ賜へや」と聞こえたまふ。尚侍のおとど「あなさがなや。いかでか外には」とのたまへば、帷子を引きかづきて、土居のもとにて、玉光輝くやうにて、いみじくうつくしげなり。いと大きなるものかな。かかればこそ、久しく悩みたまひつるにやあらむ、と思ひて、懐にさし入れつ。

（『うつほ物語』②三三八〜三三九）

と生まれたばかりの犬宮を、仲忠が「ふところ」に抱き入れている様子が描かれている。『うつほ物語』で「ふところ」に「ヒト」を入れている描写の大半は、このように仲忠が犬宮を「ふところ」に入れている場面である。犬宮出産後、仲忠が母俊蔭の娘と琴を弾く際には、

　尚侍のおとど、典侍して、大将のおとどに、「かのおのが琴、ここに要ぜらるるめり。取らせむ」と聞こえた

まへれば急ぎて三条殿に渡りたまひて、取らせおはしたり。三の宮取りたまひて、中納言にさしやりたまひつれば、唐の縫物の袋に入れたり。稚児を懐にいれながら、琴を取り出でたまひて、「年ごろ、この手をいかにしはべらむと思ひたまへ嘆きつるを。後は知らねど」などて、はうしやうといふ手を、はなやかに弾く。

（『うつほ物語』②三三九〜三四〇）

と三の宮から琴の入った唐物の刺繍のある袋を受け取り、犬宮を「ふところ」に抱きながら袋から琴を取り出している。犬宮の御湯殿の儀の場面では、

かかるほどに、御乳母参るべき時になりぬ。御薬、父の中納言の懐にて含めたてまつり、御乳付、左衛門佐殿の北の方、御几帳のもとに候ひたまへば、女御の君かき抱きて、御衣着せたてまつりたまふ。

（『うつほ物語』②三四五）

と犬宮を「ふところ」に入れ、彼女に薬を飲ませる仲忠の姿が語られている。仲忠が常に犬宮を「ふところ」に入れている様子は、

中納言は、内裏にもをさをさ参りたまはず、歩きもしたまはず、宮といぬとを抱きうつくしみて居たまへり。典侍御前に居て、「今のほどは、何とも見たてまつりたまふまじきものを、生まれたまひしすなはちより、御懐放ちたてまつりたまはず、御衣尿にそぼちおはします。…」

（『うつほ物語』②三九九）

と、生まれてからずっと犬宮を放さない仲忠に対する俊蔭の娘の忠告や、

「さて、かの朝臣とはいかが思ひたる。らうたしとは思ひたらむや。」おとど、「知らず。いかに思ひ侍るにか侍るらむ。さ聞き侍りしすなはち、舞をなむしはべりし。日ごろは昼夜懐放たでなむ侍るなる。」

（『うつほ物語』②四〇六）

と、正頼が参内して、帝に犬宮誕生後の仲忠の様子を語る際などにも語られている。犬宮は仲忠以外の「ふところ」にも入る描写がある。「国譲中」巻では、

おとどのたまふやう「人の子は、天下にいへども、女はむつましく、男は疎くなむありける。この朝臣をば、親君のごとくなむ思ひつる。かかれど、このいぬを、今まで見たてまつりざりつる。かかりけるものを、今まで見ざりける。…（中略）…今日も、このいぬをば見せじ、とこそ思ひためれど、故あれば、あが君こそはひおはしたれ」とて、懐に入れて、奥に向きて居たまへれば、人え見ず。（『うつほ物語』③一九五～一九六）

と、兼雅がやっとのことで対面を果たした孫娘の犬宮を、「ふところ」に抱いている様子が語られている。また、直接的に犬宮を「ふところ」に入れている描写ではないが、

おぼつかなしとかあるは、御前にとのみ聞けば、よもこそ見たまへとてなむ。思ひ出でてむとかや。…（中略）…問ひたまへる人は、あなたの御懐にのみぞあなる。（『うつほ物語』②四七二）

と仲忠の妻、女一の宮が犬宮（＝問ひたまへる人）は、女一の宮の母で犬宮の祖母にあたる仁寿殿の「ふところ」にばかり抱かれていると仲忠に伝えている。

以上のように『うつほ物語』では「ふところ」に入れる者と入れられる者の関係が、親子、あるいは親に準ずる者と子の関係に絞られていることが確認できる。しかし一例だけ、その関係から逸するものがあるので左に記しておく。

大将は侍に出でたまへば、宮はたともに往ぬ。大将臥したまひて、宮はたを懐に臥させたまひて語らふ。（『うつほ物語』②四六五）

妻女一の宮と祐澄（宰相中将）の関係を怪しむ仲忠が、祐澄の娘で殿上童の宮はたを「ふところ」に入れ、祐澄

の情報を引き出そうとしている場面である。『うつほ物語』の中で、親子関係、あるいは親に準ずるものと子の関係以外で「ふところ」という〈空間〉を共有する例は、この一例だけである。自身の「子」あるいはそれに準ずる「子」ではないにせよ、殿上童という、仲忠の恋の対象になりえない「子」が「ふところ」に入っていることは変わらない。『うつほ物語』では飽く迄「ふところ」に入れるのは自身の「子」やそれに準ずる「子」、そして「宮はた」（仲忠のみ）であり、恋の対象になる可能性が限りなく零に近い者が、「ふところ」という〈空間〉に入れられるのである。

③『源氏物語』

『うつほ物語』以外で、『狭衣物語』以前に成立した作品で、もっとも「ふところ」にヒトを入れる描写が多いのは『源氏物語』である。次にあげる箇所は『源氏物語』中において、実際に「ふところ」の中にヒトを入れている様子が語られている場面である。

A「若紫」巻

君は、男君のおはせずなどしてさうざうしき夕暮などばかりぞ、尼君を恋ひきこえたまひて、うち泣きなどしたまへど、宮をばことに思ひ出で聞こえたまはず。もとより見ならひきこえたまはでならひたまへれば、今はただこの①後の親をいみじう睦びまつはしきこえたまふ。ものよりおはすれば、まづ出でむかひて、あはれにうち語らひ、御懐に入りゐて、いささかうとく恥づかしと思ひたらず。

（『源氏物語』①二六一）

B「薄雲」巻

何ごとども聞き分かで戯れ歩きたまふ人を、上はうつくしと見たまへば、をちかた人のめざましさもこよなく思しゆるされにたり。いかに思ひおこすらむ、我にていみじう恋しかりぬべきさまをとうちまもりつつ、ふところに入れて、うつくしげなる御乳をくくめたまひつつ戯れゐたまへる御さま、見どころ多かり。

（『源氏物語』②四三九〜四四〇）

C「野分」巻

中将、いとこまかに聞こえたまふを、いかでこの御容貌見てしがなと思ひわたる心にて、隅の間の御簾の、几帳は添ひながらしどけなきを、やをら引き上げて見るに、紛るる物どもも取りやりたれば、いとよく見ゆ。かく戯れたまふけしきのしるきを、あやしのわざや、②親子と聞こえながら、かく懐離れず、もの近かべきほどかはと目とまりぬ。

（『源氏物語』③二七八〜二七九）

Aは光源氏が紫上を自邸二条院へ引き取った後の場面である。源氏が二条院にいない夕暮れ時などに、寂しくて泣いている紫上の様子が語られ、源氏が二条院へ帰ってくると、すぐに彼の「ふところ」へ入っていく紫上のあどけなさが描かれている。Bは紫上が明石姫君を引き取り、姫君を「ふところ」に入れて乳房を含ませている場面である。紫上は生涯を通じて自身の「子」を産むことはないが、彼女がこのように「子」を「ふところ」に入れている様子は他にも「若菜上」巻で、

「若宮はおどろきたまへりや。時の間も恋しきわざなりけり」と聞こえたまへば、御方、「対に渡しきこえたまひつ」と聞こえたまふ。「いとあやしや。あなたにこの宮を領じたてまつりて、懐をさらに放たずもてあつかひつつ、人やりならず衣もみな濡らして脱ぎかへがちなめる。軽々しく、などかく渡したてまつりたまふ。こなたに渡りてこそ見たてまつりたまはめ」

（『源氏物語』④一二四）

と、明石姫君の一の皇子を「ふところ」に入れて離さないかのようだと、光源氏が明石君に語っている。Cは野分

の翌日、夕霧が前々から「見てしがな」と思っていた玉鬘を垣間見する場面である。夕霧の目に映ったものは、娘であるはずの玉鬘に戯れかかる源氏の親らしからぬ姿であった。玉鬘は源氏の「ふところ」に抱かれ、髪をなでられていた。

さて、この三例が『源氏物語』においてヒトがヒトの「ふところ」に実際に入れられていることが語られている場面である。この三例に共通して言えることは、「ふところ」が親子と見せかけられている者同士の〈空間〉として機能していることである。

まずAであるが、源氏の「ふところ」に入っているのは紫上である。傍線部①のように源氏は紫上の「後の親」と語られ、物語はあたかも源氏が紫上の「親」であるかのように語るのである。Bも紫上と明石姫君は養母と養女の関係であり、真実の親子関係ではない。CもAと同様、当初源氏は玉鬘を「おぼえぬ所より尋ね出だしたる」(『源氏物語』③二二二頁)実子であると公表していたため、源氏と玉鬘の関係も源氏が見せかけた親子関係なのである。だからこそ夕霧も傍線部②のように、源氏・玉鬘を「親子」として見ているのである。

一見するとA・B・Cの「ふところ」の用例は、『うつほ物語』のように親子の〈空間〉として用いられているように見える。しかし実際には親子と見せかけた者同士の〈空間〉として「ふところ」が用いられているのである。『うつほ物語』では「ふところ」は親子の〈空間〉、あるいは親に準ずる者と子の〈空間〉であった。故に、「ふところ」は『落窪物語』のような恋の物語を展開させる〈空間〉としては機能することがなかった。『源氏物語』はその『うつほ物語』の「ふところ」の用い方を逆手にとる。敢えて『うつほ物語』に倣い、一見すると親子の〈空間〉として「ふところ」を用いているように見せつつも、実際の親子関係は見せかけたものである。結果、光源氏は紫上や玉鬘という恋の対象を「ふところ」に入れ、源氏の「ふところ」は恋の物語を彼女たちと共に展開せんとする〈空間〉として機能しているのである。「子」を「ふところ」に入れるという『うつほ物語』の方法を受け止めつつも、自身の「子」に見せかけることによって、恋の〈空間〉として「ふところ」を機能させる『落窪物語』のような用い方を『源氏物語』は提示しているのである。

四　「ふところ」という〈空間〉

『狭衣物語』の「ふところ」は、親子の〈空間〉として機能していた。一方『源氏物語』では見せかけの親子の〈空間〉として「ふところ」を用いている。

『源氏物語』のこの見せかけの親子関係の構図は実は『狭衣物語』にも無縁ではない。狭衣と女二宮の「子」、若宮は嵯峨院と皇太后の「子」と公には知らされているし、飛鳥井女君との間にもうけた姫君は一品の宮の養女として扱われている。よって『狭衣物語』では、真実の親子関係を非親子関係へと見せかけており、狭衣の「ふところ」は物語世界の中で、実子ではないとされている実子を入れる〈空間〉として機能しているのである。(5)狭衣の「ふところ」は、一見すると実子ではない子を入れているように見え、恋の展開が期待される〈空間〉として機能する可能性を示す。しかしながら実際に狭衣が「ふところ」に入れているのは実子であり、『狭衣物語』において「ふところ」は、恋の物語の展開を期待しうる〈空間〉としては完全に機能しない。恋の物語が期待されない〈空間〉として「ふところ」を用いる『狭衣物語』の「ふところ」は、『うつほ物語』の「ふところ」の用い方と似通う。しかし『うつほ物語』以上に『狭衣物語』は、「ふところ」に入れる者、入れられる者の関係を徹底的に実の親子関係に絞っているのである。それは親子関係と見せかけ、「ふところ」を恋の物語が展開されうる期待を担う〈空間〉として機能させた『源氏物語』を、逆手にとった『狭衣物語』独自の意識的な「ふところ」の用い方と言えよう。『源氏物語』における主人公光源氏は自邸を持ち、そこに自身の〈空間〉を紫の上という実子でない「子」に生成させ、恋の物語を展開している。「ふところ」においても同様で、見せかけの「子」を自身の「ふところ」に入れることにより、恋の物語が展開することを期待させるのである。『狭衣物語』はこうした『源氏物語』が提示した恋の物語が展開される〈空間〉を悉く潰していく。狭衣が希求した「一条の宮」・「一条院（子の空間）」や、狭衣の「ふところ」は親子の空間としてしか機能しない。飽く迄も親子は親子であり、恋の物語が展開されうる余地はないとし、『狭衣物語』は『源氏物語』と相反する物語＝不毛な恋の物語を展開させるのである。『源氏物語』の提示する恋の物語の展開方法を閉ざしていく『狭衣物語』。「ふところ」もまたその閉ざした一つの方法である。「邸」「ふところ」と恋の物語の展開の場を悉く潰していく狭衣が、またしても獲得できないものを求めて〈移動〉を続けることにより、『狭衣物語』は展開していくのである。

非日常性なるものを求める性質から、狭衣は巻一・二では源氏宮や女二宮、飛鳥井女君などの〈女君〉たちを獲得不能な存在へと仮構し、それらを求める力を原動力として女君たちのもとへ〈移動〉する。そして〈移動〉先において女君たちとの〈恋〉こそ、狭衣が求めている対象であった。しかし、狭衣が希求していた女君たちはやがて斎院への渡御・出家・他界してしまい、本当の意味で狭衣が獲得することのできない女君たちへと変わってしまった。

女君たちとの恋の物語が閉ざされてしまった狭衣は、粉河詣で以降、自身の「子」を探すために再び〈移動〉を続ける。[6] 狭衣が〈移動〉の原動力を、〈女君〉から〈子〉へと転換したのである。「子」という原動力で〈移動〉を進める狭衣。しかし〈移動〉先には自身の「子」しか存在しないため、粉河詣で以前のような女君たちとの〈恋〉が展開されることはない。よって狭衣は希求の対象を、自身の「子」のいる〈空間〉に求める。「一条の宮」や「一条院（子どもの部屋）」を、「子」を理由に狭衣は「あらぬ所」「隠れ所」と位置付け、非日常性を備えた〈空間〉へと仮構し、希求の対象に据えるのであった。狭衣の求める非日常的空間は飽く迄も実子との〈空間〉であるため、恋の物語は展開しない。「子」によって主人公が仮構した非日常的空間を、恋の物語を展開する〈空間〉として用いる『源氏物語』に対し、『狭衣物語』はその用法を否定し、恋の物語を展開する〈空間〉としての機能を停止させるのである。ここに独自の物語を切り拓いていく『狭衣物語』の示した物語における新たな可能性を見ることができる。

そして、本論において論じたように、狭衣の希求する〈空間〉の内部では、狭衣が「子」を自身の「ふところ」に入れていた。「ふところ」に人を入れるという行為は、『落窪物語』などから用例を見ることができ、『源氏物語』では、光源氏が実子のように見せかけている「子」（紫上・玉鬘）を自身の「ふところ」に入れていた。「ふところ」に入れる者と入れられる者の関係が偽りの親子関係であることから、その者同士で恋を展開することは可能であり、実際に光源氏は紫上らと恋を展開していく。しかし、狭衣が「ふところ」に入れているのは飽く迄も自身の「子」であるために、恋は展開されない。ここにもまた、『源氏物語』の提示した恋の展開の〈空間〉を悉く否定し、新たな物語を切り拓いていく『狭衣物語』の一面を見ることができるのである。

注

（1）鈴木泰恵「狭衣物語粉河詣でについて―「この世」への道すじ―」（『狭衣物語／批評』翰林書房　二〇〇七年）。また、『狭衣物語』と〈移動〉については井上眞弓「『狭衣物語』の転地」（狭衣物語研究会編『狭衣物語が拓く言語文化の世界』翰林書房　二〇〇八年）ほか。

（2）拙稿「『狭衣物語』〈子〉と〈空間〉―「一条の宮」を起点として」（狭衣物語研究会編『狭衣物語　空間／移動』翰林書房　二〇一一年）。

（3）若宮が狭衣の「ふところ」をめぐって争う相手について、大系は式部卿宮姫君と注し、新編全集は飛鳥井姫君であると注する。ここでは飽く迄も狭衣の「ふところ」に執着する若宮の様子に注目したい。

（4）注（2）拙稿に同じ。

（5）『狭衣物語』において実の親子関係ではない、養子・養女の関係が方法的に用いられていることに関しては、三谷邦明「『狭衣物語』の方法―〈引用〉と〈アイロニー〉あるいは冒頭場面の分析―」（『物語文学の方法Ⅱ』有精堂　一九八九年）に指摘がある。

（6）注（1）鈴木論文に同じ。

付記　『狭衣物語』の本文として、新編日本古典文学全集『狭衣物語』（小学館）を使用した。また、『落窪物語』『うつほ物語』『源氏物語』においても新編日本古典文学全集（小学館）を使用した。

飛鳥井女君物語の〈文目《あやめ》〉をなす脇役たち

千野裕子

はじめに

王朝物語において、女房や従者たちのつながりが重要な役割を果たすことがある。例えば、『うつほ物語』には「孫王の君」という召名の女房が三人出てくるが、彼女たちは姉妹で、長女は藤壺（あて宮）、次女は朱雀院女一宮、三女はさま宮に仕えているという設定になっている。「国譲・上」巻の藤壺と女一宮が会う場面では、この長女と次女も対面し噂話に興じている。さらに、異腹の四女はいぬ宮に仕えていて、「楼の上・上」巻では、四女が長女にいぬ宮のことを話したことで、秘琴伝授の噂が藤壺にまで伝わるという展開がある。(1) また、藤壺の乳母子に兵衛の君という女房がいるが、彼女の弟であるこれはたは東宮の蔵人になり、「国譲・中」巻では東宮との仲介となって藤壺に情報をもたらすという重要な役割を果たす。女房・従者たちの横のつながりによって情報が伝達されていく様が示されているのだ。

また、『源氏物語』宇治十帖では、中の君が都に迎えられてからも、中の君についていった大輔の君と宇治に残った弁の尼との間での交流がえがかれ、「浮舟」巻では大輔の君の娘である右近がもらした匂宮に対する愚痴を、弁の尼が浮舟とその母君に話す場面があり、浮舟に入水を決意させる重要な出来事になっている。さらに、浮舟が入水したことは宇治に仕える下童から明石中宮に仕える小宰相の君に伝わり、大納言の君を経由して明石中宮にまで伝わる。その後、浮舟が生きていることは横川僧都から明石中宮と小宰相の君に伝わるが、それは浮舟のことをあらかじめ知っていたからこそ、僧都の話したことが浮舟のことだと思い当たれたという展開になっている。人物と人物とのつながりが作りあげるネットワークは時に重要な役割を果たすのだ(2)。

しかし、『狭衣物語』の場合はいささか様相が異なる。『狭衣物語』では、近いところに仕えている女房たち同士ですら情報を共有していないことがあり、むしろ、情報を持たないことが重要な役割を果たす。例えば、女二宮の物語に登場する中納言典侍と出雲の乳母は互いに情報を交換しない。中納言典侍は女二宮と通じたのが狭衣であることを知っていたが、女二宮の妊娠は知らなかった。出雲の乳母は女二宮と通じたのが誰か知らなかったが、女二宮の妊娠を知り、大宮が妊娠したと偽装した。こうして、狭衣には何も知らされないままに、女二宮は密かに出産し、その子は嵯峨帝と大宮の子として処理されてしまうことになる(3)。

人物同士が近いところにいるにもかかわらず、情報の交換が適切になされない。ネットワークは存在しているのに、機能していない。このことは女二宮の物語だけでなく、飛鳥井女君の物語にもみられるのではないか。本稿では、人物同士があやなすネットワークを仮に〈文目《あやめ》〉と呼び、『狭衣物語』の飛鳥井女君をめぐる物語にはどのような〈文目〉が見出され、物語をどう動かしているのか考察していきたい。

一　飛鳥井女君の乳母の場合

狭衣と飛鳥井女君との関係は、互いに素性を隠したまま始まった(4)。仁和寺威儀師に誘拐された飛鳥井女君を助けた狭衣は、彼女を家まで送り届けるが、自分の素性を打ち明けようとしない。源氏宮思慕の呪縛にとらわれる狭衣は、その後も隠し続けるばかりか、素性を偽りすらした。しかし、飛鳥井側もそれに騙されていたわけではない。[5]飛鳥井女君と乳母と女房の間で、次のような会話が交わされている。[6]

「この人にかくて止みはべりなば、御前の御扱ひもいかが仕うまつらん。いみじきわざかな。はやはや源氏の宮の御内裏参りにとて、やんごとなき人々多く参り集まりたまふなり。御前の御容貌ばかりの人はおはせじ。参りたまひね。女が身一つの、ことにもはべらず。いづちもいづちもまかりなん。このおはすらん人は誰ぞとよ。あやしういたう忍びたまふは。御前は知らせたまひたらんな」と言へど、「知らず、ただ心より外にあやしきありさまなれば」とて、うち泣きたまふをあはれと見て、我も泣きぬ。「一夜も門を叩かせたまひしに、開くる人のなかりしかば、いたう侮りたるなめり。看督の翁率て来てこれ開けさせん、など言ひけるけしき、別当殿の御子の蔵人少将とぞ思はせたりし」など言へば、「さはれ、まれまれありつる者どもも怖ぢまどひて、この頃は参で来ず、いとどわりなし。あてにやんごとなきこと、めでたうとても、この定にてはいかがはせん……」

（巻一①八六〜八七）

乳母に、通ってくる男が誰かと問われた飛鳥井女君は知らないと答えているが、それに対して女房が、狭衣がわの者たちの「看督の翁率て来てこれ開けさせん」という発言を報告し、さらに、「別当殿の御子の蔵人少将とぞ思はせたりし」[7]と言っている。つまり、この女房は、通う男が狭衣であるとは知らないものの、少なくとも「別当殿の御子の蔵人少将」というのが偽りであることに気づいている。「別当殿の御子の蔵人少将」であると偽るからには、女房も乳母も飛鳥井女君も、通う男の正体は少なくともそれ以上の高貴な身分であろうということを理解したはずだ。ただし、源氏の宮のもとへ出仕する話も出ているのに狭衣の話題は出ておらず、通う男が狭衣であるとは思い当たれていない。「あてにやんごとなきこと、めでたうとても、この定にてはいかがはせん」と、高貴な身分の男であろうことは分かっているものの、乳母の第一の懸念は生計であって、その点において頼れそうにない男に不快感を示している。[8]

狭衣が飛鳥井女君と素性を隠して交際しているうちに、狭衣の乳母の子である道成が女君に求婚してくることになる。道成は狭衣よりも早く、飛鳥井女君が太秦に参籠している頃から既に目をつけ文を送っていたが、当時は仁和寺威儀師がいたため乳母に返事を保留にされていた。しかし、その後、道成は父親の大宰大弐任官に従って九州に下向することになり、同行する女ほしさに飛鳥井女君のことを探すことになる。その頃には狭衣と飛鳥井女君の交際は始まっているのだが、このとき道成が仕入れた情報に注目したい。

太秦の人を尋ねけるに、「かくなん、別当少将の、時々通ひてあんなれば。乳母は承けずな」と言ふ人のありけるを、喜びながら消息したりけるに、乳母、思ふやうにめでたくおぼえて、東も思ひ止りて、「まことに思すことならば、しばし、君にも知らせたてまつらじ。下りたまはんほどに、みそかに迎へたてまつりたまへ」と言ひ遣りけるを、えもいはず喜びて、「さやうの細君達の蔭妻にておはすらん、口惜しきことなり。ただ心見たまへ。男の御幸ひにてこそあらめ。ゆめ違へたまふな」

（巻一①一一八～一一九）

乳母は通う男が別当少将ではないことを知っているにもかかわらず、道成が得た情報では、飛鳥井女君のもとに別当少将が通っていることになっているのだ。そのため、道成は相手が狭衣であるとも知らず、通う男を侮ることになる。なお、乳母は通ってくる男に対して以下のような対応をしていた。

この人のおはする宵、暁のことをも心安からず、鍵失ひがちに、つぶやくけはひを、御供の人聞きて、あさましうめざましき折々ありけり。殿にも忍びて、「誰と思ひたるか。かくな」と申せば、女のけしきもあやしうのみあるは、この見えし火影の女の、ありし法の師に取らせんとするなめり……

（巻一①一一三～一一四）

狭衣がわの「看督の翁率て来てこれ開けさせせん」という偽装と、乳母のこういった対応から、飛鳥井女君に通っている男は別当少将であるという噂が立っていたのだろう。その結果、道成は飛鳥井女君に通う男が狭衣であることなど知らずに言い寄ることになったのだ(9)。

そして、道成の得たこの誤った情報は、訂正されることがなかった。道成は乳母と謀って飛鳥井女君を九州行きの船に乗せてしまう。その船上で、道成は次のように言っている。

「さこそのたまふとも、たけきこと、今はよもおはせじ。あな、をこがましや。なにがしの少将の蔭妻にて、道行き人ごとに心を尽し、胸をつぶしたまふ心もやは。あやしうせん、またなく思ひかしづききこえんを、取り所に思せかし。なま君達は、いとなづまじう、ここだしきものぞよ。我が殿のおはしまさん世には、なにがしらに、その君達まさらじ。……」（巻一①一三五〜一三六）

道成は、飛鳥井女君に通う男が少将であると信じている。「我が殿」の威光を背景に強気な発言で女君を口説くが、もちろん少将と名乗っているのが「我が殿」であるとは気づいていない。この段階でもなおそう信じているということは、謀をめぐらすなかで、乳母から通う男の正体が少将ではないということを知らされなかったということになる。

乳母は、飛鳥井女君に対して以下のような発言もしていた。

「……このおはする人に、かくと聞こえさせたまへかし。わざとならぬ宮仕へ人たちに、さこそは、かやうの君達は、車は貸したまへ。さばかりのことは、などてか聞きたまはぬことあらん。まことまこと、この隣の駿河が妻こそ、物に情ありて、頼もしき所ある人なれ。つとめて、いととく借りこころみん。さてやがて、この蔵人少将の殿の御乳母の家に、しばし渡らせたまひて、おはしかし。年頃のいみじき知る人なり。この御事の後、なかなか恥づかしうて訪れはべらずなりぬる。かくと聞きたまふとも、なでふことかあらん」

（巻一①一二五〜一二六）

通う男が少将ではないと知っているはずの乳母が、少将であると信じているような発言をしているのである。この乳母の言葉は飛鳥井女君を謀ろうとするものであり、もとより車を借りるべきなどとは微塵も思っていないはずである。(10) その謀の中で、乳母は、そもそも少将であるという偽りすら信じたふりをしているのである。これに対して飛鳥井女君も、

よろづよりも、かの少将と思ひて、いかなる僻事を言はんとすらむ。時々の前渡りにも思ひ合すれば、それにやと見ゆべき影も、紛るべうも見えぬものを、と思へど、かやうやと、この人に言はんも、よきことと言うべうもなければ、答へもせられず、いかなる僻事どもを、し出でんずらん、と思ふにも、もとよりかくものはかなう、あやしかりける身のありさま、いとあはれに思ひ知らる。

（巻一①一二七〜一二八）

と、乳母が、男が少将であると思っているのだ、と考えるとともに、どんな謀をしてくるのか案じている。飛鳥井女君と乳母は、通う男が少将であるというのが偽りであると了解していた。しかし、乳母は、少将であるという偽りを信じたふりをし、この時点では既に男が狭衣であることに気づいている女君も、乳母への不信からそれを訂正しない。

もとはといえば、狭衣が自らを少将であると偽装したのが原因である。しかし、飛鳥井女君も乳母も、それが偽装であることに気づいていた。それでも、飛鳥井女君は正体が狭衣であると気づいた後も、それを乳母に告げなかった。乳母は少将であるという噂を放置し、信じたふりをし続けた。そして、それを信じた道成は、通う男が狭衣と知らずに、飛鳥井女君を奪ったのである。相手が「わが殿」＝狭衣であることを知ったら、道成は手を引いた

かもしれない。しかし、乳母が誤った情報を放置したために、悲劇は起こったのだ。

乳母が男の正体が狭衣であると気づいていたかは明らかにされていない。[11] 少なくとも飛鳥井女君はそれを乳母に告げていない。しかし乳母は、少なくとも少将ではないということには気づいていたにもかかわらず、信じたふりをして放置した。ある種の情報操作をしているのである。そして、乳母が情報操作するというのは、『狭衣物語』の常套である。巻二で狭衣は誰にも知られることなく女二宮と通じ、宮は妊娠する。このとき、女二宮の乳母である出雲は、相手の男が誰だか知らないまま、妊娠したのは女二宮の母である大宮だと偽装した。また、巻三で狭衣は権大納言によって一品宮（一条院女一宮）との間に噂を立てられてしまう。このとき、権大納言はまず一品宮の乳母子である中納言の君に狭衣のことを告げる。そして、中納言の君から話を聞いた内侍の乳母は、狭衣が少将命婦に会いに来たところを誤解されたのだと考え、中納言の君には口止めをしたにもかかわらず、女院（一品宮の母）には「権大納言ののたまひけること」（巻三②八二）を報告し、それを聞いた女院は少将命婦が狭衣を一品宮のもとに手引きしたのだと考える。内侍の報告の詳細は語られないが、女院がそう思い込むような報告をしたことが想定されるのである。『狭衣物語』において乳母は正確な情報を握ることができず、それでいて情報操作することで物語を悲劇へと導く存在として登場するのである。

二　道成・道季兄弟の場合

しかし、問題は乳母にだけあったわけではない。飛鳥井女君に通う男の正体を道成が知る機会は実はいくらでもあったことが、物語に幾度も示されている。

道成という人物は、次のように紹介されている。

この殿の御乳母の大弐の北の方にてあるありけり。子どもあまたある中に、式部大夫にて、来年、官得べき、かやうの人の中には、心ばへ、容貌などめやすくて、少々の上達部、殿上人などよりは、世の人も心ことに思ひたり。自らの心にも、また思ふことなく、いみじきすき者の色好みて、いかで、心、容貌よき、すぐれたらん人を見んと思ひて、婿にほしうする人々の辺りにも寄らず、君の御真似をのみして、夜中の御供にも後れず、私の里わたりをのみ尋ぬるわざのみして、この女君、太秦に籠りたまへりけるを、ほのかにのぞきて見けるより、異心なくなりて、消息などしけるを、この乳母は、いみじう耳つきに思ひて、返事などしけれど、

（巻一①一一七）

狭衣の乳母の子であるだけでなく、狭衣の「御真似」をして、「夜中の御供」をしていた。それならば狭衣が飛鳥井女君に通うときにもいそうなものであるが、そこにはいなかった。それは、次のような事情からである。

かの下りし式部大夫、肥前守の弟ぞかし。三郎は蔵人にもならで、雑色にてぞありける。兄、蔵人になりて、暇なかりつるほどは、御身に添ふ影にて、この御しのびありきには、身を離れたてまつらねば、飛鳥井にも一人のみこそ御供には参りしに、忍びたまひしことなれば、兄にも「しかじかの心え」なども言はざりければ、彼も「そこなる人を率て下る」など語らざりけるなめり。君のかく嘆きたまふけしき見て、雑色道季は人知れずこの人を尋ねけり。

（巻二①一五七～一五八）

道成は蔵人になってから狭衣の供をする暇がなくなっていたのだ。代わりに狭衣の供をしたのは弟の道季であった。そして、この兄弟の間で、情報交換がされていなかったのである。道季は「忍びたまひしことなれば」と配慮して狭衣が飛鳥井女君のもとに通っていることを道成に告げず、何も知らなかった道成は九州下向に連れて行く相

手のことを道季に告げることもなかった。

ここで、狭衣の供をしているのは「一人のみ」とあるが、実際は飛鳥井女君のことを知っているのは道季だけではない。

御供の人々は、「かかることはなかりつるを。いかばかりなる吉祥天女とならん。さるはいとものげなき男のけはひぞすめる」、あるはまた、「仁和寺の威儀師が盗みたりけむ女か」など、おのおの言ひ合せて、あやしがるべし。（巻一①八八）

というように、「御供の人々」とある。彼らは狭衣の通う相手の詳細を知らないようである。狭衣は詳細を腹心にしか知らせていなかったと思しい。そういう意味で、道季は「一人のみ」の供といえるのだろう。しかし、それでも、供のなかに狭衣の通う相手が「仁和寺の威儀師が盗みたりけむ女か」と正体に勘づいている者もいた。道季が告げなくても、この者たちから道成に情報がいく可能性もあったはずだ。結局のところ道成は誰からも真相を知らされなかったが、その可能性自体は存在していたのだ。

さて、飛鳥井女君は船上から身を投げた。道成は帰京後、狭衣にその折の事情を語っている。

「……帥の平中納言の女にさぶらひけり。親たちみな筑紫にて失せにける後、ただ乳母を頼もし人にてさぶらひけるに、蔵人少将時々通はれけるを、女はあひ思ひはべりければ、下り候ひにし暁、乳母に心あはせてとらせはべりしを、…（中略）…あさましう海に落ち入りぬるとなん見たまへし。御扇取らせてはべりしかば、しかじかなんかき汚してはべりしは、いかに思ひけるにか。ただにもさぶらはで、七月八月ばかりにさぶらひけるは、なにがしの少将のにやはべりけん。その君たちにかけられたらんよりはと思ひしかど、いといみじう泣き焦がれて命に換へはべりしも、いかばかり思ひける中にか、少将はいかに思ひ出ではべらん」と言ふ。さらば、まことなりけりと思すに、けしきも変るらんかしとおぼゆるまでいみじきを、つれなうもてなしたまひて、「げにおぼろけならず心ふかかりける人かな。かへりては、疎ましうこそおぼゆれ」など、言少なにて入りたまひぬ。

（巻二①二四九〜二五一）

この段階にいたってもなお、道成は相手の男が少将だったと信じ込んでいる。狭衣は道成が飛鳥井女君を奪ったことを既に知っているが、それは道季の報告によるものだった。しかし道成は、道季から真相を聞かされていない。(12)道成が真相を知るのは、物語も最終盤、飛鳥井女君の遺児が一品宮になってからであった。

一方、道季にも、気づく機会はあったことが示されている。

道季参りて、「あやしきことをこそうけたまはりつれ。道成が妻は海に身を投げてさぶらふなりけり。乳母なるものの申しけることどもうけたまはれば、ただ身の行方なくなりたまへる人とぞおぼえ候ふ。いま思ひたまへあはすれば、太秦にて見し人をなん尋ね得たるなど、語り出で候ひしか。もしさることもやはべりけん。おはしまし通ふ所とはかけても知りはべらざりけるなめり。まことに、それならばあさましうさぶらひけることかな」と申せば、「さもやありけむ。知りながらもさやうの人はさこそあれ」とて、…（中略）…御心の中は、なかなか行方なく思ひつるよりも心憂くもあるべきかな、一夜二夜にもあらず、さは言へどもほど経にしを、さりとも誰と知らぬやうはあらじを、太秦にて見そめて、乳母と心合わせたるしわざなるべし、さすがにあざれて、さやうのわざもしつべくぞあるかし……

（巻二①一五八〜一五九）

道季は、道成が太秦で見初めた女を得たということを聞いていたのだ。しかし、それが飛鳥井女君と結びつかなかっただけなのである。物語は、悲劇を防ぐことができたかもしれない可能性をいくつも示している。人物と人物が近い距離にいて、情報を交換する可能性を持っている。人間関係の〈文目〉は存在している。しかし、それが機能していないのだ。もし、この〈文目〉のなかの誰かひとりでも誰かに情報を伝えていたのなら、飛鳥井女君の悲劇はなかったかもしれない。

そして、〈文目〉が存在しているからこそ、狭衣は「知りながらも」という可能性を考えるし、「知らぬやうはあらじ」と思う。道成が知らなかったということが、狭衣には信じられないのだ。

この「知らぬやうはあらじ」は、『狭衣物語』のなかでたびたび繰り返される表現でもある。先に、乳母の情報操作が女二宮や一品宮の物語でも行われていることを指摘したが、この「知らぬやうはあらじ」という表現も、やはり女二宮や一品宮の物語に存在する。次に挙げるのは、大宮が女二宮の妊娠を知って乳母たちを問いただす場面である。

この人々の中に知りたるもあらんと思して、出雲・大和などいふ御乳母たちをしのびたるかたに召しよせても、とみにもののたまはずむせかへらせたまへるを、いかなることぞと思ひ騒ぐに、からうじて、「かかることのおはしましけるを、誰も知らぬやうあらじを、などかいままでまろには知らせざりける。いかなりしことぞなどもいかでか聞かでは」などのたまはせやらぬを、うち聞く心地もいかがはありけん、(中略)「月ごろもあやしう心得ぬ御ありさまを、御もののけにやと見たてまつり嘆くより外には、またえいかにもいかにも見知りまゐらすることもはべらず。さりとも、ことのありさま知る人はべらんかし。昔物語にも、心をさなきさぶらひ人につけてこそ、かかることもはべりけれ。うちかはり誰も見たてまつらぬ折も候はぬを、なほ、いつの隙にいかでさることもはべらん。御ひがめにや」と言へば、「いでや、むげに誰も知らぬやうもあらじ。……」

（巻二①一九八〜二〇〇）

このように、大宮は、乳母たちを「誰も知らぬやうあらじ」と責める。それに対して乳母たちは「昔物語」を引き合いに出し、「ことのありさま知る人はべらんかし」と言うが、誰も見ていないのだから妊娠は大宮の見間違いなのではないかとする。しかし、それに対して大宮は重ねて「むげに誰も知らぬやうもあらじ」と言う。実際には、狭衣と女二宮の逢瀬は誰にも見られておらず、本人たち以外に知る者はなかった。それなのに、大宮は乳母たちの誰も知らないなどということはずがないと考えているのである。

さらに、女二宮の若宮出産後、中納言典侍と出雲の乳母が次のような会話をする場面もある。

御湯よりのぼりて臥したまひける御顔の、ただかの御児のほどとおぼえたまへるを見るに、大弐の乳母にこれを見せたらん、いかばかり人目も知らず喜び愛しがりきこえんと、我だにいみじううたうおぼえたまひて、いかで、疾く見せたてまつらんと思ひあまりて、出雲の乳母に、「空目かとよ。ただその御顔とこそおぼえさせたまへ」と言ふを、いでや、知らぬやうはあらじとつらければ、「さしも似させたまはず。よき人どちはよしなきだに似るものなれば、まして同じ御ゆかりなればこそ。されど、これはいまよりさまことに王気さへつかせたまへるさまにぞ」と言ふもをかしかりけり。（巻二①二一二）

中納言典侍も出雲の乳母も、この時点ではもう若宮の父親が狭衣であることを知っている。しかし、二人はその事実を別々の機会に知った。さらに、出雲の乳母は、狭衣を女二宮のもとに手引きしたのは中納言典侍であると考えている。中納言典侍は狭衣の乳母である大弐（道成・道季兄弟の母）の妹であり、狭衣と親しいからである。そのため、中納言典侍の、若宮が狭衣に似ているとする発言を、「いでや、知らぬやうはあらじ」と思う。出雲の乳母は、中納言典侍が全てを知った上で知らないふりをしていると考えているのだ。実際、中納言典侍は事情を知っているのではあるが、出雲の乳母が考えているように手引きをしたわけではない。この「知らぬやうはあらじ」は微妙に真相とずれているのだ。

また、一品宮の場合も同様である。一品宮と狭衣との噂を聞いた女院は、内侍の乳母に事情を聞く。

院聞かせたまひて、内侍の乳母に、「かく、世の人のことに言ふなる、いかなることぞ。むげになきことは、人の言ふにもあらぬを。さりとも知らぬやうあらじ」とのたまはするに、いとあさましうなりて……

（巻三②八二）

女院は一品宮と狭衣との噂は根拠のないことではないと考え、乳母が知らないはずがないとする。しかし、一品宮と狭衣との噂は全くの濡れ衣であった。

以上のように、様々な形で「知らぬやうはあらじ」という表現が繰り返されている。大宮や女院は、乳母が主の事情を知らないはずはないと考えている。出雲の乳母は、狭衣に親しい女房である中納言典侍が事情を知らないはずがないと考えている。

そして、狭衣も、道成が飛鳥井女君のことを「誰と知らぬやうはあらじ」と考えていた。女二宮の例も一品宮の例も、それぞれ状況や人物関係が異なり一概には同じと言えないが、しかし、「知らぬやうはあらじ」という推測が的を射ていなかったことだけは共通する。実際は欠けた情報しか持っていないにもかかわらず、知っているはずだと思い込む。それが、『狭衣物語』に頻出する「知らぬやうはあらじ」という表現なのである。

確かに「知らぬやうはあらじ」という推測は的を射ていない。しかし、全く根拠のないことではないからこそ、こういった誤解が起きる。大宮や女院が乳母に事情を聞くのも、乳母が女君の最も側近くに仕えているのだから当然である。出雲の乳母が中納言典侍を疑うのも、中納言典侍が狭衣と親しいのだから妥当であろう。実際、中納言典侍は、狭衣と女二宮との関係を知った時、「もしさることもあらば、我がかごとなどこそ思しめさめ」（巻二①一八六）と、自分が疑われるに違いないと考えていた。

道成の場合も同様である。確認してきたように、物語は道成が情報を得たかもしれない可能性をいくつも示している。飛鳥井女君が乳母に男の正体を告げていたら。乳母が男が少将であるという噂を否定していたら。道季や他の従者たちが道成に飛鳥井女君のことを告げていたら。道季が道成の得た女が飛鳥井女君であると気づいていたら。人間関係の〈文目〉をつくりあげ、これら可能性をいくつも存在させながら、それを機能させないことで飛鳥井女君の悲劇が作り上げられているのである。

三 「少将」の子とされた遺児

そもそもの始まりは、狭衣が素性を偽ったことであった。それが偽りであることは飛鳥井女君や乳母も気づいていたが、訂正されることはなかった。その影響は物語の後半にまで及ぶことになる。

巻二末〜巻三の粉河詣で狭衣は飛鳥井女君を救出した兄僧に会う。しかし、ここでは女君にも我が子にも会えず帰京する。その後、今姫君の母代から情報がもたらされ、狭衣は常盤の里を訪ねることになる。女君は既に死んだ後であったが、狭衣は常盤の尼君と対面し、女君や遺児のことを尋ねた。尼君は遺児のことを、次のように説明する。

「我が君や、聞こえさせん方こそなけれ。かかりける御事を、などかつゆ知らせたまはざりけん。限りあらん命こそえ留めはべらざらめ、こののたまはすることをさへ、かく跡かたなくはしなしはべらざらまし。いかなることぞなど、常に、さまで思ひ立ちはべりけんことを問ひはべりしかど、かけてもかやうにほのめかしはべらざりき。いと心はかなう、言ふかひなくもはべりけるかな。心の咎とこそうけたまはりつれ。兵衛督の知るべきゆかりと、ほの聞きはべりしかど、この自らは、さらにことの外に思ひて、数ならぬ身のほどにたぐひたまはんも、いとかたじけなきことになんはべりしかば、かくにこそはべりけれ。世に知らぬうつくしさと聞かせたまひて、一品の宮のいみじうゆかしがらせたまひしかば、百日の折に参らせたまへりしを、やがて留めきこえさせたまひて、乳母などあまたして思しめしかしづくさまなどは、いまおのづから聞かせたまひてん。

……

（巻三②五九～六〇）

狭衣は今姫君の母代から情報を得て、常盤の尼君のもとを訪ねていた。今姫君の母代はどういうわけか狭衣と飛鳥井女君との交際を知っていて、狭衣に常盤の尼君のことを話したからである。しかし、尼君は遺児の父親が誰か知らなかった。それは飛鳥井女君が事情を決して話さなかったからだと言う。さらに、尼君自身は遺児の父親が兵衛督(13)の縁者であるという噂を聞いていた。その噂は飛鳥井女君自身が否定していたが、真相を話さなかったため、尼君は父親が狭衣であると知らずに遺児を一品宮の養子に出してしまっていた。

さらに、遺児を引き取った一品宮はどうだったであろうか。一品宮は狭衣と結婚することになるが、その後、遺児の父親が狭衣であることを知る場面がある。

「忘れがたみに」とありし御独り言を、宮の御乳母子の中将といふ、障子のつらにて、いとよく聞きけり。宮の御前に語り申せば、さはこの児は、なにがしの少将のと聞きしは、あらざりけるにこそ、これによりて、このわたりにはあながちに尋ね寄りにけるにこそ、いみじう物思ひたるさまなるも、このことにこそと心得たまへば……

（巻三②一二三）

このように、一品宮は、この子の父親を「なにがしの少将」であると思っていたのだ。尼君は、飛鳥井女君が子の父親に関する噂を否定していたと語っていた。しかし、それでも、この子は養母の一品宮に「なにがしの少将」

の子と信じられて養育されていたのである。

いつの間にか、飛鳥井女君は「少将」と交際していたことになってしまった。狭衣が少将と偽ったことは、飛鳥井女君も乳母も偽りであると知っていた。しかし、訂正されないままに噂として流れ続け、遺児は少将の子として一品宮のもとにたどりついたのである。これは、女二宮の物語や一品宮の物語とも似た構造になる。女二宮の物語の場合、狭衣と女二宮という、あったはずの関係はなかったこととされ、生まれた若宮は嵯峨帝と大宮の子として処理された。その結果、後に若宮の父親が狭衣であることが明かされることによって、狭衣と大宮という、なかったはずの密通が創出された。(14) また、一品宮の物語の場合、狭衣と一品宮という、なかったはずの関係があったことにされ、婚姻が成立してしまった。これらと同じように、狭衣と飛鳥井女君の関係はなかったことにされ、「少将」と飛鳥井女君の関係があったことになってしまったのである。(15)

そして、それは、〈文目〉の中で情報が正確に行き交わなかったために起こったことである。誰かがどこかで情報を交換していたら、飛鳥井女君の悲劇はなかったかもしれないし、遺児が養子に出されることもなかったかもしれないのだ。

四 見えない〈文目〉

以上のように、張りめぐらされながらも、情報が交換されない〈文目〉が存在している飛鳥井女君の物語であるが、それだけでは説明できない人物がいる。それは、今姫君の母代である。先に述べたように、今姫君の母代はどういうわけか狭衣と飛鳥井女君の関係を知っていた。そして、彼女の持っている情報は奇妙なほどに詳細である。

「まことにや、思ひかけぬ人の御文持ちてはべりし」と言へば、「おぼろけにては散らさぬものを。よに侍らじ」とのたまへば、「げに世の常の御こととは見えはべらざりき」と思はせて心したるが憎ければ、「虚言をしける人ななり」と、ことの外に言ひなしたまへば、いと高やかにうち笑ひて、「今日のひる間はなほぞ恋しき」など……　（巻三②五〇）

母代が狭衣に飛鳥井女君のことを切り出す場面である。母代は狭衣が飛鳥井女君に宛てた文を見たと言う。この「今日のひる間はなほぞ恋しき」は巻一で狭衣が飛鳥井女君に送った文の通りである。さらに母代は次のように語る。

「いで、さればこそ、ことの外にのたまはせつれど、この御前の母は、故平中納言の御妹ぞかし。その御姉は、女院に、中納言の君とてさぶらひたまひしを、筑前の前司なにがしの朝臣に盗まれて、遠きほどまでおはしたりしが、守失せて後、尼になりて、常盤といふ所におはする。中納言の女は、乳母のもとに心細げにてなど聞かせたまひて、常に召ししかど、乳母、心かしこくて、ものしたたかなるさまにしなさんとて、参らせざりしほどに、御覧ずるやうもはべりとかや。前の別当、左衛門督の子の少将と名のらせたまひけるを、いでや、さやうのなま公達の蔭妻にて、益なしとて、三河守なにがしが殿に親しくさぶらふらんを知らせざりけるとかや。あさましきことなりかし。女には知らせで盗ませて、筑紫へ具しはべりける道にて、女泣きこがれて、身を投げてんとて、せがいに出でてはべりけるを、兄の禅師の君、目あしき法師、いみじき聖にてはべりける、伯母につきて筑前より上りけるに、見つけて常盤に置きたりける。世に知らずうつくしき子を生みたりけるは、いかにとかや、その案内は申さじ。明け暮れ物を思ひて、先つ頃、尼になりてこそ失せはべりにけれ。容貌など、御覧じけん。さばかりなる侍りなんや。ただ人ざまなどこそ、あやしうおしなべての人には似はべらざりし

か」（巻三②五一～五二）

これほどの詳細な情報を、母代は一体どこから手に入れたのであろうか。狭衣が飛鳥井女君に宛てた手紙を見たというのは、おそらく常盤の尼君のもとであろう。しかし、先に述べたように、常盤の尼君は飛鳥井女君と狭衣の交際のことを知らなかった。ということは、常盤の尼君は手紙を書いたのが狭衣であるということも知らないことになる。そうなるとなぜ母代はこの手紙が狭衣のものであると分かったのかという疑問が生じるが、母代はおそらく筆跡から狭衣のものであると判断したのではないだろうか。狭衣は洞院の上に言われてしばしば今姫君のもとに出入りしていたのだから、母代に筆跡を知られていても不思議ではない。それにしても、狭衣の筆跡と気づいた時点で母代がそれを常盤の尼君に告げていれば、遺児が一品宮のもとに渡ることは防げたと思われる。やはり、ここでも近しい者同士の情報の不伝達が起こっている。母代の発言により、人間関係がさらに複雑にあやなされていたことが明らかになったが、今までと同様、その〈文目〉は機能していないのだ。

それでは、母代が語る詳細な情報は、どこからもたらされたのであろう。狭衣の手紙であることが推測できたとしても、ここまでの経緯を推測だけで導き出すのは不可能である。何も知らなかった常盤の尼君ではなく、別の誰かから情報を得たことになる。しかし、それは物語のなかで語られない。母代がどういった人間関係のなかで誰からこの情報を手に入れたのか、一切は不明なのである。

ここにもうひとつ飛鳥井女君の物語を動かすものの存在を考えることができる。先に述べたように、物語に直接えがかれている〈文目〉は、飛鳥井女君をめぐる情報を行き交わせる可能性をえがいていた。しかし、それは機能せず、姿を見せているのに切断された〈文目〉であった。一方、物語に直接にえがかれない何らかの〈文目〉が確かに存在していて、そこでは飛鳥井女君に関する情報が詳細に流れているのである。決して姿を見せないのに、確かに機能している〈文目〉があったのだ。

この母代という人物は経歴がほとんど不詳である。「母のなま親族の、高きまじらひはせで、人数ならで若きまじらひわぶる人」（巻一①一〇二）で、「さすがにゆゑづき、物見知り顔にて、いとしも見ぬことも知り顔になどやうにて、かたはらいたき物好みなどさし過ぎたる者」（同）とされている。「母のなま親族」ということで常盤の尼君とのつながりは納得できるが、「なま親族」というのがどの程度のものかは分からない。さらに、「高きまじらひはせで」には内閣文庫本「高きまじらひはしてあれど」という異同があり、問題のある箇所ではあるが、とにかく経歴も不詳である。そして、不詳でありつつも余所につながりを持っていそうな経歴がほのめかされていることによって、背後に見えない〈文目〉が想定できるのである。今姫君の乳母でもない「母代」という正体の知れない存在だからこそ持つことのできる見えない〈文目〉。それは飛鳥井女君や狭衣の「乳母」を中心にした見える〈文目〉とは全く対照的なものである。

おわりに

母代をめぐる、見えない〈文目〉の存在。物語はそれを示すことによって、母代の他にも狭衣と飛鳥井女君の恋の顛末を知る者がいる可能性を示している。東宮（後一条帝）が狭衣の源氏宮恋慕を知っていたように[16]。しかし、この見えない〈文目〉は、狭衣を常盤に向かわせはしたが、それ以上に物語を展開する力を持たない。既に飛鳥井女君はなく、遺児も一品宮の養子になった後であった。そして、見えない〈文目〉の中では詳細な情報を得て狭衣に伝える役割を果たした母代も、常盤の尼君とつながる〈文目〉のなかでは、他の人物たちと同様に情報交換をしていない。

飛鳥井女君の物語には、ふたつの〈文目〉が存在している。表に見える〈文目〉は、情報を行き交わせる可能性を示しながらも機能せず、情報が行き交わないことによって人々を動かし、物語を展開させていた。一方、その裏の見えない〈文目〉では、情報が詳細に流れていた。このふたつが、織物の表と裏のように飛鳥井女君の物語をあやなしていたのである。

注

（1）三田村雅子「物語文学の視線」（『源氏物語　感覚の論理』有精堂出版　一九九六年）は「出来事そのものの面白さよりも、出来事の受けとめ方を、その噂がひきおこす波紋そのものを、物語は描いていこうとしているようなのである。物語は、何重にもそのような端役の視線を装置として張りめぐらせて、仲忠一族の卓越性と琴伝授の秘儀性を予告し続け、最終巻の楼上下巻での琴披露の場へと一挙に関心を盛りあげていく」と指摘する。なお、『うつほ物語』における女房や従者の機能に関しては拙稿「女房論」（学習院大学平安文学研究会編『うつほ物語大事典』勉誠出版　二〇一三年）「『うつほ物語』「蔵開」「国譲」巻の脇役たち―情報過多の世界の媒介者」（『学習院大学大学院日本語日本文学』一〇号　二〇一四年三月）で論じた。

（2）『源氏物語』に関しては安藤徹の「物語と〈うわさ〉」「隠すことと顕すこと」など『源氏物語と物語社会』（森話社　二〇〇六年）所収の〈うわさ〉に関する一連の論考がある。また、野村倫子「『山路の露』の「文」と「語り」―浮舟物語における情報回路の回復をもどく―」（『『源氏物語』宇治十帖の継承と展開』和泉書院　二〇一一年）は浮舟物語後半と『山路の露』における情報伝達の問題を論じている。

（3）女二宮物語に関しては拙稿「『狭衣物語』を動かす女房たち―女二宮物語から」（物語研究会編『「記憶」の創生』翰林書房　二〇一二年）で論じた。
（4）三角洋一「飛鳥井物語小考」（『王朝物語の展開』若草書房　二〇〇〇年）は三輪山伝説との話型の重なりを指摘している。また、倉田実「〈名を隠す恋〉の狭衣―飛鳥井の君の物語」（『狭衣の恋』翰林書房　一九九九年）は狭衣と飛鳥井女君との恋を〈名を隠す恋〉と捉え、「「知らせない」ことが二重三重に結構されて、飛鳥井の君の悲劇が生じていると把握できる」と指摘する。
（5）鈴木泰恵「恋のジレンマ―飛鳥井女君と源氏宮」（『狭衣物語／批評』翰林書房　二〇〇七年）。また、飛鳥井女君物語と源氏宮思慕の関連に関しては、萩野敦子「「狭衣物語」飛鳥井女君論・序説―品劣る女との恋物語が「狭衣物語」に参加するまで―」（『国語国文研究』九六号　一九九四年九月）が飛鳥井女君を、天稚御子事件を経て源氏宮の〈形代〉ではなく〈慰め〉を欲したところに入り込み得た存在としてとらえ、やがて源氏宮の影響下から脱していくとして論じている。
（6）このあたりの経緯に関しては、三角洋一「飛鳥井の女君の乳母について」（『王朝物語の展開』若草書房　二〇〇〇年）が狭衣・乳母・飛鳥井女君の「三者のからみあいによって描きすすめる飛鳥井物語の一端」として論じている。
（7）「別当殿の御子の蔵人少将とぞ思はせたりし」という発言であるが、引用している新編全集の深川本が「思はせたりし」とあるのをはじめ、内閣文庫本は「思はせたりければ」と、第一系統で読む限り、女房は「蔵人少将」であるというのが偽りであると判断していることになる。しかし、第二・第三・第四系統では、女房たちが、通う男が少将であると信じたことになっている。確かに、通う男が少将ではないと知っているにしてはこの後の乳母の行動には不自然な点が多く、少将であると信じたとする方が合理的なのであるが、本稿では第一系統で読むことにより、少将ではないことを知っていたはずの乳母に注目したい。
（8）飛鳥井女君の乳母に関しては、注（6）三角論文の他に久下裕利（晴康）「『狭衣物語』の乳母たち」（『平安後期

物語の研究　狭衣浜松』新典社　一九八四年）「フィクションとしての飛鳥井君物語」（『王朝物語文学の研究』武蔵野書院　二〇一二年）、齋木泰孝「狭衣物語における乳母―女三宮、飛鳥井女君、今姫君の物語―」（『物語文学の方法と注釈』和泉書院　一九九六年）などがある。

（9）井上眞弓「メディアとしての旅―恋のゆくたてを見る―」（『狭衣物語の語りと引用』笠間書院　二〇〇五年）は道成の官が狭衣が身をやつした蔵人少将と大差ないことから、「仮の姿を借りた、言わば偽りの関係が、男君のすり替えによって名実とも真実の関係になってしまったのである。もしくは、男君の位置が変わらずに中身だけ変わったとも言い換えられよう。そして、その変換は飛鳥井女君の西海下りという旅の時空を現出させたのである」と指摘する。

（10）ここでの「車」も含め飛鳥井女君物語における乗り物を論じたものに、鈴木泰恵「飛鳥井女君と乗り物―浮舟との対照から」（『狭衣物語／批評』翰林書房　二〇〇七年）がある。

（11）母代が狭衣に語った説明では、乳母は相手が狭衣であることを知っていて、道成が狭衣の乳母の子であることを飛鳥井女君に隠したということになっている。しかし、母代の発言はあくまで伝聞であり、真偽のほどは分からない。

（12）兄弟の間で情報が交換されないというのは、大弐の乳母・中納言典侍姉妹にも見られる。「中納言典侍、大弐の乳母など、同じき姉妹といへど、同じ身を分けたるやうに、かたみに思ひかはしたれば、この人の、つゆばかりも漏らしたらむことを、身の外に散らすべきならねど、（中略）今は若宮の御ために、誰もおろかに思ひきこえさせたまふべうはなかりけりと思へば、大弐にも、この御ことを語らざりけり」（巻四②三四〇～三四一）と、中納言典侍は若宮の父親が狭衣であることを大弐の乳母に語っていない。なお、大弐の乳母は道成・道季兄弟の母親である。

（13）この兵衛督なる人物が、狭衣の偽った少将の父親である「別当殿」であろう。今姫君の母代は狭衣に情報をもたらす場面で、狭衣が「前の別当、左衛門督の子の少将」（巻三②五一）と名乗っていたことを言い当てているが、この「左衛門督」に「左兵衛督」との異同がある。

(14)　神田龍身「仮装することの快楽、もしくは父子の物語―鎌倉時代物語論―」(『物語文学、その解体―『源氏物語』「宇治十帖」以降―』有精堂　一九九二年)、木村朗子「欲望の物語史―『狭衣物語』から『石清水物語』へ」(『恋する物語のホモセクシュアリティ　宮廷社会と権力』青土社　二〇〇八年)。

(15)　結局は、遺児(飛鳥井姫君)は一品宮の養女であり、狭衣の実子であることによって幸いを手にすることになり、「少将」の子とされたことはその後にまでは影響しない。そういった意味でも、狭衣と大宮の密通を創出したものの、それが問題になっていない若宮のあり方と通じるものがある。なお、飛鳥井姫君に関しては野村倫子「飛鳥井の九州―入水と「形見」の姫君の物語―」(『『源氏物語』宇治十帖の継承と展開』和泉書院　二〇一一年)が飛鳥井女君の辺境性を絶ち切っていく物語として論じている。

(16)　鈴木泰恵「〈人知れぬ恋心〉のはずが……―カタリの迷宮『狭衣物語』―」(『日本文学』六六三号　二〇〇八年九月)および、同氏「『狭衣物語』とことば―ことばの決定不能性をめぐって―」(狭衣物語研究会編『狭衣物語が拓く言語文化の世界』翰林書房　二〇〇八年)で語りの仕掛による決定不能性が論じられている。

付記　本文は新編日本古典文学全集『狭衣物語』(小学館)を使用した。

『狭衣物語』の堀川大殿と嵯峨院――『うつほ物語』享受という〈文《あや》〉

勝亦志織

はじめに

平安後期物語は『源氏物語』の強い影響下に成立した、というのが一般的な文学史上のとらえ方であろう。しかし、それぞれの作品が同じレベルで『源氏物語』を摂取しているわけではなく、また、『源氏物語』以外の先行する諸作品からの影響もある。何よりも重要であるのが、先行物語からの影響があるといっても、平安後期物語の諸作品はどれも独自の物語を描いていることだ。物語読解のためには、先行する物語作品の享受を通して、多層化する物語の在り様を見ることが必要ではないだろうか。

そこで本稿では、『源氏物語』を除く先行諸作品の中で、特に影響を与えたと考えられる『うつほ物語』を取り上げたい。『うつほ物語』と『狭衣物語』は『源氏物語』が描くことのなかった音楽奇瑞譚が共通し、また登場人物の造型や物語の構成など、様々な面で享受関係が見受けられる。その享受の流れを「縦糸」として見通し、『狭衣物語』が先行する作品を享受することで何を描きだそうとしたのかを考察していきたい。具体的には『うつほ物語』の源正頼の造型と『狭衣物語』の堀川大殿の関係、「嵯峨」という呼称が共通する両作品の嵯峨院を取り上げる。享受という側面を『狭衣物語』というテクストを生成する「縦糸」としてとらえ、この「縦糸」の概念を本稿における〈文《あや》〉と位置付け、物語世界読解への一つの回路としたい。

一 平安後期物語における『うつほ物語』享受の様相

平安後期物語の諸作品において『うつほ物語』は、直接引用する例が見受けられる一方、直接引用する例ではなく、構造や話型、主人公の設定に『うつほ物語』の方法を利用しているとみられる例もある。本稿では特に後者の例を『狭衣物語』を通して考察するものであるが、まずは、全体を通してどのように『うつほ物語』を享受しているのか、その様相を確認しておきたい。もちろん、平安後期物語に対しては『源氏物語』の影響の大きさや享受の様相がすでに多く指摘されている。だが、そもそも『源氏物語』が『うつほ物語』を享受している以上、平安後期物語には直接的な『うつほ物語』享受と、『源氏物語』を通過したうえでの享受という重層的な享受の問題があろう。そのことをふまえた上で、各作品における享受について確認しておきたい[1]。

まず『狭衣物語』では、「仲澄」や「仲忠」といった人名の直接引用がある[2]。

①早うは仲澄の侍従、宰相中将などの例どももなくやは。（巻一①二〇）

②仲澄の侍従の真似するなめり。人もさぞ言ふなる。大臣もかかれば思ひ嘆きてつれなきなめり（巻一①七三）

③「竹取にほのめかしはべりしかど、いとありがたげにこそ。仲忠には、思ひおとされさせたまへるにや。…」（巻三②一七〇）

いずれも、狭衣と「仲澄」や「仲忠」を比較するために持ち出されている。あて宮求婚譚における求婚者のうち主要登場人物である二人の名前が登場しているわけだが、特に「仲澄」は妹との恋という面から、「仲忠」は音楽に秀でているという面からの引用であろう。一方、同じく直接引用があるのが『浜松中納言物語』である。唐后の演奏に対して、次のように引用される。

宇津保の物語の、内侍の督の弾きけむなん風、はし風の音も、かうはあらずやありけむと思ひやらるるに、（巻一　九九）

唐后の演奏を「内侍の督」つまり俊蔭の娘の演奏になずらえている。「宇津保の物語」と具体的に物語名も明記しているところが特徴的であろう。唐后の演奏は俊蔭の娘の演奏のように奇瑞を起こすようなことはなかったが、中納言にとって忘れられない演奏となっている。

この『浜松中納言物語』の音楽描写を引用する方法がより深化したのが、『狭衣物語』の音楽奇瑞譚と『夜の寝覚』の天人による秘曲伝授であろう。『狭衣物語』において、狭衣の笛の演奏に対し天稚御子が降臨するという奇瑞がおきる。『うつほ物語』では俊蔭一族の琴の演奏により様々な奇瑞が起きるが、天稚御子降臨という奇瑞はなく（「俊蔭」巻で天稚御子の登場はあるが奇瑞としてではない）、音楽奇瑞譚の話型を利用しながら深化させていることがわかる。なお、この奇瑞により昇天させられそうになった狭衣を引き留めるため皇女降嫁が企図されるのも、『うつほ物語』の影響であろうが、この点は後述する。

一方の『夜の寝覚』は、天人が秘曲を伝授する、という点について『うつほ物語』「俊蔭」巻と同一の構想が見られる。俊蔭が獲得した秘琴は天女により授けられたものであり、『夜の寝覚』には本文の直接的な引用はないが、話型的に共通していることが確認できる。

以上、平安後期物語三作品における『うつほ物語』の影響を概括した。直接的な引用は主要な登場人物に限られ、一方、音楽奇瑞譚の流れを汲むストーリーは三作品ともに見受けられた。この音楽奇瑞譚については『源氏物語』では一切描かれることなく、『源氏物語』における音楽は非常に現実的なものでしかない。『源氏物語』が非現実的として受け入れることのなかった音楽奇瑞の問題を平安後期物語は改めて受け取り、それぞれの物語にとって必要な方法で描いたということが言えるだろう。言わば、音楽奇瑞譚という〈文〉が三作品の中に息づいているのである。

では、このような影響関係の中において『うつほ物語』と『狭衣物語』とはどのように位置づけなおすことができるだろうか。細かな本文の引用関係ではなく、物語を構成する人物の造型に見える影響関係という観点から二つの作品を見直してみたい。

二　堀川大殿の造型と源正頼

前節で確認したように、平安後期物語における『うつほ物語』享受は音楽にまつわる話を中心として論じられてきた。しかしながら、『うつほ物語』と平安後期物語との関係は未だ多くが明らかになっていないのが現状である。諸注釈書をはじめとして直接的な引用についての指摘はあるものの、音楽奇瑞譚をのぞいては物語の構成を踏まえた享受関係はほとんど指摘されていないのではないだろうか。その一因は、『うつほ物語』と平安後期物語の間に位置する『源氏物語』が、平安後期物語へ多様な影響を与えていることである。だが、平安後期物語の各作品の中でも『狭衣物語』は特に『うつほ物語』を積極的に享受している作品であるといえる。『うつほ物語』から『源氏物語』、そして『狭衣物語』へ、というような通時的な享受関係ではなく、『うつほ物語』から『狭衣物語』という直接的な享受関係が認められるのだ。このことは『狭衣物語』の作者および享受者圏の問題ともつながる可能性も持つが、ここではまず二つの物語における登場人物の影響関係について見ることで、『狭衣物語』がどのような人物造型をもって物語を構築しているのかを見ていきたい。

まず、一つ目の影響として一世の源氏が物語のはじめに登場していることである。『うつほ物語』では源正頼、『狭衣物語』では堀川大殿である。それぞれの登場場面を見ていきたい。

『うつほ物語』源正頼(3)

昔、藤原の君と聞こゆる、一世の源氏おはしましけり。童より、名高くて、顔かたち・心魂・身の才、人にすぐれ、学問に心入れて、遊びの道にも入り立ち給へる時に、見る人、「なほ、かしこき君なり。帝となり給ひ、国領り給はましかば、天の下豊かなりぬべき君なり」と世界挙りて申す時に、よろづの上達部・親王たち、「婿に取らむ」と思ほす中に、時の太政大臣の、一人娘に、御冠し給ふ夜、婿取りて、限りなく労はりて、住ませ奉り給ふほどに、時の帝の御妹、女一の皇女と聞こゆる、后腹におはします、父帝、母后にのたまふ、「この源氏、ただ今の見る目よりも、行く先なり出でぬべき人なり。我が娘、この人に取らせてむ」とのたまひて、婿取り給ふ。

（藤原の君　六七）

『狭衣物語』堀川大殿

この頃、堀川の大臣と聞こえさせて関白したまふは、一条院、当帝などの一つ后腹の五の皇子ぞかし。母后もうち続き、帝の御筋にて、いづ方につけても、おしなべての大臣と聞こえさするもかたじけなけれど、何の罪にか、ただ人になりたまひにければ、故院の御遺言のままに、帝、ただこの御心に世を任せきこえさせたまひて、公私の御ありさまめでたし。（中略）堀川二条には、御縁離れず、故先帝の御妹、前斎宮おはします。洞院には、只今の太政大臣の御女、一条の后の宮の御妹、春宮の御叔母、世の覚え、内々の御ありさま、はなやかに、いとめでたし。

（巻一①二一～二二）

以上の引用を比べると、二つの共通点が指摘できる。源正頼は「藤原の君」と呼ばれた一世の源氏であり、幼い頃より能力が高く、帝となれば天下を豊かに治めることができるだろうといわれるほどの人物であった。一方、堀川大殿は、一条院や嵯峨院と同腹の生まれでありながら、「ただ人」になり、故院の遺言通り政治を執り行っている人物である。表現は異なるものの、いずれも本来ならば帝になることができた人物でありながら臣下となっている、という造型である。

もう一つの共通点は、傍線部にある通り、帝の娘と太政大臣の娘の両方を妻としていることだ。(4)『うつほ物語』のほうは、すでに太政大臣の娘に婿取られていた正頼に対し、嵯峨院は自分の后腹の女一の宮（大宮）に婿取っており、子供の出生順で考えれば、この大宮との婚姻は太政大臣の娘（大殿の上）にはまだ子供がいなかったことで可能となったものであろう。『狭衣物語』においては、婚姻の順ははっきりしないものの、太政大臣の娘（洞院の上）には子供がいない。加えて、どちらも帝の娘のほうが嫡男を生んでおり、嫡妻としての立場を確保しているといえよう。

もちろん、『狭衣物語』の前には、『源氏物語』の光源氏という一世の源氏が存在し、堀川大殿の「何の罪にか、ただ人になりたまひにければ」という表現は、光源氏の姿を彷彿させるものがある。しかしながら、『うつほ物語』も『狭衣物語』もいずれも一世の源氏の子供たちの世代が物語の主要な軸となる。加えて、政治の世界で権力を持ちながらも子供の結婚に振り回される一世の源氏という姿は、光源氏には当てはまらない。では、その子供たちとのかかわりについて見ていこう。『うつほ物語』については、あて宮とのかかわりを、『狭衣物語』では、狭衣とのかかわりを引用してみる。

『うつほ物語』

かくて、大将のおとど、まかで給ひて、宮に聞こえ給ふ、「春宮より、あてこそに、今ものしたまふことやある」。宮、「さあめり」。「そのことをぞのたまひつるや。しばしは、とかく聞こえつれど、いと切にのたまひつれば、え否び侍らざりつるを、兵部卿の親王・平中納言、『いとものし』と思ひたりつる中に、源宰相の、あるる中に思ひ入りて居給ひたりつる、左のおとど、これかれに見合はせてぞ、涙ぐみてものし給ひつる、いとほしかりつれ。宮も、『いとほし』と思し居たりつ。あやしく、この子によりてこそ、興ある折も、いとほしき折も多かれ」。（菊の宴　三〇三）

『狭衣物語』

まかでたまひて、大将の君に、「しかじか上ののたまはせつるを、さきざきの受けられぬ気色とは見ながらも、いかでかはさは奏せんずるなれば、さるべきさまに申しつるを、いかがはせん。少々心にいらぬことなりとも、なみなみのつらにもあらばこそは、聞き入れでも過さめ。いかにも、かく召しよせらるる面目のかたもおろかならず、ほども近くなりぬめり。はや、さやうにも思ひたちたまへ」と、聞こえたまふものから、もの憂からん事を、限りなき面目なりとも、さしも思はざらんをかく勧むるも心苦しうて、うち嘆かれたまひぬる御気色の、例の、人の親のやうにもえ申したまはぬを、（巻二①一六三）

『うつほ物語』では、あて宮の東宮入内が東宮の要請によって決定的になった後の場面である。正頼は妻大宮に東宮からの入内要請があったこと、その要請が兵部卿宮をはじめとしてあて宮の求婚者たちの目の前で行われたことを話し、あて宮故に面白いことも大変なこともあると述べている。あて宮の入内に対して正頼が悩む場面は他にもあり、この後にあて宮が東宮に入内し寵愛を受け皇子が生まれると、その皇子の立坊争いに対して、再度思い悩むこととなる。物語後半における立坊争いでの正頼の悲嘆ぶりは滑稽なほどであり、娘を利用することで政治権力を獲得していこうとする摂関政治的な政治闘争に対する父親の苦悩が描き出されている。

一方『狭衣物語』では、堀川大殿が狭衣と女二の宮の結婚について悩む場面である。笛の演奏による奇瑞で、天稚御子と共に昇天しそうになった狭衣を地上に引き留めるべく、嵯峨帝は自分の女二の宮との結婚を思いつく。「盛りに整」った女二の宮と狭衣を結婚させることに積極的な帝は、父である堀川大殿に相談し、堀川大殿は息子を説得しながらも、結婚に気乗りしない様子にどうしようかと思い悩むのである。この後、一条院女一の宮との縁談の際にも、堀川大殿は気乗りしない狭衣を説得し、この時には自ら一条院へ結婚の許可を得るために出かけている。息子の縁談に対し、息子の気持ちを思いやりながらも、息子のために栄達の道を確保しようとする父親として堀川大殿は造型されているといえよう。

以上のように、子供の性別は異なるが、自身の子供の問題に奔走する父としての造型が両者に共通している。これには、それぞれの子供の持つ性質と大きく関与しよう。あて宮も狭衣も共に『竹取物語』のかぐや姫との共通性を持ち、堀川大殿と狭衣の親子関係について『竹取物語』との関連を読む先行研究もある。(5)『うつほ物語』においては、東宮入内という結論が見えているにもかかわらず、求婚者の数は増え、求婚譚は『竹取物語』以上に拡大する。正頼は竹取の翁以上に求婚者の対応に追われることとなるのである。狭衣の存在は、求婚者が増え続けるあて宮の反転としてあるのではないか。狭衣は仲忠・仲澄のように誰かの求婚者の一人となるのではない。むしろ、嵯峨院によって、相手が変化しながらも求婚し続けられる。そこに父親の存在を含めることで、求婚者が増幅していくあて宮との造型を重ねることは可能なのではないだろうか。

ではなぜ、『狭衣物語』は『うつほ物語』をこのように享受したのであろうか。堀川大殿の造型には、確かに光源氏のような要素が垣間見られながら、そもそも堀川大殿は主人公ではない。しかしながら、物語前史においてなぜか帝位から遠ざけられ、政治の要となるべき源氏として確固たる妻を複数持つという、光源氏よりも「あらまほしい」源氏の描き方を、『狭衣物語』は『うつほ物語』から摂取したといえるだろう。加えて、子女たちの未来を安定に導くために奔走する姿はより現実的な父親像として享受されたに違いない。平安後期物語の主要登場人物はいずれも二世の源氏であり、ゆえに光源氏の後裔として位置づけられ、作品そのものも『源氏物語』の模倣、あるいは亜流と言われたわけであるが、堀川大殿の造型を『うつほ物語』の享受として捉えると、単に『源氏物語』だけを見ているわけにはいかなくなるだろう。

三　二人の〈嵯峨院〉Ⅰ――娘との関わりから

次に、二つの物語に共通して描かれる、「嵯峨」の呼称を持つ天皇について見ていきたい。周知のとおり、『源氏物語』には「嵯峨」の呼称を持つ帝は登場しない。もちろん、歴史上においては平安時代初期、漢詩や書をよくし、唐風文化興隆の中心人物でもあり、政治的には「薬子の変」（平城太上天皇の変）でも有名な嵯峨天皇がおり、『うつほ物語』の嵯峨院はこの嵯峨天皇の影響を受けていることがすでに論じられている。(6) 一方、『狭衣物語』の嵯峨院には、そうした史上の天皇との結びつきは弱い。「嵯峨」の呼称は居住する屋敷の名称からであり、その人物造型にも史上の嵯峨院と重なる部分はほとんどない。しかしながら、『源氏物語』があえて使用しなかった「嵯峨」の呼称を登場させたことは、何らかの意図が考えられよう。まずは『うつほ物語』の嵯峨院と類似する部分を列挙した。

・物語全巻を通じて登場

・所生の皇女の結婚に積極的
・主人公に音楽の演奏を求め、奇瑞が起きる
この三つの共通点が二人の嵯峨院に認められる。

まず物語全体を通して登場する点についてであるが、『うつほ物語』において、嵯峨院は主要登場人物の人生に常にかかわる存在である。特に冒頭三巻「俊蔭」巻においては清原俊蔭の波斯国漂流の原因を作り、「藤原の君」巻で源正頼を所生の女一の宮の婿とし、「忠こそ」巻では忠こそを重用する人物であった。これら俊蔭・正頼・忠こそとの関係は、物語全体を通して続いていく。特に俊蔭一族に対しては物語の最終巻「楼の上」下巻まで関わり続ける。『うつほ物語』は様々な物語の軸がある中で嵯峨院の関与するものはどれも主要な軸であり、関わる登場人物の人生を規定する役割を果たしている。

一方、『狭衣物語』の嵯峨院は全巻を通して狭衣と深く関与する。狭衣に笛の演奏を求め、天稚御子が天下ると狭衣昇天を必死に留め、自身の女二の宮との結婚を企図し、それが破綻すると今度は女三の宮との結婚を勧め、女三の宮が斎宮に決定すると、今度は斎院を退下してきた女一の宮を若宮（表面上、嵯峨院と大宮の子となっているが、女二の宮と狭衣の間の子）とともに後見してほしいと頼む。そして、物語末尾、死を目前とした嵯峨院は、兵部卿宮となっている若宮と女二の宮のことを依頼し「位を去りたまひても、ここを荒らさで、かならず住みたまへ」（巻四②四〇六）と狭衣に要請するのである。『うつほ物語』の嵯峨院のように様々な人物と関与するわけではないが、主人公狭衣を現世に留めおき、執拗に狭衣と関係し続けるのが『狭衣物語』の嵯峨院といえよう。

次に、所生の皇女の〈結婚〉[7]についてみていきたい。『うつほ物語』の嵯峨院は、所生の皇女のうち、后腹の皇女は皆、臣下と〈結婚〉または入内しており、物語に登場する嵯峨院の皇女のうち、斎宮となっていた承香殿女御

腹の皇女以外は皆、何らかの結婚をしている。女一の宮（大宮）は正頼と、女三の宮は藤原兼雅と〈結婚〉し、小宮は春宮に入内し、梅壺の更衣腹の女源氏は源祐澄と〈結婚〉している。『うつほ物語』においては、他にも皇女の結婚がみられるが、特に嵯峨院の皇女は結婚により様々な氏族とつながり、物語後半における立坊争いは、大宮の孫にあたる藤壺腹の皇子と女三の宮の孫にあたる梨壺腹の皇子によって展開され、そこに小宮の懐妊が問題となるという泥沼化した様相を見せる。しかし、いずれにしても嵯峨院の血統を継ぐ者が天皇になることに変わりはなく、嵯峨院は政治的意図をもって複数の氏族と娘を通して繋がっていたことになろう。

それに対して、『狭衣物語』の嵯峨院がとにかく娘を通して自身との関係を深めたかったのが狭衣である。(8) 所生の皇女三人を三人とも狭衣と〈結婚〉させようとした。その初めは前述のように狭衣の昇天を留めるための、女二の宮との〈結婚〉である。

皇太后宮の御腹の姫宮、三所おはします、一はこの頃の斎院、二は御容貌、心よりうち始めて、ことわり過ぎてめでたくおはしますを、上は、とりわき限りなく思ひかしづききこえさせたまひて、世の常の御ありさまなどに思しかけざりつれど、この中将の今宵の笛の音に、天人だに聞き過したまはで天降り遊びたまへるを、我が泣く泣く引き留めて、ただあらんは、むげにあるまじきことなり、この頃の御ありさまは、さりとも天竺へもあくがれじと、我が御心に類なく思ひきこえさせたまふままに、思しめしよりけり。（巻一①四六〜四七）

三人いる姫宮の中でも特に美しい女二の宮を狭衣と〈結婚〉させたいと考えるのである。残念ながら、この結婚は当の狭衣が女二の宮へ密通、宮の出産と出家により、嵯峨院の関知しないところで破綻してしまう。そうなると嵯峨院は次に女三の宮と若宮をセットで狭衣に後見させようと考える。この「後見」には女三の宮との〈結婚〉が含意されよう。しかし、女三の宮は斎宮に決定してしまい〈結婚〉はまたも成立しない。さらに嵯峨院は斎院を務めていた女一の宮が退下してくると、今度は女一の宮と若宮の後見を依頼する。結局、女一の宮は堀川大殿と狭衣の後見により後一条帝へ入内することとなる。三人の皇女は三人ながら狭衣と〈結婚〉することなく、むしろ狭衣は後一条帝の姉宮、一品の宮と〈結婚〉することとなる。

これら嵯峨院の三人の皇女及び一品の宮と狭衣の関わりについては、すでに個別の問題として論じられているが、本稿の目的はこのように繰り返し狭衣と娘を〈結婚〉させようとする嵯峨院の意義にある。そこで、物語内で一貫して狭衣を特別視する嵯峨院が、女二の宮との〈結婚〉を考えた最初に女二の宮の美しさに言及していたことに注目したい。女二の宮は先の引用文にもある通り、三姉妹の中で最も美しく、父帝にとって鍾愛の娘であった。自らが大切にする美しい娘をもてはやす男性がいないのは残念である、との考えから狭衣との〈結婚〉を思いつくわけだが、この考え方は『源氏物語』の今上帝が女二の宮を薫と〈結婚〉させたこととつながる。しかし、『うつほ物語』においても同様に、鍾愛の美しい娘を臣下と〈結婚〉させた帝がいる。朱雀院である。

朱雀院は仁寿殿の女御腹の女一の宮と仲忠の結婚を強力に推し進める。その結婚話と軌を一にして女一の宮はあて宮に劣らない美しい女性として位置づけ直され、以後、女一の宮は朱雀院の皇女たちの中でも最も美しい娘として、仲忠の妻の立場を確固たるものにし、それは同時に仲忠を朱雀院の大切な婿として遇すことになるのである。つまり、『狭衣物語』の嵯峨院は、『うつほ物語』の朱雀院のように最も美しい娘を狭衣の妻とすることで、狭衣を自身の婿として遇することを企図していたことになろう。

このように考えると、『狭衣物語』の嵯峨院には、『うつほ物語』の嵯峨院と朱雀院両方の影響がみられることとなる。実はこの点は次に述べる音楽奇瑞譚においても同様である。では、その音楽奇瑞譚について見ていきたい。

四　二人の〈嵯峨院〉Ⅱ――音楽との関わりから

両物語における嵯峨院は、臣下に楽器の演奏を要求し、その演奏が何らかの奇瑞を起こす、という共通点を持つ。また、どちらも臣下の音楽の系譜を聴き分ける耳を持っていることも共通している。[9] まずは、それぞれの帝が演奏を要請する本文を見てみたい。

『うつほ物語』吹上・下巻

院の帝聞こえさせ給ふ「□かうしく□惜しむ手なく仕うまつる。涼・仲忠、いたづらに候ふまじき者なり」とのたまはせて、「琴仕うまつらすべし」と聞こえ給ふ。帝、「仰せ給はむかし。わいても、仲忠、琴賜ひて効なきことなむ、あまた度侍る」とて、仲忠を召して、「『ここに、かう、などにも仕うまつらず、仲頼・行正ら手惜しまぬ夜なるを、仲忠しも、いたづらに候ふまじきものなり』と、院なむ仰せらるる。これに手一つ仕うまつれ」と仰せられて、せた風を、胡茄に調べて、仲忠に賜ふ。花園を、同じ声に調べて、源氏の侍従に賜ふ。かしこまりて奏す、「異男どもは、今日のために候ふ手侍るを、仲忠は、たまたま仕うまつりし手は、先々に仕うまつり尽くして、今日のためには候はずなむありつる」と奏す。帝、「残したる手なくは、先々仕うまつりし手を仕うまつれ。身の才は、人聞く所にて、上手と定めらるるなむよき。今宵仕うまつらざらむは、何かせむ。早う仕うまつれ」とのたまはす。なほ仕うまつらず。帝、「仲忠がためには、天子の位効なしや。蓬莱のくさこくの不死の薬の使としてだにこそは、宣旨逃れがたさによりて渡れれ。ともかくもあれ、仕うまつれ」と仰せらるる。仲忠、かしこまりて、仰せを承りて、涼と擬し合ひて、なほ声立てず。(中略)仲忠、から

うして、同じ拍の同□を、はつかに掻き合はせて、胡茄の手□まつりぬ。（吹上・下　二八九～二九一）

『狭衣物語』巻一

「おのおの、今宵この音ども、一人づつ手を尽すべきなり。少しも惜しまん人は、やがて恨みんとす」（中略）「一ことをだに、さしも心強からんに、まして人の代りどもよもせじ」と仰せられて、責めさせたまへば、中将、「いとあぢきなき所望をもしたまふかな。かやうのことはおのづから隠れさぶらはず。この方には足らず止みはべらん。すべて大臣など少し教ふることはべらず。まして笛はいかに思はるるにかはべる、戯れにても吹き鳴らすものとも知らせずなん」とて、むげにあるまじきよしを奏したまへば、「いで何か。その内々のことどももみな聞きたり。まだ知らぬことなりとも、今宵始めて我習はさん」など仰せらるれば、「おのおの手を尽したらん中に、げにまだ知らぬ笛の音は、さまことなるべきわざかな」と手も触れず、ことの外なるけしきなれば（中略）笛に申して、「いかに。仕ふまつるまじきか」とたびたび御けしきまめやかなれば、かくと知らましかば、参らざらまし、とわびしけれども、逃るまじき夜なれば、うひうひしげに取りなして、ことに人知らず耳慣れぬ調子一つばかりを、吹きたてて止みぬるを　（巻一①三八～四二）

『うつほ物語』では、嵯峨・朱雀両帝が仲忠と涼に弾琴を要請し、『狭衣物語』では嵯峨院が狭衣へ笛を吹くことを求めている。それぞれの場面の直後に『うつほ物語』では天候の変化が、『狭衣物語』では天稚御子の降臨が起きている。どちらもが二重傍線部にあるように、一度は要請を断り（『うつほ物語』では何度も断っている。）、断りきれずに演奏すると、奇瑞が起こる、という構成になっている。本来、演奏するはずがなかったところで、帝からの要請を断りきれないがために演奏したところ、奇瑞が起こったことになっており、帝の要請がこの世の秩序を揺るがすことになったわけである。しかし、そもそも『うつほ物語』では、嵯峨・朱雀両帝による要請であった。物語内ではむしろ朱雀帝単独による仲忠への弾琴要請が、特に「内侍のかみ」巻に顕著であり、狭衣に演奏を強いるやり方は『うつほ物語』においては、嵯峨院よりも朱雀院の影響が強い。

次に、演奏を聴き分ける耳を持つことについて見ていきたい。『うつほ物語』の嵯峨院は仲忠の演奏を俊蔭一族のものとして俊蔭との比較を行っており、涼に対しては、その琴の師が弥行であることを涼の演奏から指摘する。伝承されていく演奏を聴き分ける耳の力を持っていることになるだろう。同様に『狭衣物語』の嵯峨院も狭衣の笛の音が堀川大殿とは違うことを聴き分け、「大臣の笛の音にも似ず、世の常ならぬ音は誰伝へけん」（巻一①四一）と狭衣に尋ねている。『うつほ物語』における聴力の問題はすでに論じられている通りであろうが、[10]そうした聴き分ける能力をも『狭衣物語』では嵯峨院が受け継いでいるのである。[11]

以上、確認してきたように『狭衣物語』の嵯峨院には『うつほ物語』の嵯峨院と朱雀院両方の造型が利用されていると考えられる。大きくわけると娘との関係性と音楽奇瑞譚との二つであるが、その二つの軸に対し、様々な造型を構成する〈文〉が見受けられた。しかしながら、「朱雀」ではなく「嵯峨」の呼称が選ばれたことについては、やはり『源氏物語』との関係が問題となるだろう。『うつほ物語』と『源氏物語』において、「朱雀」の呼称を持つ帝には、皇女を〈結婚〉させる、ことが共通している。一方、『狭衣物語』においては、同じ共通性を、今度は「嵯峨」の呼称を持つ帝にスライドさせてしまう。すでに印象の強い、「朱雀」という呼称を放棄し、あえて「嵯峨」の呼称を用いることで、『うつほ物語』の世界観を利用することと、皇女降嫁に悩むという造型の似る『源氏物語』の朱雀院との差異化を図っているといえよう。

おわりに

『うつほ物語』と『狭衣物語』の間には、確認してきたように二つの物語をつなぐ〈文〉が存在した。それは今回対象としなかった狭衣と仲澄・仲忠との関係においても言える。仲澄は『狭衣物語』以降、「姉妹への恋のタブー」の表象となり中世王朝物語では頻繁に引用される。その引用の始発こそ一で①②として引用した『狭衣物語』の例である。一方、音楽奇瑞譚においては四で述べたように演奏する側ではなく要請する側が焦点化され、『うつほ物語』で演奏により多くの奇瑞を起こす仲忠は全く違う文脈で狭衣と比較される。摂関政治的闘争を描かない『狭衣物語』（および、追随する中世王朝物語群）において、恋に生きた仲澄が賞賛されても、秘琴の継承者でありながらも政治家として生きる仲忠は利用されていかないのであろう。しかしながら、音楽の演奏（琴と笛の違いはあり）と、それによって皇女の〈結婚〉を推進していくやり取りは、仲忠と女一の宮の婚姻がベースになっているはずである。『うつほ物語』が内包する政治性と『狭衣物語』との関係を、どう処理するかが今後の課題の一つである。

そしてまた、このような『うつほ物語』と『狭衣物語』を結びつける〈文〉の数々は、中世王朝物語まで続いていく。その一例として『いはでしのぶ』の一条院内大臣があげられるだろう。本来ならば皇子として生まれるべきであった内大臣は摂関家の嫡子として育つ。明らかに、正頼や堀川大殿と同様の造型である。このように『うつほ物語』を『狭衣物語』を通して享受していく様相が中世の諸作品において見受けられるのであるが、これもまた今後の課題としたい。いずれにしても、『狭衣物語』が巧妙に『うつほ物語』を摂取・利用していることは明らかであり、このような引用・享受の側面は物語読解の一助とすべく今後も深化させていくことが重要となってくるだろう。

注

（1）『うつほ物語』と『狭衣物語』の影響関係について、中野幸一『うつほ物語の研究』（武蔵野書院　一九八一年）、土岐武治『狭衣物語の研究』（風間書房　一九八二年）、長谷川政春「賀茂神と琴と恋と——〈宇津保取り〉としての『狭衣物語』」（新物語研究2『物語　その転生と再生』有精堂出版　一九九四年）、斎木泰孝「狭衣物語の方法と宇津保物語（上）——円融朝の堀河院をめぐって」（『国語国文論集（安田女子大学）』二八号　一九九八年）、陶山裕有子「他作品への影響　平安後期～院政期物語」（学習院大学平安文学会編『うつほ物語大事典』勉誠出版　二〇一三年）などが指摘している。

（2）『狭衣物語』の引用は、新編日本古典文学全集『狭衣物語』（小学館）により、巻数と頁数を記した。なお、後出の『浜松中納言物語』の引用も新編全集による。

（3）『うつほ物語』の引用は、室城秀之校注『うつほ物語全』改訂版（おうふう　二〇〇一年）により、巻名と頁数を記した。

（4）前掲（1）の土岐氏の論において、当該場面における両作品の典拠関係を指摘されているが、屋敷の配置と妻妾の問題に限定されており、本稿ではより積極的に源正頼と堀川大殿との造型の類似を問題としたい。なお、同様の造型として『源氏物語』の夕霧が挙げられる。正頼と堀川大殿との間に位置するものであり、本論では組み込めなかったが、今後の課題として考えていきたい。

（5）狭衣とかぐや姫との関係は、例えば深沢徹「往還の構図もしくは『狭衣物語』の論理構造（上下）——陰画としての『無名草子』論——」（上は『文芸と批評』五—三　一九七九年一二月、下は『文芸と批評』五—四　一九八〇年五月）や、鈴木泰恵「狭衣物語の〈かぐや姫〉——貴種流離譚の切断と終焉をめぐって——」（『武蔵野女子大学紀要』三二—一　一九九七年三月）などに指摘がある。一方、堀川大殿と狭衣の親子関係については、堀口悟「堀川大殿と狭衣」（『中央大学国文』三七号　一九九四年三月）やスエナガ・エウニセ「親子関係から逃れられない狭衣——『狭衣物語』の狭衣の堀川の大殿をめぐって」（『言語態』五号　二〇〇四年十月）などの一連の考察がある。

（6）西本香子「『うつほ物語』と嵯峨の時代――律令官人による仮名物語」（伊藤博・宮崎莊平編『王朝女流文学の新展望』竹林舎　二〇〇三年）に詳しい。

（7）皇女の結婚は、入内や親王との結婚の場合や、臣下との結婚では父帝が裁可したものと密通などの私通によるものといった区別が必要となってくるが、本稿では物語の中において妻妾の一人として認められる結婚をしているものを〈結婚〉と表記する。なお、『うつほ物語』と『源氏物語』の皇女の〈結婚〉については、拙稿「物語における皇女の〈結婚〉――『うつほ物語』『源氏物語』を通して――」（『むらさき』第五〇輯　二〇一三年一二月）において論じた。

（8）嵯峨院と皇女たちの関係については、倉田実『王朝摂関期の養女たち』（翰林書房　二〇〇四年）に指摘がある。倉田氏は嵯峨院の狭衣贔屓を指摘し、それが後見人不在による皇女降嫁とセットになって語られていることを論じられている。

（9）嵯峨院の耳については、井上眞弓「嵯峨院のまなざしと耳――父の娘管理に触れて――」（『狭衣物語の語りと引用』笠間書院　二〇〇五年）において論じられている。

（10）伊藤禎子『「うつほ物語」と転倒させる快楽』（森話社　二〇一一年）に詳しい。

（11）『源氏物語』における血統と音楽伝承の系譜の違いが指摘されること（薫に対する玉鬘や八の宮の指摘）については、『うつほ物語』において血統と音楽伝承が一致していたことを前提とするだろう。『狭衣物語』はさらにそれを引き受ける形になっている。

なお、このような『うつほ物語』の嵯峨院の耳の能力は、例えば次のような影響関係もある。忠こそを発見した嵯峨院と、阿私仙を発見した狭衣の場面における類似である。

『うつほ物語』吹上・下巻

その夜、物の音静まりたる明け方に、行ひ人の声、遥かに聞こゆ。帝、聞こし召して、「あやしく、尊く読経する者こそあれ。尋ねて召せ」とのたまふ。蔵人・殿上人、馬に乗りて、ほのかに聞こゆる方を指して行くに、かみの宮に至りぬ。そこに、かの行ひ人、遥かに、思ふまじき心つきて（中略）召すに参らぬを、しひて率て参りて、「候ふ」と奏す。帝、御階のもとに召して御覧ずるに、木の皮・苔の衣を着て、言ふばかりなきものから、ただの人に見えず。（中略）帝、仲頼・行正に、琴をその声に調べさせ給ひて、行ひ人に、孔雀経・理趣経読ませ給ひて、合はせて聞こし召すに、あはれに悲しく、涙落とさぬ人なし。（吹上・下　二八六）

『狭衣物語』巻二

千手陀羅尼、しのび時々眠りたまへるを、休みたまへると思ふにや、三昧堂の方に、いみじう功入りたる声の少し嗄れたるして、千手経をぞ読むなる。「菩提の因にならん」といふところの、中に耳とまりたまふに、宮の中将、谷に向ひたる高欄に押しかかりて思ひ澄ましたるに、いみじうあはれがりて、「いかやうなる僧ぞ」と見せにやりたるに、「片目悪しき僧の、いみじうあはれげなるに、さぶらひけり」と申せば、呼びにやらせたまへり。

暁月夜のさやかなる、いと白うさらぼひて、紙衣のいと薄きへ、麻袈裟といふものを着てうち居たるさま、いと疎ましげなるほどとは見えで、「わりなく寒げにあはれげなる御声を聞き過しがたうてなん。いま少し読みたまへ」と言へば、「かやうの御前にて聞かせたまふべう、さぶらはぬものを」とは言へど、しのびやかに読みたる、奥つ方になるままに、尊くあはれげなり。大将は少し奥にて聞き給ふ。（中略）「百日ばかりと思ひたまへてさぶらふなり。親などいふ者も候ひしかど、失せはべりて後は、ただ行き到る山の末、鳥の声もせぬ、また、木の上などに苔の筵を敷き、松の葉を食べて、虎狼といふものと語らひてなん、過しはべる」と聞こゆれば（巻二①三〇〇～三〇一）

この場面はすでに、『狭衣物語』の二重傍線部が『うつほ物語』「俊蔭」巻の北山のうつほでの生活との類似が指摘されているが（前掲注（1）中野氏の論）、法師発見の方法についてまでは議論されていない。しかし、この場面は嵯峨院も狭衣も自身の耳によって読経の声を聴き分け、自分にとって意味を持つ法師を発見する場面として共通している。

〈あや〉なき物語を支える〈文《あや》〉としての〈歌物語的方法〉

――『伊勢物語』から『狭衣物語』へ

萩野敦子

はじめに――〈あや〉なき物語としての『狭衣物語』

多彩な〈文《あや》〉が織り出されるであろう本論集において、本稿では物語文学を支える和語としての〈あや〉にこだわりたい。ただし『狭衣物語』において「あや」は、「あやめ（菖蒲と文目とを掛ける）」一例および「あやなし」一例の二種類の複合語の形でしか出てこないため、用例から『狭衣物語』における〈あや〉を考える道筋は見えてきそうにない。よって用例とは別に、この物語に潜在する〈あや〉を掘り起こさねばならない。(1)

そこで手がかりにしたいのが、凡河内躬恒の著名な「春の夜のやみはあやなし梅花色こそ見えねかやはかくるる」（『古今和歌集』巻一・春上・四一、ほか『新撰和歌』『古今和歌六帖』『和漢朗詠集』など）の詠である。これは、『狭衣物語』の巻三、主人公狭衣が、まだ見ぬ娘の姿を見たいと忍んだ一品宮邸で烏帽子・直衣姿の男に行き合い、我が正体がばれぬよう袖で顔を隠し馬道の戸口に寄り添い隠れてみたものの、「闇はあやなき御匂ひよりはじめ、人に紛ふべくもなき有様」（大系　巻三　二五七）によって、男すなわち太政大臣家の権大納言に気取《けど》られてしまう――という場面に、引用されている。このエピソードそのものについてここで詳述するいとまはないが、ここに引用される「あやなし」「色こそ見えね」と詠われた世界を通して読み手の記憶に喚起されるのは、『源氏物語』続編の薫の君の姿ではなかろうか。続編の劈頭である匂兵部卿（匂宮）巻において、「香のかうばしさぞ、この世の匂ひならず、あやしきまで、うちふるまひたまへるあたり、遠く隔たるほどの追風も、まことに百歩の外も薫りぬべき心地しける」（新全集⑤二六）と紹介される薫の君は、同巻末で女房たちから「闇はあやなく心もとなきほどなれど、香にこそげに似たるものなかりけれ」（新全集⑤三四）と、くだんの躬恒詠を踏まえながら賞賛されていた。こうした続編初発における薫の君への芳香という属性の付与は正編の主人公光源氏とは質の異なる理想性を志向するものであったはずだが、続編の物語が展開するにつれて薫の君から理想性というメッキがはがれていくこともまた、多くの読み手によって感じ取られてきたところであろう。芳香はいつしか理想性を示す役割を離れ、薫の君の内向性に結びつき、光を喪ってあやにくな生を生きるのにもがく人々を描く続編の物語世界を象徴するアイテムとなってしまうのである。橋姫巻以降の宇治十帖の巻々においてその芳香が最も印象的に語られるのが、匂宮が薫の君と中の君との仲に疑いをもつ場面であることは、きわめて象徴的である。

その薫の君の系譜にある主人公として夙に論じられてきた狭衣[2]に関して、一箇所とはいえ同じ躬恒詠が引用されていることは、かような意味において看過できない。「闇」の中で「色こそ見え」ないという歌ことばは、この物語の、というよりこの物語の主人公の造型の、本質的な部分を彷彿とさせるように思われる。自身のありようを雄弁に語って物語の方向性をいち早く決定づけてもいる主人公の詠歌「いろいろに重ねては着じ人知れず思ひそめし夜半の狭衣」（大系　巻一　五二）を引き合いに出すならば、「いろいろに重ね」着ることを拒み「人知れず思ひそめ」てしまった孤独な恋にかたくなにこだわる主人公は、「色として見せない」内面の世界になずむことにより、他者との関係を〈あや〉なきものにしてしまうのである。

ためしに『日本国語大辞典（第二版）』を引いてみると、第一義として「ななめに線が交錯している綾織りの模様。

斜線模様。また、一般に物の面に現れたさまざまな形、模様をいう。」と説明されている。傍線部を物語文学の術語に援用するならば、〈あや〉は「物語の表面に現れたさまざまな人間関係、人間模様」と言えるのではないか。さらに「ななめに」「交錯」「斜線」といった語や、『角川古語大辞典』を繙くと第四義に見える「単純でなく、物事に修飾・曲折・ふりのあること」「微妙な屈折のあること」といった説明から喚起されるものを、まさに「人間関係、人間模様」を特徴づける感覚として重視したい。物語文学に内在する〈あや〉は、「複雑さや微妙な屈折を伴って表面に現れてくるさまざまな人間関係、人間模様」なのであり、言うまでもなくそれを追求してやまなかったのが『源氏物語』であったといえよう。

ところが、実は『狭衣物語』という物語は、この〈あや〉を追求する姿勢を取らなかった。〈あや〉を用いて私なりに定義すれば『狭衣物語』は、「〈あや〉なき物語」、つまり「複雑さや微妙な屈折を伴って表面に現れてくるさまざまな人間関係、人間模様を恐れて背を向け、その結果、内面性の深い闇に沈む主人公を中心とする物語」なのである。したがって、「文《あや》の空間」と題された本論集に収める論考としては逆説的に見えるかもしれないが、本稿では、「〈あや〉なき物語」がどのように語られているかを、探っていくことになる。しかしながら、「どのように語られているかを探ること」は「条理すなわち〈文《あや》〉[3]を探ること」と言い換えて何ら問題なかろうから、やはり本稿は、『狭衣物語』の〈文《あや》〉の空間を探り当てようとする試みにほかならないのである。

一　〈あや〉なき物語と〈独詠歌〉、そして『伊勢物語』

「〈あや〉なき物語」の世界を、『狭衣物語』はどのように語っているのか。本稿での〈あや〉を「複雑さや微妙な屈折を伴って表面に現れてくるさまざまな人間関係、人間模様」の謂いとしたことに鑑みると、その方法の少なくともひとつが〈独言〉しがちな主人公を造型した点に求められることは、容易に想像できるだろう。『狭衣物語』の主人公は、自身の言葉を他者に発信せず〈独言〉で処理してしまうことによって、しばしば人間関係の進展、展開を阻んでしまうのである。

とりわけ『狭衣物語』の主人公における〈独詠歌〉の多さについては、すでに先行研究に多くの指摘がある。(4) 主人公の中心性が際だっているこの物語では、〈独詠歌〉という形の〈独言〉を駆使し続ける主人公をいかに魅力的に語れるか、いかに読み手の共感を喚起するように語れるかが、作者の腕の見せ所となる。では作者は、〈独詠歌〉を駆使してどのような物語世界を描き出し、読み手の心に語りかけようとしているのであろうか。

その手立てのひとつとして、〈あや〉をつくり出さない〈独詠歌〉の性質を活かして、これをもって静止映像的に場面を回収する語り方というものがあるように思われる。それが現れている例として、物語序盤の狭衣と父堀川大殿との対座場面を参照する。五月五日の夜に天稚御子からの昇天の誘いを断った狭衣は、その禄として帝から女二宮降嫁を許されたものの源氏宮を想うがゆえに動こうとせず、父にその消極さをそれとなくたしなめられる。そこで彼は、女二宮の生母の考えもあることだし帝は必ずしも具体的にお考えではないはずだと、言い訳をする。

「(帝ノ)御けしき、さやうになどまでには。わたくしざまに、きこえさせなんどせんは、いかが侍らん」とて、(狭衣ガ)すさまじげなれば、(父大殿ハ)「心に入るまじきなめり」と、本意なく思さるれど、とかくも只今は聞え給はず、物しげなる御気色なれば、やをら立ち出給にも、

ほかざまに藻塩の煙なびかめや浦風あらく波は寄るとも

など、「いなぶち」にぞ、口ずさみ給める。(大系　巻一　六〇)

※引用文中の実線部分は主人公の言動、波線部分は語り手による介入である。以下の引用についても同様の区別をする。

ここで狭衣がつぶやく「ほかざまに」詠は父に向けてはっきりと表出されたものではなく、「口ずさみ」につぶやかれた〈独詠歌〉であったがために、この親子の対座は何一つ事態の進展をもたらさず腰くだけに終わった。源氏宮への恋心を伏せるかぎり、父にとって息子はいったい何を考えているのか理解しがたい存在であり、親子に〈あや〉が生じることさえない。この場面は、「いな（否）」の姿勢をとる（「いなぶち」というヒントを語り添えることで、狭衣の内心が明らかになっている）、美しき憂愁の主人公を静止映像的に切り取って、収束するばかりである。読み手に求められるのも、静止映像化した主人公をそのまま鑑賞し共感する姿勢なのであろう。

しかし、だからといって、主人公が独詠する様子を静止映像的に切り取って収束させる場面を繰り返すだけでは、物語は「ものがたり」として機能不全に陥ってしまう。作者は語り手の力を借りて読み手に働きかけ、その歓心を買わなければならない。そこで取られるのは、糸に糸を絡めるがごとく〈独詠歌〉に語り手の言を絡めることによって、作中に起こる出来事としては可視化されない主人公と語り手との対話のもと、読み手の理解や了解を取り付ける、という手立てである。一例として物語冒頭の場面を参照する。恋しい源氏宮が、二種類の季節の花（藤と八重山吹）のうち「くちなし」を連想させる「山吹」を手に取るのを見た狭衣は、つい我が身になぞらえてしまう。

「くちなしにしも、咲き初めにけん契りぞ、口惜しき。心の中、いかに苦しからん」とのたまへば、中納言の君、「さるは、言の葉も繁う侍るものを」といふ。

いかにせん言はぬ色なる花なれば心の中を知る人もなし

と、思ひ続けられ給へど、げにぞ知る人もなかりける。「たつ苧環の」と、うち嘆かれて、母屋の柱に寄り居給へる御かたちを、「この世には例あらじかし」と、見え給へるに、よしなしごとにて、さばかりめでたき御

身を、「室の八島の煙ならでは」と、たちゐ思し焦るる様ぞ、いと心苦しきや。（大系　巻一　三〇）

もしも右の引用箇所から語り手の介入にあたる波線部分を取り除いてしまうならば、狭衣は心中で独詠し、溜息をもらし、思い焦がれるさまをもって静止映像化することになり、先に引用した父子の場面と構造的に極めて近似したものとなるであろう。つまり、先の引用箇所が狭衣の真意を知らぬ父と狭衣とのあいだのディスコミュニケーションのさまを描き、敢えて意思の疎通を図らない狭衣の〈独詠歌〉で締めくくっていたのに対して、この引用箇所でも狭衣の真意を知らぬ女房と狭衣とのあいだのディスコミュニケーションのさまを描き、やはり敢えて意思の疎通を図らない狭衣の〈独詠歌〉および〈独言〉が連ねられるからである。

しかしこの場面はそれにとどまらない。狭衣の嘆きをもって静止映像としながらも、それを眺める語り手により狭衣の言動に細かい介入（ここでは同調とも同情とも共感ともいえる、好意的な介入）が行われる。棒線と波線により区別したように、主人公の言動と語り手の介入とが複雑に入り乱れ、あたかも〈あや〉をなすかのようである。また、「（おく山に）たつをだまきの（ゆふだすきかけておもはぬ時のまぞなき）」（『僻案抄』三二）や藤原実方の「（いかでかはおもひありとはしらすべき）むろのやしまのけぶりならでは」（『実方集』九〇、ほか『金葉和歌集（三奏本）』『詞花和歌集』など）からの引用については、ここでは主人公自身のつぶやきであると見なして棒線を引いたが、語り手の解説と見なして波線を引く解釈もありうるだろう。このような、どちらからの発信であるとも決めがたい複雑な〈あや〉が織りなされていること自体に、この引用箇所の、ひいては『狭衣物語』の語りの、面白さがあるといえよう。いずれにせよ、この語りぶりによって、狭衣の源氏宮に対する鬱屈した恋模様という作中世界の表面には見えない〈あや〉が、読み手に場面を支える〈文《あや》〉＝条理として提示されるのである。[5]

そもそも『狭衣物語』は、〈独詠歌〉をしきりに詠む〈独言〉しがちな男を主人公としたことにより、人間関係において目に見える〈あや〉をなすことに消極的な物語を志向している。そして一読すればわかることだが、主人公以外の登場人物もまた、多くが〈あや〉をなすことに積極的ではない。これは『狭衣物語』に限らず、『浜松中納言物語』や『夜の寝覚』といったいわゆる後期物語と呼ばれる作品群にある程度共通する特徴だと考えられるが、そのような〈あや〉なき物語がどのように語られているかについては、作品それぞれに個性が見られる。右に述べた、〈独詠歌〉をもって静止映像化して場面を語り収める方法や、〈独詠歌〉をつぶやく主人公に語り手の介入を絡めることにより〈文《あや》〉＝条理を提示して語り収める方法には、『狭衣物語』の個性が表れているといえるだろう。ただし個性とはいってもそれには、必ず先行する「何ものか」からの影響や示唆があったはずである。

その「何ものか」として、ここでは『伊勢物語』を想定してみる。『伊勢物語』には、〈あや〉を生み出さぬまま昔男の詠歌で閉じられる章段があり、また一方で、昔男の詠歌に語り手の言を絡めることにより〈文《あや》〉＝条理を提示して閉じられる章段があると、認められるからである。

『狭衣物語』の男主人公に関わる『伊勢物語』からの影響については若干の研究成果があるが[6]、これまで初期物語に属する『伊勢物語』と後期物語に属する『狭衣物語』それぞれの男主人公は、両者の間をつなぐ『源氏物語』の男君たちを媒介させながら、おおよそ次のようにイメージされてきたはずである。

色好みの系譜　『伊勢物語』の昔男　→　『源氏物語』の光源氏

↔

『源氏物語』の薫の君　→　『狭衣物語』の狭衣　内面性の系譜

しかし本稿では『伊勢物語』を、主人公の内面性を重視し、それを詠歌によって表現した（そのような章段を有する）作品であると捉えて、男主人公の「内面性の系譜」において『狭衣物語』の先蹤となっているものと見なす。

そしてその関係性が成り立つ理由を、『狭衣物語』が『伊勢物語』から何らかの方法を学び取ったためであろうと想定して、両者の間にある『源氏物語』という媒介項を敢えて外して論じてみたい。

二 『狭衣物語』における〈歌物語的方法〉その1――〈独詠歌〉による語り収め

現在一般的に読まれている百二十五段本『伊勢物語』から、基本的に昔男の詠歌で結ばれる（ただし若干の地の文が添えられる場合もある）幾つかの段を並べてみる。

○ むかし、東の五条に、大后の宮おはしましける西の対に、すむ人ありけり。（中略）うち泣きて、あばらなる板敷に、月のかたぶくまでふせりて、去年を思ひいでてよめる。

月やあらぬ春やむかしの春ならぬわが身ひとつはもとの身にして

とよみて、夜のほのぼのと明くるに、泣く泣くかへりにけり。（新全集【四 西の対】一一五）

○ むかし、水無瀬に通ひたまひし惟喬の親王、例の狩しにおはします供に、馬の頭なるおきな仕うまつれり。（中略）さてもさぶらひてしがなと思へど、おほやけごとどもありければ、えさぶらはで、夕暮にかへるとて、

忘れては夢かとぞ思ふおもひきや雪ふみわけて君を見むとは

とてなむ泣く泣く来にける。（新全集【八十三 小野】一八六）

○ むかし、男ありけり。身はいやしながら、母なむ宮なりける。その母、長岡といふ所にすみたまひけり。子は京に宮仕へしければ、まうづとしけれど、しばしばえまうでず。ひとつ子にさへありければ、いとかなしうしたまひけり。さるに、十二月ばかりに、とみのこととて御文あり。おどろきて見れば歌あり。

老いぬればさらぬ別れのありといへばいよいよ見まくほしき君かな

かの子、いたううち泣きてよめる。

世の中にさらぬ別れのなくもがな千代もといのる人の子のため

（新全集【八十四　さらぬ別れ】一八七）

○　むかし、男、わづらひて、心地死ぬべくおぼえければ、

つひにゆく道とはかねて聞きしかどきのふけふとは思はざりしを

（新全集【百二十五　つひにゆく道】二一六）

これらの章段は基本的に、クライマックスに主人公の詠歌を据え、その詠歌に主題や情調を収斂させて場面（章段）を回収し、そのまま読み手に提示するという語り収め方において共通している。加えて四章段のうち三章段が「泣く泣く」あるいは「いたううち泣きて」というように昔男の「泣き」「涙」を伴う哀切な詠歌の提示をもって締めくくられることで、読み手の共感を呼ぶ仕組みとなっている。「泣き」「涙」を伴わない百二十五段にしても、死を予感する昔男の切なさが読み手の心に響くことは間違いないだろう。この孤独な状況のなかに詠まれた「つひにゆく」詠をもって物語世界が閉じられるわけだが、閉じられゆく物語世界の最後の映像として読み手の脳裏に焼き付けられるのは、深い思いに沈む、死を前にしてなお美しい男の姿ではなかろうか。もちろん同じ効果は、基本的に一章段ごとに完結する形となっている『伊勢物語』においては、他の三章段においても期待できるものであろう。そして肝心なのは、深い思いに沈んで独詠する昔男の姿とともに、そこで物語世界も停止し、昔男の姿が静止映像として刻印されて、そのまま読み手がその映像を受け取る仕組みとなっている点である。ここでは、語り手が昔男と読み手との間を媒介することはない。語り手は黙り込んでいるが、それはそうあってしかるべき態度といえるだろう。手の届かない女への恋情、慕ってやまないあるじの運命の変転への哀情、離れて暮らす年老いた母への慕情、

死を目前にした無力感。それぞれの深い思いは、それを抱く昔男の姿を描き出しさえすれば読み手に伝わるはずのもので、語り手による解説などを必要としないのである。

なお、右に連ねた章段がそうであるように、『伊勢物語』におけるこのようなタイプの章段が、片桐洋一によって先導され、追随や修正、批判などさまざまな反応を喚び起こしながらもおおまかな『伊勢物語』の生成イメージとしては未だに有効性を保っているとおぼしい、いわゆる「三段階成立論」[7]の、第一次伊勢と呼ばれる章段に多く見られることに、注意しておきたい。『伊勢物語』において根幹的・中心的と見られる幾つかのエピソードにおける昔男は、一途で深い思いに身を委ね、涙を流して独詠する姿をもって、読み手の心と響き合うのだ[8]。

このような、歌を詠む昔男をもって静止映像化して章段を語り収める『伊勢物語』の手法は、第二節で父子の対座場面を例として述べたような『狭衣物語』の場面の語り収め方に踏襲されていると、思われる。以下に同類と判断される三つの場面を挙げてみたい。ちなみにこれらの引用箇所はいずれもその場面の閉じめとなっており、直後に場面の転換が行われている。

● 「あるまじき事」とのみ、かへすがへす思ふにしも、明暮さし向ひ聞えながら、湧き返る心の中の、しるしもなくて過ぐる嘆かしさは、更に思ひ弱るべき心地もせず。内裏の上の、いみじき御心ざしと思して賜はせつる身のしろは、いと面だたしけれど、うたて、「甲斐あり」とも思されで、「むらさきならましかば」とのみ思え給ふ。

いろいろに重ねては着じ人しれず思ひそめてし夜半の狭衣

と返す返す言はれ給ふ。（大系　巻一　五二）

● （前略）よろづよりも、この、おぼつかなき方は胸ふたがりて、「東の方へ」と聞きしを、さることもあらば、

伏屋に生ひ出でんさまなど、なほ心にかかりて、我御宿世の程、思し知られて、
　その原と人もこそ聞け帚木のなどか伏屋に生ひはじめけん
とさへ、人知れぬ心に、離れ給はず。　（大系　巻一　一一一）

●「など、かく思ひ遣りなく怪しき心なるらん」と、いと我ながら身も恨めしきに、槇の戸の思ひかけず心安かりしも、夜べは嬉しかりしも、いとどかく思ふ事添ひて出で給ふ我が御心の、猶恨めしければ、押し閉て給ふとて、
　悔しくもあけてけるかな槇の戸をやすらひにこそあるべかりけれ
とまで思されけり。　（大系　巻二　一三二）

同工異曲と呼ぶにはあまりにも情況として多様多彩な三場面（順に、源氏宮への恋の憂い、飛鳥井女君とのあやにくな運命に対する嘆き、はからずも女二宮に心惹かれ関係をもってしまった悔い、の場面である）だが、いずれも、二重線部分にあるように狭衣が自己の内面のみで葛藤を渦巻かせ、棒線部分にあるようにそれを〈独詠歌〉に凝縮させたところで場面が語り収められる、という型をもっていることが確認できるだろう。

これらは、場面のクライマックスに主人公の〈独詠歌〉を据え、その詠歌に場面の主題や情調を収斂させて場面を回収し、そのまま読み手に提示するという語り収め方において共通している。悩める主人公の物思いの極まりを詠歌に凝縮ないしは象徴させて静止映像化し、その場面を回収する、先に見た『伊勢物語』の幾つかの章段にも通ずる方法なのである。このような語り収め方は『狭衣物語』において、次節に述べるものほど多数に及ぶわけではないが、ここに挙げた諸例がそうであるように、この物語においてゆるがせにできない重要な心理的場面に出現している。それはおそらく、この物語があくまでも、『伊勢物語』の昔男のごとく恋の憂愁を抱えた狭衣という男主

人公の姿を象ることを主軸に据えているためなのであろう。敢えて語り手によるコメントをさしはさまず、読み手の美意識や審美眼を信頼して狭衣の憂愁を描き出しさえすれば、それでよかったのである。

三 『狭衣物語』における〈歌物語的方法〉その2――〈独詠歌〉に批評を添えた語り収め

前節で見てきたように、〈独詠歌〉を章段のクライマックスに据え、そのまま主人公の行為を静止させて章段を語り収める方法は、『伊勢物語』の原初的にして根幹的な章段に多く見られるものであった。とはいえ『伊勢物語』の百二十五に及ぶ章段の語り方は多様である。たとえば以下に掲げる三つの章段は、〈独詠歌〉で場面が静止映像化して収束するのではなく、それに語り手のコメントが付くことにより、また異なった語り収め方を指向している。

○ むかし、男、初冠して、奈良の京春日の里に、しるよしして、狩にいにけり。（中略）その男、信夫摺の狩衣をなむ着たりける。

春日野の若むらさきのすりごろもしのぶの乱れかぎりしられず

となむおひつきていひやりける。ついでおもしろきことともや思ひけむ。↓（a）

みちのくのしのぶもぢずりたれゆゑに乱れそめにしわれならなくに

といふ歌の心ばへなり。↓（b）　昔人は、かくいちはやきみやびをなむしける。↓（c）

（新全集【一　初冠】一一三）

○ むかし、男ありけり。女のえ得まじかりけるを、年を経てよばひわたりけるを、からうじて盗みいでて、いと暗きに来けり。（中略）やうやう夜も明けゆくに、見れば率て来し女もなし。足ずりをして泣けどもかひなし。

白玉か何ぞと人の問ひし時つゆとこたへて消えなましものを

これは二条の后の、いとこの女御の御もとに、仕うまつるやうにてゐたまへりけるを、かたちのいとめでたくおはしければ、盗みて負ひていでたりけるを、御兄、堀河の大臣、太郎国経の大納言、まだ下臈にて、内裏へ参りたまふに、いみじう泣く人あるを聞きつけて、とどめてとりかへしたまうてけり。それをかく鬼とはいふなりけり。まだいと若うて、后のただにおはしける時とや。↓（c）

（新全集【六　芥河】一一七）

○　むかし、女はらから二人ありけり。一人はいやしき男のまづしき、一人はあてなる男もたりけり。（中略）これをかのあてなる男聞きて、いと心ぐるしかりければ、いと清らなる緑衫のうへのきぬを見いでてやるとて、

むらさきの色こき時はめもはるに野なる草木ぞわかれざりける

武蔵野の心なるべし。↓（a）（b）

（新全集【四十一　紫】一四九）

これらの章段では、主人公の詠歌の内容や背景などについて語り手が介入することにより、作中世界における作中人物同士の対話や作中人物たちに関する情報などの欠落を穴埋めし、物語が持つ意味を読み手に対して解き明かすような語りの働きが感じられる。それを波線により示したが、そのパターンは一様ではなく、初段ひとつとっても、三種類の型がみられる。まず「ついでおもしろきことともや思ひけむ。」は、和歌を詠んだ昔男の心情を忖度したものである。このように昔男の心情に沿って解説や補足、忖度などを加える型を便宜的に（a）としておく。また「みちのくのしのぶもぢずりたれゆゑに乱れそめにしわれならなくに／といふ歌の心ばへなり。」は、昔男の詠歌に対する引歌の指摘である。このように和歌について解説や補足を添える型を、便宜的に（b）とする。さらに「昔人は、かくいちはやきみやびをなむしける。」は、この詠歌を含む状況全体を見通したうえでの、総括的なコメントである。この型を便宜的に（c）とした。これらは『源氏物語』で花開く「草子地」に近い文言であるが、

「歌物語」である『伊勢物語』においては当然のことながら、昔男の詠歌に貼り付いていることに特徴がある。また、百二十五段本『伊勢物語』の全体を見通しても、このような語り手の介入は、ほぼ（a）（b）（c）のいずれかの型に当てはまる。たとえば、挙げておいた第六段の、「段末注記」という呼び方がされることの多い文言は、総括と捉えて（c）に分類できようし、第四十一段の「武蔵野の心なるべし」については、この詠歌が『古今集』の和歌に拠ることを示した（b）であると同時に、男の心情を解説した（a）であると取ることもできる。いずれにせよこれらの章段では、昔男の言動に語り手が何らかの介入をし、作中世界になされない〈あや〉を補うかのように、〈文《あや》〉＝条理を読み手に提示しているのである。解説、補足、忖度、総括……と介入の内容はそれぞれだが、これらをまとめて「批評」と呼ぶとすると、要するに『伊勢物語』には、詠歌に批評を添えて〈文《あや》〉＝条理を提示したうえで語り収められる章段があるということになる。

さて、このように詠歌に批評を添える『伊勢物語』の語り収め方は、『狭衣物語』に踏襲され、場面回収の方法として多彩に展開している。両者の間にある『源氏物語』が開花させた「草子地」の方法からの影響もあったろうが、『狭衣物語』は主人公の〈独言〉特に〈独詠歌〉に「草子地」的な語りを絡ませることが多く、ゆえに詠歌に批評を添える『伊勢物語』の先蹤性を認めないわけにはいかない。

幾つか顕著な例をピックアップしてみる。（なお顕著な例のひとつに、すでに第二節で触れた「いかにせん」詠を含む場面もある。）

●

せく袖にもりて涙や染めつらむこずゑ色ます秋の夕暮

夕暮の露吹き結ぶ木がらしや身にしむ秋の恋のつまなる

など、さまざまに恋侘び給て、涙のごひ給へる手つきの夕映のをかしさ、「ただかばかりのを、この世の思ひ出にて止みぬべし」と、見えけり。↓（d）　雨少し降りて、霧りわたれる空の気色も、常よりは殊に眺められて、「これ涼風の夕映の天の雨」と口ずさみ給を、かの、「常磐の森に秋や見ゆる」と言ひし人に見せたらば、まいて、いかに早き瀬に沈み果てん。↓（d）
（大系　巻一　一一二）

行方不明となった飛鳥井女君を想って狭衣が〈独詠歌〉を二首詠み、さらに湧き上がる葛藤を鎮めるかのように漢詩を独りつぶやくという場面である。第二節で見た「いかにせん」詠を含む場面と同様に、主人公の言動と語り手の介入とが入り乱れるさまを見て取ることができよう。ここでの語り手の介入のしかたは、『伊勢物語』で確認できた（a）（b）（c）のいずれとも異なる、主人公に対する思い入れゆえの同調同意の表明である。そこで便宜的に（d）としておいた。ちなみに引用箇所のあと場面は、「船には、日頃のつもるままに、」から始まる、西国行きの船上での飛鳥井の様子に切り替わる。引用箇所では、語り手の思い入れをにじませながら、狭衣の憂いが美しく象られて語り収められているのである。

● いづれもいづれも、限りだになき物思は、口惜しく、慰め所だにぞなかりける。

我恋の一筋ならず悲しきは逢ふを限りと思だにせず

「行方も知らず」とだにも、え言ふべくもなかりけるを。↓（b）
（大系　巻二　一九九）

ここで語り手は、狭衣の〈独詠歌〉が「（わがこひは）ゆくへもしらず（はてもなし逢ふを限と思ふばかりぞ）」（『古今和歌集』・恋二・六一一・凡河内躬恒）を引いていることを指摘する（b）。この躬恒歌は、古今集のみならず古今六帖や和漢朗詠集にも採られており、『狭衣物語』の読み手として想定される人々には言わずもがなの注であるようにも思われるが、だめ押しのように「行方も知らず」句を示すことで、読み手がまちがいなく躬恒歌にたどり着き、それとの情況の違いを確実に感じ取ってもらえるように配慮したものであろう。語り手の慨嘆的な口調もまた、読み手の共感を促すのに寄与しているといえそうだ。ここは、飛鳥井との別離・女二宮の出家・源氏宮の斎院卜定という三人の女君たちとの恋の不調を狭衣が振り返る、物語前半のクライマックスに位置する場面であり、語り収め方に配慮が加えられて当然だといえよう。

● 御前の花、盛りに咲き乱れて、夕露重げに紐ときわたりたる色も、いづれとなく見置き難き中に、女郎花の、人の見る事や苦しからん、霧の絶え間もわりなげなる気色にて、たち隠れたるは、猶いと過ぎ難う思し召さる。

たちかへり折らで過ぎ憂き女郎花猶やすらはん霧の籬に

と眺め入らせ給へる御かたちの夕映、猶、「いとかかる例はあらじ」と見えさせ給へるに、↓（d）「世とともに、物をのみ思して過ぎぬるこそ、『いかなりける前の世の契りにか』と見え給ふめれ」と。↓（c）

（大系　巻四　四六六）

物語はこの引用箇所のあとには跋文を残すのみ、つまり実質的な『狭衣物語』の終幕場面である。ここでも狭衣の〈独詠歌〉が場面の軸となるが、二度繰り返される「見ゆ（見え）」により、主人公を見守る視点人物としての語り手が立ち現れ、その晴れやらぬ憂愁に同調同意しつつ（d）、「前の世の契り」として総括的に批評してみせている（c）。

取り上げる場面を絞り込んだが、これらはいずれも、先に『伊勢物語』について述べた文言をそのまま用いて示すならば、「主人公の詠歌の内容や背景などについて語り手が介入することにより、作中世界における作中人物同士の対話や作中人物たちに関する情報などの欠落を穴埋めし、物語が持つ意味を読み手に対して解き明かすような語りの働きが感じられる」場面である、といえよう。『伊勢物語』においても『狭衣物語』においても、主人公が詠歌に託した真意は容易には作中人物に受け止めてもらえない〈あや〉がなされない）が、語り手によって受け止められ、解説や同意などを添えて読み手に投げかけられる（〈文《あや》〉＝条理が提示される）ことになる。このような語り収め方における語り手の役割は、前節で見た語り手の役割よりも、当然のことながら一歩前に踏み出したものである。昔男の詠歌に語り手の批評を添えて章段を語り収めた『伊勢物語』の方法を取り入れつつ『狭衣物語』は、〈独詠歌〉を詠む主人公に対する語り手の介入度を深めて、〈あや〉をなさない作中世界を支える〈文《あや》〉＝条理を提示しながら場面を語り収める方法を、体得したのである。

おわりに――〈あや〉なき物語を支える〈歌物語的方法〉への回帰

さて、第二節および第三節で述べようとしたのは、『伊勢物語』には「章段の頂点に昔男の詠歌を据え、その詠歌に主題や情調を収斂させて昔男の姿を静止映像化し、そのまま読み手に提示する」という語り収め方（これをタイプIと呼ぶ）を取る章段や「昔男の詠歌に語り手が批評を絡ませることで〈文《あや》〉＝条理を提示し、作中世界の〈あや〉の欠落を補う」という語り収め方（これをタイプⅡと呼ぶ）を取る章段があり、やがて『狭衣物語』において、タイプIは「場面の頂点に主人公の〈独詠歌〉を据え、その詠歌に主題や情調を収斂させて主人公の姿を静止映像化し、そのまま読み手に提示する」語り収め方として、またタイプⅡは「主人公の〈独詠歌〉に語り手が批評を絡ませることで〈文《あや》〉＝条理を提示し、作中世界の〈あや〉の欠落を補う」語り収め方として、それぞれ再生された、ということであった。そしてそれらは、「物思う男主人公」を描き取るために『狭衣物語』が学び取った〈歌物語的方法〉だったのである。『伊勢物語』の生成を考えようとすれば、この議論は章段の原初性や派生性にも関わってくるのだが、『狭衣物語』が〈歌物語的方法〉を学ぶうえで『伊勢物語』の生成過程を意識した可能性はおよそ考えにくいので、本稿で敢えてそれを問う必要はないであろう。

もちろん『伊勢物語』という初期物語においては、各章段の語り収め方は、いずれのタイプにせよ結果的にそのように行われたにすぎないのであって、〈語りの機構〉とは呼べても、意識化された〈語りの方法〉と呼ぶべきではないだろう。『伊勢物語』が〈歌物語的方法〉なるものを自覚していたとは考えにくいのである。しかし『源氏物語』が登場したあとの後期物語の時代にあって、語りというものに自覚的だったであろう『狭衣物語』には、『伊勢物語』の諸章段から〈語りの機構〉を感受して〈語りの方法〉として取り込むことが、できたはずである。

このことを確認したうえで、あらためて『伊勢物語』におけるタイプⅠとタイプⅡとの違いについて述べれば、それは、主人公と読み手との間に存在する語り手のスタンスの違いであると説明できる。タイプⅠでの語り手は、ただそこにある出来事を実況するのみで、主人公に対しても読み手に対しても、それ以上に関わろうとしない。しかしタイプⅡでの語り手は、主人公と読み手との間に全知的視点を有する解説者として存在し、両者の橋渡しをして読み手の理解を助けようとする。喩えるならば、解説なしの実況中継がタイプⅠで、解説付きの録画中継がタイプⅡ、とでもいえようか。そして『狭衣物語』は、タイプⅠを部分的に、タイプⅡを意欲的に取り入れ、積極的な語りの介入に挑んだものといえる。

『伊勢物語』は、歌物語（一話完結の短編）という制約のなかで、昔男の局面ごとの言動・情動を語り取る「機構」としてタイプⅠ・タイプⅡの語り収め方を生み出したのであり、『狭衣物語』は、狭衣の局面ごとの言動・情動を語り取る「方法」として、〈歌物語的方法〉というべきタイプⅠ・タイプⅡを再生させたのであった。狭衣という男主人公の人生のごく限られた期間だけを切り取り、そのほとんどを物思いのうちに経過させる『狭衣物語』には、決定的に〈あや〉が欠如しているのだが、そのことを自覚する『狭衣物語』ゆえに、人間関係や人間模様の〈あや〉

を徹底して追求した『源氏物語』ではなく、「昔男」の言動に焦点化された『伊勢物語』を方法的な先蹤としたのではなかったか。換言すれば、『狭衣物語』は「物思う独りの男主人公」を提示する物語を語るために〈歌物語的方法〉を参照したのであり、その〈歌物語的方法〉こそが『狭衣物語』にとっては、〈あや〉なき物語を支える〈文《あや》〉すなわち条理だったのである。

ところで、『伊勢物語』には、数は少ないながらも、「読み手にとって意外な設定や展開を繰り出すことで、主人公像に揺さぶりをかけ、読み手の新たな想像力の発現を促す」タイプの章段がある。具体的には、第二三段（筒井筒の段）や第六三段（九十九髪の段）、第六五段（御手洗川の段）などである。これらの章段に共通するのは、「昔男の物語」を受け取る読み手たちが必ずや念頭に置いたであろう実在の在原業平の像を突き崩したり相対化したりするような「昔男」の設定や言動が見られる点である。それらの「昔男」は、『伊勢物語』が形成されるなかで派生的に登場してきた末期的な「昔男」であり、章段の内容ももはや歌物語的世界というよりは説話的世界と呼ぶほうがふさわしいものに変容（ないしは後戻り）している。

いわば主人公像を揺さぶる過剰な演出なのであるが、『狭衣物語』においてそれに近いものを探すとすれば、狭衣の身に起こる超常的現象、狭衣に働きかけられる天の意思や神々の守護が、まさにその過剰な演出に相当するであろう。〈あや〉なき物語においては、時としてどうしても、強引に物語を動かす論理が必要となる。語り手にとっても読み手にとっても作中人物にとっても意外な出来事が放り込まれて、〈独詠歌〉では動きようのなかった物語世界がなかば強引に動かされる場合が出てくる。〈独詠歌〉を主人公の意思表示の主たる手段としてしまった物語は、それを動かすために、相応の工夫や苦労が強いられるのである。

一二五段本『伊勢物語』を「昔男の（歌）物語」として読むならば違和を感じずにはいられない第二三段・第六

三段・第六五段の過剰で騒々しい演出と、『狭衣物語』を「狭衣の（恋）物語」として読むならば違和を感じざるをえない（狭衣の即位を含む）超常的な出来事との間には、それぞれ〈歌物語的方法〉の極北において採られた手立てとして脈絡を付けられるのではないだろうか。

それにしても、その形成過程において、解説なしの実況中継的なタイプⅠの章段から解説付きの録画中継的な（結末を知る語り手が解説者として介入する）タイプⅡの章段を派生させ、さらにはそれらを解体させるような語り方をする章段までも引き寄せた『伊勢物語』という存在は、一筋縄ではいかない。もともと一個の作品などではないこの物語文学には、一話完結の「歌物語」を語り収めるためのさまざまな「機構」が散りばめられている。その『伊勢物語』の「機構」を「方法」として学び取った『狭衣物語』は、「歌物語」への回帰を潜ませた物語である、と言えるのではなかろうか。『源氏物語』が「作り物語」として到達点を極めてしまったあとに、それでも何とか『源氏物語』とは異なる個性を主張しようとする格闘において、いささか逆説的ではあるが『狭衣物語』は、方法的に初期物語に回帰していくという道を選び、〈あや〉なき作中世界を支える〈文《あや》〉の空間を演出したのであった。

注

（1）本稿で本文として用いた大系による。

（2）三谷榮一『物語文学史論』（有精堂出版　一九五二年）など。

（3）「菖蒲」に「文目」を掛けた歌語「あやめ」が和文の世界で多用されるように、『日本国語大辞典（第二版）』『角川古語大辞典』および最新の『古語大鑑』いずれも「あや」の語義として「条理」を載せる。また『大漢和辞典』

でも「文」の字義に「すぢ。みちすぢ。條理。」とする項がある。

（4）高野孝子「狭衣物語の和歌」（『お茶の水女子大学国文』五二号　一九八〇年一月）、竹川律子「狭衣物語の独詠歌」（『お茶の水女子大学国文』四二号　一九六五年九月）、竹川律子「狭衣物語の独詠歌」（『言語と文芸』四二号　一九六五年九月）など。また、拙稿「『狭衣物語』の物語世界と和歌の方法」（狭衣物語研究会編『狭衣物語が拓く言語文化の世界』翰林書房　二〇〇八年）の末尾に掲げた《資料・『狭衣物語』作中和歌一覧》では、『狭衣物語』における独詠歌を一瞥できるようになっている。

（5）藤原定家の歌学書『僻案抄』が紹介する当該歌はこの場面の引歌として内容的に合うが、出典未詳である。

（6）『狭衣物語』における『伊勢物語』の影響については、これまでに後藤康文「「室の八島」の背景」（『狭衣物語論考』笠間書院　二〇一一年。初出は一九九七年）、宮谷聡美「『狭衣物語』の歌の意義―『伊勢物語』六十五段「在原なりける男」とのかかわりから―」（狭衣物語研究会編『狭衣物語が拓く言語文化の世界』翰林書房　二〇〇八年）等により論じられている。

（7）全容は片桐『伊勢物語の研究〔研究篇〕』（明治書院　一九六八年）、概略は同『鑑賞日本古典文学　伊勢物語』（角川書店　一九八三年）総説により知られる。最近も片桐は「業平集に見る伊勢物語の形成　鳥瞰」（山本登朗編『伊勢物語　虚構の成立』竹林舎　二〇〇八年）において自説を部分修正・補強している。

（8）「昔男」の「涙（泣く）」が描かれるのは、百二十五段本『伊勢物語』において、四段・六段・九段・二一段・四〇段・六九段・七五段・八三段・八四段である。

付記

・『狭衣物語』の本文としては、日本古典文学大系（岩波書店）を使用した。ただし、旧漢字は新漢字に改め、踊り字は使用せず、仮名遣いを適宜訂正した（大系の本文では括弧付きで正しい仮名遣いを傍記している）。

・『狭衣物語』以外では、『伊勢物語』および『源氏物語』は新編日本古典文学全集（小学館）を使用し、和歌については『新編国歌大観CD―ROM版』を使用した。

II

『狭衣物語』の〈文〉を支える和歌・歌ことば

女君の詠歌をめぐって――『狭衣物語』贈答歌の〈文〉

乾　澄子

はじめに

言葉によって生み出されていく物語作品世界を〈文〉の空間と名付けたとき、古典文学に独特で重要な表現手段である和歌はどのような働きを持ち、作品世界の創出に関わっているか。本稿では、『狭衣物語』における男主人公狭衣と女君たちとの贈答歌に着目して、その恋の様相を確認するとともに、物語の作品世界を表現していく上で、和歌がどのように関わっているのか、改めて考察をしていきたい。

物語文学作品における作中詠歌や引き歌、歌語など和歌的な表現の機能は『源氏物語』において飛躍的に開拓された。前稿では『狭衣物語』の和歌的表現について、作中詠歌に見える歌語や歌枕、あるいは引き歌などの表現的機能の特徴について考察した(1)。詳細についてはそちらに譲るが、『狭衣物語』における引き歌は数の上でも増大し、質の上でも単なる先行作品の引用を越えて、物語内の作中詠歌を本歌とするものや、前後の文章と脈絡がなく、一見唐突に思われるものまで、新たな表現の可能性を示していた。散文の間にちりばめられている断片的な歌句は、縁語、掛詞、歌枕などの和歌独特の表現技法をともなって多彩に展開し、作品内外の引用を呼び込んでイメージの重層性や多様性を生みだし、あるいは過去の場面を呼び出すインデックスとして働くなど、その歌ことばのネットワークは作品世界を有機的につないでいる。

一方、作品内で創作される作中詠歌は二一〇余首配され、その散文量に対して、歌数が多いことは、早く鈴木一雄氏の調査によって知られるところである。(2) 高野孝子氏、竹川律子氏、杉浦惠子氏、石埜敬子氏、萩野敦子氏らによって、贈答、独詠、唱和などの数量的な分布をもとにさまざまに分析されてきた。(3) 多くの先行研究により、他作品に比べ、独詠歌が多いこと、伝達形式のヴァリエーションが豊富であること(口頭　消息　手習　扇　真木柱　絵日記　白紙　立ち聞き)、自然描写が少なく、自然とリンクした詠出が少ないことなどがその特徴としてあげられ、閉塞的な物語世界との関連などが論じられてきた。また、贈答歌においても、その数は減少し、返歌が得られないなど成立しないものも目立つことが指摘されている。

『源氏物語』で「物語の出来はじめの祖」とされた『竹取物語』以降、物語の作中詠歌は贈答歌を基本としてきた。それは好意的と限らないものを含めて、登場人物の何らかの心の交流を示すものであった。贈答や唱和、すなわち他者との歌のやりとりは、場面を形成し、線状的に流れる散文の時間に、時に抵抗しながら、登場人物たちの心情や立場などを表現するものである。他と共通の歌ことばで繋がりながら、孤の思いを表出する『古今集』が開拓した〈和歌〉のもつ表現方法(4)は、物語においても複雑な世界展開を可能にしてきた。したがって、独詠や成立しない贈答が増加することによって、『狭衣物語』の和歌はその本来的なあり方を逸脱して、登場人物同士のコミュニケーションの道具でなくなりつつある。

本稿では、狭衣と源氏の宮、飛鳥井女君、女二の宮、式部卿宮姫君など主要な女君との贈答歌を中心に、その歌のあり方について検討を加え、歌ことばが織りなす〈文―綾〉の空間における作中詠歌の働きについて考えていきたい。

一　『狭衣物語』の贈答歌

『狭衣物語』の和歌は狭衣の恋の形象とどのように関わっているだろうか。

ここでは、歌のやりとりのあり方―すなわち、おもに贈答の成立の有無に着目して検討を加えていきたい。なぜなら、通常の恋は歌のやりとりを通して、感情の往来があるはずで、歌のことばに込められた意味内容もさることながら、やりとりのかたちもコミュニケーションの一つであると考えられるからである。

歌の形態的な分布、そこから解析される『狭衣物語』の和歌の特徴については先述のように早くから多くの研究が行われてきた。あらためて、その歌の形態のあり方について新編日本古典文学全集（小学館）本をもとに私に整理してみる。なお、解釈の仕方によって、贈歌とも独詠ともとれるものなどがあり、数字は目安と考えたい。

贈答歌　一一七首（53％）、独詠歌　九八首（45％）、唱和歌　一首、神詠　二首　計二一八首

内、狭衣の詠歌は一三八首（贈歌　五七首　答歌　一四首　独詠歌　六七首）(5)

となっていて、独詠歌が半数近くを占め、大きな特徴となっている。主人公狭衣の詠歌は作中詠歌全体の五三・七％を占め、また、独詠歌も全体の六八・四％が狭衣の歌ということになる。比較参考のために『源氏物語』についても掲げてみる。

〈参考〉贈答歌　六一九首（77・9％）独詠歌　一〇九首（13・7％）唱和歌　六七首（8・4％）

第一部　贈答歌　三六八首　独詠歌　五三首　唱和歌　三七首

第二部　贈答歌　九五首　独詠歌　二四首　唱和歌　一二首

第三部　贈答歌　一五六首　独詠歌　三二首　唱和歌　一八首
内、光源氏の詠歌　第一部　一八四首　第二部　三七首
光源氏の関与した贈答　第一部　75・7％　第二部　46・7％(6)

『源氏物語』では作中詠歌全体の約八〇パーセントが贈答歌となっている。その贈答場面の多くに光源氏が関わり、それは第一部で七六％、第二部では四七％にわたっている。そしてこの第二部における光源氏の関与する贈答場面の減少が、六条院世界の変容にも関わっていた(7)。贈答による場面形成が物語の展開にとって重要であることが理解される。先行作品を振り返ってみると、『竹取物語』においても求婚における贈答が基本的な形であり、『落窪物語』も七二首中、五三首が贈答歌、『うつほ物語』の場合は、やや特殊であり、三分の一近くを唱和歌が占めるが、詠歌主体の場面における立場や想いを示しており、いずれにしても物語の和歌の伝統的なあり方は贈答あるいは唱和による心の交流（かならずしも親和的であるとは限らないとしても）である。それに対して、『狭衣物語』においては贈答歌そのものが減少し、かつ主人公狭衣が関係するのは全体の六〇％程であり、また後述するように「返歌なし」の用例が多い。

狭衣はなぜか自分の女君への思いを他人には知られてはならないとする気持ちが強い。彼が相手の女性を思って詠んだ独詠歌は主な恋の相手である女君について見てみると

源氏の宮　二一首　飛鳥井女君　一八首　女二の宮　八首　式部卿宮姫君　二首

となる。狭衣の独詠歌は全体で六七首なので、そのうち四九首、約七割が主要な恋の相手である女君を思って詠んだもので、これらは女君たちには直接届かない恋心、あるいは思うに任せない嘆きということになる。

贈答歌に目を向けると、狭衣が女君に贈った歌に関しても、すでに指摘があるように、女性からの返歌が極端に

少ないという特徴がある。前述のように『源氏物語』においては、約八割弱が贈答歌であり、場面が贈答により成り立っている部分が大きく、「返歌なし」は六％程である。たとえ、内容的には拒否であっても、相手の思いをかわすものであっても、基本的に返歌は行われてきた。一方、『狭衣物語』においてはそもそも贈答歌が少ない上に、狭衣の贈歌ばかり目立っている。そこで主な女君に関して、調べてみると、狭衣の贈歌に対して、女君からの返歌がない用例数は以下の通りである。

源氏の宮　九首（一三首）　飛鳥井女君　〇首（二首）　女二の宮　一六首（一七首）

式部卿宮姫君　八首（一〇首）　　＊（　）内の数字は狭衣からの贈歌数

狭衣からこれらの女君への贈歌、四二首中三三首、七八・六％が「返歌なし」という状況で、ここからもわかるように、飛鳥井女君をのぞいて女君たちは、狭衣の呼びかけに対して、ほとんど返歌をしていない。また、中には正妻となった一品の宮のように狭衣からの後朝の歌に対して、何も書かれていない白紙の消息を返す例もある。女君たちが歌を返さないことについて、「女性側の閉ざした心が原因」[8]であることはもちろんであるが、『狭衣物語』の恋を描くにあたって、女君からの「返歌拒否」は一つの方法ともいえるだろう。石埜敬子氏は女二の宮関係の歌を中心に、『源氏物語』が数多くの贈答歌を用いて人間関係を切り開き、展開させていった和歌の伝達機能を、『狭衣物語』が否定、叙情的な心情を軸とした機知に富んだ応酬、不安定な人間関係を詠歌によって確保し、維持していこうとする心の交流は『狭衣物語』では中心的な機能をほとんどなくしていると論じられた。[9]大事なご指摘であり、首肯されるが、それ以外にも特徴があると考えられる。それぞれの女君たちと狭衣の贈答のあり方について具体的に考察を進め、狭衣の恋のありようについて考えてみたい。

二 〈歌のことば〉は誰のものか （一）――拒絶

最初に「返歌なし」の具体相について、検討したい。

まず、源氏の宮について。源氏の宮の歌は作品中全部で八首、その内訳は贈歌二首、答歌三首、独詠歌二首、唱和歌一首となっている。

妹のように同じ邸で育ちながら、恋心を抱き続けてきた狭衣の、源氏の宮への断ちがたい思いが詠歌として表出されたり、あるいは「室の八島」という歌語に託して繰り返し語られる巻一で、しかしながら、源氏の宮の詠歌は見られない。

源氏の宮が最初に狭衣に歌で応じるのは、巻三に入って斎院に卜定されてからである。出家を決意した狭衣が斎院を訪問。言い寄られてからは狭衣を遠ざけていた源氏の宮も「昔、隔てなく思ひきこえたまひし名残」を思い出し、また堀川夫妻の心情も思いやって

言はずとも我が心にもかからずや絆ばかりは思はざりけり　（巻三②一九六）

と詠みかける歌である。狭衣への贈歌はこの一首のみ、返歌もまた以下の二首のみである。

源氏の宮の初めての狭衣への返歌は、狭衣が即位が決まり、帝位に就く直前に斎院を訪問した時に詠みかけた

めぐりあはん限りだになき別れかな空行く月の果てを知らねば

に対する返歌

月だにもよその村雲へだてずは夜な夜な袖にうつしても見ん　（巻四②三四八）

で、残りの一首は狭衣即位後、「月のいと明き夜」前述の贈答を思い出し、殿上童を使いとして斎院に贈った、

恋ひて泣く涙にくもる月影は宿る袖もや濡るる顔なる

に対して、「今は、人づてに聞こえさせたまはんもあるまじき事なれば」として

あはれ添ふ秋の月影袖馴れておほかたのみとながめやはする　（巻四②三五六）

と返したものである。

このように源氏の宮と狭衣の詠歌のやりとりは、自らが斎院に卜定されたり、狭衣が帝位についたりして、結婚に関して源氏の宮にとって安全圏に達してからのみ、贈答が成立するところに特徴がある。狭衣の出家の思いに際しては自ら贈歌したりするが、それも斎院になってからで、言ってみれば、難題が達成されないとわかってから、求婚者たちに返歌する「かぐや姫」的な詠歌のあり方と同じであるといえる。

次に女二の宮の場合について検討してみる。

女二の宮の詠歌については石埜敬子氏を始めとして、すでに論じられているところであるが、ここではその和歌について内容というよりやりとりに注目してみる。

狭衣の笛の音に感応した天稚御子降臨の際、帝が奇瑞の恩賞に女二の宮降嫁を示唆し、進められた縁談にも、心が動かなかった狭衣であるが、ふとしたことから女二の宮を垣間見し、一夜の契りを結び、以後心惹かれ接近する。が、女二の宮は狭衣を避け続ける。やがて女二の宮は若宮を出産するが、大宮の子どもとして公表され、やがて大宮は死去、女二の宮は生きる気力も失い、その四十九日が過ぎた頃出家する。

そのような女二の宮の和歌は全部で七首、内独詠歌五首、心中における答歌二首と表に表出されないところにその特徴がある。一方狭衣は彼女に一七首の歌を送るが、一六首は返歌なし、一首は嵯峨院の代詠（すなわち女二の

宮は返歌の意志なし）となっていて、狭衣との和歌によるコミュニケーションは成り立っていない。

人知れずいとど思ふことあまた言ひえぬことどもを、こまごまと書きつつ、中納言典侍して参らせたまへど、まいていまさらに御覧ずるものとも思したらず。（巻二①二五九）

一くだりの御返りは見すべきものとも思したらざりしも、（巻三②二四）

かうのみ積る御文の数、さだかに御覧じ続けねば、なかなか何とも知らせたまはぬにや、（巻三②三一）

このように女二の宮のもとにたびたび文を送る狭衣に対して、女二の宮が決して応じようとしようとしない様子が繰り返し語られる。それは作品の終わりまで変わらない。

式部卿宮姫君の場合はどうであろうか。

出家を志向しながらも女二の宮、源氏の宮への断ちきれない思いを抱えて悩む狭衣に、宰相中将が妹を紹介しようとする。妹には東宮入内の話があるが父式部卿宮は既に死去しており、そのため後見が薄いことを母北の方や兄は懸念し、迷っている。入内の噂を気にしながらも狭衣は興味を持ち、贈歌をしてみるが女君は反応せず、かわりに母北の方の代詠が続く。やがて、病に冒された母北の方は出家し、娘を狭衣に託すことを決意、その後亡くなり、姫君は狭衣の堀川邸に引き取られ、狭衣の即位に伴って、入内し、中宮となる。

このように他の女君とはことなり、狭衣にとってたいした障害のない恋といえるが、詠歌の特徴としては、母による代作とやはり成立しない贈答ということがあげられる。姫君の詠歌は全部で六首、内訳は返歌三首（内心中一首）、独詠三首（内手習一首）である。

兄の仲介による恋ではあるが、狭衣からの贈歌に対して、本人はほとんど反応せず、母北の方が返歌をする。垣間見により、母北の方への恋情もかき立てられた狭衣は母娘一体の恋に惑いも見せる。一方、姫君は東宮入内の話が進行しつつあることもあり、狭衣に応じる気配を見せないが、病篤く出家した母北の方に促され、「かたのやうにて」狭衣に返歌する（巻四②二六八）。しかし。母亡き後は「一行も書き続くべき心地もしたまねば」（巻四②二九四）と応じていない。

その母の四十九日の法要後、服喪中の姫君と狭衣はついに逢瀬を持つ。

行きずりの花の折かと見るからに過ぎにし春ぞいとど恋しき

とのたまふに、いとど、流し添へたるものから、この御返りごとは耳とまりたまひて、さまざまに恥づかしうありけるかなと、聞きたまふ。

よそながら散りけん花にたぐひなでなどゆきとまる枝となりけん

など、心の中に口惜しう思さる。（巻四②三〇七）

この場面でも、狭衣の贈歌に対して、心中で思うのみで、返歌は読者が知るのみ、狭衣には届いていない。自分の思いを知られることを拒否しているといえよう。

ふとしたことから、狭衣の正妻となる一品の宮の場合は、結婚後の後朝の贈歌に対して、返信しなかったわけではない。白紙の返事を届けるのである。

広げたまへるに、物も書かれざりける。古代の懸想文の返事は、かくぞしける。げになかなかならんよりはいとよしかしと、これにぞ思ひ増したまひける。（巻三②一一〇）

こう語られるが、一品の宮は気持ちを表明しているわけではない。先に挙げた嵯峨院による代詠、式部卿宮北の方による代詠も女君側からの意味を問うなら、返事の拒否ということにつながろう。返歌をしないとする女君たちの対応は、狭衣の詠歌に心を揺さぶられてはいないということを表している。また、表現しないという選択はつながろうとしないという意志の表れでもある。

なお、飛鳥井の女君の場合は狭衣からの働きかけに関して「返歌なし」という対応は見られない。

三 〈歌のことば〉は誰のものか （一）——所有

女君側からの拒絶に対して、狭衣はただ、残念に思いながらも一方的に歌を送り続けていたり、満たされない想いを独詠に託していたわけではない。むしろ、そうではないところに狭衣の恋と和歌のあり方の特色があるともいえる。

その大きな特徴は女君たちの和歌の「所有」である。すなわち通常の形で狭衣に送り届けられたものではない和歌を、狭衣は手に入れていく。

源氏の宮の例から見ていきたい。

源氏の宮の詠歌の初出は巻二に入ってから、御前の雪山の場面である。

富士の山作り出でて、煙たてたるを御覧じやりて、

いつまでか消えずもあらん淡雪の煙は富士の山と見ゆとも

とのたまはすれば、御前なる人々も心々に言ふことどもなるべし。（巻二①二四〇）

「御前なる人々も心々に言ふことどもなるべし」と女房たちと唱和したことがうかがえるが、女房たちの歌は省略される。狭衣はこの雪山で遊ぶ場面を垣間見することによって、源氏の宮の歌を知る。源氏の宮の意図とは別に狭衣に歌を知られてしまうのである。狭衣の気配に気づいた女房たちは狭衣の垣間見に気づき、歌の場を見られた

ことを知る。

また作中、狭衣が関与しない贈答は親子間以外では少ないが、その一つに源氏の宮と女一の宮の贈答がある。斎院になった源氏の宮が堀川邸の八重桜を思い出し、懐妊のために堀川邸に退出していた女一の宮に消息したものである。

明け暮れ御覧じなれし古里の八重桜いかならんと思しやらるる。ひとつをだに今は見るまじきかしと、花の上はなほ口惜しき御心の中なり。

　一重づつ匂ひおこせよ八重桜東風吹く風のたよりすぐすな

と思しめすも、待遠なれば、女御殿に聞こえさせたまふ。

　時知らぬ榊の枝にをりかへてよそにも花を思ひやるかな

榊の枝につけさせたまへり。（中略）過ぎにし方いと恋しう思し出でさせたまひにけり。

　榊葉になほをりかへよ花桜またそのかみの我が身と思はん

なべてならぬ枝にさしかへてぞ、たてまつらせたまひける。（巻四②二二七）

宮中から退出したその足で、女一の宮のもとを訪ねた堀川大臣は、源氏の宮からの消息を見つけ、折から堀川邸を訪れた狭衣に、そのすばらしい筆跡について論評しながら、この文を見せる。こうして狭衣は源氏の宮の歌を知る。「わが物と見ずなりぬる口惜しさ」（巻四②二三〇）に心を乱された狭衣は八重桜を手に斎院を訪れるのである。

狭衣が一番心にかけ、思いを寄せ続ける源氏の宮であるが、彼女は狭衣とは純粋な恋の贈答歌を交わすことはなかった。しかしながら、狭衣は垣間見を通して、あるいは女一の宮のもとに届いた消息を目にするかたちで、源氏の宮の歌を把握していく。

式部卿宮姫君の場合にも同様に、他者にあてたはずの歌を狭衣に知られる場面がある。ある五月雨がちな頃、狭衣は東宮のもとにて、式部卿宮姫君の文を目にする。

のどかにも頼まざらなん庭潦影見ゆべくもあらぬながめを

とにや、所々ほのかなる墨つき定かならねど、母君のにおぼえたれど、思ひなしにや、今少し若やげにらうたげなる筋さへ添ひて、見まさりけることさへ、口惜しう、うち置きがたう思さるること限りなし。

（巻四②二五六）

姫君は東宮あてに出した返歌を狭衣に見られる。狭衣は自分には母北の方の代筆のみで返しがない中、東宮あての文に目を奪われる。そして返歌に使われていた特徴がある歌語である「庭潦」を使って、

いつまでと知らぬながめの庭潦うたかたあはで我ぞ消ぬべき

（巻四②二五八）

と、自分は東宮あての式部卿宮姫君の歌を見て知っており、和歌も筆跡も所有したことを伝える。この式部卿宮姫君の東宮あての歌は、主な女君たちのなかで唯一狭衣以外の男性にあてた歌であり、物語は狭衣が知らないところで展開するかもしれない恋物語の可能性を許容しない。

これらの例に共通なのは、狭衣が自分あてに送られたのではない女君たちの歌を、何らかの形で「所有」すること、そして自分はその歌を「知っている」ということを、女君たちにわからせていることである。

四　〈歌のことば〉は誰のものか　（三）――収奪

女二の宮に関するものについては、さらに狭衣の和歌の所有に対する思いが強く表れる。

一品の宮との婚儀の日程が決まるものの、女二の宮が忘れられない狭衣は中納言典侍を通して、出家して嵯峨に住んでいる女二の宮に歌を届ける。その詠歌を目にした女二の宮は一品の宮に対する狭衣の冷淡な態度に我が身を重ねて、心が動き、思わず狭衣の歌の隣に思いを書き付ける。

この「末越す風」のけしきは、過ぎにしその頃もかやうにやと、少し御目留らぬにしもあらで、筆のついでのすさみに、この御文の片端に、

夢かとよ見しにも似たるつらさかな憂きは例もあらじと思ふに

下荻の露消えわびし夜な夜なも訪ふべきものと待たれやはせし

身にしみて秋は知りにき荻原や末越す風の音ならねども

「起き臥しわぶる」などあるかたはらに、

など、同じ上に書きけがさせたまひて、細やかに破りて、典侍の参りたるに、「捨てよ」とて賜はせたるを、隠れに持てゆきて見れば、物書かせたまひたりけると見るに、うしろめたきやうにはありとも、いとほしくのたまひつるに、これを面隠しにせんと思ひとりて　　（巻三②一〇〇～一〇二）

女二の宮は思いを書き付けてみたものの、「書きけがさせたまひて、細やかに破りて」、中納言典侍に「捨てよ」と命じたのに、狭衣に同情していた典侍はその破り反故を狭衣のもとに届ける。そして、狭衣は「かかる破り反故を見たまひて、せちに継ぎつつ見続けたまへる心地、げにいま少し乱れ増さりたまひて、引き被きて、泣き臥したまへり」（②一〇二）と嘆く場面がある。女二の宮にしてみれば、小さく破り捨てたはずのものが狭衣の所に届いたことになる。そして、女二の宮主催の法華曼荼羅供養ならびに八講のあと、女二の宮に近づくが拒絶された狭衣は、破り反故を見たことを告げる。

今はまたはぐくみ立てて、かけとどめられはべるほどに、心より外なる事にて、見しにも似たるとありし反故の破れを見はべりしを、人やりならず、生ける心地もしはべらねど、（巻三②一七九）

自分では細かに引き裂いて捨てたはずのものが狭衣の手に渡ったことに衝撃を受けた女二の宮はこの後、心中でのみ、詠歌をするようになる。

残りなくうきめかづきし里のあまを今繰り返し何かうらみん

とのみ、わづかに思ひ続けられたまへど、（巻三②一八一）

いかばかり思ひこがれしあまならでこの浮島を誰か離れん

など思し続けらるれど、はかなかりし手すさびも、見しやうに聞こえたまひし後は、うしろめたうて、御心のうちよりも漏らしたまはざりけり。（巻四②二一五〜二一六）

たとえ、相手に届けることを意図しない独詠であっても、手習、あるいは口頭というかたちで表現されたからには狭衣に把握されてしまうと観念した女二の宮は、その後はその思いを心中でつぶやくだけで、決してその思いを表出することはない。「ことばを奪われた」女君といえよう。

式部卿宮姫君についても、狭衣の強引な歌の把握の場面がある。

狭衣即位後、元服した若君、兵部卿宮が狭衣帝の消息を持って嵯峨を訪問、返事なきまま狭衣のもとに帰参する。そのときの様子に狭衣と女二の宮との関係を察した式部卿宮姫君（藤壺中宮）は思いを手習に書きすさぶ。

「たち返りした騒げどもいにしへの野中の清水水草ゐにけり

いかに契りし」など、手習に書きすさびさせたまふに、近く寄らせたまへば、いとど墨を黒く引きひきつけて、御座の下に入れさせたまふを、「かばかりなる仲らひにさへ、なほはかなきことにつけて、へだて顔なる御心は余りなるを。習はしたまふめりな」とて、引き出でて御覧じて、ありつる忍び言どもの、御耳とまりつるや交じりたりつらん。余り紛るる方なければ、心のうちも、見知られたてまつるぞかしと、思し知らる。

今さらにえぞ恋ひざらん汲みも見ぬ野中の水の行方知らねば

（巻四②三八五～六）

姫君が詠歌に墨を黒く引いて消し、さらに御座の下に隠す。そこにはすでに狭衣の正妻として中宮にも上りつめていながら、自らの想いを知られたくないとする式部卿宮姫君の思いが見てとれる。女君が手習にそれとなく想いを記したものを、男君が目にし、傍らに詠歌を書きつく例は若菜上巻の紫の上と光源氏の例のようにしばしば見られるが、隠したものを引きだして見て、応答するという強引さは例がない。狭衣本人は自身の文が落ち散ることを警戒して破り捨てよ、と命じたりしており（巻二①一八四）、ここにも無理にでも女君の詠歌＝心を把握しようとする狭衣が見てとれる。

狭衣に返歌をしないことで、自らの意志を表現している女君たちであるが、その思いの結晶である詠歌は垣間見、他者からの提示などによって、狭衣の所有するところとなり、あるいは収奪ともいえる強引さをもって手中に収められ、ともかくも女君たちの和歌に象られた思いは狭衣に集まってくる。

五　〈歌のことば〉は誰のものか（四）――「ことばを頼む」女君

ところで、狭衣に関わる主要な女君のうちでその詠歌のあり方に特異な様相を見せるのが、飛鳥井女君である。彼女の歌は全部で二五首で女君たちの中でも群を抜いて多い。その内訳は贈歌　四首　答歌　二首　独詠歌　一六首　或本歌　三首となっている。それは生きているうち、あるいは死んでから、あるいは夢の中に現れて詠んだものも含まれる。

先述の女君たちとの一番の違いは「返歌なし」の歌がないこと、存命していたのが巻一に限られるとはいえ、巻四、物語の終盤まで彼女の詠歌は登場し、さらに狭衣とはすべて贈答が成立していることがあげられる。中でも特徴的なことは、狭衣の知り得ないところで詠まれた彼女の歌が何らかの形で狭衣に届けられることである。扇に書かれたもの一首、真木柱に書かれたもの三首、絵日記の書かれたもの六首、女房のおしゃべりの中に出てきたものを狭衣が立ち聞きしたもの二首などである。明らかに飛鳥井女君は狭衣に思いを届けたいとする気持ちがあり、それが詠歌として結晶し、さまざまな形をとって伝えられる。

そもそも、出会いの当初から飛鳥井女君は唐突とも思われる引歌表現を理解し、反応する女君として登場する。仁和寺の法師の誘拐から彼女を救い出し、家に送り届けた狭衣は素姓のわからないながらも美しい女君に語りかける。

「さても、なほざりの道行き人と思して、止みたまひなんとする。ありつる法の師の覚えにこそひとしからずとも、思し捨つなよ。安達の真弓はいかが」とのたまふに、いとど恥づかしくて、ただとく降りなんとするをひかへて、「答へをだにしたまはぬ、かかる夜のしるべをうれしと思さましかば、かく暗きに泊れ、とはのたまひてまし。心憂」とて、許したまはねば、いとらうたく若びたる声にて、

泊れともえこそ言はれね飛鳥井に宿りとるべき蔭しなければ

と言ふさま、なほさるべきにや、（巻一①八二）

「安達の真弓」は『古今集』神遊びの「陸奥の安達のまゆみわがひかば末さへ寄り来しのび〳〵に」（一〇七八）による表現。『狭衣物語』においては、前後の文脈や風景に触発されるわけではない、唐突な引き歌も多いが、こ

こもその例といえる。また飛鳥井女君の歌は狭衣の「泊れ」を受けた上で、『催馬楽』「飛鳥井に　宿りはすべしや　おけ　陰もよし　御水も寒し　御秣もよし」（「飛鳥井」）を踏まえたものである。その他にも

花かつみかつ見るだにもあるものを安積の沼に水や絶えなん（飛鳥井女君）（巻一①九八）

年経とも思ふ心し深ければ安積の沼の水は絶えせじ（狭衣）（巻一①九九）

は歌枕「安積の沼」を詠んだ『古今集』の「陸奥の安積の沼の花かつみかつ見る人に恋ひやわたらむ」（恋四・六七七・読人不知）を踏まえたもの、

飛鳥川明日渡らんと思ふにも今日のひる間はなほぞ恋しき（狭衣）

渡らなん水増さりなば飛鳥川明日は淵瀬になりもこそすれ（飛鳥井女君）（巻一①一二四）

は、『古今集』の「世中はなにか常なるあすか河きのふの淵ぞけふは瀬になる」（雑下・九三三・読人不知）を意識したやりとり、その他にも

かくとばかりは、聞こえさせたてまつらばや、と思ふにも

変らじと言ひし椎柴待ち見ばや常盤の森にあきや見ゆると

とかへる山のとありし月影、この世の外になりぬとも、忘るべき心もせぬを、（巻一①一三〇）

は、かつて「ただ、とかへる山のとのみ、契りたまふ」（巻一①一〇〇）と狭衣と不変の愛情を誓った時の「鷂のとかへる山の椎柴の葉がへはすとも君はかへせじ」（『拾遺集』雑恋・一二三〇・読人不知）を踏まえた表現である。このように生前に狭衣と飛鳥井女君が交わした贈答四回のうち三回まで歌枕やそれに付随する古歌を利用した、機知的なやりとりとなっており、残り一回の贈答も『実方集』あたりから使われ、『源氏物語』総角巻の薫の歌以降、平安後期以降に多く使われるようになった「小夜衣」という歌語が使われている。これらの贈答から歌のことばに敏

感な女君であることを窺い知ることができる。

そんな飛鳥井女君が体調が悪い中、常盤で真木柱に書き付けて残したのは

言の葉をなほや頼まんはし鷹のとかへる山は紅葉しぬらん　（巻三②一四三）

であった。この歌からは和歌に託し、狭衣に何とか思いを届けたいとする飛鳥井女君像が顕著に表れているといえよう。

おわりに　――狭衣の恋と〈和歌〉

『狭衣物語』における贈答歌のあり方を手がかりに狭衣の恋と和歌の関係について考えてきた。そもそも男女間における贈答歌の基本的な形は、男が想いのたけを訴え、女が否定的に切り返すというものであり、そんなやりとりを重ねながら恋は育まれていくものであったろう。見てきたように『狭衣物語』においては、源氏の宮、女二の宮、式部卿宮姫君などは女君は狭衣からの贈歌に対して、否定的に切り返すこともなく、「返歌なし」という態度を示すことによって狭衣からの求愛を拒絶し、自分の心を狭衣に把握されるのを厭う。にもかかわらず、狭衣は歌を贈り続け、思いが通じない女君であっても、半ば強引に彼女たちの歌―心を所有していった。

改めて整理すると、源氏の宮の場合、狭衣の知らないところでなされた女房たちとの唱和は、彼の垣間見により知られ、女一の宮との贈答は堀川大臣の提示により狭衣に把握される。憧れ続ける源氏の宮の斎院卜定は、狭衣にとって彼女がいよいよ手の届かないところにいってしまうことを意味し、それは自身の即位でより決定的に不可能なものとなる。そんな狭衣と源氏の宮の間の贈答が成立するのは、彼女が斎院に卜定されてから、すなわち結婚の

可能性がなくなってからであり、安全圏に達してから源氏の宮は贈答に応じていることになる。

女二の宮は、不本意な逢瀬、懐妊、出産、その出来事を隠すために心を砕いた母大宮の死、出家と、苦難をもたらすものでしかなかった狭衣には、決してその歌に応じようとはしなかった。正式な帝からの降嫁要請には応じないにもかかわらず、大胆にも内裏、弘徽殿という禁域での逢瀬は皇女というプライド、存在基盤を根底から否定するものであろう。しかし彼女の真情を汲み取れず、あきらめきれない狭衣は、なんとか女二の宮の言葉＝気持ちを知りたいと女房を使って、女二の宮の手習の破り反故まで手に入れる。そしてそのことを狭衣は女二の宮に告げ、その後の彼女はいよいよ黙すのみであった。

式部卿宮姫君の場合も、本人は兄の仲介から狭衣との関係が始まったとはいえ、東宮入内の話も進められていたこともあって、狭衣への返歌は当初、母北の方の代詠であった。東宮への対抗意識もあった狭衣は、彼女の東宮あての文を目にし、そこで使われていた印象的な歌語「庭潦」を自分の歌に用いることによって、彼女の言葉を所有し、知っていることをわざわざ示す。また、結婚して狭衣が即位、彼女が立后して一見落ち着いてからあとも、彼女が知られまいと墨で消して隠した手習を強引に引きだして歌を把握する。

いずれのケースにおいても、女君たちは自身の歌を狭衣に把握されたことを何らかの形で知っている。女君たちは狭衣の和歌に応じることを拒否し、あるいは歌に表出した自分の心、気持ちを狭衣に「知られる」のを何とかして拒否し、阻もうとするのに、結局強引に狭衣に所有されてしまう。後朝の手紙に対し、白紙（気持ちを表出しない）の文を届けた（伝えた）一品の宮の行為は、実は一番賢い方法であったのかもしれない。

このような狭衣と女君との関係の対極にあるのが、飛鳥井女君である。飛鳥井女君について、狭衣が執心を見せ、歌を収集しているというわけではない。むしろ所詮通りすがりの恋だったが、女君の純情にほだされて心が動くというスタンスであるといえる。彼女は当初お互い身分や素姓がわからないにもかかわらず、狭衣の謎をかけるような唐突な引き歌表現にも応じ、和歌の素養のあるところを見せる。そして、身分を越えた恋の成就の唯一の手段ともいえる和歌で、狭衣とつながろうとする。狭衣との贈答はもちろん、狭衣を思って詠んだ独詠、狭衣の詠歌の想起などはほかの女君には見られない。和歌の持つ力が信じられている。ただ、狭衣との直接の贈答は巻一の始めだけで、その後の歌による交流は一般的なあり方ではない。夢、扇、真木柱、絵日記、女房の噂話などあらゆる伝達手段を通して、死して後も飛鳥井女君の歌—心—は狭衣に伝えられていくが、女君の意志が歌にのり、狭衣のもとへ歌が集まってくるといえよう。歌が形を持つゆえに、狭衣のもとに届けられ、それは可能になった。

石埜敬子氏が

天地をも動かし、多くの歌徳説話を生んだ贈答歌は、『狭衣物語』においては、恋の物語を進展させてゆく力を失っていると言わざるを得ないのである。[10]

とされるように、『狭衣物語』の歌のありようは変質してしまっている。同時代の作品である『夜の寝覚』も同様に、成立しない贈答が特徴である。[11] そもそもの詠歌数自体も減少し、代わりに心中表現が増大する。寝覚の女君の心中は読者には共有されるが、彼女の「憂き思い」を理解できない物語内の男性たち（男君、父、帝）と女君の心の乖離が浮き彫りになっていくという構図が方法としてある。比して、『狭衣物語』においては女君たちの心中は「詠歌」という形をとることによって、外部性を持ち、男君の所有出来るものとなる。

やまと歌は、人の心を種として、万の言の葉とぞ成れりける。世中に在る人、事、業、繁きものなれば、心に思ふ事を、見るもの、聞くものに付けて、言ひ出せるなり。

『古今集』仮名序が教えるように、和歌は〈心〉に形を与えるものである。その和歌を所有するということは、内面世界を把握しようとすることであろう。たとえ、拒否の内容であっても、表現されたからにはコミュニケーションは成り立ち、なんらかの交流ははかられる。自らの想いを外部に向かって表出することを求めない独詠歌の増加、狭衣からの贈歌に応じようとしない女君、強引に女君の和歌を所有してゆく狭衣、いよいよ心を閉ざす女君、とこの物語の和歌のあり方を探っていくと、和歌はむしろコミュニケーションの不成立、つながらない言葉、通じない思いを表すためのものとなっているようにすら思われてくる。しかし、その意志のない女君たちに対して、狭衣は女君たちが内面を託した和歌を所有することによって、女君たちとの恋を支配しようとする。しかし、真情の伴わない恋は成就するとはいえない。心のやりとりの不在を嘆くだけではなく、所有しようとする狭衣の恋は想いの共有ではなく、支配—被支配の関係といえようか。それは垣間見から進展した女二の宮との内裏での逢瀬、母の喪中にもかかわらず結ぶ式部卿宮の姫君との契りなどの強引な身体の把握や、あるいは斎院、仏堂での源氏の宮や女三の宮への接近など、禁忌を犯しかねない危うさを伴うものであった。飛鳥井女君の場合も通常の形で狭衣がその詠歌を把握しているわけではないという点で同様である。

このような和歌の所有は『源氏物語』とは異なる『狭衣物語』の恋のあり方を示している。この物語の表現的特徴である、「室の八島」「忍ぶ捩摺」「道芝の露」「底の水屑」「有明の月」など作中詠歌の歌語による女君たちの表象にしても、言ってみれば、〈歌のことば〉による女君たちの名付けである。「名付ける」という行為もまた支配であるといえよう。狭衣本人の紡ぎ出す詠歌は、閉塞感を伴うものであり、思うに任せない恋を嘆くものであるが、一方女君たちの詠歌を、歌ことばを、心を、強引に所有していく狭衣像もまた、この物語が描くもののひとつではないか。和歌によって、女性たちの心を動かしていくのが「いろごのみ」の本質のひとつだとしたら、外的な力による強引な歌の把握は、物語における男主人公性の衰退ともいえよう。狭衣の歌数がどれだけの割合を占めようと、彼の心情を丹念に描くものであっても、女君の心を動かすものではない。そのような狭衣が神意によって帝位に就く。物語の必然から生み出されない王権奪取には、外部の神の力が必要であったといえようか。どれだけ地の文でこの世のものとは思われない美質を讃えられようと、光源氏が持っていたような男主人公としての「いろごのみ」性は狭衣には見られない。それを端的に表すのが、歌による呼びかけによって、女性の心を動かすことが出来ず、拒絶されるどころか女君たちの返歌という行為そのものの拒否にあい、にもかかわらず、何とかして歌のことばを所有し、その心を所有したいとする狭衣の態度であろう。今後、物語の主人公が内面を語る言葉を持った女性に移行していくのは物語史の必然といえようか。

狭衣が女君の歌を掌握することについて述べてきたが、狭衣の歌も本人の意図とは別に漏洩して、他者に知られる例も見られる。女房の立ち聞きなどによるものである。また、石埜敬子氏に拠れば、狭衣以外の人物が呼んだ独詠歌三一首のうち、二二首は何らかの方法で他人に聞かれたり、見られたりしている。(12)今はそのことについて詳述する余裕はないが、それを含めて、『狭衣物語』において和歌は本来の場所から移動する。移動することによって、あらたな位置に置かれ、当初詠まれた時とは異なる物語内での意味を生成していく。このような物語の主人公と和歌との関係を持つ『狭衣物語』だが、その作品世界は『無名草子』が

『少年の春は』とうちはじめたるより、言葉遣ひ、何となく艶にいみじく、上衆めかしくなどあれど、さして、そのふしと取り立てて、心に染むばかりのところなどは見えず。

と評するように、その文章の美しさが魅力のひとつである。日常生活における言葉とは異なる非日常の〈文〉ある言葉ゆえ、〈歌のことば〉は力を持つ。作中詠歌は線状的に流れる散文の時間空間に、時に拮抗しながら、登場人物たちの心情や立場などを如実に表現するものであり、それゆえ、歌い出される時間空間は物語場と緊密に関わり

合ってきた。「和歌」は本来的には「和す」もの―応答が基本であり、少なくとも物語の歌はそのように機能してきた。その物語の男性主人公が発する和歌は力を持たなくなってしまった。変わって、物語を動かす〈歌のことば〉は作品内外からの引用、さらなる表現の広がりの可能性を示す引き歌、歌語表現であろう。これらは単なる文飾を越えて、物語を推進していく力となる。(13)

多くの〈歌のことば〉によって構築され、〈歌のことば〉が持つイメージの重層性、喚起力によって広がる世界を他のどの作品より有してきた『狭衣物語』は、ことば＝〈文〉の空間が他作品よりも豊かさと美しさを持つ作品である。しかし、その中で登場人物たちの心中を表現する作中詠歌は先行作品と位相を異にする。本来、置かれて響き合うはずの位置から、歌は切り取られ、ともに文＝綾をなしてはいかない。男女の仲をも和らげる和歌は力を失い、狭衣の恋は成就せず、歌に託された〈あや〉なき想いだけが、〈文〉の空間に漂うのである。

注

（1）拙稿「『狭衣物語』の和歌的表現―意味空間の移動をめぐって―」（井上眞弓・乾澄子・鈴木泰恵編『狭衣物語 空間／移動』翰林書房　二〇一一年）

（2）鈴木一雄「『源氏物語』の文章」（『国文学　解釈と鑑賞』三四号　一九六九年六月）

（3）高野孝子「狭衣物語の和歌」（『言語と文芸』一九六五年九月）

竹川律子「狭衣物語の独詠歌」（『お茶の水女子大　国文』五二号　一九八〇年一月）

石埜敬子「『狭衣物語』の和歌」（和歌文学論集三『和歌と物語』風間書房　一九九三年）

杉浦恵子「狭衣物語における和歌の意義―散文との相互関係―」（『椙山国文学』一号　一九九七年二月）

萩野敦子「『狭衣物語』の物語世界と和歌の方法―作中和歌の伝達様式・表出様式に着目して―」（狭衣物語研究会編『狭衣物語が拓く言語文化の世界』翰林書房　二〇〇八年）

（4）鈴木日出男「和歌における集団と個」（『古代和歌史論』第一章　東京大学出版会　一九九〇年一〇月）など

（5）すでにいくつかの調査があるが、拠っている本文が異なっているため、数字に差がある。ここでは、現行で一般的と思われる新編日本古典文学全集（小学館）をもとにしている。伝達様式の揺れの問題については注（3）の石埜論文で「代詠　半独詠　贈歌対手習　手習対答歌　二首重ね贈答　すれ違い贈答」などが指摘され、また萩野論文でも論及されている。

（6）拙稿「源氏物語の第二部について―贈答歌を中心に―」（『名古屋大学国語国文学』四六号　昭和五五年七月）（旧姓「志方」で発表）

（7）注（6）に同じ

（8）注（3）高野論文

（9）注（3）石埜論文

（10）注（3）石埜論文

（11）石埜敬子「『夜の寝覚』の和歌覚書」（『跡見学園短期大学紀要』一五号　一九七八年三月）拙稿「『夜の寝覚』―作中詠歌の行方―」（『物語の方法』世界思想社　一九九二年四月）

（12）注（3）石埜論文

（13）注（1）参照

付記　本文として、新編日本古典文学全集『狭衣物語』（小学館）を使用した。
また、『古今集』『拾遺集』の引用は新日本古典文学大系（岩波書店）、『催馬楽』『無名草子』の引用は新編日本古典文学全集（小学館）に拠った。

狭衣の〈恋の煙〉――『狭衣物語』における「煙」の表象をめぐって――

井上新子

はじめに

『狭衣物語』の末尾は、狭衣帝による嵯峨院への行幸の場面をもって締めくくられる。重篤の嵯峨院を見舞う狭衣、尼姿の女二の宮へなおも断ち切れぬ恋情を訴える狭衣と沈黙する宮、思いを残しながら出立する狭衣の形姿が語り取られている。狭衣が女二の宮への未練を吐露する場面には、

消えはてて屍は灰になりぬとも恋の煙はたちもはなれじ

（新編全集　巻四②四〇九　参考　大系　四六六　集成下　三七二）

という狭衣の詠歌が置かれた。当該歌は、『狭衣物語』において狭衣の恋情を形象する際にしばしば用いられる「煙」を詠じた点、物語の最終局面に置かれた狭衣の詠歌である点が注目される。

『狭衣物語』の「煙」の表象について、すでに井上眞弓氏が「女君連関を促すもの」と捉えていて[1]、大いに示唆を受ける。稿者はまた、「煙」の表象が、おのおのの表象の立ち現れる瞬間の狭衣の心象や物語の進行と密接に結びついた、当該物語を貫く表現となっている点に留意したい[2]。「消えはてて」歌については、池田和臣氏が「柏木と篁妹の死と妄執が、その緊迫したイメージと切迫した情念が、二重に織りこまれている」と述べ、『源氏物語』柏木巻や『篁物語』の影響を読み取っている[3]。加えて稿者は、同歌中の「恋の煙」の背後に広がる文学的基盤の探

求が、当該歌の理解のための一助となるのではないかと考える。

以下本稿では、狭衣の恋情を表象する「煙」表現を時系列に沿って追跡し、「煙」と狭衣の心象との関わり、及び「煙」表現の連鎖の様相を記述・考察する。その上で、一連の「煙」表現の掉尾に位置する「恋の煙」を含む「消えはてて」歌を検討したい。引用の様態の再検討、「恋の煙」表現の文学的淵源の探求を通じて、当該歌が一連の「煙」の表象を引き受けるかたちで物語の終幕に置かれたことの意味合いを探りたい。物語の内外のことばと響き合いながら緊密な連鎖によって構築された、『狭衣物語』の「文（あや）の空間」に迫ることを目指す。

一　源氏の宮への恋情を象る「煙」

『狭衣物語』の「煙」の表象の出発点である、源氏の宮に関わる「煙」をまず検討する。

立つ苧環の、とうち嘆かれて、母屋の柱に寄り居たまへる御容貌、この世には例あらじかし、と見えたまへるに、よしなしごとに、さしもめでたき御身を、室の八島の煙ならではと、立ち居思し焦がるるさまぞ、いと心苦しきや。（新編全集　巻一①一八　参考　大系三〇　集成上一〇〜一一）

右は、物語冒頭、源氏の宮との対面ののち、彼女へひとかたならぬ恋情を抱く狭衣の姿を象るくだりである。「室の八島の煙ならでは」は、周知のように藤原実方の「いかでかはおもひありともしらすべきむろのやしまのけぶりならでは」（『詞花和歌集』巻第七・恋上・一八八番）(4)を踏まえる。「室の八島の煙」は、他にも「しもつけやむろの八しまに立つ煙おもひ有りとも今こそはしれ」（『古今和歌六帖』第三・一九一〇番・「しま」）等があり、「思ひ（火）」があることを知らせる景物であったと捉えられる。狭衣の密かな恋情を象るに際し、はるか遠い歌枕の地の「煙」が引き合いに出され、狭衣の想念の中に呼び込まれていることを確認しておきたい。心中の「思ひ（火）」を、相手に知らせるものが「煙」である。胸に抱く「思ひ（火）」と「煙」との接点が示され、その連想が直後の「思し焦がるる」へも繋がっている。これを起点として、物語の中に「煙」の表象が紡ぎ出されていった。

さるは、その煙のたたずまひ、知らせたてまつらん及びなく、いかならむ便りもがな、と思しわづらふにはあらず。　（新編全集　巻一①一九　参考　大系　三〇　集成上　一二）

「室の八島の煙」の叙述を受け、「その煙のたたずまひ」を知らせる手立てがないわけではないとし、源氏の宮が実は狭衣の身近な女性であることを紹介するくだりである。ここにおいて「煙」は、源氏の宮への狭衣の恋情そのものを表象するようになる。これらが、源氏の宮の手を捉えて恋情を告白する、次の狭衣の詠歌へと結実する。

かくばかり思ひ焦がれて年経やと室の八島の煙にも問へ　（新編全集　巻一①六〇　参考　大系　五六　集成上　四五）

「思ひ焦がれて」は「煙」からの連想で呼び込まれたことばであることは勿論、先に掲出した冒頭の狭衣の姿「思し焦がるるさま」とも繋がっている。「煙」の表象と身体的接触との結びつきにも留意したい。

次に現れる「煙」は、父に女二の宮降嫁の件を催促され意に染まず立ち去る、狭衣の独詠歌の中である。

ほかざまに塩焼く煙なびかめや浦風荒く波は寄るとも　（新編全集　巻一①六七　参考　大系　六〇　集成上　五一）

報われなかったものの、源氏の宮への恋情を密かに告白した狭衣の秘めた決意が現れている。いかなる困難が出来しようともよそに靡くことはない「塩焼く煙」に、自身の源氏の宮への恋情を重ねている。さらに、以下が続く。

中将の君、ありし室の八島の煙立ちそめて後は、宮のこよなう伏し目になりたまへるをいとどつらくて、いかにせまし、と嘆きの数添ひたまへり。　（新編全集　巻一①七二　参考　大系　六三　集成上　五五）

恋情告白後の、源氏の宮とのぎくしゃくとした関係を語るくだりである。「ありし室の八島の煙立ちそめて」が過去の告白場面を指し示す。(8)「煙」の表象の反復により、過去の出来事が印象的に物語の現在へと呼び込まれている。冒頭の「室の八島の煙ならでは」を起点とする一連の「煙」の表象は、狭衣の住まう物語の現実の空間に立ちのぼった実景としての「煙」ではなく、狭衣の意識の中に立ちのぼった想念としての「煙」であった。この想念の「煙」が、狭衣の意識の中にある強度をもって存在するようになった点に注目したい。

二　飛鳥井の君への恋情発動の機微と「煙」

続いて、飛鳥井の君との交渉に関わり、「煙」が現れる。

「あやしう、今まで出でさせたまはぬ、とあやしうせさせたまへるに」とて開けたれば、蚊遣火さへ煙りてわりなげなり。

我が心かねて空にや満ちにけん(9)行く方知らぬ宿の蚊遣火

とのたまふけはひ、(略)　（新編全集　巻一①八〇～八一　参考　大系六九　集成上六二～六三）

狭衣は、道で出会った飛鳥井の君を彼女の家へと送り届ける。彼女の住まう空間は、「蚊遣火さへ煙りて」と形容されている。ここも「煙」の表象としてとりあげたい。この「蚊遣火」に誘発された狭衣の詠歌が、「我が心」歌である。当該歌中の「我が心」をめぐっては、以下に展開する飛鳥井の君への恋の思いと読むのが一般的である。(10)しかし、出会い直後の唐突な恋の思いの表出には、いささか違和感を覚える。

この二人の出会いの直前には、源氏の宮から避けられ悶々とする狭衣の姿が語られている。気晴らしに他の女性の許に通うも、彼の心は慰められない。(11)源氏の宮思慕の代償行為として密かに思慕する宣耀殿の女御は、東宮の寵愛が厚い。[12]慰めに東宮の御前へ参上するも、東宮から源氏の宮への思いを見透かされ、動揺する。その後東宮は、宣耀殿の女御の部屋へと赴くのであった。[13]この宮中からの退出の途次、狭衣は飛鳥井の君と出会ったのである。[14]如上の経緯の中で、狭衣は潜行し鬱屈する情念を増幅させていたと考えられる。煙る「蚊遣火」を目の当たりにして自身の「思ひ（火）」を意識化したのが、「我が心かねて空にや満ちにけん」ではなかったか。「蚊遣火」の充満は、彼の心の奥底に巣くう出口の見出せなかった情念の解放をも予告していよう。

ここに至り狭衣は、物語の現実の空間の中で、二条大宮に程近い賤の家に立ちのぼる「煙」に遭遇した。その「煙」に自身の噴出する情念を見ることとなった。また、その「煙」が「行く方知らぬ」と形容されることで、[15]狭衣自身にとっても今後どのように漂っていくのか予測の付かぬ、捉えどころの無い欲望の存在が暗示されていよう。

三　女二の宮への恋情発動の機微と「煙」

巻二に入り、女二の宮との交渉が語られる際にも、「煙」が現れる。以下は、偶然女二の宮の御座に近づいてしまった狭衣が宮を目の当たりにし、契りを結ぶ直前の場面である。

単衣の御衣もほころびて、あえかにをかしげなる御手あたり身なり肌つきことわりも過ぎて、ならべつべしと御覧じけん我が身も、いとど心をごりせらるるにも、かの室の八島の煙立ちそめにし日の御手つき思ひ出でられて、[16]（略）（新編全集　巻二①一七四　参考　大系　一三〇　集成上　一四二）

狭衣は接触した女二の宮の身体から、「かの室の八島の煙立ちそめにし日の御手つき」を思い出す。鈴木泰恵氏は、「室の八島の煙」が源氏の宮に恋情を告白した時の狭衣の詠歌に依拠すること、その折の源氏の宮の身体を狭衣が想起していることをとりおさえ、「狭衣の手の感触を介して女二宮が一瞬源氏宮に錯誤され、源氏宮の身体への欲望と通じることで関係が結ばれた」と解している。[17] 刹那、眼前の女二の宮と源氏の宮とが狭衣の意識の中で渾然一体となり、拒絶していた女二の宮への恋情が発動されてしまったと考えられる。こうした狭衣の情動の機微を語る中で、「煙」が俎上に載せられた点に注目したい。当該表現は、巻一の「ありし室の八島の煙立ちそめて後は」とも響き合いながら、狭衣の「思ひ（火）」、情念の迸りを伝えているのではないか。弘徽殿の御帳台という特別で狭小な空間の中で、女二の宮の身体との接触によってかえりみられた、想念の「煙」であった。

次は、狭衣の子を秘密裡に出産後、母・大宮を喪った女二の宮の、母の四十九日が過ぎた頃の思惟である。

おぼつかなきことをさへ思し焦がれて、絶えはてたまひにし海人の刈藻の心づきなさは、世に知らずつらう心憂しと人知れず思し知らるるに、心よりほかならん藻塩の煙を、あさましかりし幻のしるべならでは夢にだにもいかで見じと思さるるを、（略）（新編全集　巻二①二二六　参考　大系　一六四　集成上　一八八）

「おぼつかなきことをさへ思し焦がれて、絶えはてたまひにし」は、大宮が女二の宮の妊娠による心痛ばかりか、相手の男の正体の知れぬことにまで心労をかさね、ついには絶命したことを指すのであろう。[18] これを受ける「海人の刈藻」は、「あまのかるもにすむむしの我からとねをこそなかめ世をばうらみじ」（『古今和歌集』巻第十五・恋歌五・八〇七番・典侍藤原直子朝臣）を引くと見ておく。[19]「海人の刈藻の～思し知らるる」は、女二の宮が自身のせいで母の苦悩と死を招いてしまったことを忸怩たる思いで噛みしめる様と解する。さらに宮は、自身への狭衣の冷淡さを「心よりほかならん藻塩の煙」ゆえと捉えた。狭衣には自分以外に意中の女性がいると推量している。[20]「藻塩の煙」は、巻一において源氏の宮以外の女性には靡かないと狭衣が詠じた「ほかざまに」歌を想起させる。[21] 第二句「塩焼く煙」を「藻塩の煙」（大系・集成）とする本もあり、こちらの方がより両者の表現が緊密となる。狭衣の意識に生じた「煙」を知るよしのない女二の宮の思惟が捉えた、狭衣の想念の「煙」である。物語の表現レベルにおける「煙」の表象の呼応を見ておきたい。

四　源氏の宮への恋情を再認識する「煙」

飛鳥井の君の失踪、女二の宮の出家に直面し、悲嘆にくれる狭衣。同時に、源氏の宮への思慕に取り憑かれた彼の心が「煙」の表象をもって象られている。以下は、狭衣が源氏の宮を垣間見る場面である。

いでや、いはけなかりしより見たてまつり染みにしかばにや、なほ、いとかばかりなる人は世にあらじかし、かかればこそ、人をも身をもいたづらになしつるぞかし。逢はぬ嘆きにもののみ心細し。富士の山作り出でて、煙たてたるを御覧じやりて、

いつまでか消えずもあらん淡雪の煙は富士の山と見ゆとも

(略)つくづくと見たてまつるも心のみ騒ぎまさりて、いとかくしも作りきこえけんむすぶの神もつらければ、たちのきて、

燃えわたる我が身ぞ富士の山よただ雪にも消えず煙たちつつ(22)

など思ひ続くるに、(略)(新編全集　巻二①二四〇〜二四一　参考　大系一七三〜一七四　集成上二〇一〜二〇二)

この場面の直前には、尼姿の女二の宮の許に忍ぶものの拒絶され、帰宅後眠れぬ身をもてあまし勤行する狭衣の姿が語られている。その翌朝、狭衣は源氏の宮の部屋をのぞく。そこには、雪山作りに沸く人々やこれを眺める美しい源氏の宮の姿があった。狭衣は、源氏の宮ゆえに他の女性達も自分自身をも「いたづら」にしてしまったことを

思う。富士山に模した雪山に「煙」を立てた情景を見て、「いつまでか」歌を詠じる源氏の宮。狭衣は、心中密かに「燃えわたる」歌を詠じた。「我が身」を「富士の山」に見立てる当該歌の発想は、『古今和歌集』の「人しれぬ思ひをつねにするがなるふじの山こそわが身なりけれ」（巻第十一・恋歌一・五三四番）に拠るものであろう。(23)狭衣は、歌枕「富士の山」に仮想された雪山に立ちのぼる「煙」に感応し、自身の「思ひ（火）」を再認識するのであった。「燃えわたる」「消えず」「煙たちつつ」とその継続性が刻まれることで、女性達を次々と不幸にしてもなお消えぬ、狭衣の抱える情念の執拗性が強調されている。

次の場面も、現実の空間に立ちのぼる「煙」に狭衣が反応している。

更けゆくに、おろおろうち散りて、木枯荒々しう吹きたるに、庭の火いたう迷ひて、吹きかけらるるを、払ひわびつつ、煙の中より苦みばかり出でたる主殿寮の者の顔ども、いとをかしう見やられたまふにも、大将殿、御心には、

おぼろけに消つとも消えん思ひかは煙の下に燻りわぶれど(24)

など、思ひ続けられたまふにも、今日明日と思ひ立ちたる心の中には、いとどあるまじきことと、思ひ離れたまへど、それにつけてしもぞ、なほ安からずおぼえたまふ。（新編全集　巻三②一九〇　参考　大系　三二九　集成下　一七一～一七二）

女二の宮からあらためて拒絶され、狭衣は出家の意志を固めつつあった。賀茂神社の相嘗祭の折、狭衣は庭の篝火の炎を払いかね苦しそうな「主殿寮の者の顔」から「思ひ（火）」に苦しむ自身の姿を連想し、「おぼろけに」歌を心中密かに詠じた。「消つとも消えん思ひかは」とすることで、この期に及んでもなお源氏の宮への情念が燻り続けることを示している。時が経ち状況が変わっても不変の「思ひ（火）」を抱き続ける狭衣が提示されている。

五　故式部卿宮の姫君への恋情発動の機微と「煙」

巻四巻頭において、狭衣の出家の望みは潰えた。故式部卿宮の姫君（以下、宮の姫君と呼称する）へ思いを寄せる狭衣は、彼女と東宮とのやり取りを知り、東宮への対抗意識も相俟って姫君への思いをますます掻き立てられる。そうした中、宮の姫君の兄・宰相中将への手紙の中に忍ばせた、宮の姫君への狭衣の贈歌である。

東宮より御使参りぬと見置きたまひて出でたまふままに、例の細やかにうらみ続けたまひつる中に、

「くらべ見よ浅間の山の煙にも誰が思ひか焦がれまさると」[25]

（新編全集　巻四②二六二　参考　大系　三七五　集成下　二三七）

自身と東宮の「思ひ（火）」のどちらが勝るか、「浅間の山の煙」と比べることを求め、恋情を訴えている。当該歌は、かつて源氏の宮へ恋情を告白した狭衣の詠歌「かくばかり思ひ焦がれて年経やと室の八島の煙にも問へ」と少なからず共通する。思慕の対象への贈歌である点、「煙」を引き合いに出しつつ自身の「思ひ（火）」を訴える点、「思ひ・焦がる」の語彙の使用、「問へ」・「くらべ見よ」の命令形の使用等である。「思ひ・焦がる」は、当該の狭衣歌のみならず、巻一冒頭でも「室の八島の煙ならではと、立ち居思し焦がるるさま」とあったように、狭衣の源氏の宮に恋い焦がれる有様を形容することばとして用いられていた。こうした源氏の宮思慕との繋がりを考えると、「浅間の山の煙」は、先に検討した、源氏の宮思慕を担う表現であった「富士の山の煙」と対になっているのではないか。東宮と競うように宮の姫君へ言い寄る狭衣の行動は、（別人の東宮ながら）東宮妃候補であった源氏の宮へかつて強引に迫れなかったことの代償行為としても解されよう。

「浅間の山の煙」は、源氏の宮への情念とも繋がり構成された、狭衣の意識の中の想念の「煙」である。

六 「思ひ(火)」の「煙」の変質

狭衣は、宮の姫君と結ばれ彼女を自邸へ引き取る一方、女二の宮への恋情も変わらず抱き続ける。物語の始発において源氏の宮への情念を表象した「煙」は、物語の終り近くになるとその性質を変化させていく。以下は、宮の姫君との生活に充足する日々を送りつつも、感慨に耽る狭衣を象るくだりである。

かやうになのめならず見るかひある人を、朝夕、見なぐさみたまふには、過ぎにし方の物嘆かしさも、皆かき尽し忘れたまひぬべけれど、若宮の、なほ、夜の御ふところ争ひの若々しさを、慰めきこえたまふたびごとにも、まづかきくもり、物あはれなる心の中は、つゆばかり、ありしに変ることなかりけり。(略)我が御方に独り眺め臥したまへる夕暮の空のけしき、とり集め、いと忍びがたきに、思し余りて、例の心ときめき、すこしほのめかしたまへり。

眺むらん夕べの空にたなびかで思ひのほかに煙たつ頃

など聞こえたまへり。(新編全集 巻四②三三〇～三三一 参考 大系四一七～四一八 集成下二九九～三〇〇)

女二の宮との間に儲けた秘密の子・若宮が、夜になると懐に入り狭衣を独占しようとする幼さに接する時、狭衣は女二の宮を思い涙するのであった。この狭衣の認識について鈴木泰恵氏が、「狭衣が若宮を懐に抱くとき、思い出しているのは、女二宮の肌の感触そのものだといえる。」と指摘している。(26) 狭衣は、若宮の身体からその母・女二の宮を思う。かつて狭衣は、女二の宮の身体から源氏の宮を想起した。女二の宮の身体は、彼女に関わる狭衣の情念を醸成する重要な場となっていよう。女二の宮への悶々たる思いに取り憑かれた彼は、彼女へ「眺むらん」歌を贈った。歌中の「思ひのほかに煙たつ」は、女二の宮を思慕しつつも宮の姫君と結婚生活を送る自身の現状を告白した文言である。「煙」は、身体的接触を伴った源氏の宮への初告白の際にも、女二の宮の身体に初めて接触し源氏の宮を想起した際にも、出現したものである。こうした、「煙」と身体、情念、女二の宮との密接な連関のもとに、当該場面の「煙」の表象はあるのではないかと考える。またそもそも「煙」は、「思ひ（火）」に起因するものであった。当該の「思ひ（火）のほかに煙たつ」は、そうした物語の中の既成の構図を打ち破るものとなっている。それは、複雑に変遷し錯綜してしまった狭衣の情念の有り様を投影しているのではないか。巻一において「ほかざまに塩焼く煙なびかめや」と源氏の宮を一途に思い続けることを決意していた狭衣とは、ほど遠い姿がここにある。こうした変質してしまった想念の「煙」によって、宮の姫君への恋情が表された点をおさえておきたい。

　次は、即位後の狭衣帝による平野行幸のくだりである。

　十月上の十日は平野の行幸なりけり。（略）梢の色も心殊に見やらるるを、煙も所々立ち、麓をこめたる霧の隔てもたどたどしきを、なかなか、いとど恋しきこと多く御覧じ渡すに、斎院のわたりの紅葉もいみじう盛りにて、（略）いとどひとつ方にのみ眺め入らせたまへり。

（新編全集　巻四②三七六　参考　大系　四四五〜四四六　集成下　三四二）

狭衣の目に映る秋の風景が点描される中に、「煙」が登場する。しかし、ここではこれまでのように、眼前の立ちのぼる「煙」に自身の情念を投影し詠歌するという展開にはなっていない。[27]「煙」から「思ひ（火）」への連想の回路が切断されている。こうした描出のあり方は、狭衣の心の奥底に燻り続ける源氏の宮への情念が次第に遠景となりつつあることを示しているのではないか。

狭衣が飛鳥井の君の遺した絵日記を見る場面にも、「煙」が現れる。

うせたまはんとしけるほど近うなりてなるべし、（略）

消えはてて煙は空にかすむとも雲のけしきを我と知らじな

などあるを、御覧じ果つるままに、さくりもよよとかや、乱りがはしき涙のけしきを、中将が近うて聞くらんことも、余り心弱きやうなれば、思しつつめど、泣くより外のことなし。

霞めよな思ひ消えなむ煙にも立ちおくれてはくゆらざらまし

（新編全集　巻四②四〇〇～四〇一　参考　大系　四六一　集成下　三六四～三六五）

が狭衣の「霞めよな」歌である。「思ひ消えなむ」の「思ひ（火）」には狭衣の恋情が託され、時空を越える返歌となったのは自身を荼毘に付すであろう火葬の煙を詠む飛鳥井の君の「消えはてて」歌に対して、飛鳥井の君を恋い慕ってこの世から消えてしまおうと詠むことで、狭衣への飛鳥井の君の一途な思いに応えている。狭衣詠の「煙」は飛鳥井の君詠の「煙」を受け火葬の煙を指すものの、「思ひ（火）」や「くゆらざらまし」との縁語関係から、一方で情念の「煙」をも連想させる。「思ひ消えなむ」の文言には、飛鳥井の君への恋情が昇華され、情念から解き放たれていく可能性が示されていると言えよう。(28)

源氏の宮への情念を表象することにはじまった「煙」は、拡散し「思ひ（火）」の変質を遂げた。これら三つの「煙」は、おのおの、宮の姫君、源氏の宮、飛鳥井の君という三人の女君たちへの狭衣の情念の行方を示唆していよう。こうして積み重ねられてきた「煙」の言わば終着点として、女二の宮への「恋の煙」が形象されている。

七　「消えはてて」歌と『篁物語』・『源氏物語』柏木巻の世界

「恋の煙」を詠み込む、狭衣の詠「消えはてて」歌を検討する。物語の最終局面、嵯峨院への行幸の場面に置かれた歌である。以下に、「消えはてて」歌を含む場面を掲げる。

「あさましうおぼつかなき御もてなしも、思へば、すべてことわりに、身より外につらき人なければ、なほいかで、かくあらぬ所もがなと、願ひはべるも、いさや。さても、かう憂き物に思し果てられながらは、いづくにもありがたうや。後の世も、いたづらとかやになしはべらんこそいみじけれ。死にもせじとか。まことに身をこそ思うたまへ侘びにたれ。

消えはてて屍は灰になりぬとも恋の煙はたちもはなれじ」

と、のたまはするままに、御簾のうちに、なからは入らせたまひて、御袖の褄を引き寄せて、泣きかけさせたまふ御涙の滴の所狭さも、恐ろしうわりなきに、（略）

（新編全集　巻四②四〇八～四〇九　参考　大系　四六五～四六六　集成下　三七二）

狭衣帝は、こうした事態に陥ったのは全て自身のせいだと非を認めつつも、諦めきれぬ胸のうちを女二の宮へ一方的に訴え続けた。このまま嫌われたままでは生きていけない、死後も救われないと、自身の身の破滅を匂わせながら、「消えはてて」歌を詠みかける。

当該歌には、以下の『篁物語』や『源氏物語』柏木巻の作中詠が大きな影を落としていると考えられる[29]。

消えはてて身こそは灰になりはてめ夢の魂君にあひそへ　（『篁物語』三二）[30]

行く方なき空の煙となりぬとも思ふあたりを立ちは離れじ
（『源氏物語』柏木④二九六〜二九七）

一見して、狭衣の歌は両歌の個々の表現を寄せ木細工のように繋ぎ合わせ成り立っていると理解される。これほどまでに両物語からことばを取り込みながら、『篁物語』・柏木巻と『狭衣物語』とは決定的に異なる点がある。『篁物語』は瀕死の女君から篁への贈歌であり、篁への断ちがたい愛執の念が詠み込まれている。柏木巻は瀕死の柏木から女三の宮への贈歌であり、同様に死後も残るであろう女三の宮への愛執の念が詠み込まれている。両物語とも、生と死の別れを前提として、死にゆく者の生者への執着を象っている。これに対し狭衣は、自身の死を夢想するものの、むろんそうした瀕死の状態ではない。先行作品の、死を目前にした激しい愛執の世界を取り込むことで、物語の空間に擬似的な死のイメージを横溢させ、狭衣の緊迫した情念、未来永劫消えぬであろう愛執を象っている。

八　「恋の煙」の文学的背景

狭衣の「消えはてて」歌は、『篁物語』や柏木巻の作中歌に多くを負っている。その中で「恋の煙」は、両作中歌には見えないことばであり、注目される。また前記したように、「恋の煙」は『狭衣物語』の「煙」表現の掉尾に位置する。この「恋の煙」について、以下その文学的背景を追う。

和歌における初出例は、管見に入る限り、次の『源氏物語』篝火巻における玉鬘への光源氏の贈歌と見られる。(31)

御前の篝火のすこし消え方なるを、御供なる右近大夫を召して、点しつけさせたまふ。（略）「絶えず人さぶらひて点しつけよ。夏の、月なきほどは、庭の光なき、いとものむつかしく、おぼつかなしや」とのたまふ。

「篝火にたちそふ恋の煙こそ世には絶えせぬほのほなりけれ

いつまでとかや。ふすぶるならでも、苦しき下燃えなりけり」と聞こえたまふ。

（『源氏物語』篝火③二五六～二五七）

光源氏は眼前の篝火を契機として、自身の玉鬘への情念を「篝火にたちそふ恋の煙」と詠じた。亡き夕顔の娘・玉鬘に養父の立場でありながら次第に惹かれ、苦しい恋情を抱くようになった光源氏は、その抑えがたい情念を「恋の煙」と形容し「世には絶えせぬ」と捉えている。「恋の煙」にある種の普遍性を見ていると言える。『狭衣物語』の「恋の煙」へと繋がる一つの回路を、ここに見出したい。源氏の抱いた、自身の思惑を越え心の奥に巣くうようになった苦しい情念と、それへの感慨といった要素が、『狭衣物語』の「恋の煙」へと受け継がれていったのではないか。続く和歌の用例は、例えば以下の通りである。[32]

・きりまよふ秋のそらにはことごとにたつとも見えぬこひのけぶりを

（『伊勢大輔集』一六二番）

・（承暦二年内裏歌合に、人にかはりて）

かるもかきたくしほがまにあらねどもこひのけぶりや身よりたつらん

（『経信集』二三〇番）

・おもふことおほはらやまのすみがまのこひのけぶりはたちぞまされる

（『江帥集』二〇九番）

これらは、『狭衣物語』とほぼ同時代の用例と考えられる。全体的に、和歌における「恋の煙」の用例はそれほど多くはない。勅撰集では『千載和歌集』に採られた藤原俊成の「いかにせんむろのや島にやどもがな恋のけぶりをそらにまがへん」[33]（巻第十一・恋歌一・七〇三番）が最も古い例であり、和歌の中ではやくから浸透していた表現ではなかったことがうかがわれる。『源氏物語』の用例は、『源氏物語』が新しい歌のことばを創出した例として見ることができよう。その『源氏物語』を先蹤として、『狭衣物語』の表現があることに留意したい。

ところで、散文の世界に眼を向けると、『狭衣物語』より後代のものではあるものの、以下のような「恋の煙」

が見られ注目される。

（略）使節、知計を廻らして、天に近き所はこの山に如かじとて、富士の山に昇りて、焼き上げければ、薬も書も煙にむすぼほれて空にあがりけり。是よりこの峰に恋の煙を立てたり。仍て、この山をば不死の峰と云へり。然れども、郡の名に付けて、富士と書くにや。（『海道記』五三〜五四）(34)

『海道記』中の、竹取説話が記されたくだりである。天へ昇ったかぐや姫のことが忘れられず、彼女の残していった「不死の薬」と「歌」とを見るに忍びず、帝はこれを返すことにし返歌をしたためた。使いが富士の山でこれらを焼き上げると、煙となって空に昇っていく。これよりこの峰に「恋の煙」が立ったという。かぐや姫を思慕する帝の心情と重ねるかたちで「恋の煙」が出てくる。もちろん『海道記』は、『狭衣物語』よりも後の成立である。しかしながら中世に流布していた様々な竹取説話の中には、この『海道記』と同じ方向で「富士の煙」を「恋の煙」と呼ぶもの、もしくは「恋の煙」として解釈するものがあったことは注目される。例えば、以下の通りである。

・（略）鏡ヲ形見ニ奉テ失ヌ。王、此鏡ヲ抱キテ寝玉フ。胸ニコガル丶思ヒ、火ト成テ、鏡ニ付テ、ワキカヘリ〳〵スベテ不レ消。公卿僉義シテ、土ノ箱ヲ造テ其中ニ入テ、本ノ所ナレバトテ、駿河国ニ送リ置ク。猶、燃ヤマザリケレバ、人恐テ富士ノ頂ニ置ヌ。煙不絶。是ニ依テフジノ煙ヲ恋ニヨム也。（『古今和歌集序聞書三流抄』）(35)

・（略）君名残を惜み愛したい給ふ故に、是より富士にけふり立なり。みかとの恋のけふり也。此姫すなはち富士浅間の大ほさつ也。（『源氏大概真秘抄』）(36)

設定上のさまざまな異なりが見出されるものの、かぐや姫が去った後の、帝のかぐや姫思慕を「富士の煙」に託した点は共通する。とりわけ後者の『源氏大概真秘抄』は、その煙を「恋の煙」としていて、『海道記』に見られた「恋の煙」という理解と通じている。こうした竹取説話における「煙」をめぐる解釈が、どのくらいの年代からどの程度広まっていたのか、正確に捕捉することは難しい。しかし、これらの竹取説話が前代から受け継がれ、中世の書物に書きとめられた可能性は少なくないだろう。そうした物語の背後に横たわる伝承世界の存在を勘案すると、『狭衣物語』の「恋の煙」の淵源の一つとして、竹取帝の「恋の煙」を加えることができるのではないか(37)。「消えはてて」歌の「恋の煙」は、狭衣の情念が、自身の情念の普遍性を自覚し嘆息した光源氏の「恋の煙」やかぐや姫喪失ののちも愛執を抱き続けた竹取帝の「恋の煙」に連なるものであることを示唆していよう。そうした普遍性に繋がりつつも、他方で物語内において繰り広げられてきた「煙」の表象を引き受ける役割も担っている。実景とは関わりなく狭衣の想念の中に立ちのぼった「恋の煙」は、源氏の宮思慕を出発点としながら紆余曲折を経て女二の宮への愛執に辿り着いた、狭衣の情念の複雑な相貌を伝えていよう。

おわりに

遠い歌枕の地の「煙」を引き合いに出しながら狭衣の「思ひ（火）」を象ることにはじまった『狭衣物語』の「煙」の表象は、狭衣の生きる物語の現実の空間と彼の意識の中を縦横に行き来しながら、増殖し転移する狭衣の情念の有り様を形象している。狭衣自身の、自らの内に巣くう情念の、増殖性や切実さ、逃れがたさを自覚していく機微が、「煙」を核とする叙述からうかがい知られるとも言えよう。

「煙」は拡散し、ついに宮の姫君、源氏の宮、飛鳥井の君という三人の女君たちをめぐり変質を遂げた。最後に狭衣の想念の中に立ちのぼった「恋の煙」は、女二の宮へと向かう。「恋の煙」の淵源として、篝火巻の光源氏の「恋の煙」や竹取説話の竹取帝の「恋の煙」を考えたい。それは、世々を経て絶えぬ愛執を抱き続けた文学世界の著名な男たちの姿に、狭衣が重なることを示唆したものではないか。物語の背後に広がる文学的伝統と繋がる一方で、情念の身体性や転移性にも眼を向け、観念と実景を織り交ぜながら情念の行方を「煙」に託して追った『狭衣物語』の試みに、その物語としての独自性を見ておきたい。

注

（1）井上眞弓「煙と川の表象」（『狭衣物語の語りと引用』笠間書院　二〇〇五年）。なお、太田美知子氏が狭衣の源氏の宮思慕を担う「室の八島の煙」「藻塩の煙」「富士の山の煙」について検討を加えている（「『狭衣物語』「燃えわたる」の歌をめぐって―源氏の宮の美のもたらすもの―」全国大学国語国文学会　二〇一二年度冬季大会　口頭発表）。

（2）ちなみに、『源氏物語』にも印象的な「煙」が登場する。柏木巻の、女三の宮への愛執を吐露した柏木詠「いまはとて燃えむ煙もむすぼほれ絶えぬ思ひのなほや残らむ」（新編日本古典文学全集④二九一。以下、『源氏物語』の引用は同書に拠る）は、火葬の煙と「思ひ」の煙が渾然一体となって柏木の執念を見事に表している。こうした登場人物の心象と深く結びつく象徴的な意味合いを帯びた「煙」は散見されるものの、ある登場人物の造型に一貫して立ち現れてくるような「煙」は見られない。なお『源氏物語』の場合、「煙」は火葬の煙を表象することが比較的多い。

（3）池田和臣「『狭衣物語』の修辞機構と表現主体」（『源氏物語　表現構造と水脈』武蔵野書院　二〇〇一年）。注（1）の井上前掲論文も、『篁物語』からの引用関係を考察している。

（4）歌集の引用は、『新編国歌大観』（角川書店）に拠る。

（5）「かくばかり」―「いかばかり」（大系）

（6）「塩焼く煙」—「藻塩の煙」（大系）「藻しほの煙」（集成）

（7）「ありし室の八島の煙立ちそめて後は」—「ありし室の八島の後は」（大系）「ありし室の八島の後」（集成）

（8）乾澄子「『狭衣物語』の和歌的表現—意味空間の移動をめぐって—」（井上眞弓・乾澄子・鈴木泰恵編『狭衣物語　空間／移動』翰林書房　二〇一一年）が、当該表現をはじめとする物語内の類似表現をとりあげ、「「室の八島（の煙）」は実方歌の引歌表現ではなく、（略）インデックスとして、Mの歌（稿者注＝かくばかり思ひ焦がれて年経やと室の八島の煙にも問へ）の詠まれた場面、すなわち狭衣が秘めた思いを告白したというその時間・空間を呼び出し、再現表象する記号である。」と解析している。

（9）「かねて空にや満ちにけん」—「かねて空にやみちぬらん」（大系）「かねてや空にみちぬらむ」（集成）

（10）例えば新編全集が、「ここは唐突ではあるが、源氏の宮ではなく、行きずりの女性である女君への思いか。」（①八〇　注一〇）とする。

（11）「我が心も慰めわびたまひて、なほおのづからの慰めもやと、歩きに心入れたまへど、ほのかなりし御かひなく、辺りに似るものなきにや、姨捨こそいとわりなかりける。」（新編全集　巻一①七二）

（12）「東宮、つとまとわしきこえたまへれば、いとかたきことなる。」（新編全集　巻一①七二）

（13）「宣耀殿に渡らせたまひぬれば、今宵はかひなかるべきなめりと、すさまじうてまかでたまふ。」（新編全集　巻一①七四）

（14）鈴木泰恵「恋のジレンマ—飛鳥井女君と源氏宮」（『狭衣物語／批評』翰林書房　二〇〇七年）が、記述したような経緯を踏まえ、飛鳥井の君への狭衣の恋心について「単に女君のかわいらしさに惹かれた衝動的なものではなく、やり場のない源氏宮への恋の情動を転位させたもの」と捉えている。賛同したい。そうした狭衣の恋情の機微が「煙」の表象に現出していると見ておく。

（15）注（1）の井上前掲論文が当該歌に着目し、「「行方知らぬ」の表現が予兆であったかのように女君は行方しれずとなり」と述べ、物語のその後の展開との連関を読み取っている。

(16)「かの室の八島の煙立ちそめにし日の御手つき思ひ出でられて」—「かの、『室の八島の煙』焚きそめし折の、御腕、思ひ出でられて」(大系)「まづかの室の八島の煙立ちそめし日の御腕は、様ことに思ひ出でられたまうて」(集成)

(17)鈴木泰恵「思慕転換の構図—源氏宮から女二宮へ」(『狭衣物語／批評』翰林書房　二〇〇七年)

(18)「おぼつかなき~思し知らるるに」の箇所について、大系が「母大宮が(自分の妊娠を心配された上に)その相手の知れぬ事にまで気をもまれて、お亡くなりなさってしまった、(その自分から起こった不幸に)我ながら嫌悪されるのは、この上もなくつらく思い知られなさるに。」と解釈する(一六四　注一)。従いたい。なお、大系では「心憂しと人知れず」の部分が無い。

(19)大系(補注一四二)が当該歌を引歌として指摘し、「「我から」の意で用いる。」と説明している。なお、新編全集では別の歌を引く。

(20)当該表現をめぐり、女二の宮自身が心外にも狭衣に靡くことを指すととる立場(大系・集成)もある。本稿は、新編全集の「自分のことなど愛しているはずもない狭衣のかりそめの恋」(①二二六　注三)とする立場をとる。

(21)新編全集が「ほかざまに」歌を掲げ、「二の宮がそれを知るはずもないが、狭衣が冷淡なのは最愛の人が別に居るからだろうという推量なのである。」と説明している(①二二六　注三)。

(22)「雪にも消えず煙たちつつ」—「雪積れども煙立ちつつ」(集成)

(23)『住吉物語』上巻においても、姫君への慕る恋情を伝える少将の詠歌「世とともに煙絶えせぬ富士の嶺の下の思ひやわが身なるらん」(新編全集　三〇)に当該歌が引用されている。あるいは、恋情の切実さを形象する際に引かれる常套的な一首であったか。

(24)「消えん思ひかは煙の下に燻りわぶれど」—「消えむ思ひかは煙の下にくゆりわぶとも」(大系)「消ゆる思ひかはけぶりのしたにくゆりわびつつ」(集成)

(25)「誰が思ひか焦がれまさると」—「誰か思ひの焦れまさると」(大系・集成)

（26）鈴木泰恵「〈形代〉の変容―認識の限界を超えて」（『狭衣物語／批評』翰林書房　二〇〇七年）

（27）引用本文の直後には狭衣の詠歌「神垣は杉の木末にあらねども紅葉の色もしるく見えけり」が置かれ、続く、未練を残しながら帰途に就く狭衣を象る一節には同じく狭衣の詠歌「それと見る身は船岡にこがれつつ思ふ心の越えもゆかぬよ」が置かれていて、源氏の宮に思い焦がれる狭衣の姿が描出されている。しかし、「煙」に自らの情念を託す詠歌は配されていない。

（28）注（1）の井上前掲論文が、「狭衣と女君の「蚊遣火」の下燃えに留らない恋の煙は、女君の火葬の煙へと昇化したことになる。」と述べている。

（29）注（1）の井上前掲論文と注（3）の池田前掲論文が引用関係を指摘し、論じている。

（30）『篁物語』の引用は、日本古典文学大系（岩波書店）に拠る。

（31）後藤康文「『狭衣物語』作中歌の背景・巻四」（『狭衣物語論考　本文・和歌・物語史』笠間書院　二〇一一年）が、「恋の煙」の典拠として篝火巻の光源氏詠を指摘している。

（32）藤井貞和「夕顔の招霊」（『日本〈小説〉原始』大修館書店　一九九五年）が、当該場面の篝火について「一種の、、、迎え火であり、招魂のための祭具になっている」と指摘している。

（33）寺本直彦「俊成の源氏物語受容（二）」（『源氏物語受容史論考　正編』風間書房　一九七〇年）が、『狭衣物語』巻一の狭衣詠「かくばかり（いかばかり）思ひ焦がれて年経やと室の八島の煙にも問へ」の当該俊成歌への影響を指摘している。

（34）『海道記』の引用は、新編日本古典文学全集（小学館）に拠る。

（35）片桐洋一『中世古今集注釈書解題二』（赤尾照文堂　一九七三年）に拠る。

（36）稲賀敬二『中世源氏物語梗概書』（「中世文芸叢書2」　広島中世文芸研究会　一九六五年）に拠る。なお当該本は、『源氏大概真秘抄』を底本とし、これに『源氏大綱』を対校した本文を掲げているので、本文の掲出の形式を私に変更した。ちなみに、『源氏大綱』にも「恋の煙」の文言は見られる。

（37）もっとも、竹取帝と「富士の山の煙」との結びつきを考えると、先に検討した巻二の「富士の山の煙」も、すでに竹取帝との繫がりを胚胎していたと言えよう。なお、注（1）の太田前掲発表が、巻二の「富士の山の煙」について『竹取物語』を想起させる点を指摘し、考察を加えている。

付記　本文として、新編日本古典文学全集『狭衣物語』①②（小学館）を使用した。また、日本古典文学大系本と新潮日本古典集成本における該当頁数を参考として記入した。引用箇所の本文異同として注目されるものについては、注に掲げた。

飛鳥井の女君「渡らなむ水増さりなば」をめぐって――水・涙表現の〈文《あや》〉をたどる

三村友希

一　明日は淵瀬に

飛鳥井の女君といえば、その性質や流離して入水を決意するという展開から、『源氏物語』の夕顔[1]や浮舟を思わせる。飛鳥井の女君の入水は先行する入水譚によって文学的地盤を支えられているが[2]、薫と匂宮のどちらを選ぶこともできずに入水しようとする浮舟に対し、飛鳥井の女君はどうだろう。乳母に騙されて連れ出され、船に乗せられてしまった飛鳥井の女君は、狭衣の扇を見せられて、道成が狭衣の側近であると知る。恐れるのは、道成の妻になったなどと狭衣に知られてしまうことであった。飛鳥井の女君は、狭衣への愛をみずからの死によって貫き、操を立てようと行動する意志の持ち主なのである[3]。

海までは思ひや入りし飛鳥川ひるまを待てと頼めしものを　（巻一／一〇七）

船の上で、飛鳥井の女君は思う。あの人は飛鳥川の干る間（＝昼間）を待って訪ねてくださると約束なさったのに――。飛鳥井の女君はいわゆる「水の女」[4]であり入水する運命を担う女であるということからも、乾く、水が引くのを待つという、この「飛鳥川のひるまを待てと」は物語の中で重要なのではないだろうか。飛鳥川の水かさが減るというどころか、今、飛鳥井の女君は海にまで連れて来られてしまった。「水をだに見も入れず」（巻一／一〇七）と飲食を断ち、「水」を遠ざけても、入水するという運命に抗うことはもはやできそうにない。

飛鳥井の女君物語において、「飛鳥川」や「淵瀬」の変転が一つの鍵になりそうである。乾澄子氏によれば、「飛鳥川」と「ひるま」の取り合わせは『狭衣物語』に始まるという(5)。流離し入水する女主人公の悲恋と意志の物語がいかなる言葉によって成り立っているのか、この「飛鳥川」にまつわる和歌を起点に考えてみたい。飛鳥井の女君の入水物語に散りばめられた「水」に関わる表現が物語世界をどのようにして語り起こしているのか、浮舟の物語を中心とした先行する物語をどのように継承し、差異を打ち出しているのか。飛鳥井の女君をめぐる「水」表現が織りなす〈文の空間〉を考察してみたいと思う。

狭衣が「今日のひるま」を詠んだのは、夢を見て飛鳥井の女君の懐妊を疑い、消息する場面であった。夢の中の飛鳥井の女君は、「例ならずふくらかなる」腹をしていたのである。狭衣はまだ、飛鳥井の女君の乳母が道成と結託して筑紫下向を計画しているとは気づいていない。

少しうちまどろみたまへる夢に、「この女君の、かたはらにある」とおぼすに、腹の、例ならずふくらかなるを、「こはいかなるぞ。かかりける事のありけるを、今まで、などか、知らせたまはざりける。かばかりの契りの程を、つねにあさはかに、思ひたまひけるこそ」と言へば、常よりも物心細げにも、

A行方なく身こそなり行けこの世をば跡なき水のそこを尋ねよ

と言ふ程に、殿の御方より、「今日明日は、難き御物忌なりけるを、忘れさせたまひにけり。あなかしこ、外より持て参りたらん御文など、(御覧)ずな。とりわき難かるべき御物忌なり」と、聞えさせたまへるに、ふと驚かれて、何となく、胸うち騒ぎたまふを、やや抑へて、「うけたまはりぬ」と聞えさせたまひて、「あやしう、いかに見えつるぞ。例ならぬ事やあらん」、今ぞ思し合する事どもありて、「心細げなりける気色、常の事なれど、いかなるにか」と心騒ぎせられて、ただ今も、ゆかしうおぼつかなきに、「夜さりも、さらば、え行

くまじきにや」とわりなければ、御文をぞ書きたまふ。「常よりも。今も、乱りの心地してこそ。明日も物忌なれば、え物すさまじきにや。

B飛鳥川あす渡らんと思ふにも今日のひるまはなをぞ恋しき

今、語り合すべき夢をさへ、心もとなく」など、細かなれば、御返には、

C渡らなむ水増さりなば飛鳥川あすは淵瀬になりもこそすれ

（巻一／九五～九七）

夢の中の飛鳥井の女君は、A「行方なく身こそなり行け」と詠みかける。「この」には「子の」が掛けられており、「自分は行方知れずになってしまうけれど、この子を『水の底』[6]を探してでも見つけ出してください」と訴えるのである。懐妊、入水を予言したような吐露に「思し合する事ども」がある狭衣は、飛鳥井の女君の身を危惧するが、「今日明日は、難き御物忌」のために駆けつけることができない。そこで贈ったのがB「飛鳥川あす渡らんと」の和歌で、不参を知らせるとともに、「『今日のひるま』はあなたのことが恋しくてならない」と慰める。「昼間」＝「干る間」で、川の水量が減れば渡りやすくなるのに逢えないからである。「飛鳥川」が氾濫すれば、渡ることができない。約束の「ひるま」を待たずに拉致されてしまったことを嘆いたのが、最初に掲げた和歌になる。

現実の飛鳥井の女君は、C「明日になったら、今日の淵が瀬になることもあるので（あなたの気持ちがどう変わってしまうかわからないので）、今日来てほしい」と願うのである。明日まで待てない、今日来てほしい……と狭衣に助けを求めるような、いじらしくも切迫した危機感を滲ませる。事実、乳母に欺かれて連れ出されたのは翌日の早朝であり、物忌が終わる夜明けを待って使者を遣ったときには手遅れであった。飛鳥井の女君の失踪直後、狭衣は「『明日は淵瀬に』と言ひしも、かかる気色を見てや言ひたりけん」（巻一／一一〇）と合点がいく。飛鳥井の女君も、この「あす渡らん」の約束をその後、「『飛鳥川』を、心もとなげにのたまへれば」（巻一／一〇二）、「『飛鳥

川』とありし折に、かからんとは、思はざりきかし」（巻一／一〇七）と繰り返し思い出して、きっと訪ねてくれたにちがいないのに再会がかなわなかったことを嘆く。

「飛鳥川」の「淵瀬」に関しては、『枕草子』に「川は、飛鳥川。淵瀬もさだめなく、いかならむとあはれなり」と見え、その流れが早いことから世の変わりやすさの喩えとして詠まれるようになった。(7)

〔1〕明日香川しがらみ渡し塞かませば流るる水ものどかにあらまし　（『万葉集』巻二　一九七　柿本人麻呂）

〔2〕今行きて聞くものにもが明日香川春雨降りて激つ瀬の音を　（『万葉集』巻十　一八七八　よみ人知らず）

〔3〕明日香川行く瀬を速み早けむと待つらむ妹をこの日暮らしつ　（『万葉集』巻十一　二七一三　よみ人知らず）

〔4〕明日香川水行き増さりいや日異に恋の増さらばありかつましじ　（『万葉集』巻十一　二七〇二　よみ人知らず）

このように『万葉集』の時代から、「飛鳥川」は「しがらみ」「塞く」や「雨」とともに詠まれ、〔3〕恋人の訪れを待つ「妹」の思いをよそえる表現としても用いられていた。「飛鳥川」は、雨が降れば増水して、激しい流れに変化する。〔4〕日増しに増水していく川水が日々募る恋心の比喩ともなる。狭衣がB「飛鳥川あす渡らんとしたように、「飛鳥川」から同音の「明日」を導き出す枕詞的な詠み方は、「昨日といひ今日とくらして飛鳥川流れてはやき月日なりけり」（『古今集』巻六　三四一　春道列樹）などと同じである。飛鳥井の女君の和歌には次の二首が踏まえられているとされる。

世の中は何か常なる飛鳥川昨日の淵ぞ今日は瀬になる　（『古今集』巻十八　九三三　よみ人知らず）

泣く涙雨と降らなむ渡り川水まさりなば帰りくるがに　（『古今集』巻十七　八二九　小野篁朝臣）

新編日本古典文学全集本や新潮日本古典集成本などの頭注が引き歌とするのが前者、旧日本古典文学大系本の補注は二首ともに指摘する。後者は「水まさりなば」が一致し、やはり「雨」を詠む。ここでは、「渡れない」ことを望むのである。「私の涙が雨となって渡り川に降ってほしい。死んだ妹が水かさの増した渡り川を渡ることができずに戻ってくるように」という篁の哀惜の念は、『篁物語』の世界と通じる。『篁物語』では、その異母妹が「淵瀬」を詠んでいる。

淵瀬をばいかに知りてか渡らむと心を先に人の言ふらん　（二五）

異母妹は、変わりやすい「淵瀬」に二人の関係性をよそえた。水量が増した川を渡れるか否か、という命題が浮上する。飛鳥井の女君物語においても、『篁物語』においても、「淵」が「瀬」になる変転しやすい危うさが物語を形作っているのである。(8)

また、よく知られる前者「世の中は何か常なる」は後代に大きな影響を及ぼしたことはまちがいなく、これを引くとされる箇所は、『狭衣物語』には当該例の他に三例が見られる。(9) 旧日本古典文学大系本の補注には、「明日の淵瀬」は「作者らが好んだ語彙といえる」（五一二頁・三四五番）と書かれている。

明日の淵瀬もうしろめたう思さるるままに　（巻四／三八八）
明日の淵瀬は知らず、今日ばかりにても、いかなる御宿世にてかは　（巻四／四〇六）
明日の淵瀬を知らぬ程は、「何かは、いとたちまちに」としも急がせたまはん　（巻四／四五五）

これらの例からも、「明日の淵瀬」がいかに予測不能なものかがわかる。ちなみに、飛鳥井の女君物語には「瀬」（「逢瀬」「三瀬川」も含む）が頻出する。

〔1〕逢坂の関の玉水流れ逢ふ瀬、いつとも知らず、待ち渡るばかりにて　（巻一／八一）
〔2〕いかに早き瀬に沈み果てん　（巻一／一一二）
〔3〕流れても逢瀬ありやと身を投げて蟲明の瀬戸に待ち心みむ　（巻一／一一四）

〔4〕寄せ返る沖の白波たよりあらば逢瀬をそこと告げもしなまし　（巻一／一一四）
〔5〕早き瀬の底の水屑となりにきと扇の風よ吹きも伝へよ　（巻一／一一五）
〔6〕思しやらるる涙の、瀬になりぬべし　（巻二／一八一）
〔7〕韓泊底の水屑となりにしを瀬々の岩間も尋ねてしがな　（巻二／一八二）
〔8〕後れじと契りしものを死出の山三瀬川にや待ち渡るらん　（巻三／二九九）

飛鳥井の女君の和歌〔3〕の「蟲明の瀬戸」については、朝日日本古典全書本の補注が「作者はこの姫の歌に、『逢瀬』の『瀬』を入れる必要上、『蟲明の瀬戸』を出したかった」としているのも注目されよう。〔5〕も飛鳥井の女君の和歌で、「早き瀬」は〔2〕にも見える。新編日本古典文学全集本は「涙川底の水屑と成り果てて恋しき瀬々に流れこそすれ」（『拾遺集』恋四　八七七　源順）を引くと指摘するが、浮舟の「身を投げし涙の川のはやき瀬をしがらみかけて誰かとどめし」（手習⑥三〇二）を想起させずにはおかず、[10]「明日は淵瀬」から始発した、飛鳥井の女君物語の「瀬」へのこだわりを確認することができるだろう。しかも、これらの「瀬」は、入水に関わる「沈み果てん」「身を投げて」「そこ」「底の水屑」の語句とともに用いられているのである。

二　濡れまさる袖

飛鳥井の女君はC「水増さりなば」と詠んだが、実は、その前日は風雨の激しい野分に見舞われている中を冒して、狭衣は飛鳥井の女君のもとを訪れていた。雨に濡れた衣を脱いで共寝をするにつけても、狭衣は飛鳥井の女君に愛を誓う。この場面では、前掲場面に先立ち、二人がともに「まさる」を詠んでいたのである。

野分の立ちて、風いと荒らかに、窓打つ雨ももの恐ろしきに、例の、しのびておはしたり。いつもなよなよとやつれなしたまへるに、いとど、雨にさへいたくそぼちて、隠れなき御薫り、所せきまでくゆり満ちたるを、となりとなりには、怪しがるもをかしかりけり。「かやうの歩きは、習はざりつるを。人やりならぬわざかな」とて、濡れたる御衣解き散らして、ひまなくうち重ねて、「心より外に、隔てつる夜な夜なのわりなきを。さは思ひたまはでや。かばかり、人に心留むるものとも、まだこそ知らざりつれ」など語らひたまひて、

「Dあひ見ねば袖ぬれまさる小夜衣一夜ばかりも隔てずもがな

かくわりなき心いられなどは、いつ習ひけるぞよ」とのたまへば、

（Eいつまでか袖干しわびん小夜衣隔て多かる中と見ゆるを）

F夜な夜なを隔てまさらば小夜衣身さへうきてもながるべきかな

と言ふも、物はかなげなり。（巻一／九四〜九五）

狭衣はD「あひ見ねば」の詠歌において、悪天候の中をあえて逢いに来た理由を「あなたにお逢いしないでいると、そのつらさで夜着の袖が涙でますます濡れる。一夜とて隔たることがなければよいのに」と訴える。狭衣が涙で袖が「濡れまさる」と言ったのに対して、飛鳥井の女君はF「隔てまさらば」と返した。「毎夜、二人が隔たっているばかりならば、夜着を着ている私のつらい身までも、流れ出る涙で浮子になってしまうことでしょう」とは、「憂き」と漁具の「浮子」、「流る」と「泣かる」を掛け、あふれ出る自分の涙で身が流れてしまう、というのであるから、飛鳥井の女君を襲う運命を予感させる詠みぶりと言わねばならない。仮定した言い方であるとはいえ、飛鳥井の女君はやはり「水」に流されつつあるわけなのである。飛鳥井の女君はのちに「涙の海に沈む舟人」（巻一／一〇七）とも詠んでおり、「水や涙に流されて沈む」というイメージが浮上する。

雨、浮く、流れる……となれば、『源氏物語』の浮舟を思い起こさずにはいられない。雨に濡れて薫物の香りが強くなっていることや、こんな忍び歩きは経験したことがなく、恋愛には不慣れだ、といかにも「まめ人」らしく述べる狭衣は、まるで薫のようでもある。(11)

また、内閣文庫本は欠くが（旧日本古典文学大系本は補う）、深川本では飛鳥井の女君のもう一首の和歌E「いつまでか袖干しわびん」が詠まれており、古活字本を底本とする朝日日本古典全書本には次の和歌が一首のみ見える。

隔つれば袖ほしわぶる小夜衣つひには身さへ朽ちや果てなむ　（上／二五六）

こちらでは、「袖ほしわぶる」ほどの涙で「身」が朽ち果ててしまうだろうことが詠まれている。いずれにしても、とめどない涙が表現されており、狭衣の袖も飛鳥井の女君の袖も乾くことがない。飛鳥井の女君の内面は和歌で示されるのみで、(12)引き続いて語られるのが、夢を契機に狭衣A、Bと飛鳥井の女君Cの贈答が交わされる前掲場面である。大雨、袖を濡らし身を流す涙という水分の過剰から、「水」に関わる表現が積み重ねられた後、狭衣は「今日のひるま」を、飛鳥井の女君は「水増さりなば」「あすは淵瀬」を詠むことになる。

本論では、D「袖濡れまさる」、F「隔てまさらば」、C「水増さりなば」の「まさる」の反復に留意したい。飛鳥井の女君が「水」に絡め取られ、捕らわれていく感覚が、この「まさる」表現の繰り返しに重なりそうだ。

〔1〕川の瀬にうきて流るるほどよりは衣の袖の濡れまさるかな　（『伊勢集』三七七）

〔2〕蓮葉の玉となるらむ結ぶにも袖濡れまさるけさの露かな　（『蜻蛉日記』八九）

〔3〕あやしくも濡れまさるかな春日野の三笠の山はさして行けども　（『うつほ物語』藤原の君巻　七五）

〔4〕行く人もとまるも袖も涙川汀のみこそ濡れまさりけれ　（『土佐日記』一二三）

涙で袖が「濡れまさる」という表現は『源氏物語』には見られないが、和歌における「濡れまさる」が〔1〕のように「浮く」「流る」とともに詠まれ、〔4〕のように「涙川」とともに詠まれていることは、『狭衣物語』の「まさる」表現とも呼応する。〔2〕は亡き母が極楽の蓮葉の露となっているだろうとする道綱母の和歌で、「露」とあるから「涙」で袖が「濡れまさる」のである。[13]〔3〕は「ここにありて春日やいづち雨つつみ出でて行かねば恋ひつつぞ居る」（『万葉集』巻八　一五七〇　藤原八束）を引き、兼雅のあて宮のための涙と雨に濡れていることを掛ける「濡れまさる」である点で注目される。狭衣の「袖」も、雨に濡れた上にさらに飛鳥井の女君を想う涙で濡れるのである。狭衣の涙をめぐっては、飛鳥井の女君失踪後の狭衣の和歌だけを見ても、比喩表現が気にかかる。[14]

しきたへの枕ぞ浮きて流れぬる君なき床の秋の寝覚に　（巻一／一一〇）

堰く袖に漏りて涙や染めつらむこずゑ色ます秋の夕暮れ　（巻一／一一二）

枕が浮いて流れ、袖から漏れ出るほどの涙。涙に関わる表現としては常套的な誇張表現であっても、語りの方法として考えるならば、物語にちりばめられた「水」関係の表現とも無関係ではあるまい。

いや、飛鳥井の女君はかつて、素性を明かさぬ男と契りを交わし、相手が高貴な出自であることを察知して、逆に「水」が「絶える」のを案じ、怖れていたこともあった。

花かつみかつ見るだにもあるものを安積の沼に水や絶えなむ　（飛鳥井）

年経とも思ふ心し深ければ安積の沼に水は絶えせじ　（狭衣）　（巻一／八〇～八一）

水辺に咲く花菖蒲とも真菰とも言われる「花かつみ」を、陸奥の歌枕「安積の沼」に取り合わせ、「かつ」を導き出すのは類型的ながら、「水」がともに詠まれるのは『狭衣物語』からであると指摘される。[15]飛鳥井の女君にとっては陸奥下向による離別は現実的で、「安積の沼」の「花かつみ」はその切実さの表現であったはずであるが、何も知らない狭衣には理解されなかっただろうか。[16]ここでは、両歌の末尾「水や絶えなむ」と「水は絶えせじ」の呼応にこそ、狭衣は愛情を込めたのだろう。飛鳥井の女君は流離や死といった展開も予感させるように[17]「安積の沼の水が絶えるように、二人の仲も絶えてしまうのかしら」と不安を漏らし、狭衣は「安積の沼の水が深く絶えないように、二人の仲も絶えることはない」と誓ったわけである。

飛鳥井の女君は、「水」が「絶える」ことと男女の仲の途絶えを掛けて表現した。ここでは、「水」が涸れては困るのである。「逢坂の関の玉水流れ逢ふ瀬」がいつともわからず、そのままになってしまうかもしれないと考え、飛鳥井の女君の「涙は堰きやる方もな」(巻一／八一)くなってしまう。「涙は堰きやる方もなき」は、「涙川落つる水上はやければ堰きぞかねつる袖のしがらみ」(『拾遺集』恋四　八七六　紀貫之)などを踏まえた表現で、「涙川のしがらみ」を想起させる。最後には「はし鷹のとかへる山の椎柴の葉がへはすとも君はかへせじ」(『拾遺集』雑恋　一二三〇　よみ人知らず)を踏まえ、心変わりがないことを(「水」でなく「山」を使って)繰り返して約束するが、飛鳥井の女君の流離を「堰き」とめる「しがらみ」には遂になれなかったわけであり、ここからも浮舟の「身を投げし涙の川のはやき瀬をしがらみかけて誰かとどめし」(手習⑥三〇二)が念頭に浮かぶ。

三　窓打つ雨、身を知る雨

さて、飛鳥井の女君がF「身さへうきてもながるべきかな」と流離や入水の運命を予感するかのように詠歌した場面においては、「窓打つ雨ももの恐ろしきに」とある気象条件も重要で、それが次の場面の「飛鳥川」の贈答につながっていく。「窓打つ雨」は、「上陽白髪人」の「簫簫タル暗キ雨ノ窓ヲ打ツ声」(『白氏文集』、『和漢朗詠集』秋夜)を踏まえている。「上陽白髪人」は逢瀬のないままに老いていく上陽人の孤独を表していたが、狭衣は風雨の中でも飛鳥井の女君のところにやって来る。しかし、二人の関係に暗雲が接近していることを思わせよう[18]。また、新潮日本古典集成本の頭注には、『和泉式部日記』の五月雨の場面における女の和歌があげられている。

五月五日になりぬ。雨なほやまず。ひと日の御返りのつねよりももの思ひたるさまなりしを、あはれとおぼし出でて、いたう降り明かしたるつとめて、「今宵の雨の音は、おどろおどろしかりつるを」などのたまはせたれば、

「夜もすがらなにごとをかは思ひつる窓打つ雨の音を聞きつつかげに居ながら、あやしきまでなん」と聞こえさせたれば、

「なほ言ふかひなくはあらずかし」とおぼして、御返り、

われもさぞ思ひやりつる雨の音をさせるつまなき宿はいかにと（二二～二三）

五月雨が降り続いたために逢瀬が途絶えているが、宮からの消息をきっかけに、女と宮はそれぞれに「雨の音」を詠じる。女の和歌「窓打つ雨の音を聞きつつ」には「上陽白髪人」が踏まえられ、宮の訪れが途絶えた嘆きを上陽人に重ねている。女は和歌に「かげに居ながら」と添えるが、これは「降る雨に出でても濡れぬわが袖のかげにゐながらひちまさるかな」（『拾遺集』恋五　九五八　紀貫之）を引いており、狭衣と同様に雨と涙に「ひちまさる」袖を連想させているのである。いや、『和泉式部日記』と『狭衣物語』の関連を考えるならば、この贈答の前後こそが重要ではないだろうか。この贈答の後、宮が賀茂川の洪水見物に出かけたことをめぐって贈答が交わされ、宮は「増水した賀茂川の水の深さよりも、あなたへの愛情の深さがまさっているのだ」と自信たっぷりに訴えかける。

昼つ方、川の水まさりたりとて、人々見る。宮も御覧じて、「ただ今いかが。水見になん、行き侍る。

大水の岸つきたるにくらぶれど深き心はわれぞまされる

さは知り給へりや」とあり。御返り、

「今はよもきしもせじかし大水の深き心はかはと見せつつ

かひなくなん」と聞こえさせたり。

（二三～二四）

女は、宮の高揚した愛の告白を「かひなくなん」と冷静に受けとめる。また、五月雨が語られるくだりの冒頭では、女が「水まさる」を詠んでいた。雨が降り続き、女は宮との関係がどうなっていくのかと物思いにふけっている。そこに、宮から折を逃さないタイミングで消息があった。「この長雨はあなたを思う私の涙なのですよ」とあり、「雨」「水」「涙」と愛情の深さとがやはり相関関係にある。

雨うち降りて、いとつれづれなる日ごろ、女は、雲間なきながめに、世の中をいかになりぬらんとつきせずながめて、「すきごとする人々はあまたあれど、ただ今はともかくも思はぬを、世の人はさまざまに言ふめれど、身のあればこそ」と思ひて過ぐす。宮より、「雨のつれづれはいかに」とて、

おほかたにさみだるるとや思ふらん君恋ひわたる今日のながめを

とあれば、折を過ぐし給はぬををかしと思ふ。あはれなる折しも、と思ひて、

しのぶらんものとも知らでおのがただ身を知る雨と思ひけるかな

と書きて、紙の一重をひき隠して、

「ふれば世のいとど憂さのみ知らるるに今日のながめに水まさらなん

待ちとる岸や」と聞こえたるを御覧じて、立ち返り、

「なにせんに身をさへ捨てんと思ひらんあめの下には君のみやふる

たれも憂き世をや」とあり。

（二一～二二）

女は「この五月雨があなたの私を思う涙とも知らずに、『身を知る雨』であるとばかり思っていた」と答える。紙を裏返して書き加えたのが、「今日のながめに水まさらなん」の和歌である。たとえば、岩佐美代子『和泉式部日記注釈［三条西家本］』(19)は、「生きておりますと、この世間の憂さ辛さばかり一人感じられますので、いっそ流れ失せてしまいたく、今日の長雨に川の水が洪水になればいいと思います」と解釈する。我が身を流してしまいたいから、洪水を望むのである。「待ちとる岸や」と言い添えているのは、引き歌がありそうなものの未詳で、流される女を待ち受けてくれる岸、彼岸を指す。つまり、流される身を受けとめる岸があるか、と問う。宮がその後、深い愛情に喩える川水が岸にまであふれていることを「大水の岸つきたるにくらぶれど」と詠んだのは、この女の願望を受けたものであろうか。私の愛情は岸にまで届いている、と。女の返歌「いまはよもきしもせじ」の「きし」は、その「岸」を「来しも」と取り、愛情を川水の深さで喩えるのは口先だけであるとして常套的に切り返す。

飛鳥井の女君は、運命を先取りするかのように、押し迫る「水」に怯えていた。『和泉式部日記』の女は川水の増水をあえて望みながら「待ちとる岸」を希求していたが、飛鳥井の女君は、「あすは淵瀬」になってしまうかもしれないからすぐに来てほしい、川水が増せば、狭衣が渡れないばかりか、自分の「身さへうきてもながるべきかな」とその不安を精一杯に自己主張していたことになる。どちらの場合も、関係性に暗雲が忍び寄る中で和歌、言葉の力によって男の来訪を祈り、促すような思いが込められているように考えられる。

さて、『和泉式部日記』の女は、宮への返信の表側には「身を知る雨」の和歌を記した。「身を知る雨」といえば、『伊勢物語』第一〇七段である。

昔、あてなる男有けり。その男のもとなりける人を、内記にありける藤原敏行といふ人、よばひけり。されど、まだ若ければ、文もをさをさしからず、言葉も言ひ知らず、いはむや歌は詠まざりければ、このあるじなる人、案を書きて、書かせてやりけり。めでまどひにけり。さて、男の詠める。

つれづれのながめにまさる涙河
袖のみひちてあふよしもなし

返し、例の、男、女にかはりて、

浅みこそ袖はひつらめ涙河
身さへながると聞かば頼まむ

と言へりければ、男、いといたうめでて、今まで巻きて文箱に入れてあり、となむ言ふなる。得て後の事なりけり。雨の降りぬべきになむ見わづらひ侍、身さいはひあらば、この雨は降らじ、と言へりければ、例の、男、女にかはりて詠みてやらす。

数かずに思ひ思はず問ひがたみ
身を知る雨は降りぞまされる

と詠みてやれりければ、簑のも笠も取りあへで、しとどに濡れてまどひ来にけり。（一六〇〜一六一）

一首目と三首目に「まさる」の表現が用いられている。二首目と三首目は女に代わって主人の男が代作した和歌であるが、長雨で増水した川水の深さに愛情を喩える男（敏行）を「涙の川が深くて身体までも流れると聞けば頼るだろうに」とやりこめるのであり、「身」が「流る」ことが詠まれる。三首目では、男（敏行）が「身さいはひあらば、この雨は降らじ」と寄越したのに対し、「身を知る雨は降りぞまされる」と答えた。結果、男（敏行）は「簑のも笠も取りあへで、しとどに濡れてまどひ来」る。「身を知る雨」は女の涙を連想させようし、[20] まさに雨という自然現象の威力を秘めて、[21] 男の訪れを待つ女の思念を表す常套句となっていく。

雨という外側の水と女の内側から流れる嘆きの涙、それらが共振し合いながら「まさ」っていくとき、「身」が「流れる」悲劇がもたらされる。『和泉式部日記』の女の場合においても、「待ちとる岸や」と響き合って入水を喚起する表現ともなっていることが指摘されているのである。(22)「水まさる」という表現も、女の入水を喚起してしまいかねない、入水譚を形づくる歌ことばの一つであると考えたい。

四　入水譚の〈文の空間〉

そして、浮舟である。浮舟もまた、宇治川に身を投げる決意を固める直前に、『伊勢物語』第一〇七段を踏まえて「身を知る雨」「まさる」を詠む。薫からの消息と匂宮からの消息がほぼ同時に届き、交錯する場面である。

〔1〕(匂宮↓浮舟) ながめやるそなたの雲も見えぬまで空さへくるるころのわびしさ　(浮舟⑥一五七)

〔2〕(薫↓浮舟) 水まさるをちの里人いかならむ晴れぬながめにかきくらすころ　(浮舟⑥一五九)

〔3〕(浮舟) 里の名をわが身に知れば山城の宇治のわたりぞいとど住みうき　(浮舟⑥一六〇)

〔4〕(浮舟↓匂宮) かきくらし晴れせぬ峰の雨雲に浮きて世をふる身をもなさばや　(浮舟⑥一六〇)

〔5〕(浮舟↓薫) つれづれと身を知る雨のをやまねば袖さへいとどみかさまさりて　(浮舟⑥一六一)

交わされた和歌(〔3〕「里の名を」は独詠歌)だけを並べてみても、「ながめ」「ふる」が見え、「雲」「くるる(暮るる)」「晴れぬ」「かきくらす」「雨雲」「雨」「やまぬ」が詠み込まれて、川水の深さ、雨の威力が詠まれている。(23)〔1〕と〔4〕、〔2〕と〔5〕が贈答歌となっているが、薫の〔2〕「水まさる」と浮舟の〔5〕「袖さへいとどみかさまさりて」が対応している。薫が長雨で増水した川水を「水まさる」とし、浮舟を思いやったのに対して、浮舟は「所在なく降りやまない長雨に、川が増水するばかりか、私の袖まで涙で濡れまさっている」と詠む。ここは五月雨でなく三月末の長雨であるが、浮舟と雨は縁が深く、(24)今も長雨で増水した宇治川が恐ろしい水音をたてて流れており、宇治十帖の物語を浸し続けてきた湿り気がここに極まり、氾濫しているかのようだ。(25)〔4〕「浮きて世をふる身をもなさばや」や「まじりなば」（浮舟⑥一六〇）と言い添えているあたりには、死の影までもちらつく。特に注目したいのは〔5〕であるが、『伊勢物語』第一〇七段の文脈を照らし合わせれば、薫に『伊勢物語』の男（敏行）のように「まどひ」来ることを求め、浮いてしまう、流されそうになる自分をつなぎとめておいてほしい、と無意識に願っているのかもしれない。(26)男（敏行）が慌ててやって来るのは女の異変を察知したからであり、「身を知る雨」「まさる」とはそれだけの危機感を示す歌ことばであったのだろう。

いや、飛鳥井の女君は浮舟とはちがう。浮舟とは異なる物語を生きたことを証明するためにこそ、身を投げるのである。浮舟はかつて、薫によって都に引き取られる日取りが決まっても「誘ふ水あらばとは思はず」に「浮きたる心地のみ」（浮舟⑥一六三）して、母の膝下に身を寄せたいと懇願した。「わびぬれば身をうき草の根を絶えて誘ふ水あらばいなむとぞ思ふ」（古今集・雑下　九三八／小野小町）を引くが、秘密を抱える浮舟は薫の申し出を水が流れるようには受け入れられない。一方で、狭衣は飛鳥井の女君が「『誘ふ水だに』と涙ぐみたる」（巻一／一八一）様子であったと回想しているが、それはいつのことか。新潮日本古典集成本の頭注に「あの、去就に迷いつつも狭衣を慕い、小町の歌に託した飛鳥井女君のものあはれな表情も」とある。内閣文庫本には見られないが、流布本系統の本文では、狭衣が「音無しの里尋ね出でたらば、いざ給へ」(27)と隠れ家への誘いをほのめかし、飛鳥井の女君が「『誘ふ水だにあらましかば』と、ものあはれに思」（新潮日本古典集成　巻一／九一）っていた。新潮日本古典集成本・頭注はこの反応こそが飛鳥井の女君の「本音」であったとする。つまり、浮舟は「誘ふ水」に逡巡し、素直には受け入れられずに抗おうとするが、飛鳥井の女君はすがりたかったのである。旧日本古典文学大系本の本文は「さだに、まことにあらましかば」(巻一／九二)となっており、「せめておっしゃるようにだけなりと偽りでなく御本心であったら、どんなに嬉しい事だろう」と注を付す。狭衣の気持ちを少々疑いつつも、その言葉を信じてみたいと願う感情をどちらの本文からも見出せよう。同じ表現を用いているだけに、この浮舟と飛鳥井の女君の姿勢の差異は際立つのではなかろうか。

ところが、野分の激しい雨によって洪水が起こり、狭衣と飛鳥井の女君の間の水脈も変わってしまった。見てきたように、飛鳥井の女君は、別の流れ(乳母の奸計による)に押し流されそうになり、「淵瀬」の安定しない不安ゆえに「渡らなむ水まさりなば」と懇願するが、再会はままならなかった。

狭衣が粉河詣で詠んだ「あさりする海士ともがなやわたつ海の底の玉藻をかづきても見ん」(巻二／一八二)に「底の玉藻」の中を潜ってでも探そうとあり、狭衣の哀惜は、「『池の玉藻』と見なし給ひけん帝の御思ひも、なかなか、目の前に、いふかひなくて、忘れ草も繁りまさりけん」(巻三／二二一)とも語られる。ここには、『大和物語』の猿沢の池に入水した采女を悼み、柿本人麻呂と奈良の帝が詠んだ和歌が踏まえられている。飛鳥井の女君は采女の立場になるが、狭衣の悲嘆は奈良の帝にまさるという。

我妹子が寝くたれ髪を猿沢の池の玉藻と見るぞかなしき　(柿本人麻呂　二八四)

猿沢の池もつらしなわぎもこが玉藻かづかば水ぞ干なまし　(奈良の帝　二八四)

采女が身を投げた猿沢の池を恨めしいとして、奈良の帝が「我妹子が玉藻かづかば水ぞ干なまし」とうたっていることを確認したい。あるいは、『万葉集』縵児伝説における男の歌にも、「水」が「涸れ」てほしいとある。

耳無の池し恨めし我妹子が来つつ潜かば水は涸れなむ　(巻第十六　三七八八)

あしひきの山縵の児今日行くと我に告げせば帰り来ましを　（同　三七八九）

縵児は「水底に沈み没りぬ」と詞書にあるから、夢の中の飛鳥井の女君の和歌A「跡なき水のそこを尋ねよ」にも通じる。別の男が詠んだもう一首に、飛鳥井の女君が直接には言葉にしなかった「今日」が見えるのも面白い。「跡なき水」に関しては、後に上京した道成が「跡なき水を形見にてなむ、まかり候ひし」（巻二／一七八）と狭衣に述べることにつながっていく。道成がA「跡なき水のそこを尋ねよ」を知るはずもないが、それも「この物語の創作法の一つ」（新日本古典文学全集・頭注）であったのか。

涙川流るる跡はそれながらしがらみとむる面影ぞなき　（巻二／一八二）

浮舟のたよりとも見んわたつ海のそこと教へよ跡の白波　（巻二／二〇九）

狭衣が扇に残る飛鳥井の女君の「涙の跡」を見て詠んだ「涙川流るる跡は」や粉河詣での際に詠んだ「そこと教へよ跡の白波」にも「跡」が詠まれており、後者は明らかに飛鳥井の女君のA「跡なき水のそこを尋ねよ」と呼応している。更に『風葉和歌集』には、この二首とともに「交野の大領が娘(28)」の和歌として、

かつ消ゆる憂き身の泡となりぬともたれかは問はん跡の白波　（『風葉集』巻十四　一〇四八）

が並んで載り、その詞書に「身を投げむとしける所にて」とあることから、「跡」を消す、「跡」を探し求めることは入水譚のモチーフの一つなのだろう。

終わりに

さて、浮舟の「身を投げし涙の川のはやき瀬をしがらみかけて誰かとどめし」（手習⑥三〇二）をやはり想起したい。

狭衣の「涙川流るる跡はそれながらしがらみとむる面影ぞなき」は飛鳥井の女君の「早き瀬の底の水屑となりにきと扇の風よ吹きも伝えよ」（巻一／一一四）と呼応しているのであったが、浮舟の和歌と対になっているようでさえある。「水まさる」の表現からたどった飛鳥井の女君物語と浮舟物語を横断する〈文の空間〉に、水かさが増す川辺に佇み、迷い、葛藤する女君のイメージがたちのぼってくる。しかし、飛鳥井の女君は「水増さりなば」とは詠んでも、「身を知る雨」とは詠まない。それよりもむしろ、飛鳥井の女君が狭衣の「渡り」を求める気持ちが強かった。薫は後に、夢に再び現れた飛鳥井の女君に来世を誓っている。

後れじと契りしものを死出の山三瀬川にや待ち渡るらん　（巻三／二九九）

狭衣は源氏の宮を思っては「吉野川浅瀬白波たどりわび渡らぬなかとなりにしものを」（巻二／二〇八）とその恋の悩みを浅瀬ゆえに進まぬ渡り船によそえ、女二の宮に対しては永遠の別れを意識しつつ「後の世の逢瀬を待たん渡り川別るるほどは限りなりとも」（巻三／三二五）と死後に再会することをやはり願う。あるいは、今姫君の母代には「吉野川渡るよりまた渡れとやかへすがへすもなほ渡れとや」（巻三／二三四）と「渡る」を繰り返して揶揄するようにも詠んでいる。『狭衣物語』においては「渡る」ことが狭衣の恋の基調をなしているようであり、その中で狭衣の和歌B「飛鳥川あす渡らんと思ふにも今日のひるまはなをぞ恋しき」、飛鳥井の女君の返歌C「渡らなむ水増さりなば飛鳥川あすは淵瀬になりもこそすれ」は女主人公の運命の転換点にあり、とりわけ重要な贈答歌になっている。明日では遅い、今日、渡ってきてほしいという思いが、浮舟とは異なる、飛鳥井の女君の人物造型を縁取っているように思われるのである。

注

（1）星山健「『狭衣物語』における飛鳥井女君の造型方法―反転された夕顔物語―」（『王朝物語史論―引用の『源氏物語』―』笠間書院　二〇〇八年）。
（2）森下純昭「入水譚の系譜―狭衣物語を中心に―」（『中古文学』第一〇号　一九七二年一一月）に詳しい。
（3）高橋良雄「狭衣物語の〈飛鳥井女君〉ひとすじの恋に生きた漂白の女人」（『国文学』第二七巻第一三号臨時号学燈社　一九八二年九月）。また、後藤祥子「古典への招待　王統の純愛物語」（新編日本古典文学全集『狭衣物語①』小学館　一九九九年）。
（4）「水の女」については、折口信夫「水の女」（『折口信夫全集　第二巻』中央公論社　一九五五年）など参照。
（5）乾澄子「『狭衣物語』の和歌的表現―意味空間の移動をめぐって―」（井上眞弓・乾澄子・鈴木泰恵編『狭衣物語空間／移動』翰林書房　二〇一一年）。
（6）「底」表現の飛鳥井の女君物語における重要性は、野村倫子「飛鳥井をめぐる「底」表現―流離と入水の多重性―」（『源氏物語』宇治十帖の継承と展開―女君流離の物語―』和泉書院　二〇一一年）。
（7）杉浦清志「飛鳥川の淵瀬―古今集九三三番歌の成立と受容―」（『日本語と日本文学』第二二号　一九九五年一二月）、川村昇生「飛鳥川の淵瀬」（慶應義塾大学『藝文研究』第七七号　一九九九年一二月）、横山聡「「名所歌枕の発生と『万葉集』―「飛鳥川」の世界を通じて―」（『武蔵野女子大学文学部紀要』第一号　二〇〇〇年三月）、忠住佳織「枕草子と歌枕「飛鳥川」―淵瀬の変遷過程を経て―」（龍谷大学国文学会『国文学論叢』第四八号　二〇〇三年三月）など参照。
（8）井上眞弓「煙と川の表象」（『狭衣物語の語りと引用』笠間書院　二〇〇五年）。
（9）久下裕利・横井孝・堀口悟編『平安後期物語引歌索引　狭衣・寝覚・浜松』（新典社　一九九一年）。
（10）本論と関わる浮舟に関する問題は、別稿で改めて考えてみたい。
（11）新編日本古典文学全集・頭注は、「この前後、『源氏物語』に似た記述が見られる」と注意を促している。

(12) 井上眞弓「飛鳥井物語における発話の言説」(『狭衣物語の語りと引用』笠間書院　二〇〇五年)。
(13) 三田村雅子「平安女流日記文学の自然―疎外された自然・蜻蛉日記の「水」と「火」―」(『女流日記文学講座第一巻　女流日記文学とは何か』勉誠社　一九九一年)は、『蜻蛉日記』の「雨」と「涙」が共鳴して語られることに注目する。
(14) 『狭衣物語』の涙の誇張表現については、鈴木貴子「メディアとしての涙―『狭衣物語』飛鳥井の女君と女二の宮」(『涙から読み解く源氏物語』笠間書院　二〇一一年)が論じる。
(15) 注(5)・乾澄子「『狭衣物語』の和歌的表現―意味空間の移動をめぐって―」(井上眞弓・乾澄子・鈴木泰恵編『狭衣物語　空間／移動』翰林書房　二〇一一年)。
(16) この場面の流離のイメージや贈答歌に関しては、鈴木泰恵「飛鳥井物語の形象と〈ことば〉―〈ことば〉のイメージ連鎖」(『狭衣物語／批評』翰林書房　二〇〇七年)。
(17) 三角洋一「飛鳥井物語小考」(『王朝物語の展開』若草書房　二〇〇〇年)、倉田実「〈名を隠す恋〉の狭衣―飛鳥井の君の物語」(『狭衣の恋』翰林書房　一九九九年)。
(18) 注(12)・井上眞弓「飛鳥井物語における発話の言説」(『狭衣物語の語りと引用』笠間書院　二〇〇五年)は、「窓打つ雨」の表現が二人の関係性を脅かすとともに、「窓」という建築表現があえて用いられることで、狭衣と飛鳥井の女君の恋の異界性を浮上させると指摘する。また、加藤和泉「『窓打つ雨の音』を聞く女―『和泉式部日記』の贈答歌における聴覚表現の意義―」(『古代中世文学論考』第二四集　新典社　二〇一〇年)。
(19) 岩佐美代子『和泉式部日記注釈［三条西家本］』(笠間書院　二〇一三年)。
(20) 宮谷聡美「『伊勢物語』の物語と歌―涙河と身を知る雨―」(王朝物語研究会編『研究講座　伊勢物語の視界』新典社　一九九五年)。
(21) 鈴木日出男『源氏物語歳時記』(ちくま学芸文庫　一九九五年)。
(22) 針本正行「「身を知る雨」表現史論―『古今集』・『伊勢物語』・『和泉式部日記』・『源氏物語』を中心として―」(『室

伏信助編『伊勢物語の表現史』笠間書院　二〇〇四年）。

(23)　この贈答をめぐっては、宗雪修三「浮舟巻の歌の構造」（『源氏物語歌織物』世界思想社　二〇〇二年）に詳しい。また、『和泉式部日記』の和歌と浮舟の和歌の類似に関しては、千葉千鶴子「和泉式部と〈浮舟〉の造形―和泉式部試論―」（『和泉式部の言語空間』和泉書院　一九九七年）が指摘している。

(24)　原岡文子「雨・贖罪、そして出家へ」（『源氏物語の人物と表現　その両義的展開』翰林書房　二〇〇三年）。

(25)　三田村雅子「濡れる身体の宇治―水の感覚・水の風景―」（『源氏研究』第二号　一九九七年）は、宇治川の増水と浮舟の内面の共鳴を指摘する。

(26)　鈴木一雄監修・石埜敬子編集『源氏物語の鑑賞と基礎知識（浮舟）』（至文堂　二〇〇二年）。

(27)　薫が「音なしの里求めまほしきを、かの山里のわたりに、わざと寺などはなくとも、昔おぼゆる人形をも作り、絵にも描きとりて、行ひはべらむとなん思うたまへなりにたる」（宿木⑤四四八）と言ったのをきっかけに、中の君が異母妹の浮舟の存在を打ち明けることになったことが思い合わせられもする。

(28)　散逸物語『かたのの物語』については、後藤昭雄「交野少将物語についての一試論」（『語文研究』第二五号　九州大学国語国文学会　一九六八年三月）など参照。

付記　『狭衣物語』『篁物語』の本文は旧日本古典文学大系（岩波書店）、『源氏物語』『大和物語』『万葉集』は新編日本古典文学全集（小学館）、『和泉式部日記』『蜻蛉日記』は角川ソフィア文庫、『伊勢物語』は『新編　伊勢物語』（おうふう）を用い、適宜、私に改めたところがある。

『狭衣物語』飛鳥井遺詠の異文表現──「底の水屑」と「底の藻屑」から紡がれる世界

野村倫子

はじめに

『狭衣物語』は多くの写本をもつが、本文の系統別展開の複雑さは『源氏物語』の比ではなく、三谷栄一氏によって伝本整理がなされたものの、(1)現在にいたるまで原初の本文は確定できない。現在広く流布している三冊、「深川本」と呼ばれる写本系を底本とした小学館の新編日本古典文学全集、元和九年（一六二三）開板の古活字本に最も近いとされる旧東京教育大学蔵本（流布本系統本）を底本にした新潮日本古典集成、古体を残すといわれる「内閣文庫本」を底本にした岩波日本古典文学（旧）大系の三本を比較するだけでも、本文の異同の著しさがうかがえる。狭衣を巡る女君の一人である飛鳥井の遺詠は狭衣への思いを凝縮して扇に書き付けられ、狭衣の手に渡ったのち、遺児を手に入れてなお物語に繰り返し引用される。それほど重要であるにも関わらず、初発の場面ですら、すでに伝本に本文異同が生じている次第である。

旧稿で、「底の水屑」の表現に都から西国に流される女君の象徴を、「底の藻屑」に入水した采女の黒髪が「池の玉藻」と漂うのを見て悲しむ男君（『大和物語』の帝）の嘆きをと、二つの表現に飛鳥井と狭衣それぞれの立場を見た。(2)今回は、「底の藻屑」と「底の水屑」の二つの語が異文混乱のまま諸本で受け入れられ、そのまま享受された事情、つまり本来は別であったはずの二つの語が後世喚起した新たな飛鳥井のイメージの一端を探る。

まず、問題の箇所を示す（小学館の新編日本古典文学全集の本文を掲出し、新潮日本古典集成を「新」、岩波日本古典文学（旧）大系を「岩」として異文を示した）。

（A）早き瀬のそこの水屑となりにきと扇の風よ吹きも伝へよ　（巻一①一五二）

飛鳥井入水の際に、扇に書き付けた遺詠。新「底の藻くづ」（上一一二）・岩「底の水屑」（一一五）。当該歌の『国歌大観巻五』所収の『物語二百番歌合』（一八二、四句「あふぎの風に」）、『無名草子』（四六）、『風葉和歌集』（一〇四六）は、すべて「底の水屑」（ただし『風葉和歌集』は「そこのみくづに」）である。

（B）道季が思ひよりしことの後、いとど底の藻屑までもたづねまほしき御心絶えざるべし　（巻二①一九二）

乳母子の道季から飛鳥井と思われる女性の入水を聞いた後、飛鳥井の行方を知りたいと思い続ける狭衣の心中を推測した場面。新「底の藻屑」（上一五八）・岩「底の水屑」（一四二）

（C）唐泊底の藻屑も流れしを瀬々の岩間もたづねてしがな　（巻二①二五四）

道季から飛鳥井入水の噂を聞いた二年後、当事者の道成が持参した扇に書かれた飛鳥井の絶唱と呼応した、狭衣の心中詠の第一首目。新「底の水屑と」（上二一一）・岩「底の水屑と」（三句目「なりにしを」（一八一））。『国歌大観巻五』所収の『物語二百番歌合』「からとまりそこのみくづはながれじをせぜのいはなみたづねてしかな」（一〇四）は、全く異なる表現をとるが該当箇所は「底の水屑」とする。

（D）…かの底の藻屑をだにあらましかば、あなづらはしき私ものにて常に見あつかひ、心を慰めましものを、言ふかひなきわざなりや（下略）　（巻二①二五八〜二五九）

手に入れ損ねた嵯峨院の女二の宮を思い、同様に、喪った飛鳥井に対する狭衣の後悔の念。新「底の藻屑」（上二一六）・岩「底の水屑」（一八五）

（E）からうじて漲りわたるに、かの底の水屑も思し出でられて（下略）（巻二①二九七）

粉河寺に参詣の途、吉野川の川底を覗いて、海に身を投げた飛鳥井を思い出す。新「底の水屑」（上二四八）・岩「底の水屑」（二〇八）

（F）さらば、この底の水屑のゆかりなりけり。（巻二①三〇二）

粉河寺で遭遇した山伏が、飛鳥井の兄であると知る。新「底の藻屑」（上二五三）・岩「底の水屑」（二一二）

（G）かの「底の藻屑」と書きつけたりし扇見つけたまへりしかば、尽き果てぬと思されし涙も、残りある心地してぞおぼえけるや。（巻三②五四）

常盤で山伏の声を聞き、感極まっての思い。新「底の水くづ」（下四三）・岩「底の藻屑」（二四二）

（H）…人は、底の水屑とこそは聞きないたまはめ（下略）（巻四②三九八）

飛鳥井絵日記中、飛鳥井の心中。新「底の水屑」（下三六三）・岩「底の水屑」（四五九）

参考までに、巻一に見える「水屑」を詠み込んだ宣耀殿女御の歌「うきにのみ沈む水屑となり果てて今日は菖蒲《あやめ》のねだにながれず」（巻一①三五）は、旧大系（四一）、集成（上二五）ともに「水屑」である。「根」と「音」の掛詞もさることながら「流れ」と「泣かれ」の掛詞が成立するのは川を流れる「水屑」であるからで、海底に育ちそのまま底を漂う「藻屑」では成立しない。それに対し飛鳥井の（A）歌には「なかれ」と掛詞を形成する表現が含まれなかったために、後世に至って本文の揺らぎを追認、増幅することになった。

用例DEFGはAの作品内での回想・引用なので当然Aと一致しなければならない。Bは、旧大系の頭注ではA歌によるとし、「狭衣はこの歌を未だ知らない」点を補注で「底の水屑」は「作者が無意識に前歌の詞を借りて又は偶然の一致」（四八三頁）によるものとし、集成の頭注は「巻一末の飛鳥井女君入水の際の詠『底の藻屑となりにき』

をさりげなく利かした表現。狭衣はまだ遺品の扇を見ていない。歌そのものは知らないのである。作中歌語の方法に注意」と、表現ではなく作中引用の方法論の問題とする。新全集はF・G・Hのそれぞれの箇所の頭注において「底の水屑／藻屑」の混乱に言及、旧大系・集成もGの頭注で不統一を指摘する。

歌材としての「水屑」と「藻屑」は、水中を漂う「屑」の原義は重なりつつも、相違する部分も多大である。『歌ことば歌枕大辞典』(3)に拠れば、「水屑」は水中の塵芥で、縁語となる「水底」や「深き」「淵」に「沈む」もので、「み」に「身」を掛け、沈淪し、あるいは悲哀の我が身をよそえる歌が多いとする。また、実景としての「水屑」はほとんど歌材とならなかったとある。一方、藻の屑である「藻屑」は乾燥されて焚き火にされることから「焼く」「火」「煙」と縁をもって恋歌となり、また「屑藻（すくも）」の語も恋情を形成するという。西海から帰京し狭衣を恋う後半生の軌跡は、海から浜に打ち上げられ燃やされる「藻屑」と重なる部分もある。が、今回は特に「藻屑」に女の黒髪を幻視する表現史以外の文脈が後世混入することで、別の読み（＝あや）が織り上がったのではないかということを検討してみる。

一　和歌に詠まれた「底の水屑」と「底の藻屑」の時代的分布状況

まず、『国歌大観』に拠って「底の水屑」もしくは「底の藻屑」を詠み込んだ和歌の時代的分布状況を確認する。準拠となる歌集名を示しつつ、できるだけ作詠時の時系列に配列して記号を付した。また『狭衣物語』諸本の乱れが生じた時期が不明であるので、一応室町時代以前に範囲を限定してそれぞれの語を詠み込んだ和歌を検索した。

	「底の水屑」	「底の藻屑」
一〇世紀	①（源順） ②恵慶法師集七六 ③好忠集一二	
一一世紀	・拾遺集八七七・源順① ④道命阿闍梨集一三 ⑤能因法師集五八 ⑥（禖子内親王家中務） ◎狭衣物語成立か ⑦肥後集一九四	
一二世紀	⑧（忠快法師） ⑨江帥集三〇五 ⑩堀河百首一五七六・俊頼 ・散木奇歌集（俊頼）一五一八⑩ ・金葉集五九〇・忠快法師⑧ ⑪別雷社歌合一四六・季経 ⑫別雷社歌合一五七・盛方	a右兵衛督家歌合一六・よみ人しらず b金葉集二奏本七〇九・勝超法師

一三世紀

⑬唐物語一〇
⑭袋草紙五四一・相円
・袋草紙四八・同五二・順①
⑮平家覚一本八二・女房
⑯平家覚一本一一四・平維盛
・平家延慶本二〇〇・重衡女房⑭
・源平盛衰記二〇一・中納言局⑭
・千載集一一六〇・俊頼⑩
・六百番陳状二三・順①
・季経集九〇⑪
◎物語二百番歌合一〇四・狭衣物語・狭衣
◎物語二百番歌合一八二・狭衣物語・飛鳥井
◎無名草子四六
⑰風葉集六四八・四季物語もみぢのきみ
◎風葉集一〇四五・狭衣物語あすかゐ
⑱八重葎
⑲夢の通ひ路物語

c洞院摂政家百首一八七四・三位侍従母
・俊成女集一七三c
・万代七一八・二条贈左大臣母a
d続後撰一一六七・法印覚寛
e隆祐集二三四
f苔の衣五八・右大将入道
g木幡の時雨一六・関白の上

一四世紀	・夫木抄一〇九一九・禖子内親王家中務⑥ ・夫木抄三一七四・恵慶法師② ・題林愚抄短歌一〇〇三八・俊頼⑩ ・玉葉集一四九六・京極前関白家肥後⑦
一五世紀	・新続古今集一九一七・正三位季経⑪

現存の歌集で見る限り『狭衣物語』以前に「底の藻屑」を含んだ和歌は見えない。しかし、『狭衣物語』享受で異本・異文が生まれる中で、時代の表現を織り込み、文《あや》なして「底の藻屑」が作中に定着していった事実は読み取れる。次節以下で、個々の表現を確認してゆく。

二　「底の水屑」を詠み込んだ和歌

右表の「底の水屑」全和歌の概略を簡単に示す。内容によってまとめているので時代は不同である。

①なみだ河そこのみくづとなりはててこひしきせぜに流れこそすれ（『拾遺和歌集』巻十四・恋四・八七七「万葉集和し侍りける歌／源したがふ」）

飛鳥井の絶唱（A）の参考歌として新全集の頭注（巻一①一五二）に挙げられる一首であり、詳細は後ろの補説に譲る。②以下は題詠もあるが、具体的な景物を念頭に置いて詠まれている。

②梅津河ともすうぶねのかがり火にそこのみくづもかくれざりけり（『恵慶法師集』七六「梅津にて、うぶねのかがりを見て」）、③かものゐるいりえのこほりうすらぎてそこのみくづもあらはれにけり（『好忠集』一二「春のはじめ」）、④はるはまたあきになるべし大井河そこのみくづのいろもかはらず（『道命阿闍梨集』一三「正月、大井河のつらにて」）、⑤われひとりかはそこのみくづは／とあれば、みづからかうもとつく／くまがはのふちせにこころなぐさめつ／主人感之、連句などあり（『能因法師集』五八「くま野にまうでて、くまの河にふねにのりてくだるほどに、川のもみぢを見て」）、⑥いづも川そこのみくづのかずさへに見えこそ渡れ夜半の月影（『夫木抄』巻第廿四・雑六・一〇九一九・禖子内親王家中務「承保三年十一月源経仲朝臣出雲国名所歌合」）、⑧うぢがはのそこのみくづとなりながらなほくもかかるやまぞこひしき（『金葉和歌集』二度本・巻九・雑上・五九〇・忠快法師「宇治平等院の寺主になりてうぢにすみつきて、ひえの山のかたをながめやりてよめる」）、⑩もがみがは　せぜのいはかど　わきかへり　おもふこころは　おほかれど　ゆくかたもなく　せかれつつ　そこのみくづと　なることは　もにすむ虫の　われからと（下略）（『堀河百首』一五七六・俊頼（一五七五に「旋頭歌」とある））、⑪うき世には底のみくづと成りぬともやがてしづむなかもの河水（『別雷社歌合』一四六・季経「十三番　左持（略）／右」、『季経集』九〇には「賀茂歌合に、述懐を」として五句「かものかはなみ」）、⑫ひろせ河底のみくづも流れつつわれよりは猶しづまざりけり（『別雷社歌合』一五七・盛方「十九番　左勝」）。

以上のように②梅津河、④大井川、⑤熊野河、⑥出雲河、⑧宇治川、⑩最上川、⑪賀茂川、⑫ひろせ河などの具体的な地名が詠まれており、「河」との関わりが色濃い（後述する「恋」の項にも、①⑮「涙河」、⑲「思ひ川」が見える）。また④から、塵様のものだけでなく、川に散った紅葉葉なども「水屑」と認定されたことがわかる。

右のような景物を中心に据えたものとは異なる、「恋」と関わるのは以下の通り。

⑦はるかはのそこのみくづにあらねども思ひしづみてくちやはてなん（『肥後集』一九四「こひうたをものによせつつよ

みしに」、『玉葉和歌集』巻十一・恋三・一四九六には、「恋歌よみ侍りけるに／京極前関白家肥後」として初句「ふかき河の」）、⑬こひわぶるそこのみくづとなりぬればあふせくやしき物にぞありける（『唐物語』一〇・張文成）、⑭よよふともたれかしるべきわたつみのそこのみくづのおもふ心を（『袋草紙』下巻・五四一・相円）、⑮「君ゆゑにわれもうき名をながすともそこのみくづとともになりなん」（『平家物語』覚一本巻十内裏女房八二・内裏女房。「涙河うき名をながす身なりともいま一たびの逢せともがな」（八一・本三位中将重衡）への返歌）。⑮は『平家物語』延慶本第五末「重衡卿内裏迎女房事」二〇〇では、五句「共にならばや」。また『源平盛衰記』第三十九「重衡迎内裏女房」二〇一は中納言局を詠者として三句を「流しなば」、五句を「ともに成らばや」とする。「うき（浮き）」「流す」「せ（瀬）」など水の縁語に彩られた重衡の和歌に応えた「底の水屑」は、「死」を暗示する。「涙河」「流す」「底の水屑」など①の源順歌に拠るが、贈歌に「逢せ」とあり、『狭衣物語』との関係も視野に入れてよかろう。ただし『天草版平家物語』では「底の藻屑」（二九六頁）とある。⑰思ひいでてとふ人あらば山河のそこのみくづをあはれとはみよ（『風葉和歌集』六四八・四季物語もぢのきみ）、⑲君にさはいつかしらせんおもひ川底のみくづと我はきゆとも（『夢の通ひ路物語』中将のおもと（四五頁））。

物語和歌で注目すべきは、⑱思ひきやかきあつめたることの葉をそこのみくづとなしてみむとは（『八重葎』三八五頁）。詠者は右大臣の姫君で、中納言と契りを交わしていたが、養ての親である叔母故肥後守妻が大弐と再婚するにあたり、大弐の息子民部大輔との結婚を画策する。騙して舟に乗せられた姫君は中納言への想いから重態になり、明石近くで手紙を処分する。その際に詠んだ二首連作の一首目。「そこのみくづ」は、引き裂かれ海中に投じられた手紙を指すが、結婚を強要され、欺かれて大宰下向の舟に乗る点、男君への想いから死を望む点など、飛鳥井の造型を色濃く受けている。

また、⑮の他に「入水」に関わるのは、⑯古郷の松風いかにうらむらん底のみくづと沈む我が身を（『平家物語』

覚一本異本歌巻十維盛入水一一四・維盛）。熊野で果てた平維盛の遺詠で、入水を図った点は飛鳥井に最も近いが、「古郷（＝京）」に遺した松への思いは、京の屋敷に残した鍾愛の梅に思いを寄せながら西国に流された道真の「こちふかばにほひおこせよ梅の花あるじなしとて春をわするな」（『拾遺和歌集』巻十六・雑・一〇〇六・贈太政大臣）の一首に発想が似る。

それ以外には「くつ」との掛詞から「水屑」が選ばれた。⑨たちさればなみにまかせてあぢきなくそこのみくづをかけてけるかな（『江帥集』三〇五「もとときよの朝臣に、くつはきかへられて、かへしやるとて」）。返歌は「かけてけるかたをばしらでたまもくづもとむるかたはことにぞありける」で、「たまもくづ」となる。

①の歌については、ツベタナ・クリステワ氏が、『拾遺和歌集』の分析から、失恋か失望の気持ちが主題で、「逢瀬」を響かせる「瀬」を詠み込んだ激しい恋の告白だとされる[4]。『狭衣』のA「早き瀬の」の一首に先行する「流れても逢ふ瀬ありやと身を投げて虫明の瀬戸に待ちこころみむ」や、「ある本に」として記される「寄せ返す沖の白波便りあらば逢ふ瀬をそこと告げもしてまし」（巻一①一五一～一五二頁）にも「逢ふ瀬」の語が見え、狭衣を主人と仰ぐような男性の手に落ちてしまった飛鳥井の失望と対極をなす狭衣への激しい恋情が認められる。「涙河」歌は、「泣かれ」と「流れ」の掛詞を含み、『伊勢物語』百七段にも「あさみこそ袖はひつらめ涙河身さへながると聞かば頼まむ」（二〇六頁）と、河となった涙ゆえに「身さへ流る」と詠まれる。しかし、入水を暗示するものではなく、「流れ」は必ずしも入水と即結する表現ではなかった。

①に戻るが、『拾遺和歌集』の編者は、詠者の順の意識とは別に菅原道真の、

流れゆく我は水屑となりはてぬ君しがらみとなりてとどめよ　（『大鏡』時平伝・七五頁）

の一首の意を汲んで配列したのではないかとクリステワ氏はいわれる[5]。不本意ながらの西国下向。「水屑」は無意

識に流されるものではなく、抗い、留まることを希求するものでもあった。その一方で飛鳥井は冬の瀬戸内海から都に向かって吹く風にのせて、我が死を狭衣のもとへ、「扇の風」に乗せて「吹きも伝へよ」と願う。飛鳥井歌の真意は「沈む」ことと西海に「流される」ことと、既に二方向に向かう方向性を孕んでいた。

『狭衣物語』の用例Eが「底の水屑」の表現で共通するのは、「吉野川」を渡る途中で、水に身を投げた飛鳥井を思うからである（巻二①二九七）。この場面で狭衣がつぶやく「上はつれなく」の引き歌について、新全集の頭注は「日を寒み氷も融けぬ池なれや上はつれなき深き我が恋」（源順集）を示す。順歌は「池」と詠み「（吉野）河」と直接対応しないが、①歌の「涙河」の表現と繋がれば、河を流れるのは「水屑」であって、決して「藻屑」はとらない。多くは河に「沈む」ものであるが、①歌の「流れ」に、西国へ「流される」飛鳥井の我が身が色濃く投影され、異文は発生しなかったといってよい。飛鳥井詠歌の後半で「扇の風」に都に自らの消息を「伝へよ」と頼むのは、流され都から離れた我が身が流れ続けられずに力尽きて「底の水屑」となったことをいうのであり、単に身を投げて「底に」沈んだと伝えるのではない。

なお「底の水屑」は、『平家物語』を機に中世以降「入水」を表す表現として固定的になる。

惟盛との別れに北の方がかき口説く言葉の一節に「同じ野原の露とも消え、一つ底の水屑ともならんとこそ契りしに」（巻七「惟盛都落」②六八）[6]。安徳天皇は、「いまだ十歳のうちにして、底の水屑とならせ給ふ。…雲上の龍くだッて海底の魚となり給ふ」（巻十一「先帝身投」②三八三）と入水する。この箇所は、古本系の流れを汲む「百二十句本」では「十歳にだにも満たせ給はで、雲上の龍下つて海底の魚とならせ給ふ」（巻第十一・第百五句・下二四九）とあり、「屋代本」巻十一も同文で「底の水屑」の表現を欠く[7]。高野本の「底の水屑」と「海底の魚」は二つの行く末が示され、矛盾した不自然さはぬぐえない。「延慶本」のみに見えるのは建礼門院の回想で、「先帝何心モナク…『共ニ底ノミクヅト成ム』ト…」（第六末「大原御幸」一四八二頁）、二位の尼に取り付き、やがて「龍宮城」に赴いて「海ニ入ヌル者ハ、必ズ龍王ノ眷属トナルト、心得テ候」（同一四八三頁）と海中に沈む。「底の水屑」と竜宮城の関係には留意しておく。

『平家物語』の世界を受けた謡曲では安徳天皇以外の人物にも「底の水屑」が入水を意味して使用される。『謡曲百番』によれば、西国で戦の末に入水する「清経」（世阿弥の作）に、「西に傾く月を見れば、いざやわれも連れむと、南無阿弥陀仏弥陀如来、迎へさせ給へと、ただ一声を最後にて、舟よりかつぱと落塩の、底の水屑と沈み行く、浮身の果てぞ悲しき」（三三〇頁）、また、通盛が討たれた後、妻の小宰相が乳母と入水する「通盛」（井阿弥原作・世阿弥改作）では、「…乳母泣く泣く取付て、此時の物思ひ、君一人に限らず、思召止まり給へと、御衣の袖に取りつくを、振り切り海に入と見て、老人も同じみち潮の、底の水屑となりにけり、底の水屑となりにけり」（二〇二頁）と、平家の人々の入水に「底の水屑」の語が使用される。さらに、舟橋で死んだ男の霊が自身を語る「舟橋」（もと田楽の古能、世阿弥の作）では、「見我身者発菩提の、功力を受けて言う《ふ》奈落、奈落の底の水屑となりしも、知我心者、即身成仏、ありがたや」（六〇八頁）と、地獄に堕ちたかのような救いのない身を「底の水屑」といい、その身が成仏できたと報告するものである。なお、「藤戸」（作者不明・観世元雅カ）では佐々木盛綱に斬られ藤戸の海に沈められた男が「藤戸の水底の、悪龍の水神とな」（三九七頁）ったとある。

三　「水屑」と「月」

「底の」と連体修飾の形をとらない「底」の「水屑」も多くの和歌に詠まれているが、その中に「月」と対置されるものが幾つか存在する。

例えば、貞元二年（九七七）八月十六日に藤原頼忠邸で行われた『三条左大臣殿前栽歌合』の、

みなそこにやどるつきだにうかべるをしづむやなにのみくづなるらむ　（三九・こ一条中納言）(8)

『西宮歌合』一番「月寄述懐・左・前美作守顕輔朝臣／難波江のあしまにやどる月みれば我が身ひとつも沈まざりけり」に対する右歌（二・神祇伯顕仲卿）の

かがみ川影見る月にそこ澄みて沈むみくづのはづかしきかな

などが挙げられるが、特に左大将済時の和歌は、「水底」は仏教的見地から〈地獄の底〉と通じ、そこから海底に住む龍女成仏へと想像力がつながって詠まれ、「水屑」を迷妄の象徴という(9)。水底にやどる「月」と底に沈む「みくづ」は同じく水の中にあるが、「月」は水面に浮かぶことを得る（＝悟りを得ることを暗示）が、「水屑」は底に沈んだまま（＝悟りを開けない）浮かぶことはない。「水屑」より罪深い「底」の象徴性は『大斎院前の御集』上巻に見える「これ（＝はちすのみ）を水にむきいるるがうきあがれば、進」の「のりのいけにおふるはちすのみどもかなつみのかたにはむげとうきけり」（九〇）につづく「はちすゆゑいけのみくづはうかぶともいとつみぶかきそこはいかにぞ」（九一）に見える。海底に棲む龍女と「底」の「水屑」が重なって、（西国に）流れる「水屑」以上に、観念的な比喩となっている（ちなみに時代は下るが前節の「舟橋」とも共通する）。

この対比は、次の月の光に耀くような狭衣と、その「月」に対して卑下する飛鳥井という対比とも関わる。

…とて、おしのごひたまへるまみの、少し濡れたまへるなど、さやかなる月影に、これはなほ、音に聞く人にこそおはすらめ、我が身のほどを思ふにも、なほ頼むべきありさまにはあらじ、かやうに思し捨てたまはざらんほどに、雁の羽風に迷ひなんこそよからめと思ひながら、涙こぼれぬるを（下略）　（巻一①九八）

出会いの場面（巻①八四頁）から一貫した飛鳥井の思いといえる。

四　「底の藻屑」を詠んだ和歌

次の一首が「底の水屑」と仏教的発想で関わるかと思われる以外は、詩文の比喩やつまらないものの意で詠まれるものがほとんどである。

（b）わたつ海の底のもくづと見し物をいかでか空の月と成らん（『金葉和歌集』二度本・異本歌七〇九・勝超法師「竜女成仏をよめる」正保版二十一代集拾遺巻第十雑部下六三六の次に配列される）

詠者の勝超は治暦元年（一〇六五）生まれの興福寺の僧。竜女は異類でしかも成人せぬ女の身であり、成仏する為には三重の罪障を背負っている。そのようなとるに足りない存在を「底のもくづ」といい、海の「底」と天「空」、「藻屑」と真如の象徴たる「月」がそれぞれ対置される。『拾遺和歌集』四四一の「月」と「水屑」の対応と同趣で、この点では「水屑」も「藻屑」も龍女を象徴する共通性を有する。前節の「底の水屑」とこの歌における「底の藻屑」の語は同一視されてよい和歌である。

しかし、（d）を除く以下の和歌には（b）のような展開はない。（a）かがりぶねさしてぞくだす夏がはのそこのもくづもかくれなきまで（右兵衛督家歌合一六・よみ人しらず「八番　左（略）／右勝」。『万代和歌集』巻三・夏・七一八・二条贈左大臣母は二句「さしてぞくだる」。詞書の「おなじ心を」は七一七に「前中納言匡房の家歌合に、鵜川を」）。（c）かきつめてたれ忍ぶべき形みとは涙のそこのもくづなれとは（『洞院摂政家百首』下一八七四・三位侍従母、『俊成卿女集』一七三「詠百首和歌／述懐」は五句「もくづなれども」）（d）うかぶべきよるべなくてやくちはてんうきみわがはのそこのもくづは（『続後撰和歌集』巻十七・雑歌中・一一六七・法印覚寛「権僧正円経すすめ侍りける春日社名所十首歌に、述懐」）、（e）わかのうらやすぎにし御世のかはらずは底のもくづもあらはれなまし（『隆祐集』二三四「百番歌合・八十八番　懐旧／左、春日社百首」）。

ただ、物語に見える和歌では『狭衣物語』との引用関係を看過できないものが多い。（f）あふせあらば涙のかはに身をなげてそこのもくづとなりもしなまし（『苔の衣』五八・右大将入道）。愛する亡妻を夢に見た苔衣の大将の独詠歌の二首目。この詠歌に対して、暁方に妻が「ありしながらの御有様」（一六八頁）で現れ、返歌しているのも常盤での周忌法要の暁に飛鳥井の亡霊が出現したのと同じ趣向か。この歌についてはは『千載集』恋二・七一五・藤原宗兼『恋ひわたる涙の川に身をなげむこの世ならでも逢瀬ありや』によるか」（一九五頁）と注す。（g）七夕のあふせはよそになしはててそこのもくづとなるぞかなしき（『木幡の時雨』一六・中の君（＝関白の上））。中の君（奈良兵部卿上衛門督の姫君）は、仮の契りを結んだ中納言との間に男子の双子さえもうけるが津の国に下向、そこでたまたま中納言の乳母子である蔵人の兵衛の佐の求愛を受け、前途窮まって入水を図る直前の歌。詠歌の直後、舟に乗った中納言に抱き取られ、再会する。fgともに飛鳥井のもう一首の「逢ふ瀬ありやと」も意識しての作詠といえる。

また、和歌表現ではないが、鎌倉時代のごく初期の『建礼門院右京大夫集』一六七の詞書に、入水して果てた恋人平資盛を「底の藻屑とまでなりしを」（八五頁）という箇所がある。しかし、他の回想箇所では「水の泡となりける日」（二六九詞書・一三六頁）、「水の泡と消えにし人の名ばかりをさすがにとめて聞くもかなしき」（三二八・一五一頁）と、「水の泡」の表現が繰り返され、より和歌的な表現をとる。

ほぼ同時代（賀茂重保の撰、寿永元年（一一八二）成立か）の『月詣和歌集』の序文末尾にある「…ねがはくは大明神このたびそのことのはをもてあそびたまひて、あらはれてはあめのしたやすらけくまもりたまへ、かくれてはこのみちむなしからず、わたつみのそこのもくづかきあつめて、はまのまさごのかずもらさず、ひろき御めぐみをたれたまへとなり」は、(c)の俊成女の詠の表現と共通する。

なお、江戸時代に入ると、義太夫節『日高川入相花王《ひだかがわいりあひざくら》』(近松半二・竹田出雲ほか共作、宝暦九年(一七五九)大阪竹本座初演)の「渡し場の段」の、安珍を追う清姫が日高川の渡し守に断られ、河に身を投げようとする時の言葉、「思ふ男を寝取られし恨みは誰に報ふべき、たとへこの身は川水の底の藻屑となるとても、憎しと思ふ一念のやはか晴らさで置くべきか」は、謡曲の「底の水屑」と全く同意である。

そもそも「藻屑」は初出の『古今和歌集』からすでに「底」に「沈む」ものではなく「浮かぶ」ものであった。「あふまでのかたみとてこそとどめけめ涙に浮ぶもくづなりけり」(巻十四・恋四・七四五・興風)。「藻」はもとから水の中に存するもので、水中を流れるうちにもとの姿をなくして屑と化した「水屑」とは成り立ちが違う。

五　「藻屑」「水屑」の周辺

「底の水屑」「底の藻屑」に注目してきたが、「藻屑」が単独で詠まれる場合、「底の」の語に他の語が下接する表現、「底の」以外の他の表現の語に下接する「藻屑」「水屑」などが詠みこまれた和歌も当然存在している。

『後撰和歌集』(十六・雑二・一一四八及び一一四九)は、五節を見に宮中の南殿(＝紫宸殿)に行った女童が沓をなくして輔臣(〔扶幹〕か)に借り、後日返却した時の贈答歌。借りた「沓《くつ》」が、「藻屑《もくづ》」と掛詞になるが、「底」にあるのは「みるめ」の方で、「もくづ」は「沖」にある。

たちさわぐ浪まをわけてかづきてしおきのもくづをいつかわすれん（わらは女）
かづきいでしおきのもくづをわすれずはそこのみるめを我にからせよ（輔臣朝臣）

南殿の喧噪を「たちさわぐ浪ま」と比喩し、「藻屑」と縁語になる、感謝の意を込めた贈歌。返歌も「海」の縁語に彩られ、「そこ」に「（海の）底」と「其処」を、海草である「みるめ」に「見る」（＝女と会う）をそれぞれ掛け、返礼に交情を求める。「もくづ」は「みるめ」の果ての姿といえるか。『国歌大観』によれば「底のみるめ」の用例数は「底の藻屑」を上回る（十三例）。後世の、「底の水屑」⑨の贈答との関係も伺える。

また、「藻屑」は漢語の「藻」が文章・詩を意味するところから、地名「和歌の浦」との結びつきが強い。先行する『源氏物語』には、玉鬘の裳着にあたって「もくづ」が詠み込まれている。内大臣の「うらめしやおきつ玉もをかづくまで磯がくれける海人の心よ」（行幸③三一七）は「裳着」の「裳」に「玉藻」の「藻」を掛ける。光源氏の代作による返歌「よるべなみかかる渚にうち寄せて海人もたづねぬもくづとぞ見し」（同）は、「海人」（実父内大臣）に探しもされないつまらない「藻屑」と玉鬘を喩える。裳着の祝いと隠し子との再会というめでたい場で、実父に「玉藻」とたたえられた玉鬘を、出自と鄙生いを卑下した養父光源氏に「藻屑」と言い落とされる。この場での「藻屑」は劣性の表象であり、入水とは無関係のものであった。

しかし、水中に消えた命を象徴する、後世のいわゆる「海の藻屑」的な発想は『狭衣物語』に先行して存在する。『風葉和歌集』所収の「あさくら」は「あはれと思ひける女の、あはづのはまのほとりにて身をなげにけりと聞きて、石山にまうで侍りけるに、うちいでのほどすぐとてよみはべりける／あさくらの関白」として、

恋ひわびぬ我もなぎさに身をすてて同じもくづと成りやしなまし（一〇四七・巻十四・恋四）

を載せる。「関白」とあるが、当時は三位中将。朝倉の君に通うようになるが、朝倉の君は式部卿宮との唐突な契

りにより二人の男性に愛されて三角関係になり、清算の方法として入水を決意する。ここでは「身投げ」と「もくづ」がストレートに結びつく。粟津は滋賀県琵琶湖畔にあり、琵琶湖への入水から「もくづ」が選ばれた。京から川に流される「水屑」であれば、どうしても行き先は西国になる。従って京と滋賀は「水屑」が流れる位置関係にはなく、身投げを表現するにあたり「水屑」の語は選び取れない。男君（関白）は「身を投げた」と聞いて粟津の浜に立って「もくづ」となった女君と同じ身になりたいと願う。「もくづ」は遺骸そのものを婉曲に表現するが、その場に（眼前の湖底に）あるものとしての「もくづ」である。流され、漂ってきた「水屑」が湖底に沈んだ「底の水屑」とは区別されるものであった。朝倉の君は夕顔や浮舟を折衷した人物であるが、救助され幸せをつかむ点では、悲劇的な飛鳥井と対照的である。そのような飛鳥井像との差異とは別に、詠歌に於ける「水屑」と「藻屑」の発想は別のところにあるという一つの証左となる一首である。このように、入水した女君の魂の抜け殻を「藻屑」と詠むのは、入水した女君の髪を「玉藻」と呼ぶことと何らかの関係があろうが、それは後節で述べる。(10)

六　飛鳥井と吉祥天女・龍女

四節で触れた、「月」と「水屑」もしくは「藻屑」の対比について、補足的に述べる。『三条左大臣殿前栽歌合』三九の「みなそこにやどるつきだにうかべるをしづむやなにのみくづなるらむ」や『大斎院前の御集』九一「はちすゆゐいけのみくづはうかぶともいとつみぶかきそこはいかにぞ」、『西宮歌合』二「かがみ川影見る月にそこ澄みて沈むみくづのはづかしきかな」に詠まれた「水屑」は、（b）『金葉和歌集』七〇九の「わたつ海の底のもくづと見し物をいかでか空の月と成らん」の「底の藻屑」と「月」との対置に於いて共通する。つまり「底の水屑／藻屑」

は「悟り」を得ない恥ずべき存在で、「悟り」の対極に位置するといえるのである。「水屑」と「月」の対応を述べた四節末尾に示した巻一の諸所の逢瀬の場面、月光に耀く狭衣の姿と、それを見て我が身を「はしたなし」と卑下する飛鳥井の姿が、「藻屑」と「月」についても言える。

「流れ」や「入水」の文脈とは別の次元で、「水屑／藻屑」の異文表現はどちらを捉えてもともに飛鳥井の姿の一端を認めることになる。その結果、「月」に対置する「悟り得ない存在」を示す二つの表現は同等の意味を持って、飛鳥井を享受する中で両方の本文のたゆたいを認めることになる、つまり享受者の「読み」に依って彩（＝文）なされるようになったといえる。

入水したはずの飛鳥井であるが、兄の山伏に救われて都で亡くなった。常盤に赴いた狭衣は、明日が「四十九日」（巻三②五五）と知る。そこで山伏、常盤の尼君たちが飛鳥井の生前を語るのは、追善の願文で故人の足跡を振り返るのに似る。京で臨終を迎えた飛鳥井だが、「げに海の底に入りても余りけるわざかなと聞くままに」（②五八）と入水の印象が強く残る。そして「この自らは、さらにことの外に思ひて、数ならぬ身のほどにたぐひたまはんも、いとかたじけなきことになんはべりしかば」（②五九）と我が身を卑下する発言も披露される。その折、「…念仏回向も果てつ方に、ただうち聞く人だに何となくあはれなるを、ましていかでかは疎かに思されけん。『云何女身速得成仏』と、忍びやかに、わざとならずすさみたまへる…」（②六四）と狭衣は『法華経』「化城喩品」の一節を忍びやかに口にする。さらに遺児の存在を知って、曲節の後に一条院の養い子となっていた遺児を手に入れる。その年の暮れに飛鳥井の法要を常盤で執り行うが、暁、まどろんだ狭衣の傍に「ただありしさまにて」現れた飛鳥井が読み掛けたのが次の歌であった。

暗きより暗きに惑ふ死出の山とふにぞかかる光をも見る　（第三②一四一）

成仏の証しともいうべき一首であるが、狭衣の初度の常盤行きの際に口にした『法華経』の「成仏」に対応した報告となっている。鈴木泰恵氏は、狭衣の法要によって成仏したともとれるが、飛鳥井が失踪時に狭衣に詠み掛けた「行方なく身こそなりなめこの世をば跡なき水を尋ねても見よ」(巻一①一二三)の三句「この世」と「子の世」の掛詞によって導かれる遺児の姫君の将来が保証されたとして、安心して成仏できたとされる。[11] しかし、あえてここで成仏が報告されているのは、「底の水屑／藻屑」に関わって、狭衣が口ずさんだ『法華経』が成仏し難い非力な立場であると飛鳥井を喩したことに応答したからではないか。

飛鳥井は「身を厭ふ心深く」兄の山伏の手で「髪なども削ぎやつ」され(巻二①三〇三)、また「ひたすらに世になくなりはべりなん」、「世にあらじ」の本意から尼になった(巻三②五七)。兄と狭衣が仏果を与える天上の「月」であるなら、その仏果を施され成仏し得た飛鳥井は「水底の水屑／藻屑」に比定される。「底の水屑／藻屑」にも真如の悟りが得られる。入水から龍女へ、そして龍女成仏へと飛鳥井を「読み解く」ことは自然である。かつて狭衣の執心を供人たちが「かかることはなかりつるを。いかばかりなる吉祥天女とならん」(巻一①八八)と評した。「吉祥天女」も中世の偽経の中では海底の龍女に通じる存在である。[12] 入水未遂であったにも関わらず、飛鳥井は「底」に沈んだと繰り返される。

たとえば兄の山伏が粉河寺から姿をくらました時に、飛鳥井の京での死を確信してなお「ありなしの魂の行方も惑はさで夢にも見ばやありし幻／池の玉藻と見なしたまひけん、帝の御心もなかなか目の前に言ふかひなくて…」(巻三②二二)と『大和物語』百五十段の猿沢池に身を投げた采女を悼む「かきのもとの人麻呂」の歌「わぎもこがねくたれ髪を猿沢の池の玉藻と見るぞかなしき」(三八四頁)を想起する。帝への恋情から入水して果てた采女と、狭衣思慕から入水し助命された飛鳥井と、入水の結果は異なるが、身分違いの男への思慕と入水の項では共通する。

そして、男君はともに入水した女君を思い、玉藻と水中に広がる髪の美しさを重ね合わせて幻視した。また六節で触れた『風葉和歌集』所載の「あさくらの関白」の詠んだ「同じもくづ」も同趣向である。そこでは、生き残った男君が水底に沈んだ女君の髪を「玉藻」と呼び、亡骸を「藻屑」と呼ぶ。[13]

飛鳥井成仏の報告は、『源氏物語』との違いを特徴づける。『源氏物語』では多くの女性が亡くなったが、成仏の報告をなした女性は見えない。死霊となって天駈け成仏できない六条御息所はともかく（『若菜下』『柏木』『鈴虫』）、光源氏との関係を「あはれに口惜しく」（薄雲②四四六）思い残した藤壺は、「夢ともなくほのかに見たてまつるを、いみじく恨みたまへる御気色」（朝顔②四九四）で光源氏に声をかける。最愛の女性紫の上は、「御正日」の「曼荼羅供養（④五四四）を経て、光源氏から「大空をかよふまぼろし夢にだに見えこぬ魂の行く方たづねよ」（④五四五）と詠まれるように後の世からの応えはなく、年末に至ってもついに夢にさえ現れない。

飛鳥井の造型に影響を与えた夕顔・浮舟だが、浮舟は救出され、夕顔のみが黄泉路に向かっている。夕顔頓死の後、光源氏は夕顔に近侍していた右近を召して「七日七日に仏描かせても、誰がためとか心の中にも思はん」（同一八五）とその素性を問い、四十九日の法要を執り行い、「願文」（同一九二）も読まれたが、「またの日」に見えたのは「かのありし院ながら、添ひたりし女のさまも同じやうにて見えければ」（夕顔①一九四）と、成仏にはほど遠い光景であった。浮舟没後を描く「蜻蛉」での「夕顔」引用は吉井美弥子氏の論じるところであるが[14]、飛鳥井もまた夕顔没後の右近の語りと共通する場面をもつ。「四十九日」という設定、女君の素性の「語り」など共通点をもっても、四十九日の有り様は夕顔と飛鳥井では全く別であった。逆に言えば、成仏を狭衣に告げる飛鳥井が異例とでも言うべきか。狭衣周辺の女性では正妻となった一条院の一品の宮が出家ののち薨去し、狭衣が生前の冷淡さを後悔するが（巻四②三七二）、それ以上の記事はない。『法華経』巻八の「龍女成仏」は、男性に劣る女性、成人に対する子ども、人間ではない異類の龍と、トリプルバインドを背負った龍女ですら救われると説く。飛鳥井は父中納言の死によって社会的には不遇の位置に置かれた。頼りとする兄も出家の身で、乳母にすがらなければ生きてはゆけない。都からはるばる西下し、（果たさなかったとはいえ）海中に身を投じた。そのような飛鳥井が成仏したのは飛鳥井が龍女そのものであったと読める。

「底の水屑」もしくは「底の藻屑」の称は、巻二に集中して使用され、（F）以降、遺児の姫君の存在を知って以後は、巻三と巻四の（G）（H）に回想として見える以外は姿を消す。「入水」をはかったものの存命であったとわかってからも使用されるのは、形見の「扇」に書きつけられた狭衣を想う絶唱であることにもよるが、一方で兄の山伏から死を告げられるまで、「海の底」に漂う女人の印象が強く焼き付けられたからである。

海への投身は、『源氏物語』「若紫」で良清が光源氏に明石の君のことを語った中に見える。明石の入道の発言を引用して、「『わが身のかくいたづらに沈めるだにあるを、この人ひとりにこそあれ、思ふさまことなり。もし我に後れて、その心ざし遂げず、この思ひおきつる宿世違はば、海に入りね』と、常に遺言しおきてはべるなる」と伝えたところ、光源氏を囲む人々は「海竜王の后になるべきいつきむすめななり」、「心高さ苦しや」と笑った（①二〇三～二〇四）。ここに海に棲む「海竜王」との接点がある。噂では異類の妻となるべき賤しい女性というよりも、人間とは添わぬ気位の高さを揶揄したものにすぎない。しかし、のちに「明石」巻で、明石の君は光源氏からの手紙に身分差を自覚している（②二四八）。さきの「海竜王の后」は身分が低い女性の気位の高さを貶めた言であるが、飛鳥井もまた身分の低さが問われる存在であった。その飛鳥井が、狭衣の愛を信じ、また、狭衣が法要を重ねることで仏果を得て成仏した。素直に「飛鳥井＝龍女」と読んでよかろう。

『平家物語』百二十句本には、建礼門院の述懐として「播磨の国明石の浦とかやに着きたりし夜」に「一門の人々ども並みゐて、同音に提婆品を読誦したてまつる」「龍宮城」の様を夢に見たとあり、「女院、つひに建久のころ、龍女が正覚のあとを追ひ、往生の素懐を遂げ給ふ」、つまり成仏したと述べて句を閉じる（第百十九句「大原御幸」下三七八〜三八〇頁）。ただし同所、高野本では女院臨終の厳かなさまが描かれたあとに、臨終の場にいた「此女房達」が「竜女が正覚の跡をおひ、韋提希夫人の如くに、みな往生の素懐をとげけるとぞきこえし」（「灌頂巻」女院死去②五二七〜五二八頁）と、「龍女」に比されるのは女院ではなくて女房達である。より下位の者を龍女とするのである。

結

初発はおそらく「底の水屑」であり、抵抗しながらも川を流れ西国まで押し流され、水に沈む存在であった。そこに男君を恋い慕うあまりに身を投げ、池底にひろがる黒髪のイメージである「（池の）玉藻」の幻視があり、それは水中に身を置いた「藻屑」とも重なった。そして、さらに海への投身は迷妄の象徴たる「底」に身を置くことにほかならない。海底にあるもの「海竜王の后」「竜宮城」へと結び、その先に龍女成仏を抱え込んでゆく。飛鳥井を象徴すべき世界の広がりが異文の存在を容認し、異文がまた逆に飛鳥井の新たな性格付与へと働いてゆく。室町時代の物語にある「さごろも」の名を付して再生された幾つもの作品は、女君についてはいずれも狭衣と飛鳥井のみが番わされている。それもこの「読み」に拠る産物ではないか。飛鳥井の「底の水屑／藻屑」は、そのような「彩（＝文）なす」の空間の一端を見せるといえる。

注

（1）『狭衣物語の研究　伝本系統論編』（笠間書院　二〇〇〇年）。
（2）「飛鳥井をめぐる「底」表現」（『『源氏物語』宇治十帖の継承と展開』和泉書院　二〇一一年）。
（3）馬場あき子・鈴木日出男編　角川書店　一九九九年。
（4）『涙の詩学―王朝文化の詩的方法―』（名古屋大学出版会　二〇〇一年）。
（5）注（4）に同じ。
（6）同じ箇所、古本系の流れを汲む「百二十句本」でも「同じ野原の露とも消え、同じ底の水屑ともならばや」（第六九句・中二三〇頁）と同様の表現をとる。
（7）時代が下った『天草版平家物語』では「海底の水屑とならせられた」（三四四頁）とある。
（8）『拾遺和歌集』（巻八・雑上・四四一・左大将済時）にも「廉義公後院にすみ侍りける時、歌よみ侍りける人人めしあつめて、水上秋月といふ題をよませ侍りけるに」の詞書で掲出される。
（9）池田和臣『源氏物語　表現構造と水脈』（武蔵野書院　二〇〇一年）。
（10）「あさくら」については久下裕利『王朝物語文学の研究』（武蔵野書院　二〇一二年）第Ⅰ部第三章「内大臣について」に拠る。
（11）「『法華経』引用のパラドックス」（『狭衣物語／批評』翰林書房　二〇〇七年）。
（12）「『狭衣物語』の吉祥天女」（2）に同じ。
（13）「飛鳥井をめぐる「底」表現」（2）に同じ。
（14）「装置としての右近」『語る『源氏物語』、語られる『源氏物語』』（翰林書房　二〇〇八年）。

付記

①本文として小学館の新編日本古典文学全集『狭衣物語①②』を使用した。

②その他の本文は以下のものを使用した。以下、新編日本古典文学全集は新編全集と略す。『伊勢物語』と『大和物語』は新編全集『竹取物語 伊勢物語 大和物語 平中物語』。『源氏物語』は新編全集『源氏物語①〜⑥』。『大鏡』は新編全集『大鏡』。『建礼門院右京大夫集』は新編全集『建礼門院右京大夫集 とはずがたり』。『平家物語』については、高野本（通称高野本・覚一別本）は新編全集『平家物語①②』、百二十句本は新潮日本古典集成『平家物語上・中・下』、長門本・延慶本は『平家物語　長門本／延慶本 対照本文　下』（麻原美子他　勉誠出版　二〇一一年）、屋代本は『屋代本　高野本　対照　平家物語　三』（麻原美子他　新典社　一九九三年）、天草本は『天草版平家物語語彙用例総索引1　影印・翻刻篇』（近藤政美・池村奈代美・濱千代いづみ　勉誠出版　一九九九年）。「謡曲」は岩波書店の新日本古典文学大系『謡曲百番』（一九九〇年・本文は寛永七年黒沢源太郎刊観世黒雪正本）。『苔の衣』は中世王朝物語全集7『苔の衣』（今井源衛　笠間書院　一九九六年）。『木幡の時雨』は中世王朝物語集成6『木幡の時雨風につれなき』（大槻修・田淵福子・森下純明　笠間書院　一九九七年）。『八重葎』は『鎌倉時代物語集成第五巻』（市古貞次・三角洋一　笠間書院　一九九二年）。『夢の通ひ路物語』は『鎌倉時代物語集成第六巻』（市古貞次・三角洋一　笠間書院　一九九三年）。

「虫の声々、野もせの心地」の遠景——『狭衣物語』における引用とその享受

須藤　圭

はじめに

季節は秋のことである。狭衣は、仁和寺の威儀師に誘拐されたところを救いだした飛鳥井女君に心惹かれつつ、じつの妹のように育てられてきた源氏宮への思慕を胸に秘めつづけていた。母堀川上と碁を打つ源氏宮のもとへ訪れた折、日が暮れ、彩りゆたかに咲き乱れる草花やうるさいほどに鳴きたてる虫の音を背景に、源氏宮への感情が掻きたてられ、やがて、その心中は、源氏宮から飛鳥井女君へと徐々に移ろいでいく。

日の暮れゆくままに、紐解きわたす花の色々をかしう見わたさるるに、袖よりほかに置きわたす露もげにたまらぬにやとながめ出だして、とみにも立ちたまはず。虫の声々、野もせの心地して、かしがましきまで乱れあひたるを、「我だに」ともどかしうおぼされけり。

月出でてふけゆく気色に、かのほどなき軒にながむらむ有様も、ふと思ひ出でられたまふ、おぼろけならぬおぼえなるべし。（上七四頁—七五頁）

場面を新たに描きなおそうとするこの一節は、諸注釈書にしたがえば、いくらかの引き歌をもって構成されていると知ることができる。たとえば、「紐解きわたす花の色々」とあるところには、『狭衣物語』注釈書の嚆矢とされる『狭衣下紐』以来、『古今和歌集』の「ももくさの花のひもとく秋ののを思ひたはれむ人なとがめそ」（巻第四・

秋歌上、二四六）[1]からの影響が認められているし、「袖よりほかに置きわたす露もげにたまらぬにや」には、『狭衣下紐』は言及しないものの、『後撰和歌集』の「我ならぬ草葉もものは思ひけり袖より外におけるしらつゆ」（巻第一八・雑四、一二八二）が清水浜臣の書き入れを有する一本[2]に見いだされ、後代の注釈書にも継承されている。さらに、「虫の声々、野もせの心地」やそれにつづく「かしがましきまで乱れあひたる」「我だに」においては、『新撰朗詠集』に収められる「かしがまし野もせにすだく虫のねや我だに物はいはでこそ思へ」（上、三一三）との類同が、やはり、浜臣書き入れ本の指摘以降、おおよそ、踏襲されてきたといってよい。

あるひとつの和歌や物語のことばは、それと分かるようにあらわされることで、引用された物語の世界と引用する物語の世界との重なりあう情景を喚起する。かつて、三谷邦明氏[3]が、『古今和歌集』（巻第三・夏歌、一三九）や『古今和歌六帖』（第六、四二五五）『伊勢物語』六〇段などに所収される「さつきまつ花橘のかをかげば昔の人の袖のかぞする」を引き歌とする、『源氏物語』花散里巻で源氏の詠じた「橘の香をなつかしみ」[4]という句を論じて、『古今和歌集』や『古今和歌六帖』が出典とは決していえず、『伊勢物語』六〇段にこそ依拠していることを明らかにしたように、典拠となった世界を連想させ、それとのかかわりのなかで物語を読み解かせていく表現であった。

『狭衣物語』において、先にとりあげたうちのひとつ、「虫の声々、野もせの心地」が書かれ、読まれるとき、とりたてて異文の見あたらないこの一節[5]は、前掲したように、和漢の優れた詩歌を集め、人口に膾炙した『新撰朗詠集』へと採歌された「かしがまし」の一首を思い起こさせたことはたしかなのであろう。しかし、ここで立ち止まって考えてみたいのは、それが、はたして、いずれの享受者たちにとっても正しいことといえるかどうか、という問いである。『狭衣物語』の享受者たちが、いつの時代においても変わることなく、一様の解釈をもって『新撰朗詠集』の和歌を想起し、それをふまえた表現としてこの物語を読んでいたと断言するには、慎重でなければならないと考えたいのである。『狭衣物語』に見られる「虫の声々、野もせの心地」という表現は、享受者にとって、はたして、どのような世界を呼びこもうとすることばであったか。

一　『新撰朗詠集』をめぐって

「虫の声々、野もせの心地」とそれが想起させる空間を考えるにあたって、『狭衣物語』と『新撰朗詠集』の成立年次を俎上に載せることから始めてみたい。引き歌は、いうまでもなく、それが書かれるよりまえに成立した表現に由来する。『狭衣物語』の表現の一部に、そもそも、『新撰朗詠集』の影響を見とってよいのかどうかを、まずは考えておかなければならないからである。

『狭衣物語』にも『新撰朗詠集』にも、成立年にはっきりとした確証が示されているわけではないものの、どうやら、『狭衣物語』は『新撰朗詠集』よりも早く成立していたようである。

『狭衣物語』の成立は、後藤康文氏によって研究史の概括が摘要されている。それにしたがえば、「およそ承保年間（一〇七四〜一〇七七）にその成立は落ち着く」[6]という。いっぽう、『新撰朗詠集』は、諸本の奥書などから、藤原基俊が撰者であることは誤りない。基俊は、康治元年（一一四二）に没しているとされ、生年は天喜二年（一〇五四）、同三年（一〇五五）、同四年（一〇五六）、康平三年（一〇六〇）説がある。その基俊が『新撰朗詠集』を撰した時期について、研究史を整理してみると、『和漢朗詠集』研究の勃興や、大規模な詩歌管弦にかかわる資料の類聚編纂が行われた院政期を背景に据え、保安三年（一一二二）から長承二年（一一三三）のあいだ、あるいは、その前後と捉えられることが多い[7]。すなわち、『狭衣物語』よりも先行して『新撰朗詠集』があったのではなかった、と分かってくるのである。[8] とすれば、『狭衣物語』は、いずれによって、この和歌を用いたのであろうか。

そこで、「かしがまし」の一首の所在をさらにさぐってみれば、『伊勢物語』（小式部内侍本）『うつほ物語』『今物語』『十訓抄』（上、一ノ一六）『古今著聞集』（巻第八、好色第一一）といった、多くの物語、説話集に見いだすことができる。引き歌による一部の引用であれば、『蜻蛉日記』（下巻、天禄三年八月一日）『夜の寝覚』（巻二）『栄花物語』（巻第三六・根あはせ）『恋路ゆかしき大将』（巻五）『平家物語』諸本（たとえば、覚一本は巻第五、富士川、延慶本は第三末、二九・薩摩守道ヨリ返テ俊成卿ニ相給事）にもある。

これらのうち、『狭衣物語』が参照することのできたものは、『伊勢物語』（小式部内侍本）『うつほ物語』『蜻蛉日記』であろう。ただ、三者のいずれかが『狭衣物語』の典拠となったかと問えば、そのように断言することは難しい。すなわち、引き歌として示される『蜻蛉日記』は除外しても、『狭衣物語』が「虫の声々、野もせの心地」と叙述するのに対して、『新撰朗詠集』のように第二句を「野もせにすだく」と詠むのでなく、『うつほ物語』は「草葉にかかる」として一致しないし、『伊勢物語』（小式部内侍本）は諸本によって「野もせにすだく」とも「草葉にかかる」とも見え、[9] なおかつ、その成立じたいも分明でないからである。[10] また、既述した多くの諸書に引用されることを忖度するならば、この一首が、広く知られた古歌であったと想起する余地も生じてくる。

たとえば、新編日本古典文学全集12『竹取物語　伊勢物語　大和物語　平中物語』[11] は「おそらく、本来有名な古歌であって、それが『伊勢物語』およびこれらの作品（稿者注―『うつほ物語』『蜻蛉日記』『新撰朗詠集』）に取り用いられたものであろう。」と注し、平井孝一氏「狭衣物語の引歌に就て　附、制作年代考」[12] も「この歌はかなり人口に膾炙したものらしい事は数種の物語に引用されてゐることでも解る。（中略）狭衣や新撰朗詠の出来る頃には第二句が「野もせにすだく」といふ風に変改されて伝はつてゐたものであらうと考へられる。」と説くように、古歌と判断されるばあいがある。

いっぽうで、上原作和氏『光源氏物語學藝史　右書左琴の思想』「権威としての《本文》　物語文学史の中の『伊勢物語』[13]」が「小式部内侍本のN本文（稿者注―「かしがまし」歌を有する章段）は、『うつほ物語』藤原の君巻に混入されたものか。」といい、三谷榮一氏『狭衣物語の研究〔伝本系統論編〕』Ⅰ一「狭衣物語成立考[14]」が「『宇津保物語』中の歌にしてこの歌以外にも人口に膾炙したものがあればともかくとしても、この一首だけの存在で考えるならばむしろ当時有名であり、他の文学にもしばしばその歌が引用される『伊勢物語』から『新撰朗詠集』が引き抜いたと見た方が至当ではあるまいか。」と述べるように、古歌とまでふみこまず、『伊勢物語』（小式部内侍本）を淵源と見なそうとする理解も見えている[15]。

『狭衣物語』の「虫の声々、野もせの心地」の典拠という問いは、いま、はっきりとは決しがたい。ただ、ここで殊更に見とっておかなければならないのは、詞章の違いをもちながらも、異なる物語が同じ一首を引用していることから推測されるように、「かしがまし」歌が、おおよそ、素性の判然としない和歌であったらしい事実に他ならない。

この「かしがまし」歌は、ときに、曽祢好忠の作と捉えられることもある。しかし、神作光一氏『曾禰好忠集の校本・総索引[16]』によるかぎり、『好忠集』の諸本、元禄八年刊本『好忠集』に付された契沖の補遺にも見いだすことができない。さらに、柳澤良一氏『新撰朗詠集全注釈二[17]』を参照すれば、『新撰朗詠集』の多くの諸本が詠者名を表記せず、陽明文庫蔵本「よみ人なし」、宮内庁書陵部蔵本「読人しらす」、大谷大学図書館蔵本「読人不知」とあることも分かる。また、それにもかかわらず、安永年間刊本と無刊記本のみが「好忠」と記している、というのは、おそらく、三一三番に所収された「かしがまし」歌が、うしろの三一四番の和歌詠者である曽根好忠の詠歌と混同されたためであると想定されてよい。上原作和氏も「好忠歌と見る説に私は疑問符を付しておく。[18]」と述べていた。[19]

こうして、詠者のはっきりと定まらない、変容の許された一首であったことに起因して、「かしがまし」歌は、あまたの物語や撰集、説話集に引用されていったのである。そうしたなかにあって、『狭衣物語』の一節を考えていくとき、撰集に収められるばかりでなく、和歌以外の情景をそなえる物語や説話集に収められていったことは看過できない。すなわち、物語の読み手、享受者たちの営みから見わたすさい、『狭衣物語』に描かれる「かしがまし」歌の引用である「虫の声々、野もせの心地」に対して、享受者たち一人ひとりの素養をもとに、別々の物語や説話集に用いられた「かしがまし」歌が思い起こされることもあったと考えられるのではないか。揺れをはらむ「かしがまし」歌が、それぞれの物語を背負って立ちあらわれてくる姿を想起してみるのである。「かしがまし」歌がどのように物語や説話集とかかわっていくかを捉えながら、「虫の声々、野もせの心地」の読解をめぐるありかたをさぐっていくことにしよう。

二　『伊勢物語』の風景

『狭衣物語』と『伊勢物語』のかかわりについては、すでにいくつかの研究がなされている。[20]その『伊勢物語』のいわゆる広本、異本章段を有する諸本のうち、小式部内侍本の一端をいまに伝えるという、鎌倉中期書写の天理図書館蔵伝為家筆本付載一八章段には、次の本文が収められている。

むかし、もの思おとこ、めをさまして、とのかたを見いたしてふしたるに、せんさいのなかにむしのなきけれ

は、

　かしかましのもせにすたくむしのねやわれたにものはいはてこそおもへ(21)

他に、この章段を有するのは、大島雅太郎氏旧蔵伝為氏筆本、日本大学総合図書館本、阿波国文庫本、谷森本、神宮文庫本であるが、そのうち、伝為氏筆本のみが和歌の第二句を「草葉にかかる」とする(22)。小式部内侍本にとってどちらの本文が適しているかは問われなければならないとしても、伝為家筆などの存在から判明するように、一時期には、「野もせにすだく」をもついくつかの諸本があり、書き写され、読まれてきたことが分かる。また、真観（葉室光俊）の撰とされ、建長三年（一二五一）頃に成立したと推測されている『秋風和歌集』（巻第二〇・誹諧歌、一三二九）には、次の本文が見える。

　前栽ニムシノナキケレハヨミハヘリケル　　ナリヒラノアソン

　カシカマシノモセニスタクムシノネヤワレタニモノハイハテコソオモヘ(23)

『伊勢物語』（小式部内侍本）の「かしがまし」歌所収章段をふまえての記述であることは間違いなく、そしてここには、「ナリヒラノアソン」と詠者名が示され、「ノモセニスタク」の本文を有していることも確認される。少なくとも、『伊勢物語』伝為家筆本をはじめとした諸本や『秋風和歌集』の享受者たちは、業平の詠歌として、第二句を「野もせにすだく」とする「かしがまし」歌を捉えていたことになるのである(24)。

再び、『狭衣物語』の叙述を見なおしてみたい。冒頭に引用した場面は、うるさいほどに鳴く虫たちのように、狭衣もまた、兄妹として育った源氏宮への想いを表明したいという心中の露見でもあった。そうであるからこそ、同じく、兄妹の物語をかたる『伊勢物語』を思い起こさずにはいられない。狭衣が源氏宮への思慕を明かす場面を挙げる。

涙さへ落ちぬべうおぼえたまふ紛らはしに、この絵どもを見たまへば、「在五中将の日記をいとめでたう書きたるなりけり」と見るに、あひなうひとつ心なる心地して、目とどまる所々多かるに、え忍びたまはで、「こはいかが御覧ずる」とてさし寄せたまふままに、

よしさらば昔のあとをたづね見よ我のみまよふ恋の道かは

とも言ひやらず、涙のほろほろとこぼるるをだに、（上四四頁）

普段と同じように、源氏宮への恋しさのあまり、涙もこぼれおちそうになる狭衣は、源氏宮の見ていた絵を手にとる。それは、まさしく、兄妹の恋慕を描いた「在五中将の日記」、すなわち、『伊勢物語』に他ならず、そのために、秘しておかなければならない自らの想いが遂に溢れだしてしまうのである。『狭衣物語』は、『伊勢物語』の業平の物語を背景に据えながら、狭衣と源氏宮の物語を展開させる。源氏宮に想いを寄せる狭衣に、妹に恋した業平のありかたを寄り添わせ、重ねていこうとしているのである。

もちろん、そうであったとしても、『伊勢物語』（小式部内侍本）で詠まれた「かしがまし」歌が、妹への恋を想定したものかどうかは未詳といわざるをえないし、諸注釈書の叙述に、『狭衣物語』の「虫の声々、野もせの心地」と『伊勢物語』（小式部内侍本）の「かしがまし」歌を重ねて読もうとする見解をはっきりと見いだすことはできない。しかし、『狭衣物語』における『伊勢物語』への姿勢をふまえるのであれば、「かしがまし」歌が業平の詠歌として捉えられていたとき、「虫の声々、野もせの心地」ということばを媒介にして、狭衣と業平をつなげる営み、すなわち、ここに『伊勢物語』の引用を読みこむことも避けられないのではなかろうか。業平の「かしがまし」歌を知る人々による、『狭衣物語』読解のありようが思い浮かんでくる。[25]

三　『うつほ物語』の引用と『狭衣物語』の世界

『伊勢物語』（小式部内侍本）と同様に「かしがまし」歌を収めるのが、『うつほ物語』である。

人々の御返り聞こえ給ふを、三の皇子、御前近き松の木に、蝉の声高く鳴く折に、かく聞こえ給ふ。

「かしかまし草葉にかかる虫の音よ我だに物は言はでこそ思へ

住み所あるものだに、かくこそありけれ」。あて宮、聞き入れ給はず。(26)

裳着をすませたあて宮に、多くの親王や上達部たちが求婚する折、兵部卿宮や藤原兼雅、平中納言につづいて、三の皇子（弾正宮忠康）も和歌を詠んで懸想している。

一見したところ、この『うつほ物語』と『狭衣物語』のあいだには、「かしがまし」歌を介する類同を見いだし、両者を重ねて解釈していくことが許されるようにも思われる。狭衣が「虫の声々、野もせの心地」して「我だに」と思う直前、源氏宮への想いを表出している場面を見てみよう。

小さき几帳に宮は紛れ入りたまひぬれば、すさまじくて、端つかたに人々と物語したまふに、御前の木立こ暗く、暑かはしげなるなかに、蝉のあやにくに鳴き出でたるを見出だしたまひて、

声たてて鳴かぬばかりぞもの思ふ身は空蝉に劣りやはする

など口ずさびに言ひ紛らはして、「蝉、黄葉に鳴いて、漢宮秋なり」と、忍びやかにうち誦じたまふ御声、めづらしげなき言なれど、若き人々はしみかへりめでたしと思ひたる、ことわりなり。（上七四頁）

こののち、少しの叙述をもって「虫の声々、野もせの心地」の場面につながるわけであるが、「御前の木立」「蝉」

などのことばから「虫の声々、野もせの心地」までの一連の叙述をふまえると、『うつほ物語』において、三の皇子が「御前近き松の木に、蝉の声」が聞こえる折、あて宮に「かしがまし」歌を詠みかける一齣を思い浮かべることもできそうである。たしかに、日本古典全書は「この所、宇津保物語、藤原の君巻の弾正宮忠康の描写を模して書いたらしい。(27)」と述べ、新潮日本古典集成も「『宇津保物語』の弾正宮忠康が貴宮を恋うる（中略）は同趣の描写。(28)」と説明するし、斎木泰孝氏(29)も同じ見解を示している。いっそうさかのぼって、『狭衣下紐』はどうか。

一　我たにもと　ねにたてられぬともとかしく思召也声たてゝの哥の首尾なるへし(30)

『狭衣下紐』は、この場面に『うつほ物語』とのかかわりを指摘しないが、「首尾なるへし」として、「声たてて」歌と「虫の声々、野もせの心地」「我だに」の二つの場面を結んでいる。どちらも源氏宮への想いを打ち明けたいと切望する狭衣の姿であることによって、二つの場面を一具と見るのであり、そうした解釈の延長にこそ、『うつほ物語』は浮かびあがってくる。

しかしながら、こうした『うつほ物語』を重ねようとする見解が『狭衣物語』の読解にあたって粗雑であり、およそ、首肯されてきたとはいいがたいこともまた、事実であるといわなければならない。というのも、どちらの物語も「かしがまし」歌にかかわる叙述であることに違いはないものの、そもそもの詞章の異なりを見過ごすことは難しい。『狭衣物語』の本文に「野もせの心地」とあるにもかかわらず、『うつほ物語』が、諸本に異同なく、「かしがまし」歌の第二句を「野もせにすだく」でなく「草葉にかかる」としていることは、決定的な違いといわざるをえないのである。

さらに、詞章だけでなく、その内実にも隔たりを見いだすことができる。『うつほ物語』に描かれた「かしがまし」歌は、「御前近き松の木に、蝉の声」と情景が描写されているのに対し、「草葉にかかる虫の音」と詠まれていた。この情景と和歌は、「蝉」と「虫」を同一に見なして結ぼうとするものであり、対応関係に齟齬が見いだされてくる。

そのために、この「かしがまし」歌が、『うつほ物語』の創作とは考えにくく、先行する物語や歌集、あるいは、古歌を転用したものと解されるところでもあった。[31]そのいっぽうで、蝉を詠みこむ「声たてて」歌の前後に「蝉」をいい、「日の暮れゆくままに、」と場面を転換したあとで、「虫の声々、野もせの心地」として「かしがまし」歌を引用する『狭衣物語』のありかたは、木にとまって鳴く「蝉」と、野草にまぎれて鳴く「虫」を無秩序に結ぼうとする『うつほ物語』の影響を想定するよりも、むしろ、それとは決定的に峻別された姿勢さえ感じられる。

前掲した『狭衣下紐』を大いに参照しつつ作成されたという『狭衣物語抄』も見てみよう。

われたにともとかしう　我は音にたてられぬともとかしく思給也[32]

『狭衣下紐』の注釈に対して、『狭衣物語抄』は、「声たてて」の首尾とする見解を却けて、両者の回路を切断する。ここからは、『うつほ物語』との接触を見いだせそうもなければ、とうぜん、『狭衣物語抄』に、『うつほ物語』をかかわらせていこうとする志向がなかったことも明らかといえる。

四　『うつほ物語』の風景

ところが、『うつほ物語』と『狭衣物語』をはっきりと結びつける言説はあった。近世後期の国学者である岡本保孝によって書かれた『狭衣物語校注』が、それである。

われたに

新撰朗詠　虫　好忠　かしかましのもせにすたくむしのねよわれたにものをいはてこそおもへ　空穂　にも

此哥有[33]

いったい、なぜ、保孝は、『狭衣物語』の注釈として、『うつほ物語』をとりあげたのであろうか。『狭衣物語』の「虫の声々、野もせの心地」「我だに」の一節に、『うつほ物語』が連接していく所以には、先だって、「かしがまし」歌をめぐる近世後期の注説と深くかかわっていたことを述べておかなければならない。

『狭衣物語校注』を著した保孝が師事した清水浜臣の『うつほ物語考証』は、『狭衣物語校注』の成立にさかのぼって書かれたものとされ、すでに述べた「御前近き松の木に、蝉の声」と「草葉にかかる虫の音」の矛盾にも言及し、『新撰朗詠集』にもふれている。

草葉にかゝる〔六十ウ〕「松の木になく」とありて、哥に「草葉にかゝる」とあるはいかに。

〔『新撰朗詠』虫、好忠〕

かしがましのもせにすだく虫のねよ我だに物をいはでこそ思へ

『曽丹集』に此哥なし。もしは、この『うつほ』の哥をおぼえたがへしならずや。[34]

『うつほ物語考証』の写本には、保孝の追補も見られることから、保孝が引用の一説を知らなかったはずはない。すなわち、正しくは、『狭衣物語』から『うつほ物語』が導きだされたのではなく、『うつほ物語』注釈の進展に伴って、そこに『新撰朗詠集』との連繋が指摘されるにおよび、『狭衣物語』に『うつほ物語』が発見されたのである。『狭衣物語校注』の注説は、就中、こうした受容史の中で生まれた叙述であることを見とっておかなければならない。

そうしたいっぽうで、『狭衣物語』の浜臣書き入れ本は、次のように記している。

新朗虫　好忠〔但家集无此歌〕かしかましのもせにすたくむしのねよわれたにものをいはてこそおもへ

すなわち、浜臣は、『うつほ物語考証』から分かるように、『うつほ物語』と『新撰朗詠集』との関係に気づき、また、浜臣書き入れ本において、『狭衣物語』と『新撰朗詠集』とのそれも見いだしていながら、『うつほ物語』と

『狭衣物語』を結んではいないのである。はたして、『狭衣物語』の注釈における『うつほ物語』の指摘の欠如は、浜臣の注釈の未熟さやたんなる物忘れと判断してよいのであろうか。

浜臣にとっても、浜臣に学んだ保孝にとっても、『狭衣物語』と『うつほ物語』を引きあわせることができるかどうかは、決して、自明のことではなかったと考えたい。保孝の『狭衣物語校注』のように、このことがはっきりと言説に書きとどめられるためには、やはり、両者のあいだの脈動、『狭衣物語』と『うつほ物語』を結びつけようとする志向があったと捉えなければならない。浜臣が物忘れをし、保孝が類似していることだけをもって書き記したとするのは、浜臣や保孝の営みに対して、あまりに空しい。

『うつほ物語』は、あて宮求婚譚をはじめ、『狭衣物語』への交渉が広くあったと知られている。(35)そのなかで、詞章や内実の異なりを超えてまで、「虫の声々、野もせの心地」の背後に『うつほ物語』があると述べることに、はたして、どのような要因を想起できるのであろうか。

「かしがまし」歌を詠んだ三の皇子は、あて宮への求婚者のひとりとして登場する。あて宮に和歌を贈るさい、「かく、よそなる人だに聞こえ給ふものを、ここにこそ、あやしう慎ましけれ。(36)」と、血縁であるためにいままでは遠慮していたものの、「よそなる人」への対応に急きたてられたと述べているとおり、三の皇子は、あて宮の姉の仁寿殿の女御腹であった。そうして、後々にいたるまで、いっさいの妻をもたず、一途にあて宮を想いつづける人物として表現されている。(37)

したがって、血縁、ないしは、それに類する関係をもって、三の皇子とあて宮の物語に狭衣と源氏宮のそれを重ねていくことはありえよう。そのさいには、三の皇子が、あて宮と同じ三条殿に住み、育てられてきたことも付言しておくべきでもあろう。ただ、この三の皇子と狭衣を、しっかりと結びつけることは難しい。三の皇子とあて宮は血縁ではあるものの、兄妹の関係にはないし、源氏宮だけでなく、飛鳥井女君にも想いを寄せ、のちに、女二宮とも交わり、一品宮や宰相中将妹君を妻とした狭衣の恋慕を、三の皇子と同じように見なすわけにはいかない。

しかしながら、それとは異なって、狭衣と源氏宮の物語に、この三の皇子も加わったあて宮求婚譚のおもかげを読みこんでいく営みを考えることはできまいか。源氏宮を引きとった堀川大殿の考えが語られた一節に、次の叙述が見える。

源氏の宮の御かたち、かくすぐれたまへる御名高くて、春宮のいとゆかしう思ひきこえさせたまへるに、「ささそはつひのことならめ」とおぼしたり。（中略）されど、いとどしき御有様を、「なほいますこし盛りにねびととのひたまひてこそ」など、おぼろけならずおぼしおきつる御有様なるべし。（上二〇頁）

源氏宮は、春宮への入内が予想されていたものの、決定していたわけでなく、やがて、春宮妃になるのであろうと思われながら、堀川大殿は、年頃になってからお目にかけようとかこつけ、政治的な思惑から入内の時期をはかっていた。そうであるとすれば、『うつほ物語』で春宮をはじめ仲忠や三の皇子があて宮に迫ることができたように、源氏宮にも相応の求婚がありえたと考えてよいはずである。もちろん、源氏宮をめぐる求婚譚が、物語に示されることはない。しかし、「虫の声々、野もせの心地」に、三の皇子のあて宮求婚譚を読みこむことによって、いっそうはっきりと、源氏宮への複数の求婚者の存在が示唆されてくるのではなかろうか。狭衣は、そうした求婚者たちのざわめきを傍目に、三の皇子のように、近しい関係であり、同じ住まいで過ごしたために、何も語ることのできない自分じしんを「虫の声々、野もせの心地」と評したのではないか。そのように読もうとするありかたを、「かしがまし」歌を介して、『狭衣物語』と『うつほ物語』を結びつけていく保孝の注説から想像してみるのである。

保孝は、浜臣の注釈を進展させるかたちで、『狭衣物語』に『うつほ物語』との接点を見いだしていった。『伊勢物語』を読みこみ、妹のように育てられた源氏宮に対する禁忌の恋を嘆く狭衣を映しだすのではなく、『うつほ物語』との因縁を見とることで、多くの求婚者たちとのかかわりのなかで、そのひとりとして焦燥する狭衣の姿に焦点をあてようとしていたと捉えることができるのである。

おわりに

『狭衣物語』がさまざまな引用で構成されていることは、夙に指摘されている。巻一中程の秋の日暮れの一場面も、「虫の声々、野もせの心地」「我だに」といったことばから、その背景に、『新撰朗詠集』に収められ、その全体を知ることのできる一首が示されつづけてきた。しかし、物語の読解に歴史があるように、享受の過程において、それぞれの思い起こされる情景が必ずしも同じであったとはいいきれないはずである。

『新撰朗詠集』に「野もせにすだく」を有する「かしがまし」歌が収められて以降、『狭衣物語』の「虫の声々、野もせの心地」に『新撰朗詠集』のそれは重ねられていったことであろう。しかし、こうしたありかたとは異なって、「野もせにすだく」の一首を業平の詠歌と見知っていた人々が、業平の詠んだ「かしがまし」の歌の引用として「虫の声々、野もせの心地」を捉え、狭衣と業平を符合させていったであろうことも、想起しておくべき一端であるように思われる。あるいは、浜臣が言及しなかった『うつほ物語』との交渉を殊更にとりあげることで、『狭衣物語』に重ねていこうとする保孝の姿勢もあった。

詳述することはしないけれども、「かしがまし」歌を含む叙述は、さらに、『今物語』や『十訓抄』、そして、『古今著聞集』といった一連の説話集にも見てとることができる。これらは、いずれも、平家一門都落ちにいたって、藤原俊成に詠草一巻を託したと伝わる平忠度をめぐるものであり、「かしがまし」歌を題材にする忠度の故事がよく知られていたことも判明する。『今物語』を掲げておく。

薩摩守忠度といふ人ありき。宮ばらの女房に物申さむとて、つぼねのうへざままで、ためらひけるが、事のほかに夜ふけにければ、あふぎをはら〳〵とつかひならして、きゝしらせければ、このつぼねの心しりの女房、「野もせにすだくむしのねや」とながめけるをきゝて、あふぎをつかひやみにける。人しづまりて、いであひたりけるに、此女房、「あふぎをばなどやつかひたまはざりつるぞ」といひければ、「いさ、かしかましとかやきこえつれば」といひたりける、やさしかりけり。

かしかまし野もせにすだく虫のねやわれだに物はいはでこそおもへ(38)

忠度が、宮腹の女房のもとを訪れ、気づいてもらおうと扇を鳴らすと、事情をよく知る女房が「野もせにすだくむしのねや」と応対する。女房は、下句の「われだに物はいはでこそおもへ」を念頭に、そうした状況にある忠度の行動に答えてみせたのであったが、忠度は、初句の「かしがまし」の意に捉えたというのである。故意に勘違いを装ってみせたわけであり、それはまた、和歌を介した「やさしかりけり」なやりとりであった。

『狭衣物語』の読者のいくらかが、広く流布していた如上の忠度の故事を読み、覚えていたことは疑いようがない。もちろん、だからといって、狭衣と忠度を無理矢理に引きあわせていこうとするのは無謀でしかないが、どちらにも、「かしがまし」歌が詠みこまれていたことだけは想起しえたであろうし、そうしたはてに、両者の結びつきを見とっていく理解が生まれていたかもしれない。物語のことばが喚起する情景を捉え、享受者たちの営みを知るためには、そのことをこそ、考えていかなければならないと思うのである。

人々の記憶にそくした享受のありかたを求め、『伊勢物語』や『うつほ物語』が思い起こされる可能性をさぐってきた。こうした所作が織りなす空間、それは、『狭衣物語』の叙述からおぼろげに見える遠景である。

注

(1) 和歌の本文、および、歌番号は、特に断らないかぎり、『新編国歌大観』に依る。以下同じ。
(2) 静嘉堂文庫所蔵物語文学書集成1『古物語』（雄松堂フィルム出版　一九八一年）に依る。以下同じ。
(3) 『物語文学の方法Ⅱ』第三部第九章「花散里巻の方法―〈色好み〉の挫折あるいは伊勢物語六十段の引用―」（有精堂出版　一九八九年　初出・『中古文学』一五　一九七五年五月）
(4) 新潮日本古典集成『源氏物語二』（新潮社　一九七七年　一九六頁）
(5) 「虫の声々、野もせの心地」を含み、大幅に省略する伝慈鎮筆本（吉田幸一氏編『狭衣物語諸本集成3』笠間書院　一九九五年　四十九頁）は存するが、「かしがまし」歌の引用に変容を迫る異文は確認されない。
(6) 後藤康文氏『狭衣物語論考　本文・和歌・物語史』第Ⅲ部2「『狭衣物語』の成立時期」（笠間書院　二〇一一年初出・『語文研究』六三　一九八七年六月）、第Ⅲ部3「『浜松』は『狭衣』のあとか」（初出・「『浜松』は『狭衣』のあとか―『浜松中納言物語』成立時期異見―」（王朝物語研究会編『論集源氏物語とその前後2』新典社　一九九一年））参照。引用は後者（三七一頁）による。
(7) たとえば、柳澤良一氏『新撰朗詠集全注釈一』（新典社　二〇一一年　七四頁）、同氏「解説『新撰朗詠集』」（和歌文学大系47『和漢朗詠集・新撰朗詠集』明治書院　二〇一一年　五六六頁）（以下に引用する箇所は両者とも同文である）は、「『新撰朗詠集』の成立は、菅原在良の亡くなった保安三年（一一二二）十月二十三日以降、『相撲立詩歌合』撰進の依頼があった長承二年（一一三三）八月二十八日までの間のいずれかの時ということになる。」と述べている。
(8) 久下裕利氏・堀口悟氏・横井孝氏編『平安後期物語引歌索引』（新典社　一九九一年）によれば、『狭衣物語』において、引き歌が指摘される全五四九項目のうち、『新撰朗詠集』とのかかわりが認められるのは五箇所におよぶ。しかし、「虫の声々、野もせの心地」を除く四箇所に掲げられる和歌は、『新撰朗詠集』以外の諸書にも所収されているものであり、これらの存在からも、『狭衣物語』が『新撰朗詠集』を参照したとは証明されない。
(9) 第二句の異文のほかに、第三句「我だに物は」「我だに物を」といった助詞の異同も見られる。ただし、これはそれぞれの物語、撰集、説話集の諸本間にも生じるものであり、煩雑になることを避けて詳細は省く。本稿の論旨には影響しない。

（10）『伊勢物語』（小式部内侍本）『うつほ物語』『蜻蛉日記』の成立については、『伊勢物語』（小式部内侍本）の成立時期が詳らかでないことや、野口元大氏『うつほ物語の研究』Ⅲ一「うつほ物語の原初構想とその変容」（笠間書院　一九七六年）などによって、『うつほ物語』の「かしがまし」歌を含む場面がのちに付加されたと推測されていることもあり、問題はいっそう複雑である。諸資料をもとに再検証をおこなう上原作和氏『光源氏物語學藝史右書左琴の思想』「権威としての《本文》　物語文学史の中の『伊勢物語』」（翰林書房　二〇〇六年　一九四頁　初出・叢書想像する平安文学1『平安文学のイデオロギー』勉誠出版　一九九九年）では、「小式部内侍本本文→藤原の君巻（後補本文）→『蜻蛉』天禄三年本文」「屏風絵的歌物語世界→『蜻蛉』上巻本文→俊蔭巻（今うつほ和歌本文」という図式を提示し、これらのあいだの「ねじれた関係」を想定する。なお、『伊勢物語』（小式部内侍本）については、「天禄三年に小式部内侍本『伊勢物語』本文が存在したことは動かない事実であるとは言えそうである。」とも述べている。三者の相関関係については、上原氏ごじしんからも多くの教示を得た。また、『伊勢物語』（小式部内侍本）に段階的な成長の過程があったとして、その復元を試みる林美朗氏『狩使本伊勢物語―復元と研究―』（和泉書院　一九九八年）によれば、「かしがまし」歌を所収する章段は、第n+1次本に存し、その第n+1次本は、平安末期から鎌倉初期に成立していたとされている。

（11）小学館　一九九四年　二二四頁

（12）『国語国文』三―四（一九三三年四月）

（13）注（10）一九四頁

（14）笠間書院　二〇〇〇年　二七頁（初出・『国文学研究』四　一九三七年二月）

（15）「かしがまし」歌を古歌とせず、『伊勢物語』（小式部内侍本）をもととする説が否定されないのは、注（10）で述べたとおり、『伊勢物語』（小式部内侍本）の成立年次の曖昧さにある。なお、『うつほ物語』から生じたとする解は想定されていないが、後述するように、「かしがまし」歌じたいが、『うつほ物語』の創作した和歌とは認められないためである。
(16) 笠間書院　一九七三年
(17) 新典社　二〇一一年　五四五頁
(18) 注(10)一九三頁
(19) 『狭衣物語』の校注本のいくつかには、「虫の声々、野もせの心地」の参考として掲げられた「かしがまし」歌に好忠と注記するものも散見するが、如上の理由から改められなければならない。また、「かしがまし」歌の前の三一二番の漢詩作者として示される藤原頼宗を「かしがまし」歌の詠者と見なす石橋尚宝氏『十訓抄詳解』(校訂版・明治書院　一九二七年　四六頁　初版・一九〇二年)や、佐藤謙三氏『平家物語　上巻』(角川書店　一九五九年　二六一頁)などもあるが、同様に否定される。
(20) 中城さと子氏「『狭衣物語』における『伊勢物語』の享受―意味不明文「たふとく水」の解読―」(『中京国文学』一〇　一九九一年三月)、宮谷聡美氏「『狭衣物語』の歌の意義―『伊勢物語』六十五段「在原なりける男」とのかかわりから―」(狭衣物語研究会編『狭衣物語が拓く言語文化の世界』翰林書房　二〇〇八年)、後藤康文氏『狭衣物語論考　本文・和歌・物語史』第Ⅲ部1「「室の八島」の背景」(笠間書院　二〇一一年　初出・『国語と国文学』七四―八　一九九七年八月)ほか参照。
(21) 天理図書館善本叢書和書之部3『伊勢物語諸本集一』(天理大学出版部　一九七三年　一九二頁―一九三頁)に依り、私に句読点を付す。
(22) 池田亀鑑氏『伊勢物語に就きての研究　校本篇』(大岡山書店　一九三三年)、大津有一氏編『伊勢物語に就きての研究　補遺・索引・図録篇』(有精堂出版　一九六一年)、山田清市氏『伊勢物語校本と研究』(桜楓社、一九七七年)、林美朗氏『狩使本伊勢物語―復元と研究―』(和泉書院　一九九八年)参照。
(23) 冷泉家時雨亭叢書7『平安中世私撰集』(朝日新聞社　一九九三年　三〇四頁)

(24)『秋風和歌集』は、冷泉家時雨亭叢書7『平安中世私撰集』(注(23))所収の赤瀬信吾氏「解題」に「数多くの私家集に、『秋風和歌集』の書名が勅撰集とならんで集付として記しつけられていることは、きわめて興味ぶかい。かつて『秋風和歌集』を勅撰集に準ずるものと見なしていた人々があったことを、これらの集付は物語っているからである。」(三五頁)とあるように、広く利用されたらしい。撰者、成立については、安井久善氏『秋風和歌集』(古典文庫　一九六九年)も参照した。

(25)もっとも、忘れてならないのは、文治元年(一一八五)に守覚法親王へ注進したという顕昭の『古今集注』が「小式部内侍ガ書写也。普通ノ本ニハ春日野ノ若紫ノ摺衣トイフ歌ヲコソハジメニハカキハベルニ、此ハ証本ニテ、此君ヤコシ我ヤユキケムノ歌ヲハジメテカケル」(巻第一三)(『日本歌学大系　別巻四』風間書房　一九八〇年　二八九頁)と述べ、藤原定家も、武田本の奥書で「近代以狩使事為端之本」であり、小式部内侍本は「末代之人今案也」「更不可用之」(山田清市氏『伊勢物語　影印付』改訂版・白帝社　一九七八年　一六三頁　初版・一九六七年)と主張するように、小式部内侍本の存在が徐々に薄れていったと想定されることである。『狭衣物語』の背後に、業平の「かしがまし」歌を把捉することができたのは、限定された一端であった。

(26)室城秀之氏『うつほ物語　全』(改訂版・おうふう　二〇〇一年　一〇一頁―一〇二頁　初版・一九九五年)

(27)日本古典全書『狭衣物語　上』(朝日新聞社　一九六五年　四〇二頁)

(28)新潮日本古典集成『狭衣物語　上』(新潮社　一九八五年　七四頁)

(29)「狭衣物語の方法と宇津保物語(上)―円融朝の堀河院をめぐって―」(『国語国文論集』(安田女子大学)二八　一九九八年一月)

(30)大東急記念文庫善本叢刊中古中世篇1『物語』(汲古書院　二〇〇七年　四七六頁)

(31)『うつほ物語』の叙述が、虫の音でなく蝉の声であったことから、「野もせにすだく」よりも「草葉にかかる」が適当と捉える篠崎五三六氏「狭衣物語の基礎的研究」(『国語国文』三―四　一九三三年四月)や日本古典全書『狭衣物語　上』(注(27)四〇三頁)などもあるが、「蝉」と「虫」との差異から生じる違和感はぬぐいきれない。

(32) 川崎佐知子氏『『狭衣物語』享受史論究』「翻刻・宮城県図書館伊達文庫蔵『狭衣物語抄』」(思文閣出版 二〇一〇年 四六九頁)

(33) ノートルダム清心女子大学古典叢書第三期14『狭衣物語校注 地』(福武書店 一九八四年 一七丁オ)に依る。該本の随所に見られる年月の書き入れから、この注記を収める巻一之下は、天保二年(一八三一)の執筆であることが分かっている。

(34) 室城秀之氏・江戸英雄氏・正道寺康子氏・稲員直子氏編『うつほ物語の総合研究2 古注釈編Ⅰ』(勉誠出版 二〇〇二年 三五〇頁―三五一頁)に依る。『うつほ物語考証』の諸本、成立についても同書を参照した。

(35) 中野幸一氏『うつほ物語の研究』Ⅳ第七章「うつほ物語の享受と影響」(武蔵野書院 一九八一年三月)や土岐武治氏『狭衣物語の研究』第二章第一節一「宇津保物語との交渉」(風間書房 一九八二年 初出・原題「狭衣物語と宇津保物語との典拠関係」(『立命館文学』三五〇・三五一 一九七四年八月))の基礎的考察をはじめ、長谷川政春氏「賀茂神と琴と恋と―〈宇津保取り〉としての『狭衣物語』―」(新物語研究2『物語―その転生と再生』有精堂出版 一九九四年)などの論考がそなわる。

(36) 注(26)九二頁

(37) 原田芳起氏『宇津保物語研究 考説編』第三部第四章「弾正の宮の恋―物語構想の進展―」(風間書房 一九七七年 初出・「平安文学研究」四五 一九七〇年一二月)

(38) 中世の文学『今物語・隆房集・東斎随筆』(三弥井書店 一九七九年 一二三頁)

付記 『狭衣物語』の本文として、新潮日本古典集成『狭衣物語(上―下)』(新潮社、一九八五年―一九八六年)を使用し、文末の( )内に巻数・頁数を示した。なお、論中の傍点は稿者による。

III

『浜松』『寝覚』『とりかへばや』の〈文〉

『浜松中納言物語』恋の文模様——唐后転生へのしらけたまなざしから

鈴木泰恵

一　語られない唐后の転生を起点に

『浜松中納言物語』（以下『浜松』）は夢と転生の物語だと言われてきた。とりわけ、唐土で一度だけ逢った唐后への、中納言の絶えざる恋心が、唐后の死と日本への転生を促すところに、この物語の特色が掬いとられた(1)。そして、この物語の転生は、『源氏物語』（以下『源氏』）で方法化された(2)「ゆかり」「形代」に対して、似ている別人ではなく、たとえ似ていなくとも、本人という存在を希求するものであり、そこに『源氏』への批評性があると読みとられた(3)。こうした読みのラインは、今日においてもなお妥当だと思う。

ところが、『浜松』には肝心な唐后の転生が語られていないのである。これについては、夢で告げられた転生は、語られずとも確実に実現するといった見解が多数を占めるなか、わずかながら語られない意味も模索された(4)。その後の研究史も含めて、今一度注目されるのは、そもそも語られる意味がない（完結している）、あるいは語られないのには語られないなりの意味がある、さらには語られてはならなかったとの見方だ(5)。改めて、語られなかったということの重みを受けとめたいのである。その重みを受けとめたうえで、終幕から折り返してみれば、『浜松』の内側には、まだまだ考えるべき問題があるように思う。本稿では、先行研究とは少し違った角度から、唐后の転生が語られないで終わる事情を、中納言の恋のあり方・恋の〈文《あや》〉に注目してとらえ直し、中納言を軸に『浜松』という物語空間に織りなされた恋の文模様について考察したい。また、そこに浮かび上がるこの物語の平安後期物語的な特質を明らかにしたい。

なお、本稿では〈文《あや》〉を条理もしくは秩序といった意味で、文模様は〈文《あや》〉に基づく事態のありさま・ありようの意で用いている。

二　唐后転生へのまなざし

いったい『浜松』とは、中納言の織りなす恋の文模様が語られた言語空間だと言っていいだろう。そして、唐后の転生が語られない『浜松』の終幕も、その転生を待つ中納言のあり方と、深く関わっているようだ。そこでまず、中納言が唐后の転生にいかなるまなざしを向けているのか、換言すればどのような期待を示しているのかを確認し、中納言の恋物語として、唐后の転生が語られない事情を酌みとっていくよすがとしたい。

唐后の転生を告げる夢と、それを見た中納言の感慨が注目される。

A　「身をかへても一つ世にあらむこと祈りおぼす心にひかれて、今しばしありぬべかりし命尽きて、天にしばしありつれど、われも、深くあはれと思ひ聞こえしかば、かうおぼしなげくめる人の御腹になむ宿りぬるなり。薬王品をいみじう保ちたりしかども、われも人も浅からぬあひなき思ひにひかれて、なほ女の身となむ生まるべき」とのたまふと見るままに、涙におぼれて覚めたれば、夢なりけりと思ふに、あかずかなしうて、うつつにもせきやるかたなし。涙に浮かび出づる心地して、ものもおぼえず、なほ夢・まぼろしかとも疑ふ心もありつるを、まことに、さは、世に亡くなり給ひにけるにこそはと思ふに、われこそ身をかへて、御あたりにあらむと思ひ願はれつつれ、さばかりめでたく照りかかやき、世の光とおはせし御身をかへさせむとは思ひ寄らざりしをなど、あかずかなしう思ふままに、……
（巻五　三九七〜三九八頁）(6)

二重傍線部「身をかへ」は、「身をかへても、かの御ゆかりの草木と、いまひとたびならむ」（巻四　三一九頁）という中納言の思いに照応しており、今生の命に代えて転生する（生を替える）意と、その転生により、見た目の〈かたち〉まで変える意だと解釈した。さて、唐后は中納言の夢に現れて、「身をかへ」ても唐后と一緒にいたいと願う中納言の思いにひかれ、また自身の中納言への浅からぬ思いにもひかれて、吉野姫に宿り再び女の身で日本に転生すると言う。日唐別々になりながらも、思い合う中納言と唐后の再会を告げる夢であった。しかし、中納言の思いは唐后の思いと番わない。まずは、夢に加えて空に響く声で告げられていた唐后の死（巻四　三六〇頁〜三六一頁）を、改めて確認した後、自身が「身をかへ」て唐后の傍にいたと願いこそすれ、あれほどすばらしかった唐后の「身をかへ」させようなどとは思いも寄らなかったと、悲しみに沈む。この中納言には、唐后転生への期待感が窺えない。

さりとて、まったく期待感がないかというと、そうでもない節がある。式部卿宮に盗まれ、崩していた体調をさらに悪化させてしまった吉野姫を、取り戻し介抱しつつ、吉野姫の懐妊を知ったときの中納言からは、淡い期待が窺える。

B　九月ばかりより、ただならざりける御心地もいみじかりけるほどは、見もわきたてまつらざりけるを、このごろ、いちじるく見たてまつり知りて、中納言にも聞こえければ、まことの契り遠かりける口惜しさは、胸ふたがれど、見し夢を思ひ合はするに、うれしくもかなしくも、まづ涙ぞとまらざりける。
（巻五　四三九頁）

中納言は、吉野姫が式部卿宮（この時点では東宮）の子を宿していると知り、自身には吉野姫と恋仲になる縁はなかったのだと残念に思う。一方、吉野姫懐妊と、唐后転生の夢（引用A）とを思い合わせてみると、唐后の死も転生も現実味を増し、悲しくもうれしくも思うのであった。悲しみとの背中合わせにではあるが、期待感も窺えるところだ。

しかし、総じて唐后の転生に寄せる中納言の期待は、きわめて薄いと言わざるをえない。物語末尾が注目される。

C　その年、もろこしより人多く渡れるよし、大弐の申したるをうち聞くより、胸、心さはぎまどふに、送りに来たりし宰相のもとより、消息あり、あはれにいみじきことども日記にして、「去りぬる年の三月十六日に、河陽県の后、光隠れさせ給ひにしかば、天下にかなしみて、御門、位を棄てて、御髪《ぐし》おろして、崑崙山に入り給ひにき。東宮、位につき給ひては、一の后、世のまつりごとをし給ふ。第三の親王、東宮にゐさせ給ひぬ。一の大臣の第五のむすめ、内裏《うち》にまゐらせて后に立てむとするほどに、

　この世にもあらぬ人こそ恋しけれ玉の簪《かむざし》何にかはせむ

髪をそぎ、衣を染めて深き山に入りぬ」とあるを見るに、見し夢はかうにこそ、とおぼし合はするにも、いとどかきくらし、たましひ消ゆる心地して、涙に浮き沈み給ひけり。（巻五　四五〇～四五一頁）

筑紫にやって来た唐の宰相からの便りによって、中納言は唐后の死を知らされる。二重傍線部「見し夢」とは、唐后が病み患っていた夢であろうか、それとも死と転生を告げた夢であろうか、もしくはその双方であろうか。ともあれ中納言は宰相からの知らせを、こうした夢と思い合わせる。すると、気持ちは真っ暗になり、魂の抜けていく思いがして、涙にかきくれてしまう。これが『浜松』のラストシーンだ。最後の最後においてさえ、中納言は唐后の死を悼むばかりで、唐后の転生を期待するそぶりさえ見せないのである。

中納言が唐后の転生に向けるまなざしあるいは期待の様相をとらえてきた。肝要なのは、唐后の転生が唐后の死

と表裏する点だろう。だから、中納言には、唐后転生への期待感がまったくないわけではないにせよ、むしろ唐后の死を悼む思いの方がはるかにまさっていて、それが期待感を押しつぶさんばかりなのである。こんなふうに悲しみに抑圧された期待を名指せば、しらけた期待とでもいうものであり、唐后転生に向けられた中納言のまなざしは、きわめてしらけていてネガティブだ。

三　イデアの恋

唐后の転生に向けられた中納言のまなざしなり期待の様相なりが、唐后の死の悲しみに抑圧されていて、いかにもしらけたものであるのは、前節で考察したとおりである。そしてそれは、中納言の唐后恋慕のあり方と、ひいては『浜松』の恋の文模様と深く関わりながら、ラストシーンを規制しているようだ。そこで本節では、中納言の唐后恋慕のあり方をとりおさえ、ラストシーンを規制しつつ織りなされる恋の文模様を浮かび上がらせ、『浜松』の恋物語としてのスタンスをとらえたいと思う。

注目したいのは、唐后が夢に現れ転生を告げたときの中納言の思いである。引用A後半傍線部にあるが、再掲する。

D　我こそ身をかへて、御あたりにあらむと思ひ願はれつれ、さばかりめでたく照りかかやき、世の光とおはせし御身をかへさせむとは思ひ寄らざりしをなど、あかずかなしう思ふままに、（巻五　三九八頁）

中納言は、自分こそ「身をかへ」て唐后のそばにいたいと願ったけれど、唐后の「身をかへ」させようとは考えもしなかったのにと、残念にも悲しくも思っている。傍線部「御身をかへさせむ」の「身をかへ」は、むろん転生の謂であるが、前節の引用Aで見たように、中納言自身の「身をかへ」る意識には、「ゆかりの草木」になることまで含まれていた。吉野姫の腹に宿り、女の身で生まれると告げられたのだから、まさか「草木」になるとは想定しないにせよ、中納言の心内語である点をふまえ、中納言の「身をかへ」る意識に照らせば、「御身をかへさせむ」の「身をかへ」にも、転生によりもたらされる何らかの「身」の変容が含意されていると見るべきだろう。

さて、中納言が変容を惜しむ唐后の「身」とは、破線部「さばかりめでたく照りかかやき、世の光とおはせし御身」である。「照りかかやき」は光り輝かんばかりの見た目の美であり、「世の光」はまばゆいほどの存在感といったところかと思う。が、「光」は多く視覚美の要素を伴うことばだ。『源氏』の「光源氏」を例に挙げればすむだろう。つまり、中納言が惜しみとどめたい唐后の「身」とは、かつて中納言が唐土で目にした唐后のたいへんに美しい「身」とりわけ〈かたち〉であろう(7)。

では、その〈かたち〉とは何か。日唐にひき裂かれて以来、現《うつつ》では見ることも会うこともできない唐后の〈かたち〉とは、もはや生老病死にさらされつねに変容する現し身の〈かたち〉ではなく、記憶のなかで濾過され焼きつけられた不変のフォルムであり、いわばイデアとしての唐后の〈かたち〉だと言える。だから、すでにイデアとなった唐后の〈かたち〉をふみにじり、〈否〉を突きつけるかのように、現し身で、なおかつまずは赤子の姿で、現象してくる転生に、中納言はうろたえ、ネガティブなまなざしなり、しらけた期待なりしか向けられないのである。帰国した中納言が恋してやまないのは唐后のイデアなのであり、そんな中納言の唐后恋慕は現し身・現し世の恋とは次元を異にするイデアの恋と名づけうる。

しかも、イデアの恋は現し身・現し世の恋では代替できないようだ。たとえば、唐后と吉野姫とはよく似ている(8)のだから、吉野姫が唐后の転生した女子を生み、〈かたち〉が唐后のイデアと重なった場合に期待を繋ぎうるのかというと、ことはそう単純ではない。そのレベルでなら、そもそもよく似た「ゆかり」の吉野姫を「形代」にした恋が成り立っていてもよいはずだ。たしかに、聖の予言・妹としての公表・式部卿宮による略奪など、吉野姫との恋には障害も多いが、むしろ中納言の側に現し身・現し世の恋を優先しない事情がある。

まず、二十歳以前の恋愛・妊娠は命を危うくするという吉野姫に関する聖の予言により、中納言と吉野姫の恋は封じられたと見るのが一般的だ。ところが、そうとも言い切れない側面がある。聖の予言を受ける前、中納言はすでにこう思っている。

E　この御けはひありさまは、やはらかになまめいたるなつかしさも、ただかやうにこそおはせしかと、思ひなしにや、いとよく通ひ給へる、あはれに、こよなかるべきなぐさめなれど、いつしか世のつねざまに、むつび寄らむなどはおぼえず、…〈中略〉…この人を、ただかの御かたみとかしづきて、おほかたの心はなぐさむとも、夢のやうなりし一筋の思ひは、うつろはむかたなく、身をかへても、かの御ゆかりの草木と、いまひとたびならむと念じても、…〈中略〉…この姫君の御ありさまの、通ひ、めでたきを見ても、かく、もとの御心の思ひのみこそいよいよ増され、それにうつろひなぐさめむと、思ひ急がるる心もなく、いかばかりなりけるにか、いとかく深く思ひしめられ給ひけむも、さるべきにこそあらめ。（巻四　三一八頁〜三一九頁）

この直前、中納言は吉野姫を見つめながら、唐后の「け高くけうらに、あたりも光る心地するさま」（巻四　三一八頁）は格別なものだと再確認する。しかし一方、吉野姫のやわらかなものごしや優美な容姿は、傍線部が示すように、イデアとなった唐后に重なり合っていくのでもあった。繰り返すが、まだ聖の予言を受ける以前である。にもかかわらず、中納言は二重傍線部「いつしか世のつねざまに、むつび寄らむなどはおぼえず」とあるごとく、現し身の吉野姫との現し世の恋に赴く気にはなれないでいる。その次第は、次の二重傍線部「夢のやうなりし一筋の思ひは、うつろはむかたなく」が端的に明かしているだろう。たった一度の夢のような逢瀬を得て帰国した後、会うことも見ることもできなくなった唐后への一途な恋・イデアの恋は、「夢のやうなりし一筋の思ひ」ととらえ返され、「うつろはむかたなく」心を占めて、現《うつつ》の恋には移行させようがないからである。

聖の予言といった外的な事情以外に、現し身・現し世の恋よりも、イデアの恋を優先させる中納言側の事情があって、「ゆかり」の吉野姫を「形代」とした恋が成り立たない側面をとらえておく。ただ、破線部「それにうつろひなぐさめむと、思ひ急がるる心もなく」には、急いではいないだけで、いつかは吉野姫に心を移していく可能性が残されているように見える。けれども、結局はひきのばされたままだ。イデアの恋は現し身・現し世の恋では代替されえないからだと言える。なお、吉野姫との恋を阻む外的な事情に、妹としての公表・式部卿宮による略奪が加わって以降の、中納言の吉野姫恋慕のあり方については次節で考察する。

さて、仮に唐后が転生してきたにしろ、なおかつ現象した現し身の〈かたち〉が、唐后のイデアに重なったにしろ、転生した唐后と中納言の先にある恋は、現し世の恋でしかない。唐后のイデアに重なる吉野姫との恋に移行しえない中納言が、転生した唐后との現し身・現し世の恋に移行する可能性にも、そう単純には期待を繋げられないのである。むしろ『浜松』においては、唐后の転生が語られないばかりか、唐后の転生に向ける中納言のまなざしも期待もしらけたものでしかないことに注目すべきだろう。そのとき、そこから読みとられてくるのは、現し身・現し世の恋とは次元を異にするイデアの恋に、より高い価値を認めた『浜松』の恋物語としてのスタンスなのではないか。そして、現し身・現し世の恋にまさるイデアの恋の価値が語られて、『浜松』は完結したのだと言える。『浜松』のラストシーンは、そうした価値とスタンスに規制されたものだったと見るべきだろう。

四　現し身・現し世の恋を越えて

イデアとなった唐后の〈かたち〉をふみにじり、〈否〉を突きつける転生に、しらけたまなざしや期待しか向けず、現し身・現し世の恋よりも、イデアの恋を優先させている中納言の様子は、すでに見てきたところだ。その際に、「身」がキーワードとなり、唐后の「身をかへ」させることへの強い違和感が示されていた。本節では、中納言の吉野姫恋慕のあり方を、「身」をめぐる思いからとらえ返し、中納言が織りなす『浜松』の恋の文模様をもう少し鮮明にしたいと思う。

中納言は式部卿宮に盗まれた吉野姫をとりかえしたとき、彼女を妹として公表する。しかも、吉野姫は東宮となった式部卿宮の子を宿していた。すでに考察した聖の予言のほかに、中納言と吉野姫の恋を阻む外的事情がまた加わったわけである。ところが、中納言の思いは、以下のごとく、微妙に揺れている。

F　a今とても、わが心にまかせたることぞかし。宮、さておぼし棄て給ふべき御けしきにもあらざんめれば、bその逢坂の、うち忍び越えがたかるべきことにはあらず、手にかかりたるやうにはあれど、c近きも遠きもみな世の中に故宮の御むすめと知り果てたれば、いみじう忍ぶとすとも、うちうちのことあやまり、dけしきも心得聞き知る人もあらば、いとうたて乱れがはしく、けしからぬ名に流れぬべきを、わが身ひとつの御名と思ひ続くるに、なかなか、よそのことよりいみじう、eこのことさすがにありがたし。f逢ふには身をもかふることそ世のためしなれば、はばかりおぼゆることにては、あながちに世の聞き耳などを深うせめてたどるべきことかは。g思ひのほかに馴れ寄りても、思ひ乱れむ心のうちも、またいとほしう心苦しうもおぼえ、さてはわれも今すこし心乱れまし。
（巻五　四四六頁～四四七頁）

傍線部ａｂを見ると、東宮の子を宿した今だって、吉野姫をどうするかは自分次第で、ひそかに逢瀬を持つのも難しいことではないと中納言は思っている。一方、破線部ｃｄｅでは、妹として公表した以上、他人に知れれば、ひどくみだらで、さすがに難儀だと自制する。かと思えば、傍線部ｆでまた「逢ふには身をもかふるこそ……」と翻る。この「身をもかふる」は命がけといったところだろう。しかし、二重傍線部ｇにあるように、強引に恋仲になっても、吉野姫が思い悩んではいけないし、そうなれば自分も悩ましさを増すだろうと思案する。

どうやら外的な事情は乗り越えられなくもない、あるいは乗り越えるべきだと腹をくくってみても、吉野姫の心中を思うと、中納言はやはり踏み切れないのであった。では、中納言の吉野姫恋慕は最終的にどのようなあり方を示すのかを、「身」をめぐる両者の思いに注目しつつ、とりおさえていきたい。

Ｇ　ａ（吉野姫は）よそのことならば、身を棄てても、かうもの思はせたてまつらでもあらばやと、思ひぬべきことなれど、わが身にとりては、今はゆゆしくうとましく、心深く、いとわびしきままに、いかならむ見えぬ山路にも行き隠れにしがな、とのみおぼゆるを、…〈中略〉…（中納言は）心のうちはゆるびなく、胸つぶれがましき折々多かるに、さすがまた、さらばと心をかはいて、ひとつ心にならざらむかぎりは、せめて押しやぶり、心よりほかに乱さむとは思ひたら（底本「え」）ず。ｂわが身をこそ千々にくだかめ、この人の身には塵をも据ゑじ、とおぼしたる御心のｃうしろやすさ、あはれをかぎりなく見知るにつけても、人のためならず、わが身も苦しう、かばかりあはれにいみじき御さまの、かたみに心のうちの苦しげなるさまことなり。
（巻五　四四八頁～四四九頁）

この部分には「身」ということばが多く見える。「身」は多義的であり、「心」をも含むと言われる。[9] そして、「心」と照らし合い、活き活きもすれば憔悴もする「身体・容姿」でもある。加えて「立場」「身分」「自分自身」等々、広がりのあることばだ。

まず、傍線部aは吉野姫の心中であるが、「身を捨てても」の「身」はさまざまな謂を含んだもので、「わが身にとりては」の「身」は自身であろう。吉野姫は、ひそかに恋仲になる以外のことでなら、「身」を捨てても中納言にもの思いなどさせたくないが、姫君自身としては、今はまだ東宮（式部卿宮）の強引な仕打ちが疎ましく辛いばかりで、中納言と恋仲になる気にはなれないと思っている。

対する中納言の思いは、恋心と自制の間に揺れながらも、最終的には二重傍線部bにたどり着く。この「わが身」「この人の身」の「身」も多義的なものであるが、中納言は自身の「身」は千々にくだけようとも、吉野姫の「身」は微塵も変容させまいと思う。中納言を頼る吉野姫が、兄妹と公表された中納言との恋に落ち、もの思いに心を乱すして、これまでの吉野姫とはさまざまな面で変わってしまう事態を、中納言は嫌っている。いわば、吉野姫の「身」が多義的に変容する事態を恐れているのだと言えよう。こうして、吉野姫恋慕においても、現し身・現し世の恋が乗り越えられていったのである。

すると吉野姫も、傍線部cを見るに、「我が身をこそ千々に砕かめ、この人の身にはちりをも据ゑじ」という中納言の思いを理解し、「うしろやすさ」や「あはれ」を感じつつ、翻って中納言へのかなわぬ（かなえぬ）苦しい恋心を掻き立てもしている。吉野姫もまた、現し身・現し世の恋を、忌避する心と希求する心に引き裂かれながら、それを越えたところで、中納言への深い思いを抱いているのであった。これが、中納言と吉野姫の物語の到達点である。(10)

中納言が吉野姫の「身」にこだわる様子は、「我が身をこそ千々に砕かめ、この人の身にはちりをも据ゑじ」に示されていたが、こうしたこだわりは、唐后の転生を夢で知らされたときの「我こそ身をかへて御あたりにあらんと思ひ願はれつれ、さばかりめでたく照りかかやき、世の光とおはせし御身をかへさせむとは思ひ寄らざりしを」（引用AおよびD）に、ことばのうえでも発想のうえでも類似する。相手の「身」の変容を嫌い、現し身・現し世を越えた恋に価値を見出している点で通底するのである。転生か、「ゆかり」「形代」か、なのではない。転生へのしらけたまなざしや期待と、「ゆかり」「形代」との恋の回避とは、同様の中納言の恋のあり方に根ざしつつ、現し身・現し世の恋を越えたところに価値を見出す『浜松』の恋の文模様を描いているのであった。

四　大君（尼姫君）恋慕が照らす中納言の恋

前節では、中納言の唐后恋慕と吉野姫恋慕のあり方が通底する点について考察した。本節では、もう一人の重要な女君・大君（尼姫君）恋慕のあり方をとらえておきたい。

中納言の渡唐中に出家してしまった大君と、中納言は帰国後に再会する。恋仲になってまもなく、しかも子を宿しているのも知らず、渡唐してしまったことを詫び償うかのように、中納言は大君を正妻のごとくもてなし、(11)二人の関係を修復していく。巻二の出来事であった。しかし、大君は尼であるがゆえに、巻二で置き去りにされた観もある。(12)たしかに、大君との物語はこれ以上の進展を見込めないのではあるが、中納言の大君恋慕のあり方を見ていくと、中納言が織りなす『浜松』の恋の文模様はさらにくっきりと浮かび上がってくる。以下、その点を考察していきたい。

H　女君も日ごろの隔てなく、心のほかなる山ごもりの恨みなどもなく、あはれに、思ふさまなる御けしき、年ごろ御おこなひにやつし果て給ひて、つくろふところなき御素面《ただがほ》の、めづらしういみじかりつる人よりもけ高う、あざやかに清げに、にほひ満ち給へる御かたちありさま、この世にこれよりまさる人あらじとおぼゆるにつけても、かつ見つつ、あかず口惜しき御思ひ、もろこしの御ことにも劣り給はず。あはれ、世のつねの仲らひならましかば、ただおほかたのむつましきゆかり浅からずとも、すずろに山深くあくがれ過ごさましやと、御心づから、ありしことのやうにのみ、とりかへさまほしう思ひ聞こえ給ひても、奥山の谷の底に、また、いかでありがたう、すぐれたる人生ひ出でけむと、まづおもかげに思ひ出でながら、（巻四　三二二〜三二三頁）

吉野姫に後ろ髪を引かれながら帰京した中納言が、大君に対面する場面である。尼姿で化粧もしない素顔の大君を見た中納言は、二重傍線部にあるように、かえってその「御かたちありさま」の限りない美しさを認める。それにつけても、破線部「かつ見つつ、あかず口惜しき御思ひ」「あはれ、世のつねの仲らひならましかば……」と、こうして面と向かい合っているのに、現し身・現し世の恋ができない無念さを噛みしめずにはいられず、吉野姫を思い出したりもする。しかしまた、こんな関係のなかで、大君への思いは、傍線部「もろこしの御ことにも劣り給はず」と、唐后恋慕になずらえられるのであった。

注目すべきは二点だろう。まず、大君の出家は、たとえ同じ人物であっても、〈かたち〉が変われば、存在感も変わる可能性を端的に突きつけつつ、中納言に痛恨の思いを抱かせている点だ。唐后の転生が告げられたとき、「身をかへ」させようとは思ってもみなかったと戸惑う中納言（引用AおよびD）は、〈かたち〉が変われば、さまざまな意味での「身」も変わるという経験を、すでにしていたわけである。[13] 唐后の転生にしらけたまなざしや期待しか向けられない中納言のあり方を裏打ちする経験であったろう。

しかしまた、出家した大君は、現し身・現し世の恋の埒外にあって、唐后恋慕にも劣らぬ深い思いを、中納言に抱かせている点も注目される。[14] 唐后恋慕と吉野姫恋慕は通底していた。では、唐后恋慕と大君恋慕とではどうなのか。大君恋慕のあり方に、もう少し深く立ち入ってみたい。

右の引用Hのすぐ後、吉野姫の上京後になるが、新年を迎えても、華やかに装いを改めるべくもない尼姿の大君を見つめる中納言のまなざしは、その恋慕のあり方をよく映し出している。

I　これをまた世のつねに、八尺の御髪をかき垂れて、いろいろの御衣をたち重ねつつ、昔ながらの御ありさまにひきつくろひたらむは、このごろ、今を盛りに、いとどいかに光を放つ心ちして、目もあやにかかやかましと、さまざまおぼしつづけつつ、あさましうも心苦しうも、つらうも恨めしくも、ひとかたならず御涙こぼれて、おぼしなげかるる御心のうち、あたらしき年とも言はず苦しきに、大将もののしう、清らげにて入りおはす。

（巻四　三四五頁）

傍線部に注目したい。中納言は、尼姿の大君を見ながら、反実仮想で、大君の俗体を思い描き、八尺もの長い髪で、彩り豊かな衣を重ねて、昔のように装ったら、今を盛りの美しさだろうと想像している。「光を放つ」「目もあやにかかやかまし」と夢想する大君の美は、第三節の引用Dでとらえておいたが、唐后のイデアに重なる。そして、これもまた、眼前にいる尼姿の大君の向こう側に思い描かれているもので、もう現実には存在していない姿だ。中納言は俗体の大君のイデアを見ているのだと言える。大君恋慕にも、イデアの恋の質が窺えるのであった。しかも、俗体の大君のイデアを思い、かつ現し身・現し世の恋を越えて、尼姿の大君を大切に扱っているところには、唐后恋慕のあり方と吉野姫恋慕のあり方とが折り重なっている。唐后・吉野姫・大君への中納言の恋慕のあり方は、換言すれば中納言の恋の〈文《あや》〉は、各々偏差をもちつつ連繫して、現し身・現し世の恋とは異質の恋の文模様を織りなしていたのである。それがすなわち『浜松』の恋の文模様であった。

ところで、中納言を通じて、尼姿の大君が示す存在感にも、注意を払っておきたい。中納言に当帝の皇女との結婚話が持ち上がったときの大君の様子と、中納言の判断は注目される。

J　女君、わが御ありさまを、あるまじきことにおぼし知りにしかば、何の心動くべきふしはなけれど、人々のなげき思へるなどを見給ふもむつかしう、aとにかくに憂き身のありさまところせう、心憂かりけるかな、とおぼすも苦しげに、bつねよりは、離れたる御堂の方に、おぼし澄みたる御心の、あはれに心苦しければ、cさはれかし、世の中をつねにてあらんと思ふ身ならばこそ、せめて世にしたがふ心をもつかはめ、あるに任せてあらむほどは、心苦しきことをだに乱れ思はず、人にも思はせたてまつらで、ことにあらめ。（巻四　二八八頁）

またもや多義的な「身」が大君・中納言双方の思いに立ち現れる。大君は尼姿のわが身を、傍線部a「とにかくに憂き身」ととらえ、「ところせう」と身の置きどころもなく感じている。そして、傍線部b「離れたる御堂」で邪念を払おうとするかのように、いつも以上に勤行にいそしむのだった。たしかに、中納言が皇女と結婚すれば、大君は正妻のごとき立場を失うどころか、中納言と同居しているわけにもいかず、身の置きどころをなくして、仏道に生きるしかなくなるだろう。おそらくは、そうした顛末を考えての勤行であり、まさしく「身」をひく構えである。

一方、中納言は大君の心情を酌みとり、傍線部c「さはれかし……」と腹をくくる。すなわち、人並みに生きてゆこうと思う「身」であるなら、皇女と結婚もしようが、自身のあるがままに生きている間は、そんなことなど考えず、大君にももの思いをさせずに、他の人とは違った生き方をしようと思うのであった。中納言にとって、大君の存在感は皇女より重い。それはまた、栄達も考えず[15]、現し身・現し世の恋も目指さない中納言の「身」のあり方を、言い換えれば中納言の生の〈文《あや》〉を浮き彫りにする。

しかし、皇女との結婚には重い意味があった。

K　年のうちに召し寄すべきやうに聞くに、げにさやうならむこそは、昔の御思ひかなひて、おもだたしく心もゆくべきことなれど、（巻四　二八七頁）

帝は年内の結婚を考えていると聞き、中納言は、皇女との結婚が父の願いに叶い、自身にとっても光栄であり満足だと、いったんは噛みしめる。そこから「なれど」と反転して、引用J傍線部cの思いに至ったのである。

皇女との結婚を棒に振ってまで、尼姿の大君を優先し、ときに尼姿の向こう側に、俗体の大君のイデアを思い描く中納言の大君恋慕のあり方は、中納言が現し身・現し世の恋とは異質の恋に、あるいはイデアの恋に、きわめて高い価値を認めていることを如実に表す。大君の存在感は、中納言の恋の〈文《あや》〉をより鮮明にし、『浜松』の恋の文模様をさらにくっきりと浮かび上がらせるのであった。

最後にもう一人、視野に収めておきたいのは大弐女《だいにのむすめ》だ。帰国後に唯一、中納言の現《うつつ》の恋が語られる。相手は大弐女である。ところが、中納言がその恋に認める価値は低い。大弐女との関係は、現し身・現し世の恋とは異質の恋の、あるいはイデアの恋の価値の高さが逆説的に語られたものであり、やはり『浜松』の恋の文模様を浮かび上がらせるものであったととらえておく。

五　唐后転生へのしらけた期待

唐后の転生に向ける中納言のまなざしや期待は、しらけたものでしかなかった。そんな中納言の恋慕のあり方に目をこらすと、中納言は現し身・現し世の恋とは異質な恋に、とりわけ唐后に関してはそれとは次元の異なるイデアの恋に、高い価値を認めていることが明らかになった。そして、このような中納言の恋の〈文《あや》〉ひいては『浜松』

の恋の〈文《あや》〉が語られつつ、『浜松』の恋の文模様は織りなされていたのである。

となると、唐后の転生が、中納言にはしらけた期待しか抱かせず、『浜松』には語られないで終わるのも、必然的な事態だったと言える。イデアの唐后が「身をかへ」てそれをふみにじり、現し身で現象し、現し世の恋を予見させる転生は、現し身・現し世を越えた恋に、イデアの恋に価値を認める『浜松』の恋の〈文《あや》〉と、それに基づき織りなされる『浜松』の恋の文模様にはそぐわない事態だったからだ。むしろ、唐后転生へのしらけた期待こそが、『浜松』の恋の〈文《あや》〉および文模様を読み解く鍵だったのである。

さて、『浜松』の恋の〈文《あや》〉と文模様は、恋の物語と言えば現《うつつ》の恋の物語という定式へのアンチテーゼである。『源氏』においてさえ、恋の物語の軸となる男性はみな現《うつつ》の恋に絡めとられている。逆にさまざま事情で、現《うつつ》の恋を抜け出したのは女性たちだが、男性たちが現《うつつ》の恋に絡めとられているせいで、現《うつつ》の恋とは異質の、あるいは次元の異なる恋の文模様を、『源氏』に浮かび上がらせることはなかった。『浜松』の恋の〈文《あや》〉と、それに基づき織りなされる『浜松』の恋の文模様は、現《うつつ》の恋に絡めとられたこれまでの物語史に対するアンチテーゼであり、この物語の恋物語としての異質性を際立たせるのである。

ただ、それはまた平安後期物語の方向性と微妙に軌を一にしてもいる。たとえば、『狭衣物語』（以下『狭衣』）の主人公狭衣は、飛鳥井女君・女二宮との現《うつつ》の恋を台無しにし、嫌々結婚した一品宮はもとより、望んで結婚した式部卿宮姫君との現《うつつ》の恋にも充足しない。むしろ、現《うつつ》の恋の対象とはしない源氏宮や、もはや現《うつつ》の恋の対象とはしえなくなった尼姿の女二宮に執着し続けるのであった。『狭衣』はまだ現《うつつ》の恋と、それとは異質の恋とを拮抗させてはいるが、狭衣の結婚拒否の姿勢を強めて、(16)後者に重心を置いていく物語だ。

加えて、『堤中納言物語』（以下『堤』）の「逢坂越えぬ」は『狭衣』との類似性がよく知られているところで、言わずもがなであろう。さらには、成長を拒むかの様態で、俗世間の論理に対峙し続ける姫君を、そのままに永遠化する(17)「虫めづる姫君」、仏に変じさせて男性を排除する(18)「貝合」は、男性の垣間見が恋の物語を展開させていくかの予見を抱かせながら、それを挫折させ、そもそも恋の物語未満の物語を成り立たせている。物語と言えば現《うつつ》の恋の物語という定式をしたたかに無効化するのであった。「花桜折る少将」も同様の物語であろう。『堤』には、さまざまに現《うつつ》の恋の物語を転覆させる物語が多い。

なかで『夜の寝覚』は対極にあるように見える。しかし、苦悩の種を撒き散らす現《うつつ》の恋に、とことんつき合わざるをえない寝覚の上のありようと内面を通して、現《うつつ》の恋を語る物語への幻想を打ち砕く。そうして物語史の喉元に刃を突きつけるかのあり方で、平安後期物語の一翼を担っているのだと見ておく。

それぞれ趣は異なるものの、平安後期物語には、物語と言えば現《うつつ》の恋物語と相場がきまったかのあり方に、アンチの姿勢を示している物語が多い。唐后の転生が語られない『浜松』のラストシーンは、『浜松』という物語の恋の〈文《あや》〉と、それに基づき織りなされる恋の文模様に規制されたものであるとともに、平安後期物語のある種の趨勢と軌を一にしたものでもある。そして、『浜松』の恋物語としてのスタンスを示して、その根幹に関わるあり方であった。

注

(1) 厳密には、唐后は死んで一度天に転生し、日本に再転生したというのだが、本稿で「唐后の転生」と言う場合、日本への再転生を指すこととする。

（2）三田村雅子「『源氏物語』における形代の問題―召人を起点として―」（『平安朝文学研究』一九七〇年十二月→『源氏物語　感覚の論理』有精堂　一九九六年）は、最も早くに『源氏』の「形代」の方法性を指摘している。鈴木泰恵「天稚御子のいたずら―「紫のゆかり」の謎へ」（『狭衣物語／批評』翰林書房　二〇〇七年）は「ゆかり」の女性に通う情を、同質の男女の情であると限定するのには、『源氏』若紫巻の存在が大きいことを指摘した。

（3）神田龍身「『浜松中納言物語』転生物語論」（『文芸と批評』一九八七年九月→改稿して『物語文学、その解体―『源氏物語』宇治十帖以降』「転生と形代―『浜松中納言』『松浦宮』」有精堂出版　一九九二年）。「ゆかり」「形代」との関係についての詳論に、八島由香「『浜松中納言物語』における〈ゆかり〉―吉野姫の存在と形代物語への可能性―」（『駒澤大学大学院国文学会論輯』一九九九年五月）がある。

（4）この点についての研究史は、鈴木泰恵「『浜松中納言物語』の境域と夢―唐后転生の夢を中心に」（『狭衣物語／批評』翰林書房　二〇〇七年）でまとめたので、詳細はそちらを参照されたい。

（5）注（3）神田龍身論文は、唐后の転生に「贋の可能性」を指摘するとともに、本物の場合でも「世代上のズレ」を生じる点に言及し、「后の再来を待ち続けるというその熱き時間のうちにしか、物語のハッピーエンドはあり得ない」と論ずる。この神田論文を受け、注（3）拙論では、夢の予言（唐后の転生）と聖の予言（吉野姫の妊娠による死）との板挟みで戸惑う中納言を掬いとり、夢や転生を無条件には信じえぬ心性をこそ『浜松』は示したのだと論じた。近年、助川幸逸郎「『浜松中納言物語』と物語の彼岸―反物語空間としての唐土／吉野―」（『狭衣物語空間／移動』翰林書房　二〇一一年）は、「いるべき場所」のなさをつきつめた物語のありようを論じているが、そのなかで、石川徹「『浜松中納言物語』の登場人物とこの物語の主題」（『帝京大学文学部紀要国語国文学』一九八三年十月）を支持しつつ、唐后の転生は吉野姫の死とひき替えになるはずで、そうなると唐后を支点とするネットワークが破壊され、中納言は狂気におちいるしかないと言う。その注で、狂気の主人公をえがくことはおそらく禁忌であるがゆえに、唐后の転生が語られることは避けられたと指摘する。

（6）引用本文は新編日本古典文学全集に拠り、その頁数を示したが、「身を代へ」は「身をかへ」と表記を改めた。

「身をかふ」にはさまざまな意味が重なっていると考えたからだ。なお意味をとりやすいよう他にも若干の表記を改めた。また、同一の底本（広島市立浅野図書館蔵本）であるはずの巻五に、大系本との違いが見られた。影印本にあたり、改めたところがある。それに伴い、句読点を改め、中黒を加えたところがある。尾上本との校合により改められているところには、底本の文字を傍記した。

（7）大原理恵「姿の追求―『浜松中納言物語』の唐と日本―」（『文芸研究』一九九二年五月）に同様の指摘があるが、論点を異にする。

（8）星山健「『浜松中納言物語』、唐后転生を待つもの」（『中古文学』二〇一三年五月）はその可能性を指摘する。

（9）市川浩『身の構造』（講談社　一九九三年）

（10）横溝博「『浜松中納言物語』吉野姫の〈内〉と〈外〉―吉野姫をつなぎとめるものとの関わりから―」（『平安朝文学研究』一九九六年一二月）

（11）横山猶子「浜松中納言物語における尼姫君物語―巻四ついたちの日の意義について―」（『実践国文学』一九八五年十月）は、尼姫君は公的な位置を占めていて、その物語は吉野姫君物語の進展に対していると指摘する。貴重な視点だと思う。本稿では、両物語は対峙しつつ、両者への恋慕のあり方には共通性があることについて考察したい。

（12）神田龍身「『浜松中納言物語』幻視行―憧憬のゆくえ―」（『文芸と批評』一九八〇年十二月）

（13）注（3）（12）神田論文に指摘があるとおり、転生した父との再会にもその問題は胚胎していたが、中納言においては明確に問題化されていなかったと考える。

（14）注（12）神田論文は、大君の尼姿も、中納言と唐后を隔てる距離と同様の側面があることに言及していて示唆的である。

（15）伊藤守幸「『浜松中納言物語』の反中心性」（『文芸研究』一九八一年五月）

（16）鈴木泰恵「肥りすぎのオイディプス」（『平安文学の交響』勉誠出版　二〇一二年）

（17）神田龍身「『虫めづる姫君』幻譚―虫化した花嫁―」（『物語研究』一九七九年四月）、下鳥朝代「虫めづる姫君の

生活と意見―『堤中納言物語』「虫めづる姫君」をよむ―」（『狭衣物語が拓く言語文化の世界』翰林書房　二〇〇八年）

（18）　井上新子「『貝合』のメルヘン―〝無化〟される好色性」（『古代中世国文学』一九九六年五月）、後藤康文「観音霊験譚としての『貝あはせ』―観音の化身、そして亡き母となった男―」（『物語歌と和歌説話（説話論集）』一九九九年八月）

『夜の寝覚』における前斎宮の役割――父入道の同母妹として

本橋裕美

はじめに

斎宮・斎院は古代、中世を通じてさまざまな物語に描かれてきた。個別の作品、人物を検討する上では一概に分類することは避けたいが、ひとまず田中貴子氏の検討をもとに、中世の物語を見据えながら次のようにまとめてみたい(1)。

①結婚して(あるいは未婚のまま)養育者になるもの
②不可侵の存在としての立場を維持するもの
③老いた女として嘲笑の対象となるもの

ここでは斎院についてはひとまず置き、斎宮を中心に考えていく。①の代表は、実子を養育するのが『狭衣物語』堀川の上、血縁関係に依らない援助者という点では『源氏物語』秋好中宮や『海人の刈藻』前斎宮となろう。②としては『海人の刈藻』冷泉院女一の宮や『浅茅が露』常磐院姫君といった物語中で退下しない斎宮たちが挙げられる。③は、『我が身にたどる姫君』における女帝の妹・前斎宮や『風に紅葉』の前斎宮が代表的である。

①と③は主に退下後の斎宮、②は現役の斎宮であることが多い。②の例が『狭衣物語』源氏の宮の在り方に通じるように、斎王として隔離されて侵犯から遠ざけられるものである。特に斎宮は、一度京を離れてしまえば密通が

描かれることはまずない。(2)退下したのち婚姻がうまく行けば①の道へ、年齢が高く衰えていたり性質に問題があったりすれば③の道へ向かおう。『恋路ゆかしき大将』の一品宮は、②から①へとなだらかに描かれる数少ない例である。(3)

本稿で扱うのは、『夜の寝覚』における前斎宮である。『夜の寝覚』の物語中に登場する斎王は、斎院も含めてこの前斎宮のみであり、「前」斎宮と呼称されるように、斎宮の任期を終えて京に帰還した女性である。婚姻はしていないが、出家して穏やかな生活を送る、①と②の中間に位置するような道を歩む。他の物語に描かれる斎宮像を念頭に置きながら、『夜の寝覚』における前斎宮を明らかにしていきたい。

一　『夜の寝覚』における前斎宮

まずは、『夜の寝覚』が描く前斎宮の姿を明らかにしておきたい。その初登場は巻四で、時を遡ってその生い立ちが語られていく。

昔おはせしかたには、入道殿の一つ御腹の女二の宮と申ししは、斎宮にぞ居たまひにしかど、代はりたまひにし後、きこえをかす人あまたあれど、ことのほかにおぼし離れて、世を背かせたまひにけるが、京の宮も焼けにければ、同じ山水の流れももろともにきこえかはいたまひて、この三年ばかりは、ここにぞおはしましける。浅くはあらざりけむ御罪も残りあるまじく、行ひすましておはしますを、うらやましく見たてまつらせたまひて、御対面どもあり。（巻四　四一三）

前斎宮は、物語の主人公である女君の父入道の同母妹で、退下後婚姻を拒んで出家、火事に遭って兄のいる広沢へと身を寄せることになった。女君が生霊の噂に堪えかねて父入道のもとへやってきた時には、かつての女君の居場所に前斎宮がおり、女君はこの前斎宮から仏道を習いつつ、出家へと心を傾けていく。女君にとって叔母にあたる前斎宮が自ら語ることは描かれない。女君の目をとおして、その静謐な生活に憧憬が向けられていくのである。だが、出家に達することのできない女君が思いを寄せるに過ぎないこの前斎宮は、末尾欠巻部で重要な役割をしていた可能性がある。

おもひきこえてしを、中納言のたちつゞきたるなまめかしさ、なつかしさ、こまやかなるにほひなど、やゝたちまさりてみゆるを、さまぐ〵とをくなるまでうちみやられて、人やりならずかなしきにも、「なぞやわろのこゝろや。いまはかく思べきことか」とせめておぼしをちて、さい宮の御をこなひに御返にいらせ給て、つねよりもをこなひあかし給に、君たちのおもかげは、なを身をはなれず。

我ながらゆめかうつゝかとだにこそさめてもさめぬよにまどひけれ

御おこなひのひまには、ちご宮のかぎりなく、をよすげまさりたまふを、こひしく、おぼつかなくおもひきこえ給。御かたみには、かぎりなう思ひかしづききこへ

右は、小松茂美『古筆学大成』が未詳物語として掲載し、田中登氏によって「伝慈円筆寝覚物語切」として位置づけ直された切である。(4)『無名草子』が批判する女君のそら死事件(5)ののち、傍線部から考えれば、女君は前斎宮のもとに身を寄せていたようである。場所については記載がないが、前斎宮が京の邸宅を焼失して広沢以外に住むところを持たないことからすれば、やはり広沢と考えるのが妥当ではないだろうか。いずれにせよ、女君は父入道ではなく（もっとも右の時点で存命かどうかも不明だが(6)）、前斎宮に頼ることを選び、前斎宮もそれに応えたと想定できるのである。

右の資料を用いながら、赤迫照子氏は次のように述べる。

亡き母の記憶もなく、姉大君とも死別した寝覚の女君にとって、斎宮は唯一、尊敬し模範となる年上の女性であった。斎宮のようになりたいと寝覚の女君は願うが、末尾部分に至っても、斎宮のように心の安寧は得られない。清浄で神聖な斎宮の登場によって、係累への思いが捨てきれない寝覚の女君の姿が浮き彫りになるのである。(7)

兄入道以外にほとんど係累を持たない前斎宮が仏道修行に専念できるのに対し、どこまでも子どもたちに引き寄せられ、切り捨てられない女君の在り方が対照される点には首肯できる。巻五の時点で、女君が前斎宮を見つめる視点はわが身と引き比べることであった。

かしこには、五月つごもりごろより、御心地例ならず苦しうおぼさるれど、（中略）「暑気なめり」と、せめてさらぬ顔にもてないたまひつつ、斎宮の御有様を、「あはれにうらやましくも行ひすまさせたまふかな。幸ひなどいふかたこそ、人にすぐれむこと難く、思ふにかなはざらめ、この世を捨てて、かやうに行ひてあらむことは、いとやすかべいことなりかし。すこし物思ひ知られしより、『何事も人にすぐれて、心にくく、世にも、いみじく有心に、深きものに思はれて、なにとなくをかしくてあらばや』と、身を立てて思ひ上がりしに、世とともには、いみじともものを思ひくだけ、あはつけうよからぬ名をのみ流して、人にも言はれ誇られ、世のもどきを取る身にてのみ過ぐすは、いみじく心憂く、あぢきなうもあるかな。…」（巻五　四三一～四三二）

係累に乱されない前斎宮の在り方は、女君が反省的に自己投影するのに相応しい。こうした憧れと届かなさは、出家を果たしたであろう末尾まで女君を苛んだことが想定できる。

女君が出会った叔母前斎宮について確認した。女君に、穏やかな出家生活を垣間見せてくれる存在は貴重であり、それゆえに男君が前斎宮との対面を制限しようとする場面もある。(8) 何も語らない前斎宮は、女君の思想に確実に影響を及ぼしているといえよう。

二　父入道の位置づけ

ここで、女君の仏道修行の手本という面だけでなく、前斎宮自身についてもう少し考えていきたい。冒頭で田中氏の検討を用いて述べたように、『夜の寝覚』の前斎宮は帰京したものの不婚を貫き、一方で女君の精神的な師、母代わりのような位置に置かれる。物語において帰京後も不可侵の聖性を維持した斎宮は少ない。(9)『源氏物語』秋好中宮や『狭衣物語』堀川の上のように、斎宮という経歴が尊重された結婚によって聖性を維持する例はあるが、衰えを嘲笑されることなく仏道に身を投じ、きちんと身を処した斎宮が物語に描かれることはほとんどない。もちろん、現実世界には少なくない道筋であったことだろうが、(10) やはり『夜の寝覚』が、女君の憧憬の対象として叔母を描いた時、その経歴に斎宮を付与したことには意味があろう。

この前斎宮を明らかにするにあたって、改めて検討しなければならないのは、兄である入道の存在である。前斎宮とは同母兄妹であるから、前斎宮の登場は巻一で語られた入道の来歴を再び呼び起こすことになろう。巻一、物語が語り起こされるにあたって、入道は次のように紹介された。

そのもとの根ざしを尋ぬれば、そのころ太政大臣ときこゆるは、朱雀院の御はらからの源氏になりたまへりしになむありける。琴笛の道にも、文のかたにも、すぐれて、いとかしこくものしたまひけれど、女御腹にて、はかばかしき御後見もなかりければ、なかなかただ人にておほやけの御後見とおぼしおきてけるなるべし、その本意ありて、いとやむごとなきおぼえにものしたまふ。（巻一　一五）

入道は朱雀院を兄に持つ一世源氏であり、女御腹だが、「はかばかしき御後見」を持たない。そのために「おほやけの御後見」として臣籍降下したことが語られていた。『源氏物語』の光源氏や『狭衣物語』の狭衣の父などが想起される在り方である。ところが、入道は太政大臣に昇っておきながら、女君の病気を機に俗世を離れ、郊外の広沢に籠もってしまう。「おほやけの御後見」としての役割は入道においては中心化されない。だが、権勢を望む心が全くなかったとは言い難い。

中間欠巻部で女君は老関白との結婚と死別を経験し、巻三以降は帝の執心や男君の正妻となった女一の宮とその母大皇宮との関係に悩む。詳細は後述するが、追い詰められた女君は広沢に身を寄せ、再び父の庇護を受けることになる。先掲の前斎宮との出会いも、この時の広沢滞在によって叶ったものである。駆け足でたどっていけば、広沢に身を寄せ、出家を考える女君は、その危機を察した男君によって世俗に留まることを余儀なくされる。俗世に留めるための方法が、石山の姫君を入道に孫として認知させることであり、また女君の妊娠を明らかにすることであった。それまで秘されていた石山の姫君との血縁を示された入道は、次のような感慨にふける。

「この御母君を、いみじくかなしく思ひきこえしかど、そは心やすかりけり。これは、いと殊にめづらしく、母君の御契りの思ひしよりは口惜しく、我も雲居までは思ひ寄りきこえずなりにしがいと胸痛き代はりに、この御有様をだに、本意のごとく見聞きたてまつるまでの命は惜しく」ぞおぼさるるや。（巻五　四九七〜四九八）

女君への愛着があった一方で、その栄達を強く望めなかったこと、また母の栄達が限られていたのとは異なって、男君の親を含め後見に恵まれた石山の姫君の今後の栄達を期待する思いが明らかになる。女君の優れた性質を理解しつつも入内といったかたちで王権に迫れなかった入道だが、権勢を得ることや帝位に深く切り込んで行くことを避けていたわけではなく、それを選択できなかっただけのことである。こうした第三部の入道について、乾澄子氏は「物語当初から封印されていた父の野心」が「目覚め」たことを指摘する。[11]それまで何ものにも代えがたく執着し、心を痛めてきた女君への気持ちが傍線部のように「そは心やすかりけり」とまとめられ、相対化されていくのである。だが一方で、入道は広沢に留まり、華々しい帰還などは描かれない。石山の姫君はどこまでも男君の娘として栄華を極めていくのである。

入道について簡単にまとめた。一世源氏という『源氏物語』『狭衣物語』の系譜に連なる存在として造型されながらも『夜の寝覚』の入道は太政大臣としての活躍より女君の支援者としての役割の方が大きい。[12]だが、その変質もまた描かれていた。女君をただただ応援し、身心が疲れた時には広沢を提供する入道は、彼女の最後の砦として存在していたはずである。しかし、その砦は石山の姫君によって意味を変える。女君に対しては背負わせられなかった入内、立后への期待を石山の姫君は十分に受け取り、実現することができる。石山の姫君の出現に伴い、入道も野心を持つ人として据え直されたといえよう。前斎宮の存在は、入道の変質が導かれる巻四の女君の広沢行の中で語られはじめる。入道が政治的野心を持った人物として顕れた時に、もう一人の広沢の主である前斎宮が描かれたのであり、そこには入道の側からも女君の側からも要請されたものがあったといえよう。

三　前斎宮と入道

入道が石山の姫君をとおして俗世への期待を復活させ、女君第一優先の思いが政治的な野心に浸食された時、女君の拠り所は前斎宮に移行する。身近な女性出家者として、何より俗世に振り回されない存在として女君の目に映るのであり、女君の精神的な成長のためにも必要とされた存在といえよう。[13] 女君と石山の姫君の栄達を喜ぶ入道では足りない部分を前斎宮は埋めてくれる。末尾欠巻部で女君が入道ではなく前斎宮を頼ったのも、女君が必要とする庇護を入道が与えてくれなくなっていたことを意味しよう。

だが、前斎宮は叔母としてだけでなく、「前」斎宮として登場する。ここで、入道と前斎宮の関係について改めて見ていきたい。表Ⅰは歴史上の斎宮のうち内親王で同母兄弟のいる者（一部は例外的に載せる）、表Ⅱは物語の斎宮と同母兄弟について、それぞれ簡単にまとめたものである。[14]

意図的な抽出を行っている部分もあるが、表Ⅰの斎宮の同母兄弟たちは帝位に接近しながら即位を果たせなかった者が多い。平城朝の斎宮大原内親王は、薬子の変で廃太子された高丘親王と同母であり、また斎宮イメージを固定させた『伊勢物語』狩の使章段の斎宮に比定される恬子内親王の兄・惟喬親王も、不遇の皇子の代表的な存在である。[15]『夜の寝覚』成立に近いところでは、やはり小一条院の存在が大きい。詳細を論じる紙幅はないが、斎宮を辞した当子内親王に対する父三条院の期待と、密通事件による怒りは広く知られるところである。斎宮を経た同母姉妹を春宮となった息子のために適切にもてなしたいという思いが怒りの背景にあろう。[16] また、後朱雀天皇の斎宮である良子内親王については、後三条天皇の即位がずっと不安定であったことを考え合わせておきたい。[17]

表Ⅰの初めにはあえて井上内親王と酒人内親王母娘（井上内親王は光仁天皇の妻であり、他戸親王の母である）を置いた。井上内親王が斎宮在任中には、同母兄弟である安積親王の死があり、酒人内親王の在任中には井上内親王・他戸親王母子排斥事件があった。[18] もちろん、この背景には聖武系皇統と光仁系（天智系）皇統の攻防があり、後期物語の世界に直接、影響を見ることは難しい。しかし、斎宮と同母兄弟の問題は、実ははるか古代から引き続いている。

【表Ⅰ】 歴史上の斎宮と同母兄弟

天皇	斎宮	同母兄弟
聖武	井上内親王	安積親王
光仁	酒人内親王	他戸親王
平城	大原内親王	高丘・巨勢親王
淳和	氏子内親王	恒世親王
清和	恬子内親王	惟喬・惟條親王
陽成	識子内親王	貞平親王
光孝	繁子内親王	不明
醍醐	柔子内親王	醍醐天皇ほか
朱雀	雅子内親王	時明・盛明親王・源高明
	斉子内親王	常明・式明親王
村上	英子内親王	兼明親王・源自明ほか
	楽子内親王	具平親王
冷泉	輔子内親王	冷泉天皇・円融天皇
円融	規子内親王	なし
三条	当子内親王	小一条院・敦平親王ほか
後朱雀	良子内親王	後三条天皇
後冷泉	嘉子内親王	不明
後三条	俊子内親王	白河天皇

【表Ⅱ】 物語の斎宮と同母兄弟

物語	斎宮	同母兄弟
うつほ物語	嵯峨帝皇女	不明
源氏物語	秋好中宮	なし
夜の寝覚	前斎宮	広沢の入道
狭衣物語	堀川の上	故先帝
	嵯峨院女三の宮	若君
海人の苅藻	冷泉院女一の宮	なし
	前斎宮	なし
浅茅が露	常磐院姫宮	なし
	先坊の姫宮	なし
苔の衣	前斎宮	なし
我が身にたどる姫君	式部卿宮北の方	不明
	前斎宮（女院妹）	なし
	中務宮姫宮	不明
	三条院女一の宮	なし
改作夜寝覚物語	中務宮北の方	なし
風に紅葉	前斎宮	なし
恋路ゆかしき大将	一品宮	帝

大きな把握をしてしまえば、斎宮が卜定されて仕えるのが天皇の御代であることは確かだが、別の存在に支援を与えようとする時、第一に浮上してくるのが同母の兄弟たちなのである。

たとえば、『萬葉集』に歌が残る天武朝の斎宮、大伯（大来）皇女を考えてみたい。天武天皇の皇子皇女は多いが、大伯皇女と母を同じくするのは大津皇子だけである。二人の母は持統天皇の姉で早世しているが、身分としては後継者となった草壁皇子と同等である。自作か否かの議論もあるが[19]、『萬葉集』に残る大伯皇女の歌は弟大津皇子の王権への挑戦と敗北を、姉の立場から詠む。天武天皇の死後、謀反を企てたものの失敗し、死に至る弟の物語が大伯皇女の歌群からは立ち上がる。だが、大伯皇女の歌は姉としてだけ詠まれたものではない。

大津皇子、竊かに伊勢神宮に下りて上り来る時に、大伯皇女の作らす歌二首

吾がせこを　倭へ遣ると　さ夜ふけて　鶏鳴露に　吾が立ちぬれし

二人行けど　去き過ぎ難き　秋山を　いかにか君が　独り越ゆらむ　（『萬葉集』巻二　一〇五～一〇六）

題詞の傍線部は、大伯皇女が伊勢神宮に仕える斎宮であること、大津皇子がその支援を求めて伊勢に行ったことを明らかにする。この出来事が史実か否かは問題ではなく、同母兄弟を支援しようとする斎宮の姿、もっと言えば、同母兄弟への愛着と思うままにならない斎宮という立場との葛藤の物語を大伯皇女の歌には見ることができるのである[20]。

上代の例を挙げたが、同母兄妹に深い結びつきがあること自体、古代あるいは中世を含めても異論のないところであり、斎宮にも同様の例が見いだせること、そして斎宮自身が治世の安寧にとって影響力を持つために、その関係性が色濃く顕れることは明白である。兄弟の野心の発露として、斎宮の存在が利用されることもあれば、支援者であるはずの同母姉妹が他の異母兄弟や父の斎宮として奉仕させられ、兄弟の方は恩恵を受けられずに沈潜するこ

ともある。『日本書紀』などが記す斎宮制度の初発は、父天皇と娘斎宮の関係を重視する。[21] 斎宮は父天皇のものであって、天皇以外に支援を与えることは忌避された。退下後の婚姻の例は多くない[22]が、その少なさも斎宮という前歴の扱いにくさを示していよう。同母の天皇の御代に奉仕した斎宮である柔子内親王や輔子内親王の例こそ異例である。

同母姉妹が斎宮となった親王たちは、斎宮に選ばれる血筋であること、一方でその姉妹が父か、あるいは異母兄弟など他の皇統のものであることに葛藤しよう。もちろん、斎宮の扱いや皇統の問題には時代的な差があり、また個別の事例を検討する必要があることは確かだが、平安初期からの史上を概観して斎宮の同母兄弟と帝位との関わりはひとまず認めてよいだろう。

表Ⅰに比べ、表Ⅱ、物語の斎宮たちには同母兄弟がほとんどいない。この点については、斎院や退下後の婚姻などを踏まえて論じていく必要があるが、斎宮の多くが政治性から遠ざけられた存在として顕れていることと無縁ではないだろう。斎宮という経歴の影響力を描き得た物語は少なく、歴史上の方が見出しやすい。むしろ、同母兄弟を持ち、皇統と密接に関わる斎宮を描いた『狭衣物語』が異彩を放っている[23]。

改めて『夜の寝覚』の問題に戻れば、王権から離れて広沢に籠もる入道が、同母妹の前斎宮とともにある。入道は石山の姫君を通じて王権への期待を高まらせていき、一方の妹前斎宮は、出家を願い、のちには身を隠さざるを得なくなる女君の支援者として機能する。『夜の寝覚』の女君の叔母に、斎宮という経歴が付されたことの広がりは、物語に極めて珍しい同母兄妹の同居という点から見出せるのではないだろうか。

四　斎宮経験者と皇室復帰の物語

前斎宮の行く先が広沢に定まったことを考えるにあたって次に検討したいのは『狭衣物語』である。『夜の寝覚』の入道と『狭衣物語』の堀川の大殿との間に共通性があるのは冒頭でも触れた。堀川の大殿が狭衣大将を通じて確実に王権へと回帰していくのに対し、入道の王権への接近は、孫娘の栄達を喜ぶ祖父以上のものではない。実際、石山の姫君の入内や立后は男主人公側の支援によって達成される。堀川の大殿が皇統の祖として描かれていく栄華とは比べものにならないが、この二人の一世源氏がともに斎宮経験者を擁していることには検討の余地があろう。

『狭衣物語』堀川の上は、次のように紹介される。

堀川二町には、御ゆかり離れず、故先帝の御妹、前の斎宮をはします。（中略）斎宮をば、親様に、あづかり聞え給にしかば、やんごとなくかたじけなき方には、心ばへよりはじめて勝れ給へるにしも、かく世に有難き此世のものとも見え給はぬおとこ君さへ、ただ一人ものし給へるを（『狭衣物語』巻一　三二）

堀川の上は既に亡き先帝の妹で、堀川の大殿に「親様」に引き取られていることが語られる。堀川の上が引き取った源氏の宮も先帝の娘で、堀川邸には先帝の数少ない末が集まった。もちろん、堀川の上が生んだ狭衣大将も先帝の系譜を引くことになる。そもそも先帝の存在には不明な部分が多く、堀川の上と同母かどうかもよくわからない。しかし、次の場面は堀川の上という存在を考える上で重要な手掛かりになろう。

早う伊勢へ下りし折のこと、故院、泣く泣く、別れの櫛もえ挿しやらせ給はざりし程の事など、ほのぼの思し出づるに、いと物あはれに思されけり。（『狭衣物語』巻二　一九六）

源氏の宮が斎院になることが決まった際に堀川の上が昔を振り返る場面である。伊勢へ下向する時に天皇が行う発遣儀礼の一つが「別れの櫛」の儀で、それを幼い日の堀川の上に挿した「故院」が誰かは判然としない。物語に登場している「故院」といえば、堀川の大殿、一条院、嵯峨院三人の父である。あるいは右の場面の直前に崩御した一条院にも「故院」の呼称は可能だろうが、(24)これまでの注釈等においては、堀川の上の父院として解されている。故院から先帝に受け継がれたものの、堀川の上と源氏の宮をわずかに残して失われた皇統が垣間見える。斎宮であった堀川の上と皇統の問題については、井上眞弓氏が次のように論じる。

堀川上のうつくしさは堀川大殿の父院も領有できなかったものであり、皇室に留めておくことも出来なかったものなのである。この女宮は、どういう事情からか、臣籍降下した堀川大殿に降嫁した。斎宮退下後に堀川上を皇室から放してしまった天皇の采配ぶりが問題視されてこないか。かつて皇室の一員であったというエピソードのような思い出語りは、この後、斎宮の託宣によって堀川上が皇室に復帰するという貴種流離譚の全うへ向けた布石であったことを知るのである。(25)

堀川の大殿が王権へ回帰できた潜在的な要因の一つに、同じ皇族ゆかりの、しかも斎宮として任を果たした堀川の上を擁していたことを見るのは十分に可能だろう。それも、本来、斎宮を奉仕させられる父や兄は堀川の上周辺から失われており、「親様」である堀川の大殿は父、兄としても夫としても堀川の上を抱え込むのである。先に見たとおり、物語において皇統を背負う斎宮は多くないが、堀川の上は確かにその一人であり、にもかかわらず血縁者を全て失って堀川の大殿のもとに身を寄せる。逆にいえば、堀川の上は堀川の大殿という自身を活かせる存在を手に入れたからこそ、皇室復帰の物語を生きることができたのである。

『夜の寝覚』へ再び目を転じる。広沢の入道と前斎宮はともに配偶者を持たずに暮らしている。臣籍降下というかたちで王権から遠ざけられた兄と、求婚を振り捨て斎宮という経歴を汚すことなく身を処した妹。既に出家者である兄妹の物語は本来、発展することはない。歴史上の、皇統から遠ざかった兄妹たちと同様の、静かな生活の中にある。広沢の静けさが、女君とその係累によって乱され、特に入道の期待が表面化したことは先に触れた。入道が男君たちを迎えた管弦の場面にも、(26)女君を京へ連れ帰る際の騒ぎにも前斎宮は無縁であり、女君が「斎宮に御消息ばかりにて、御対面もなきを、いと本意なくあやし」（巻五　五〇〇）と思うばかりである。

兄入道は、孫に栄耀の道筋を見出し、野心を目覚めさせた。だが、その期待も華々しさも前斎宮を巻き込み得ないのである。『狭衣物語』で堀川の上が大殿とともに皇室復帰を果たす姿と比較すれば、入道はまさに孫の栄華に与るのみであって、実は何一つ回復していないのではないか。広沢が喧噪に満ちた場になる中で、旧い寝殿に静かに取り残される前斎宮は、入道の喜びが空疎なものであることを示唆する。孫の可愛らしさに感動しながら娘を男君とともに送り出す入道は、十分な満足の中にある。だが、前斎宮を妹に持つ入道の宿世は、本来ならばもっと別のところにあったのではないか。自分からは何も語らない前斎宮の存在は、入道が歩む可能性のあった王権に迫る道筋の残滓として広沢にあるのである。

おわりに――〈文《あや》〉の空間としての物語

『夜の寝覚』における前斎宮の存在を、同母兄弟としての入道の物語の観点から論じた。最後に、『夜の寝覚』の主題に関わる前斎宮の役割をまとめていきたい。

斎宮を論じる際には、父母を初めとする出自が注目される。特に天皇との関係は重要な指標となるが、同母兄弟にどのような人物がいるかという点については十分な議論が尽くされているとは言い難い。本稿でも平安後期物語との関わりの強い歴史や物語を扱ったのみで不足の指摘は免れないが、斎宮を同母に持つ親王と帝位との間に結びつきがあることは見出せる。史実を中心とした具体相については斎院の問題も含め今後の課題として進めていきたいが、史実を検討した上で明らかな連関があるにもかかわらず、物語の中で斎宮と同母兄弟の姿がほとんど見られないのは特徴的だろう。そして、そのわずかな例が『狭衣物語』であり、本稿で扱った『夜の寝覚』であった。(27)

『夜の寝覚』の前斎宮の登場は少ない。しかも、自身の言葉で語ることもなければ、姿かたちが語られることもない。断片的な紹介を手掛かりにして、人物像を想定することができるだけである。母も姉もいない女君に、叔母として女性の理想的な出家姿を見せることで救済の道を示していく―もっとも女君はその道を選べないのだが―役割があることは首肯できるが、冒頭から掲げてきた問である、なぜ斎宮という経歴を必要としたのかという点の答えにはならなかった。史実や『狭衣物語』堀川の上の存在から立ち上がってくるのは、むしろ斎宮経験者の妹が単なる出家仲間として穏やかに暮らすことの不思議さである。

先掲資料で、女君がのちに前斎宮のもとに身を寄せることを確認した。それは末尾欠巻部に語られる物語であって、前斎宮をめぐって大きな展開があることも否定はできない。だが、恐らく前斎宮は、男君はもちろん存命ならば入道であっても女君の存在を気づかせない程の静けさで女君を匿ったことと思われる。『夜の寝覚』の前斎宮は、どこまでも俗世と隔絶することに成功している。『夜の寝覚』に斎王がほとんどいないことは先に述べたが、たとえば『狭衣物語』のように王権に直結する斎王が描かれる可能性を持つ中で、前斎宮はあまりにも王権に遠いといえよう。

巻五、女君の出家を無事に阻止した男君は、入道にすべてを伝え、女君を京へと帰還させた。女君を苦しめていた秘密の多くは暴露されたのであり、物語は終焉を迎えてもよいはずである。実際、改作本である『夜寝覚物語』ではこののち大団円に向かう。原作と改作との間にある構造上の違いが大団円を生むという点は指摘されて久しいが、本稿の注目するところからすれば、改作本の世界に入道の妹が不在であることを確認しておきたい。「前斎宮」と呼ばれる女性は登場するが、それは系図のはっきりしない中務宮の妻としての登場であり、娘が男君と関係を持つが、その対応の世馴れなさに失望されてしまう。広沢で理想的な勤行生活を送る原作の前斎宮とは重なるところがない。同母兄を持つ前斎宮という、物語史の中では稀な造型とは切り離されているのである。女君が出家しない以上、広沢の前斎宮もまた不要であったと考えることもできるが、この差を入道の物語の可能性に見ることもできようか。

先掲の乾氏は、巻五以降も女君の物語が続くことについて次のように述べる。

父の期待という呪縛から解放された女君であるが、末尾欠巻部においても、まだ、「いたくものを思ひ、心を乱したまふべき宿世」から、逃れられないらしい。その源は、異性を引き寄せてしまう、自らの身体であり、困難を抱え込む〈母〉性である。

また、鈴木泰恵氏は女君の結末に向けて次のように述べる。

この物語は、貴種〈かぐや姫〉の物語を終焉へと導きながら、その過程で〈母〉として見出された子供というやしを容認しない。かつ、出家してなお子ゆえに惑う〈母〉の〈思〉を立ち上がらせ、「人」として求められた仏教的救済やいやしも容認しないのである。

出家したのちも救済されない女君の隣には、王権から遠く離れて平穏に生きる前斎宮がいる。だが、斎宮として任を果たした彼女には活躍する別の道があった。兄である入道の援助あるいは兄自身の野望や無念があれば、前斎宮としての物語は王権に向けて躍動したのである。しかし、入道は、光源氏を継ぐことも、堀川の大殿のような皇統復帰の道も歩まなかった。女君の叔母に付された前斎宮という経歴は何ら発展性を持たないが、その発展性のなさこそが、可能性のままに終わった入道の王権回帰の物語の残り香として漂うのである。

『夜の寝覚』の女君は〈さすらい〉の女性であるとされる。(32)救済なく〈さすらい〉を続ける女君の姿は、物語冒頭の天人の予言によって早々に運命を定められている。父の呪縛を離れても大団円に向かうことができないのは、予言を背景にした予定調和に見える。しかし、父入道の同母妹として広沢に安住する前斎宮を紐解いていくと、入道の物語が決して一本道ではなかったことが仄見えるのである。〈女〉や〈母〉の物語ではなく、入道が王権に挑戦する物語が前斎宮の周辺に残っている。入道の境涯の相対化は、取りも直さず女君の運命の相対化を呼び込む。「父の物語」を優先し、一世源氏としての〈さすらい〉を早々に諦めて広沢に籠もった入道こそが、女君の物思いを終わらせないのかもしれない。

聖性を維持しながら出家生活を営む前斎宮の存在は、物語の斎宮という観点からは異例であり、また親しい同母兄を持つ点でも特徴的である。しかし、この叔母の「前斎宮」という経歴が『夜の寝覚』の物語において十分に意味を持っているとは言い難い。しかし、その平穏の向こう側に、選ばれなかった物語を見出すこともまたできるのである。語られる物語は、語られなかった物語の断片を抱え込んでいる。語られなかった物語が、表層の物語を織り上げているのである。前斎宮の存在は、異なる主題を歩む入道の物語の明らかな痕跡といえよう。穏やかに生きる前斎宮のいる空間は、同母兄を支える斎宮として躍動したかもしれない物語に裏打ちされている。前斎宮を基点に、『夜の寝覚』という織りなす物語の輻輳性を「〈文〉の空間」として捉え直して、本稿を閉じたい。

注

（1）田中『聖なる女—斎宮・女神・中将姫』（人文書院　一九九六年）。また、勝亦志織「物語史における斎宮と斎院の変貌」（『物語の〈皇女〉—もうひとつの王朝物語史—』笠間書院　二〇一〇年）も参考とした。
（2）平安朝における唯一の例外が『伊勢物語』狩の使章段である。『日本書紀』にはいくつかの密通が語られるほか、野宮での済子女王の例もあるが、平安後期物語以後の認識として、伊勢に下向したのちの斎宮が密通されることは考え難いと思われる。
（3）『恋路ゆかしき大将』の一品宮に斎宮の経歴があることについては、拙稿「『恋路ゆかしき大将』における斎宮像」（『学芸古典文学』七　二〇一四年三月）参照。
（4）田中登「伝慈円筆寝覚物語切（二）」（『失われた書を求めて』青簡舎　二〇一〇年）。翻刻等は田中氏に依り、体裁のみ改めた。
（5）『無名草子』は『夜の寝覚』の物語を語る中で、「返す返す、この物語の大きなる難は、死にかへるべき法のあらむは、前の世のことなればいかがはせむ、その後、殿に聞きつけられたるを、いとあさましなども思ひたらで、ことものめに、なべてしくうち思ひて、子ども迎へて見などするをいみじきことにして、さばかりなりし身の果て、こさち、さいはひもなげにて隠れゐたる、いみじくまがまがしきことなり。」と、蘇生事件や周囲の反応の薄さを批判する。
（6）末尾欠巻部のどこに位置するかは不明だが、石山の姫君が立后したのちのどこかで入道の七十賀が催されている（『風葉和歌集』巻一八　一四〇八）。
（7）「『夜の寝覚』の斎宮—「伝慈円筆寝覚物語切」一葉を糸口に—」（『古代中世国文学』二三　二〇〇七年三月）。
（8）「「なほあぢきなくと、世をおぼしたちもやする」と、うしろめたく、危ふさに、立ち離れたまはねば」（巻五四九九〜五〇〇）。

（9）斎院であれば、『源氏物語』朝顔の姫君に代表されるように、不婚を貫いた皇女、女王も少なくないが、後に扱う表Ⅱからも明らかなとおり、物語の斎宮たちの行く末が丁寧に語られることは少ない。安定した婚姻生活を送った秋好中宮や堀川の上、養母として過ごした『海人の苅藻』の前斎宮などの方が却って斎宮であった過去を維持していると考えられる。

（10）斎宮の退下後の経歴は不明な場合も多いが、たとえば『伊勢物語』一〇二段からは恬子内親王が出家していた可能性が読み取れる。

（11）「『夜の寝覚』の父」（『平安後期物語』翰林書房　二〇一二年）。

（12）広沢の入道の位置づけについては、湯橋啓「寝覚物語の女主人公の家族」（『国文』四二　一九七五年三月）、永井和子「寝覚物語の老人」（『続寝覚物語の研究』笠間書院　一九九〇年）等を参照した。

（13）中間欠巻部にも女君の成長は見えたことと考えられるが、巻四から巻五の広沢滞在期間、女君の思考に深まりが窺えるのは事実である。前斎宮は女君の思考の契機として存在する。

（14）女王を排除したのは、同母兄弟に即位の可能性がまずないからである。聖武朝以後、三十人ほどの斎宮が選ばれているが、特徴的な同母兄弟を持つ斎宮を挙げた。特に平安初期の斎宮たちに、同母兄弟の即位という問題が結びついていたことは明らかだろう。物語の斎宮については、『伊勢物語』『大和物語』などの史実と重なる斎宮については表から外し、また言葉として一瞬登場するような例（『うつほ物語』や『狭衣物語』において、交代した事実から存在が想像される例）については省略している。呼称は一般的なものを用いたが、「前斎宮」とのみ呼ばれることも多い。なお『狭衣物語』の堀川の上と故先帝の関係については、本文中では明らかではないが、源氏の宮を養女に迎えていることから、同母の兄妹と解した。同じく若君については、実父母は狭衣と女二の宮であるが、社会的には嵯峨院と大宮の子として遇されているため、女三宮の同母弟とした。

（15）『日本紀略』には、幼い惟仁親王（清和天皇）の立太子に際して、兄である惟喬親王に立太子の可能性があったことや、その不遇を指摘する記述がある（承平元年九月四日条など）。

（16）武田早苗「当子内親王—道雅の恋—」（『王朝文学と斎宮・斎院』竹林舎　二〇〇九年）。

（17）尊仁親王（後三条天皇）の立場の不安定さを語る際には、同母である斎宮や妹斎院（娟子内親王）についても合わせて触れられることが多かった。「斎宮の御事をなんいみじう申させたまひける。「二の宮いかにせんずらん」とぞ、内々にも仰せられける。」（『栄花物語』巻三十六　根あはせ　三三六）。母禎子内親王から遠ざけられる不遇の斎宮イメージがある一方で、尊仁親王の周囲の女たちが神域に囲い込まれることは即位の布石といえる面もあり、良子内親王の扱いについては改めて論じていきたい。

（18）所京子「伊勢斎王井上内親王」（『王朝文学と斎宮・斎院』竹林舎　二〇〇九年）。また、井上内親王と物語文学との関わりを積極的に読むものとして原槇子「斎宮女御徽子女王—六条御息所母子への投影—」（『斎王物語の形成』新典社　二〇一三年）が挙げられる。

（19）後人仮託説については省略するが、都倉義孝「大津皇子とその周辺」（『萬葉集講座』第五巻　有精堂　一九七三年）など、後人仮託を強く主張する論がある一方で、品田悦一「大津皇子・大伯皇女の歌」（『セミナー万葉の歌人と作品』第一巻　和泉書院　一九九九年）が大伯皇女の歌の即興性などをいうように、少なくとも作歌自体を大伯皇女と見ることは可能と考える。以下、山本健吉『萬葉百歌』（中公新書　一九六三年八月）、橋本達雄「大津皇子・大伯皇女の詩や歌は後人の仮託か」（『解釈と教材の研究』一九八〇年一一月）、千葉宣枝「大津皇子歌物語」（『米沢国語国文』一〇　一九八三年九月）、多田一臣「大津皇子物語をめぐって」（『古代国家の文学』三弥井書店　一九八八年）、長瀬治「「磯のうへに生ふる馬酔木を」の歌」（『日本歌謡研究』三一　一九九一年一二月）など。

（20）拙稿「古代日本における祭祀と王権—斎宮制度の展開と王権」（『アジア遊学東アジアの王権と宗教』勉誠出版　二〇一二年三月）参照。

（21）斎宮制度の前身を語る『日本書紀』では、確実に父天皇と娘斎宮の組み合わせで受け継がれる。榎村寛之「斎王の歴史的展開」（『伊勢斎宮の歴史と文化』塙書房　二〇〇九年）等参照。

（22）婚姻を果たした斎宮は、先掲の井上内親王、酒人内親王、朝原内親王の三代と、村上天皇に入内した徽子女王、藤原師輔に降嫁した雅子内親王、藤原教通に嫁した嫥子女王などである。

(23) 拙稿「狭衣物語の〈斎王〉―斎内親王・女三の宮の位置づけをめぐって―」(『狭衣物語 空間/移動』翰林書房 二〇一一年)。

(24) 一条院崩御直後の呼称はないが、のちの場面では一条院が「故院」(巻三)と呼ばれており、可能性はあろう。もし一条院が涙ながらに堀川の上に櫛を挿し、帰京してからも結ばれなかったとすれば、それこそ『源氏物語』の朱雀院の恋の反復となる。

(25) 「『狭衣物語』の斎宮」(『王朝文学と斎宮・斎院』竹林舎 二〇〇九年)。

(26) 「殿のおはしますあとを尋ね、権大納言、新大納言、宰相中将をはじめとして、上達部、殿上人ひき連れ競ひ参りたるに、いともの騒がしくなりて、「見はやす人なくてやみなむは、錦暗かりぬべかりつる紅葉を」と、いと御気色いとよくて、こなたに召し入れたり。」(巻五 四九五)。風情ある別荘とはいえ、出家した入道の空間が管弦と詩歌に彩られていく。突然の宴席にもかかわらず、入道のもてなしは「いとにはかなるやうなれど、わざとなくよしあるさまにしなさせたまひて」(同)と賞賛される。

(27) 例外として「恋路ゆかしき大将」の一品宮の同母兄弟に帝がいることが挙げられるが、この物語においては帝位の希薄さが無視できないところにある。今後、検討を続けたい。また、女帝という異例さではあるが、『我が身にたどる姫君』の前斎宮については帝位と斎宮との関係を見出せる。拙稿「物語史の中の斎宮、あるいは逆流するアマテラスの物語―上代の斎宮から『我が身にたどる姫君』まで―」(『古代文学の時空』翰林書房 二〇一三年)参照。

(28) 永井和子「寝覚物語と改作本寝覚物語」(『続寝覚物語の研究』笠間書院 一九九〇年)、河添房江「『中村本夜の寝覚』の構造」(『源氏物語時空論』東京大学出版 二〇〇五年)。

(29) 中務宮の姫君の手を「すべてあてやかにはあらぬかな」と思い、使いが禄をあえて受け取らなかったのに対して追いかけて渡そうとする姿が嘲笑され、また男君を待ちかねて騒ぐ様子が「わざと忍ばぬけしき、いみじうかたはらいたう苦しく見ゆ」（巻三　二三四）と語られる。娘の行動はそのまま母前斎宮に結びつけられるものであり、女君への愛着を再発見するために奉仕させられている語りである。また、『夜寝覚物語』では、原作本では登場しない斎院の身分が、男君と女一の宮（原作本では男君に降嫁し、女君の物思いの種になる）を引き裂く要因として用いられている。原作本と改作本における斎王のあり方については改めて論じたい。

（30）注（11）。

（31）「『夜の寝覚』における救済といやし」（『狭衣物語／批評』翰林書房　二〇〇七年）。

（32）河添房江「『夜の寝覚』と話型」（『源氏物語時空論』東京大学出版　二〇〇五年）。

付記　『萬葉集』『夜の寝覚』『栄花物語』の本文として、小学館の新編日本古典文学全集、改作『夜の寝覚』の本文として、笠間書院の『中世王朝物語全集　夜寝覚物語』、『狭衣物語』の本文として日本古典文学大系をそれぞれ使用した。一部表記を改めたところがあり、特に『萬葉集』については訓を大幅に改めている。

『とりかへばや』の女君・宰相中将と宇治の若君——親子関係の〈文《あや》〉

伊達　舞

はじめに

『とりかへばや』の主要な作中人物は、左大臣家の男君・女君をはじめ、右大臣家の四の君、吉野の宮の大君・中の君、朱雀院の女一宮（女春宮）など、その殆どが親子で登場しており、彼らの間には細やかな〈愛情〉描写が数多くみられる。(1) しかし、その〈愛情〉は子どもにとってプラスにばかり働いているわけではない。例えば四の君はとりわけ父右大臣に可愛がられたが、それが母親・姉妹からの孤立や宰相中将との密通の露見を招いている上、当の父からも〈愛情〉の裏返しで一時は勘当までされている。また、住み馴れた吉野を離れることになった大君・中の君姉妹の不安をよそに、娘たちを男君に任せられたことに満足し仏道修行に専念しようとする吉野の宮や、一人娘の女春宮が気がかりで最終的に手元に引き取るものの、彼女の身に生じた密通や出産については最後まで知らないままの朱雀院など、『とりかへばや』に描写される親子の関係は〈愛情〉はありながらもどこかしらに歪みを抱えたものとなっている。(2)

中でも、女君・宰相中将と宇治の若君親子の間には、複雑に織りなされた〈文《あや》〉が存在する。

宰相中将の子どもを身籠もり男としての生活を続けられなくなった女君は、彼の勧めに従って宇治の隠れ家に身を隠し、若君を出産した。しかし、四の君へも心を傾ける宰相中将への不信感や不安から、自分を捜しに来た男君の協力のもと、若君を残して宇治から去ってしまう。その後、男君と女君は互いの立場を交換し、男君が右大将、女君が尚侍となった。やがて帝との間に男皇子を出産し中宮となった女君は宇治の若君と再会するが、互いに親子であると認識し合いつつも、中宮という身分故にそれを口にすることはかなわない。また、最後まで女君の正体に気づけない宰相中将も、宇治の若君の成長を見守りつつ、行方知れずの女君のことを思い嘆いている。

このような三人の関係は一見、何の脈絡もなく無秩序にもつれ合っているかのように思える。しかしながら、それぞれの〈愛情〉が向けられる先を追っていくと、この複雑な親子関係の〈文〉が浮かび上がって来るのである。そしてこの〈文〉には、女君の立后により大団円を迎える『とりかへばや』が選ばなかったもう一つの選択肢が織り込められているのではないだろうか。本稿では宇治からの失踪において〈心強し〉とされる女君の性質を改めて見直し、更に、〈愛情〉を表す指標として「かなし」「あはれ」の語に着目しながら、その後の三人の関係についても論じたい。

一　女君の〈心強さ〉の位相

西本寮子氏により『とりかへばや』が男性としての社会経験の中で「成長」し〈心強さ〉を獲得した女君のサクセスストーリーとして定位され[3]て以来、彼女を「〈心強き〉女君」とみるのが通説となっている。宇治での若君との別れに関しても、本文中に「男にて馴らひたまへりける名残の心強さ」（巻三　三八五）とある通り〈心強さ〉によるものと受け取られ、離別後の女君から若君への〈愛情〉描写に「母でありながら母であることを捨てて中宮となった者のどうすることもできぬ思い[4]」を認める考え方がある一方、宇治での母子の別れに関しては未だに〈女〉

の放棄、「母性」の欠如といった見方が払拭されないままである。[5] しかしこの宇治の若君との別れは、後に語られる女君・宰相中将・宇治の若君の複雑な親子関係の起点と言える出来事であり、「男にて馴らひたまへりける名残の心強さ」＝男性としての社会経験から得た〈心強さ〉という従来の理解では解決出来ない、『とりかへばや』の深層に関わる問題が隠されているのではないだろうか。そこでまず、「〈心強き〉女君」の再検討からはじめたい。

〈心強し〉という形容詞は、『竹取物語』のかぐや姫にはじまり、『うつほ物語』の俊蔭女・あて宮、『源氏物語』の六条御息所・落葉の宮・藤壺・宇治大君・浮舟、『夜の寝覚』の寝覚の上たちなどに用いられているが、星山健氏は『とりかへばや』の女君の〈心強さ〉は違った位相にあると指摘する。

Ⅰ、「心強く」あろうと願いながらも自らの愛執の念や周囲の環境により男との関係を断ち切れなかった女君（例　六条御息所・落葉の宮）に対し、男として生きてきたという極めて特異な経験に基づく「心強さ」によりいとも簡単に夫をも捨て我が子をも捨てた点

Ⅱ、「心強さ」を貫き通した女君たち（例　藤壺・宇治大君・浮舟）に対し、辿り着いた先が出家あるいは死ではなく、「心強さ」により人生最大の試練を乗り越え后になるという形で最終的に栄華を手中におさめた点

の二点に違いを見出し、「女君自身は中宮となることに強い幸福感を感じているわけではないながらも、結果として不誠実な男のもとを去り自身は栄華を極めるという女の姿を描き出した」ことの重大性を説く。[6] 〈心強さ〉の位相の違いは首肯すべき見解であるが、栄華を極める過程に女君自身の〈心強さ〉がどのくらい関与しているのかに関しては、更なる考察の余地が残されているのではないか。というのも、そもそも『とりかへばや』の女君は作品

中で后となる資格があるとされる一の人、すなわち左大臣の姫君であり、よほどの欠陥がない限り個人の資質にかかわらず中宮となる可能性は極めて高いからである。この「よほどの欠陥」というのが兄妹の「とりかへ」に当たるのだが、この「とりかへ」は前世からの「さるべき違ひ目のありし報い」がもたらした「天狗の業」によるものであり、それが仏道の功徳により解消されたと説明される。少なくとも物語の表層において、女君の立后に彼女の〈心強さ〉は直接的に関与してはいないのである。

それでは、女君の〈心強さ〉とはどのようなものなのか、今一度確認したい。作中で彼女が〈心強し〉とされるのは、地の文で二ヶ所、宰相中将からの視点で二ヶ所の計四ヶ所である。

はじめに、地の文で〈心強し〉とされる描写を挙げる。

a、今はあさましと思ひたまへば、若君引き具したまはんもいとあやしく、さりとて見捨てんこともいとかなしきに、思しわづらへど、親子の契り絶えぬものなれば、行きあひつつ見ぬやうにもあらじ、さばかりなりしわが身の、この児かなしとても、いとかく人げなくて、通はんをわづかに待ちとりて過ぐすべきかはと、なほ過ぎにし御心の名残強く思しとりて、さりげなくむつかしげなる反故ひき破り焼きなどしたまひて、若君を目離れず見たまふに、いみじくをかしげにて、やうやう物語り人の影まもりて笑みなどするを見るぞ、いみじうかなしかりける。（巻三　三八〇）

b、その暮れに、例の近き所におはしゐて、消息したまへれば、ありしやうに乳母の局に入れたてまつりて人の静まるを待つほどに、上は胸静かならず心騒ぎして乳母にもかかる気色見えず、ただこの君をつとまもらへて、かきくらされ、かなしと人やりならず思すに、夜更けぬべし、人静まればはじめのやうに入れたてまつりて、御消息聞こゆれば、心地も静かならずかき乱りて、「さは、これしばし」と抱き移させたまふに、おどろきてうち泣きたまへるを、うちまぼりつつ身を分けとどむる心地してゐざり出でたまふを、人は何よりも子の道の闇は思ひ返さるべきわざなるを、さこそ言へ、男にて馴らひたまへりける名残の心強さなりければなるべし。

（巻三　三八四〜三八五）

ａは男君と再会したことで宇治を去る決意を固めた場面、ｂはいよいよ宇治を出立する場面で、〈心強さ〉は若君との別れに対してのみ用いられている。もう少し詳細を見ていくと、どちらも宇治の若君の存在が女君の宇治脱出の決心を鈍らせるほだしとなっていることがわかる。この「子の道の闇」を振り切り、若君を置いて宇治から姿を消した女君の行動の原動力として説明されるのが、「なほ過ぎにし御心の名残強く思しとりて」「男にて馴らひたまへりける名残の心強さ」といった、男としての経験による〈心強さ〉である。ａでは直接「心強し」の語は用いられていないが、男装時代の名残の心により、葛藤しつつも我が子への〈愛情〉を抑えて別れるという展開はｂと酷似している。また、このとき女君は若君を見つめて「かなし」と思っていることにも注意したい。「かなし」とは「対象への真情が痛切にせまってはげしく心が揺さぶられるさまを広く表現する」語で、悲哀にも愛憐にも用いられる。(7)『とりかへばや』においても、親から子どもへ、あるいは男から女への愛しさや悲しみに対し多く用いられている。中には「憂くもつらくも恋しくも、一方ならずかなしとや」（巻四　五二一）のように、憂さ・つらさ・恋しさといった様々な感情入り乱れるものとして用いられる例もあり、〈愛情〉故の表裏一体の感情と言えよう。従って本稿でも、「かなし」という感情を哀憐か愛憐かと一義的に振り分けるのではなく、〈愛情〉の指標の一つとして捉えたい。実際ａでは「親子の契り絶えぬものなれば、行きあひつつ見ぬやうにもあらじ」と、親子の縁を頼みに若君との再会を強く願っており、bでも、乳母に預けた若君が目を覚まして泣く様子に「身を分けとどむる心地」を感じている。ここからだけでも、少なくとも簡単に捨てたのではないことがわかる。

次に、宰相中将から見た女君の〈心強さ〉を検証していきたい。

c、来し方行方もおぼえず、かなしく堪へがたきに、巡りあひ尋ねあはんことおぼえず、いかにせんとかなしきに、若君のかかることやあらんとも知らず顔に何心なき御笑み顔見るが、限りと思ひとぢむる世のほだしといとど捨てがたくあはれなるにも、あはれ、かかる人を見捨てたまひけん心強さこそ、思へどあさましく、ことわりはかへすがへすも言ひやる方なく、胸くだけてくやしくいみじく、人の御つらさも限りなく思ひ知らる。（巻三　三九二〜三九三）

d、宮の中納言は、月日に添へて、ただひたぶるに行方なく思はば、恋しかなしとさのみやおぼえまし、これは、さてもいかでか女び果てたまひにし身をあらため、あたらしく捨てがたき身といひながら、またさはなり返りたまふべき、我をこそ憂しつらしと見るかひなくも思し捨てめ、若君をさへ見ず知らじともて離れたまひけん御心強さも、いま一度聞こえ知らせまほしけれど（巻四　四六七）

c・dはともに、失踪した女君のことを宰相中将が振り返る場面であるが、傍線部のように、ここでも〈心強さ〉は若君を残して失踪したことに対して用いられている。女君が宇治を離れた理由の大部分は四の君と自分との間を行き来する宰相中将への不信にあるが、これまでの〈心強き〉女君たちとは異なり、宰相中将を見限ったことが〈心強し〉と見られているのではない。ただし、a・bの地の文では女君の〈心強さ〉を「男にて馴らひたまへりける名残の心強さ」と規定しているのに対し、女君の中納言時代をよく知っているはずの宰相中将が女君の〈心強さ〉を男性としての生活経験と関連づけて認識してはいない点には注意を要する。

また女君の〈心強さ〉には、もう一つ重要な特徴がある。それは、男性との関係においては、彼女の〈心強さ〉は発揮されないばかりか、反対に〈心弱さ〉や「情けなくは見えたてまつらじ」という思いが働いていることである。女君が宰相中将を拒みきれず女であることを見顕されてしまった場面では、その理由として

e、さは言へど、けけしくもてなしすくよかなる見る目こそ男なれ、とり込めたてられてはせん方なく心弱きに、こはいかにしつることぞと、人わろく涙さへ落つるに（巻二　二七四）

と、実際には女であるための〈心弱さ〉を挙げている。女君のこのような宰相中将への対応は、男尚侍が

f、督の君、あさましういみじと思すにものもおぼえたまはず。さは言へど、つきづきしく心深くひきつつみて、動きをだにしたまふべくもあらず。（巻二　二六六）

g、大方はいみじうたわたわとあてになまめかしうあえかなる気色ながら、さらにたわみ靡くべうもあらず。（巻二　二六七〜二六八）

といった態度で宰相中将を巧く躱し、後に彼から「なほあさましう心強くて止みたまひにし」（巻二　三〇二）と思い出されていることと対照をなしていると言えるだろう。もっとも、宰相中将から見た男尚侍の〈心強さ〉とは男

性を拒絶する女としての〈心強さ〉であり、実際の男尚侍の行動の本質は異なっている。女君の〈心強さ〉があくまで「男にて馴らひたまへりける名残」と限定されていることからしても、『とりかへばや』における〈心強さ〉は本来男性に属する性質であり、そもそも男である男尚侍は〈心強く〉宰相中将を退けられたと考えるのが自然であろう。ともに宰相中将から〈心強し〉と見られる兄妹のうち、拒む女としての像を引き継ぐのは男尚侍であり、女君の男性に対する態度はむしろ、密通相手の宰相中将に「心強からずうち泣きて、いみじうあはれげなる気色に」（巻二　二六三）靡く四の君と通じるところがある。後に女君自身もこうした四の君を「げに女にて心弱くなびかではえあるまじくもあるかな」（巻二　二七三）と評している。

このような女君の性質は帝との関係においてもあてはまる。女君は「世の常の女び、情けなくは見えたてまつらじ」（巻四　四五〇）という心理から、帝の闖入を許してしまう。この点、強い影響関係が指摘されている『夜の寝覚』の寝覚上が「さるは、いささか、「ひきつくろひ、世のつねなる有様にて御覧ぜられむ」とはおぼえず、「いかならむ憂き気色も御覧ぜられて、疎ましと思しのがれ、立ち離れたてまつりてがな」とのみおぼえたまへど[8]」（巻四　二七七）と帝を拒み通しており、「さても、あさましう、心強かりつる人の心かな」（巻三　二八八）「見る目、もてなしの、さばかりなまめき、あえかなるほどよりは、いとものはしたなく、心強きほどにぞはべりける」（巻三　二九六）と見られているのとは正反対の描かれ方をしていると言えよう。

しかし、その結果として女君は皇子を授かり国母となった。男性としての生活経験にのみ限定すれば確かに「自らの判断と責任において打開の道を選び取ってゆく[9]」様子も見られるが、右のことを考えれば、女君はけっして自らの〈心強さ〉によって人生の試練を乗り越え、中宮・国母という栄華を手に入れたとは言えないはずである。

二　女君・宰相中将と宇治の若君の親子関係

さて、宇治から失踪した女君は、男君（男尚侍）と互いの立場を交換して尚侍として出仕し、中宮・国母となった。一方、宰相中将は若君を片時も離さずに手元で育てている。こうした状態は女君が親子関係から疎外されているように見えるが、宇治から女君が失踪した後の三者の視線を追っていくと、また別の関係性が浮かび上がる。

まずは母子の関係から見ていこう。宇治での別れの場面で若君に対する女君の「かなし」さが強調されていることは先に確認した通りだが、二人の離別後も、置き去りにしてしまった我が子への〈愛情〉が描かれている。若君との別れの後、はじめて若君への女君の思いが語られるのは帝が宣耀殿へ忍んできた夜のことで、女君は

h、督の君（筆者注：女君）は、さまざま過ぎにし方恋しく思し続けられ、若君の、今はとひき別れしほどの心のうち、何心なくうち笑みて見合わせたりしなど思し出でられて、いみじう恋しくかなしきままに、

ものをのみ一方ならず思ふにも憂きはこの世の契りなりけり

とて、ほろほろと涙のこぼるれば、はしたなくて引きかづきて臥したまひぬ。（巻四　四四八）

のように、若君を思い出し、「かなしきまま」に独詠し涙をこぼしていた。石埜敬子氏が「女として安定した生活に身を置く中で、母としての思いが切なく再認識されてくる」[10]場面であると指摘するように、独詠歌の下の句「この世」は「子の世」と掛詞となっており、女君の物思いの第一は我が子への思いであることがわかる。この後、女

君は帝の闖入を許してしまい、結果として皇子を授かるが、その皇子が誕生した折にも、周囲の歓びとは裏腹に彼女の心中は宇治の若君にある。

i、常の事に事を添へ、御遊びや何やと限りなくことごとしきにも、督の君は、若君の御折のこと忘れたまふべき世なし。若宮の、いとうつくしげに大きに王家づきておはしますを、ただ人知れぬ人の生まれたまへりしほどとおぼゆるに、いみじうあはれにて、御涙ぞほろほろとこぼれぬる。

ひたぶるに思ひ出でじと思ふ世に忘れ形見のなに残りけん

とぞ御心のうちに思しける。（巻四　五〇一）

皇子誕生への女君の歓びは描かれず、人知れぬ息子の生まれたときとそっくりであることが「いみじうあはれ」であると、宇治の若君を思って泣いている。「あはれ」もまた「親愛、情趣、感激、哀憐、悲哀などの詠嘆的感情を広く表わす(11)」語であるが、ここでも「かなし」と同様、一義に限定してしまうのではなく、相手への〈愛情〉から発露する感覚として捉えたい。そして女君と宇治の若君の再会の場面においては、「かなし」が十一回、「あはれ」が四回も用いられている。これだけ同じ言葉を重ねて表されるのは、置き去りにしたことの悲しみと我が子との再会の喜び、そして再会しても母親として接することの出来ない切なさといった複雑な〈愛情〉である。次に、その一部を引用する。

j、

（Ⅰ）今はと引き離れて乳母にゆづり取らせて忍び出でし宵のこと思しめし出づるに、今の心地せさせたまひて、いとかなしければ、あやしとや思はんとしひてもて隠したまへど、御涙こぼれていと堪へがたきを、押し拭ひ隠して、「君の御母と聞こえけん人は知りたまへりや。大納言はいかがのたまふ」と問はせたまへば、

（Ⅱ）やうやうものの心知りたまふままに、いかになりたまひけんとおぼつかなく、大納言（筆者注：宰相中将）も乳母も明け暮れ言ひ出でて恋ひ泣きたまふめれど行方も知らぬ人の御ことを、見る目有様はいとうつくしう若くて、うち泣きていとあはれと思してのたまふが、もしこれやそれにものしたまふらんと思ひよるより、いみじくあはれなれど、

（Ⅲ）これはさやうなるべき人の御有様かは、行方なく人に思ひまがへられたまふべき人にもものしたまはずと、いとおよすけて思し続けられて、うちまめだちてものものたまはぬを、

（Ⅳ）いかに思すにかとあはれにて、つくづくとうちまぼりて、御袖を顔に押し当てていみじう泣かせたまへば、

（Ⅴ）この君もうつぶして涙のこぼるる気色なるが、

（Ⅵ）いとかなしければ、いますこし近く居寄りて、髪など掻き撫でて、「君の御母、さるべくゆかりある人なれば、御ことをいと忘れがたく恋ひきこゆめるを見るが心苦しければかく聞こえつるぞよ。大納言などは、今は世になき人とぞ知りたまへらん。さこそありしかとまねびたまふなよ。ただ御心ひとつに、さる人は世にあるものと思して、さるべからん折りはこのわたりに常にものしたまへ。忍びて見せきこえん」と語らひたまへば、

（Ⅶ）いとあはれと思ひたる気色にてうちうなづきて居たるが、

（Ⅷ）いみじううつくしう、離れがたき心地せさせたまへど

（巻四　五一二〜五一三）

我が子との再会を果たした女君は、周囲に不審がられることのないよう振る舞おうと努力するものの、若君との別れが今のことのように思い出されて「かなし」さのあまり涙を押さえることが出来ない（Ⅰ）。また宇治の若君も、自分に母親のことを尋ねる女君の様子から、目の前の女君こそ、常日頃父宰相中将や乳母から聞いていた自分の母親なのではないかと気付けき、「いみじくあはれ」と強い感慨を覚える（Ⅱ）。しかし若君は、幼いながらも「およすけ」た様子で状況を判断し、その事実の重さに言葉を失う（Ⅲ）。こうした若君の様子に女君はなおのこと「あはれ」に感じてついに酷く泣き出してしまい（Ⅳ）、また涙に濡れる母親の姿に若君も次第に涙を誘われ（Ⅴ）、二人は語り合ううちに「いとあはれと思ひたる気色にてうちうなづきて居たる」など、母子であるという秘密を共有するとともに、思いを通わせていくのである（ⅥⅦⅧ）。また、ⅡやⅦ以外にも、この前後には「若君は、ありつる名残何となくものあはれにてまかでたまひて」（巻四　五一八）「いとあはれと思して涙を一目浮けてのたまふに」（同）「いとあはれと思したる御気色にて、なほいづくにものしたまへるとはのたまひ出でぬ」（同）など、若君から女君に対して「あはれ」という言葉が用いられている。これは女君から若君に対して「あはれ」「かなし」という感情が描かれることに対応したものと言えよう。

一方、父・宰相中将と若君との関係はどのようなものだったのであろうか。女君の失踪後、宰相中将から宇治の若君への描写は七ヶ所ある。しかしながら、次の引用からもわかるように、宰相中将の視線はすべて宇治の若君を経由して女君へと向けられており、女君の場合は若君との関係において用いられていた「かなし」も、今ここにいない女君に対して用いられている。

k、昔よりよしなきことどもを思ひしはものにもあらざりけり、すきずきしくよろづに色めきて、果てはかくわびしく身をせむるやうにかなしきことを思ひ嘆きて明け暮るるよ、若君の御顔ばかりに命をかけて、いますこし涙流れまさりける（巻三　三九四）

l、月日に添へては、若君のものをひき伸ぶるやうにうつくしうなりまさりたまふを見たまふにつけては、かかる人さへなからましかば何に心を慰めましと思すにも、また、もろともにうち語らひて掛かる人を同じ心に生ほしたてましに何ごとをか思はましと思ふには、飽かずかなしくて、つくづくと、歩きもせられたまはず若君を夜昼御かたはら離さず遊ばしきこえて明かし暮らしたまふも、思へばをこがましや（巻四　四六九）

m、行方なき御形見と見たまふる人も、さすがに男の身なれば片時たち離れでもあるべきやうもなし。おのづから暇なくて見ぬ日もいとうしろめたくはべるを、今はこの御あたりにさぶらはせてこそは心安く思ひたまへめ（巻四　四九五〜四九六）

確かに宰相中将は宇治の若君を人に預けることもなく、女君の失踪後、手元で大切に養育している。だがその根底には別れた女君への未練がある。宰相中将にとって宇治の若君は「心の慰め」であり、「行方なき御形見と見たまふる人」すなわち女君の形見なのである。この点、女君が二条殿に里下がりした折に

n、まして若君の何心なかりし御笑み顔思し出づるには、この人の声けはひを聞きたまふたびには、あさからずあはれにて、御涙のこぼるる折々もあるを（巻四　四九九）

と、邸にいる宰相中将の気配をよすがに若者を思いおこしているのとは対照的である。唯一、先に引用したcにお

いて、宰相中将が若君をこの世のほだしと見て「捨てがたくあはれ」に思う箇所があるが、それさえも女君失踪の文脈の中に位置づけられており、二度用いられる「かなし」や「胸くだけてくやしくいみじく」といった激しい感情も女君故に生じたものである。『とりかへばや』の多くの親が子に対して「かなし」みを向けている中で、宰相中将から若君への「かなし」表現が見られないことは非常に特殊だと言える。[12]

こうした親からの〈愛情〉の差は、逆に若君から女君・宰相中将へ対して描かれる〈愛情〉と対応している。宇治の若君と再会するjの場面において女君は、傍線部「ただ御心ひとつに、さる人は世にあるものと思して」と、母子関係の事実を若君一人の心の内に留めておくように話している。この女君の言葉を守って、宇治の若君は、

o、『殿には、な申しそ』とありつれば、申すまじ。（巻四　五一八）

p、「『殿にはかくとな聞こえそ』とこそのたまひしか。今また逢ひたらんに、申して、『殿にも申せ』とあらん折こそ申さめ。ただ今はな聞こえそ」と口かためたまふ。（巻四　五一九）

のように今中宮と自分との親子関係を宰相中将には口外しない。若君は父・宰相中将のもとで育ち、父がずっと女君を捜して「あはれ」「かなし」と嘆いていたことを知っていながら、母との約束を優先しているのだ。

このように、公に親子関係が認められているのは宰相中将―宇治の若君のみであり、女君一人が三人の親子関係からはじき出されているように見えるが、〈愛情〉に基づく精神的な繋がりという別視点から見た場合、親子関係から疎外されているのはむしろ宰相中将なのである。

三 〈家〉の繁栄の選択と〈愛情〉による繋がりへの視線

『とりかへばや』はこの後、女君は中宮、男君は関白左大臣、宰相中将は内大臣となる。また女君腹の一宮が即位、二宮が春宮に就いて、左大臣家の繁栄を中心に大団円を迎えるが、物語はそこで終わらず、女君・宰相中将と宇治の若君との関係がもう一度強調される。

q、さまざま思ふさまにめでたく御心ゆく中にも、内の大臣は、年月過ぎかはり世の中の改まるにつけても、思ひ合はする方だになくてやみにし宇治の川波は、袖にかからぬ時の間なく、三位中将（筆者注：宇治の若君）のおよすけたまふままに、人よりことなる御様、容貌、才のほどなどを見たまふにつけては、いかばかりの心にてこれをかく見ず知らず跡を絶ちてやみなんと思ひ離れけんと思ふに、憂くもつらくも恋しくも、一方ならずかなしとや。（巻四　五二二）

ここに見られる宰相中将の心中は、女君の失踪後、宇治の若君を女君の形見として見守り続けてきた日々と殆ど変わっていない。兄妹の「とりかへ」が行われた後、宰相中将は麗景殿の女のもとから出てきた男君に髭が生えているところを目撃し、今の左大臣家の男君が男装の女君ではなく本当の男であることを知った。また、左大臣家の子どもは男女二人の兄妹であること、今中宮が左大臣家の姫君であることは当然知っていたはずで、「とりかへ」の答えに繋がるだけの十分なヒントは得ていると言える。しかしながら彼はそのトリックに最後まで気付くことはなく、女君や宇治の若君との関係に変化は見られない。ただ女君の忘れ形見である宇治の若君を見るにつけ、失踪した彼女に思いを馳せており、「憂くもつらくも恋しくも、一方ならずかなしとや」という宰相中将の視点に寄り添った語り（語り手）のことばで物語は締めくくられる。ここに、大団円の結末とはまた別の『とりかへばや』の価値観が読み取れるのではないだろうか。

宇治の若君誕生の後、宰相中将に対するこのような語りのことばは、ここ以外に三ヶ所見られる。うち一つは先の引用l「思へばをこがましや」だが、他二例とともに今一度該当部分のみ掲出したい。

l、つくづくと、歩きもせられたまはず若君を夜昼御かたはら離さず遊ばしきこえて明かし暮らしたまふも、思へばをこがましや。（巻四　四六八～四六九）

r、ほのかに馴らひにける人なればあながちなるもの恨みの気色なくさはやかにもあるかなと見たまふも、をこなりや。（巻三　三六七）

s、宮の大納言（筆者注：宰相中将）は、大将（筆者注：男君）の御心寄せあるによりて中宮の大夫になりたまひぬるにも、昔、志賀の浦頼めたまひし夜のこと思し出でられて、ものあはれに思さるるぞ、かの宇治の橋姫と思し寄らぬぞ、あはれなるや。（巻四　五〇五～五〇六）

1は若君を失踪した女君の身代わりとして一日中過ごしていることについて、rは女君と四の君の間で愛情を二分する宰相中将に内心不信を募らせている女君の心に気付かないことについての語りである。この二つは、一見似た評言のようだが、1の「をこがまし」が馬鹿馬鹿しくて笑いを誘うようなさまやみっともないさま、いい物笑いになりそうなさまを言うのに対し、ｒの「をこなり」は愚かさや思慮の足りなさ、またそのような行動を行う人のことを示すものである。[13] １は、女君の身代わりである宇治の若君の存在が、却って女君を思い起こさせる種ともなっているという閉塞した状況にあって、それを打開出来ない宰相中将に向けられたものであり、自嘲にも近い、宰相中将の視点に寄り添った語りと言える。一方、ｒは宰相中将の視点からは距離を置いた語りである。またｓは、一宮が立太子し女君も后となったことで「いとど誰も誰も御心ゆきたまふ」中、中宮の大夫でありながら、その中宮が捜している女君その人であることを知らない宰相中将に対する評言である。彼のみが本当のことを知らないという点はｒと同様であるが、ここでは「をこ」ではなく「あはれ」とされており、これもまた宰相中将に対して同情的な語りとなっている。そもそもストーリー展開上、ここで彼が中宮大夫となる必要性は全くない。にも関わらず、わざわざこのような皮肉な状況が作り出されていることに、事実を知らず空回りする宰相中将の姿を強調する意図が窺えよう。そして物語末尾でもう一度、大団円の中で宰相中将だけは行方のわからない女君のことを思い嘆いている様子がｑ「一方ならずかなしとや」と語られている。ここでも、事態を理解せず嘆き続けている彼が「をこ」と見られることはない。

このように、宰相中将に対する語りのことばを見ていくと、女君・四の君・宰相中将という男女の三角関係の中で女君の本心を取り違える宰相中将がｒ「をこなりや」と批判的に語られていることとは異なり、女君・宰相中将・宇治の若君の関係における宰相中将の苦悩は同情的な立場で語られている。その上で「あはれなるや」「かなしとや」ということばに皮肉や笑いのニュアンスを読み込むか否かは断定しづらいが、少なくとも表現として宰相中将の心情に寄り添う言葉が選択されているところに、彼に対する『とりかへばや』の姿勢を読み取ることが出来るだろう。

また、この物語末尾にはもう一つ重要な点がある。それは、女君が宇治に若君を置き去りにして失踪した時の心境が、宰相中将によって「いかばかりの心にてこれをかく見ず知らず跡を絶ちてやみなんと思ひ離れけん」と推し量られていることである。先に宰相中将の心中はそれまでと殆ど変わっていないと述べたが、この箇所だけは明らかに変化が見られる。はじめに確認した通り、女君が宇治を発った際に若君を置き去りに出来たのは、地の文により「男にて馴らひたまへりける名残の心強さ」によるとされており、宰相中将も、「かかる人を見捨てたまひけん心強さ」「若君をさへ見ず知らじともて離れたまひけん御心強さ」と、女君の〈心強さ〉によるものと考えていた。しかしこの期に及んで一転、女君は「いかばかりの心にて」我が子と別れたのだろうかと問い直される。女君と宇治の若君母子の別れが〈心強さ〉という言葉で片付けられてしまうのではなく、これまで女君の秘めたる心境としてのみ「かなし」と語られてきたその心が外側から探られようとしているのである。

以上のような物語末尾のあり方は、社会的地位の獲得をもって大団円とする論理への抵抗なのではないだろうか。女君が中宮・国母となったことで左大臣家の権勢は揺るぎないものとなった。物語の最後には、父にかわって関白左大臣となった男君をはじめ皆がしかるべき地位に就き、「さまざま思ふさまにめでたく御心ゆく」と語られている。ここに見られるのは社会的地位の獲得を大団円の基準とする論理であり、〈家〉の繁栄を優先する意識とも言えよう。現存する『とりかへばや』の原作となった古本（散佚）において男装の女君は宰相中将の北の方に収まっていたことが知られている。つまり女君が帝の寵愛を受け中宮・国母となることは改作によって改められた結果であり、こうした社会的地位の獲得による大団円は選択されたものであったと考えられる。

だが一方で、その論理では取りこぼされてしまうものについても視線が向けられている。宇治の若君に対しては「かなし」「あはれ」と言葉が重ねられ、親としての〈愛情〉が描かれる女君だが、それに反して帝との間に生まれた皇子たちに対しての〈愛情〉描写は淡泊であり、先に見たように一宮の誕生の際にも、この皇子への愛情や喜びよりも宇治の若君への思いに重点が置かれていた。最終的には国母となり女として頂点を極めた女君であるが、そのことに対する女君の歓びであるとか感慨といったものは描かれず、后の位と引き替えに宇治の若君との親子関係は公に出来ないものとなる。物語終盤の母子再会の場面では、我が子を前にして母と名乗ることの出来ない女君の思い、また、目の前の人物こそが行方不明となっていた自分の母親なのだと知っても、后という身分故に母と呼ぶことの出来ない宇治の若君の思いが緻密に描かれ、二人の物語のクライマックスとなっている。

また、女君失踪後の宰相中将の苦悩も、大団円の論理の裏にあるものを強調している。思えば宰相中将は物語当初から出世には熱意の薄い人物として描かれていた(14)。彼が常に心を砕くのは関心のある女性との色恋であり、彼女らの〈愛情〉の獲得である。宰相中将は、社会的地位の獲得をもって大団円とする規範とは違った規範に生きる人物であり、そのことは、失踪した女君に執着して我が子を妻の形見としていつくしむ宰相中将の姿と、彼に対する同情的な語りによってクローズアップされている。と同時に、宰相中将の嘆きは彼の悲しみだけの問題ではなく、女君・宰相中将・宇治の若君という三者三様の親子の問題の存在を読者に突きつけるものでもある。『とりかへばや』は〈愛情〉の成就や親子関係の回復といった個人のハッピーエンドとは違った、社会的地位の獲得、〈家〉の繁栄を規範とする大団円の結末を物語りつつ、一方で、最後までこの三人の親子の問題に焦点を当て続けているのである。

むすび

以上、女君・宰相中将・宇治の若君の親子関係について、その関係は〈愛情〉を軸として〈文〉をなしていること、また、その〈文〉が宰相中将の嘆きという形で社会的地位の獲得を大団円とする物語の結末に結びつけられていることを論じてきた。

そこに見られるのは、個人の〈愛情〉よりも〈家〉の意識が優先される社会にあっての、親子の繋がりである。第一義としてある〈家〉の存続や繁栄の前には、個人的な〈愛情〉による親子関係を保つことは出来ない。女君は后・国母となり左大臣家の繁栄を保証するという物語の敷いた大団円へのレールに乗るために、我が子との離別を余儀なくされた。しかし社会的〈家〉の論理が介入出来るのはそこまでであり、〈愛情〉の論理による親子の繋がりは、極めて私的なものであるからこそ、〈家〉の論理に基づく社会のもとでも継続していく。

〈愛情〉と〈家〉という二つの論理に挟まれ様々な様相を見せる親子の問題は、『とりかへばや』内に留まらず、個人の〈愛情〉よりも〈家〉を優先させていたであろう当時の貴族社会における問題とも関わって来よう。〈家〉が個々人の集合体である以上、それを構成する単位としての親子の問題は無視し得ないものである。〈家〉を優先する社会にあって個々の親子の問題は物語の中にどのように描かれていくのか、論ずべき問題は多いが、ひとまずは今後の課題としたい。

注

（1）鈴木弘道「第三篇　とりかへばや物語　第二章とりかへばや物語に現れた愛情」（『平安末期物語の研究』初音書房　一九六〇年）、「とりかへばや物語解題　五　特色（『とりかへばや物語の研究　校注編　解題編』笠間書院一九七三年）、「とりかへばや物語の世界―特に母性愛・兄妹愛について―」（鑑賞日本古典文学12　三谷栄一・今井源衛編『堤中納言物語・とりかへばや物語』角川書店　一九七六年）

（2）拙稿「『今とりかへばや』の〈家〉への志向―親子間の〈愛情〉描写から―」（『国文目白』五〇号　二〇一一年二月）

（3）西本寮子「『とりかへばや物語』の主人公―女性としての成長を軸として―」（『国文学攷』九八号　一九八七年六月）

（4）田中新一・田中喜美春・森下純昭『新釈とりかへばや』（風間書房　一九八八年）「一、作品解説　4、主題と構想」

（5）例えば安田真一「主体性を捏造する〈ことば〉と〈身体〉―『とりかへばや』の女君と宰相中将をめぐって―」（河添房江ほか編　叢書想像する平安文学3『言説の制度』勉誠出版　二〇〇一年）では「女君が子どもを捨て宇治を脱出することは、女君にとっては、自分の今の境遇への不満や宰相中将への不信感のためによるものだとしても、結果、〈女〉の放棄、「母性」の欠如であることを刻印されることになるはずだ。テクストが「男にならひ」とくり返し理由を述べ、そのことを隠蔽しようとしてもだ」とあり、女君の心情や後に語られる若君への思いにかかわらず宇治での離別の一事をもって「「母性」の欠如」が指摘される。

（6）星山健「王朝物語史上における『今とりかへばや』―「心強き」女君の系譜、そして〈女の物語〉の終焉―」（『国語と国文学』二〇〇六年四月）

（7）『日本国語大事典（第二版）』（小学館　二〇〇〇年～二〇〇二年）「かなし」の項より引用。

（8）鈴木一雄校注・訳『夜の寝覚』（新編日本古典文学全集28　小学館　一九九六年）

（9）石埜敬子「『今とりかへばや』―偽装の検討と物語史への定位の試み―」（『国語と国文学』二〇〇五年五月）

（10）石埜敬子校注・訳『住吉物語・とりかへばや物語』（新編日本古典文学全集39　小学館　二〇〇二年）頭注。

（11）前掲（7）「あはれ」の項より引用。

（12）『今とりかへばや』の親から子、養親から子に対する「かなし」表現は、左大臣→男君・女君、吉野宮→吉野の大君・中の君、右大臣→四の君のほか、中の君→宇治の若君（養子）、大君→女春宮との子（養子）に見られる。また麗景殿の女御（おば）→麗景殿の女の子（姪）にも「かなし」が用いられている。

（13）前掲（7）「をこ」「をこがまし」の項より。

（14）宰相を兼任することになった折には、「式部卿の宮の中将も、かけながら宰相になりたまひぬれど、方々尽くしつる心の一方はかく塩焼く煙に聞きなしつることを、喜びも何とも思はぬ顔に、行きあふ折々はすこし心置く気色に嘆きしめたるを」（巻一　一八五）とあるように、手に入れたいと思っていた四の君が女中納言と結婚してしまったことを残念に思う気持ちが昇進の喜びを凌驚している。また女君の右大将昇進と共に権中納言となった折も「権中納言は、わが身の喜びも、人にすぐれて面立たしきは、ただ世の人のなりのぼるに続きたちにしいとほしさばかりと思へば、さしも喜ばれず」（巻二　三〇五）とされ、この後、女君の立派さに女姿にさせたいという己の望みの難しさへと続いていく。

付記　引用は石埜敬子校注・訳『住吉物語・とりかへばや物語』（新編日本古典文学全集39　小学館　二〇〇二年）の本文を使用した。

本稿は、日本学術振興会特別研究員奨励費の助成のもと行った「〈家〉を起点とした中世王朝物語の総合的研究」の成果の一部である。

『とりかへばや』の宰相中将の恋――過剰な「ことばの〈文《あや》〉」の空間

片山ふゆき

はじめに

宰相中将(1)とは、男女の入れ替えという特異なモチーフを持つ現存『とりかへばや』において、自らは異性装のテーマを担わずに、当代きっての色好みとして登場し、異性装のきょうだいに次いで物語全般を通し活躍する人物である。彼は式部卿の宮の御曹子であり、なおかつ容姿人柄も並ではない貴公子という設定を持ちながらも、異性装のきょうだいに関わり物語展開の局面に立ち会う中で、三枚目的な色合いの強い人物として描かれる。

また、宮の宰相こそ、いと心おくれたれ。さしも深くものをおぼえずは、なでふ、至らぬ隈なき色好めかしさをか好まるる。女中納言とりこめて、今はいかなりとも、と心安く思ひあなづるほど、まづいとわろし。さばかりになりたる身をさしももてやつして、さるめざましき目を見てあるべしと、何事を思ふべきぞ。また、その後、正しき男になりて出で交ろはむを、女なる四の君だに、『ありしそれとも思はぬは』とこそ詠みたるに、けざやかに、さしも向かひ見る見る、あらぬ人ともいと思ひも分かぬほど、むげに言ふかひなし。

(『無名草子』二四五)(2)

右は、現存『とりかへばや』と目される『今とりかへばや』の宰相中将に対する、『無名草子』の評語の一部である。その好色ぶり、身勝手さ、そして後半における入れ替わりに気付かぬ鈍感さ……。様々に彼は「いと心おくれたれ」と手厳しい批判の対象になっている。

『とりかへばや』の持つ、性の入れ替えというモチーフに関して神田龍身氏は、「唯一絶対ともいえる性差の記号性を摘発」することにつながるという点で、「男女の恋物語としてしかあり得ないこれまでの全王朝物語のパロディ、そしてその否定ともなる」とするが、(3)そうした恋物語の「パロディ」的要素と、三枚目の貴公子という宰相中将の担う役回りとは切り離せまい。菊地仁氏は、宰相中将の「禁忌を侵犯する〝王統のひとり子〟」という面に着目し、「本来なら主人公たる十分な状況設定」でありながら、男女入れ替えのモチーフにより「作品全体の座標軸が狂っているため」彼は「三枚目の色好みとしてしか登場できない」として、彼の「主人公」性と、そこからのズレのありようを説明する。(4)そのような彼の「主人公性」を重視した安田真一氏は、「光源氏や匂宮なども含めて、恋に身を焦がしていく多くの物語の男性は、みな多かれ少なかれ宰相中将と同じ」と説いた上で、宰相中将を「きょうだいの異装・役割交換＝「とりかへ」に翻弄された「をこ」の主人公」と位置づけ、(5)さらに中島正二氏も、彼に恋物語を担う「主人公性」を認め、『とりかへばや』を「正常人宰相中将による、異常人との遭遇と別離の物語」とみなす可能性を示している。(6)また、久保堅一氏は、宰相中将は夙に指摘のある匂宮のみならず、(7)「宇治十帖」全体にわたって物語を牽引する薫の、女達への執着をも継承した人物だと指摘して、その上で「宰相中将の執着は薫のそれとは異なって最終的に女君に乗り越えられるものとして存在するのであり、執着が執拗に示されれば示されるほどに空回りしているものとして語られるほかはない」と述べる。(8)すなわち、宰相中将は先行物語の男主人公像を抱え込みつつも、先行物語の女君から逸脱した男装の女君との関わりの中でそこからずれ、しまいには「心おくれたれ」との印象を持たれるに至る人物とも捉えられるわけである。

さて、そのような宰相中将の、恋多き貴公子としての姿を形作る要素の一つとなっているのが、女への恋情を表現するために尽くされることば達であろう。安田氏は、宰相中将が相手を口説く際に用いることばの量の「過剰」さに焦点を当て、そうした「過剰に〈ことば〉を尽くしていく」姿勢が先行物語の男君達に通じると論じている。(9)まさに宰相中将は氏の指摘するように、多くのことばを畳み掛け、女達に自らの恋情を訴える。その量の過剰さは、色好みの彼の恋の情熱と焦燥感をとりもなおさず表すことになろう。

だが、さらに言えば、宰相中将の情熱的な恋を描き出すために駆使されるのは、彼自身が相手に発したことばだけではない。彼の恋には多くの引歌表現が用いられている。現在指摘される『とりかへばや』の引歌表現は九十箇所程度存し、そのうち半数以上は男装の女君に関連して出現するが、宰相中将にまつわるものはそれに次いで、のべ四十箇所程度となり、続く四の君との差は二十箇所ほどにも及ぶ。西本寮子氏は、そうした頻出する引歌表現に着目し、「ことばを尽くして語る『源氏物語』に対し」古歌等を利用し「多くの言葉を費やすことなく」、宰相中将の「色好みの人物像を作り上げ」ているところに「『とりかへばや』作者の創意を認めるべきである」とする。(10)

引歌表現の多用によって強調される宰相中将の情熱的な恋心。それらの表現は、宰相中将の恋を端的に表すキーワードのように文脈に据えられているものも多い。加えて、『とりかへばや』に見られる引歌の典拠の多くが、物語と時代的懸隔が認められる『古今和歌集』の、後代に大きな影響を与えた著名な歌であることを勘案すると、同物語はイメージの喚起しやすい人口に膾炙した表現を用い、そのイメージに彼の恋を重ね合わせて描いているとも考えられよう。文学史的な営みの中で織りなされたイメージを背負い込んだ、そうしたことば達は、物語の語りに重層的な奥行きを加えるレトリック、言うならば「ことばの〈文《あや》〉」である。そして、宰相中将の恋を語る文脈には、その「ことばの〈文《あや》〉」が駆使され、それらが積み重なり、あやなされて彼の恋の物語は描き出されていく。となれば、宰相中将の恋とは、「ことばの〈文《あや》〉」が抱えるイメージ、およびそこに描かれる恋のありようを踏襲したものと断ずることも出来そうである。ところが、宰相中将の恋を彩る表現が据えられている文脈を注視すると、先行例に比して、あるずれが存することに気づかされる。そして、そこに現れるずれは、結論から言えば、恋に対する宰相中将の、尽くす「ことば」の量とはまた異なった、「過剰性」を示唆するものとなる。それはいわば、実情を認識し得ない宰相中将を浮き彫りにするかのごとく、物語の内実を反映しない、過剰な「ことばの〈文《あや》〉」となっているのだ。

この、宰相中将の恋を彩る引歌表現と、ずれの問題は、前述の「主人公性」と「パロディ」の問題とも関わって看過しがたいものとなろう。数々の引歌表現により語られる宰相中将の恋物語とは、どのようなものだろうか。本稿では以上のような視座で、キーワードのように出現する引歌表現の用法を分析、考究し、そこから、それら表現、つまり「ことばの〈文《あや》〉」が積み重なり描き出される、宰相中将の恋の物語の〈文《あや》〉の空間を探っていきたい(11)。

一　宇治の橋姫

まずは、物語中において繰り返し登場する表現を検討したい。広く親しまれた表現を利用し、反復させているだけに見えるその言い回しには、実のところ、ある論理による使い分けが確認されるのである。それは、物語も終盤に差し掛かったところから、ある引歌が頻繁に現れるようになる。それは、

題しらず　　読人しらず
さむしろに衣かたしきこよひもや我をまつらむうぢのはしひめ　（『古今和歌集』巻十四・恋四・六八九）

を踏まえた「宇治の橋姫」という表現である。

（a）ここら見あつむる中に内侍の督の君、大殿の四の君、行方なくなしきこえにし宇治の橋姫などこそは、さまざま類なき御容貌有様と思ひしに　（巻第四　四八六）

右のくだりは同表現の作中における初出にあたるが、ここでは、吉野の中の君を垣間見た宰相中将が、過去の女性達と中の君を引き比べる際、行方不明の女君を指すものとして用いている。以来この語は次のごとく繰り返し登場することとなる。

（b）ありし宇治の橋姫やこの簾のうちにものしたまふらんなど　（巻第四　四九一）

（c）昔見し宇治の橋姫それならで恨みとくべきかたはあらじを　（巻第四　四九二）

（d）橋姫は衣かたしき待ちわびて身を宇治川に投げてしものを　（巻第四　四九二）

（e）かの宇治の橋姫ならずとも今宵の御引出物もいと過ぐしがたくて　（巻第四　四九三）

（f）よろづの公ごとも見さすやうにて籠り居にしこと、中納言さへ待ち遠に嘆き過ごして、宇治の橋姫忘るる世なく思し出でらる。　（巻第四　四九八）

（g）昔、志賀の浦頼めたまひし夜のこと思し出でられて、ものあはれに思さるるぞ、かの宇治の橋姫とは思し寄らぬぞ、あはれなるや。　（巻第四　五〇五）

（h）中宮は、昔、四の君の御ゆかりに大臣に明け暮れ恨みられし報いに、まだ宇治の橋姫にてながめしころ、この御ゆゑ人をつらしと思ひ入りし報いにやとおぼえしに　（巻第四　五〇九）

右の（b）（c）（e）（g）の例では、（a）と同じく宰相中将が女君を想起し、彼女を表すものとしてこの語を用いている。ここでは「宇治の橋姫」＝「女君」という図式が成立しており、同表現は彼女の呼称として定着していると言えよう。また（f）（h）は、女君自身が宇治での我が身を振り返って同表現を用いたものである。

当該古今集歌をもとにした「宇治の橋姫」は、『源氏物語』に引歌表現として利用された後、新古今時代を中心に大変好まれ、人口に膾炙した表現である。『源氏物語』においては、薫と匂宮とがそれぞれに、宇治の地に身を置く大君および中の君を橋姫に結びつけて同語を用いている。(12)その後の平安後期物語に「橋姫」の語は現れないものの、前述のとおり新古今時代の歌人達に好まれ、多く和歌に登場している。

こひわたるよはのさむしろなにかけてかくやまちけんうぢのはしひめ

（『六百番歌合』三十番左・寄橋恋・良経・一〇一九）

さむしろや待つよの秋の風ふけて月をかたしく宇治の橋姫

（『新古今和歌集』巻四・秋上・定家・四二〇）

最勝四天王院の障子に、うぢがはかきたるところ　　太上天皇

はしひめのかたしき衣さむしろに待つよむなしき宇治の曙

（『新古今和歌集』巻六・冬・六三六）

右の歌に代表されるように、恋歌ならずとも「宇治の橋姫」は古今集当該歌の影響のもと『源氏物語』をも摂り込んで「待つ女」の悲恋というモチーフとともに詠み込まれた。(13)すなわち『とりかへばや』は、盛んに利用されたこの表現を、宇治に籠め据えられた女君の不遇の生活を想起させるキーワードとして採用したわけである。宇治での女君は、まさにこの「橋姫」のごとき境遇であり、ゆえに、一見同表現は、女君の境涯を端的に表し印象づけるに最適の、著名な類型的表現として多用されたようにも考えられよう。

だが、その点を踏まえた上で注視すべき問題がある。それは、女君が宇治において宰相中将の訪れを待つばかりの、まさに「橋姫」同然の生活を送っていた際には、「宇治の橋姫」の表現は出現せず、それが過去のものとなって初めて登場し、以降に偏出することである。これに着目した辛島正雄氏は、

「宇治の橋姫」のように生きるとは、従順で可愛い、男にとって好ましい女でいること、とでも言い換えられ

る。女主人公は男装を解くまで、つねに自らを主体的に持してきただけに、一転こうした女のステレオタイプに一方的に押し込められることに、断じて承服できなかったのだ。それゆえ、「宇治」でのかの女の生活とは、〈お前もわたしのようにおなり、それが女の当たり前の生きかたなのよ〉と囁きつづけ、まんまと虜にしてしまおうとする、「宇治の橋姫」の呪縛に対する必死の抵抗の日々だったのであり、もし挫けてしまえば二度と浮かび上がれない、ぎりぎりの状況を生かされていたといえるだろう。（略）帝寵を独占する新たな運命が開け、さしもの「宇治の橋姫」の呪いも威力を失い、ここではじめてその正体を現すのである。

と説く(14)。そうしてこの「毒を抜かれたことば」である「宇治の橋姫」はクライマックスにおいて出現し、「女主人公の苦闘の深い意味を示唆」するというのだ。辛島氏の指摘のごとく、「宇治の橋姫」という語が、宇治に籠め据えられた状態の女君に用いられていないことは意味深い。あくまでも、彼女の宇治生活を後から捉えなおす言葉として、この表現が位置づけられているのである。

先に述べた『源氏物語』の例において同語は、京に位置する薫や匂宮の視点より、宇治に身を寄せる大君、中の君の現状を捉えたことばとして登場しているのであって、そうした先行例に鑑みても、事が解消した後にのみ限定された『とりかへばや』の用法には留意すべきである。なぜ、この物語において「宇治の橋姫」の表現は、あえて「毒を抜かれたことば」として現れるのか。同語の担う役割とは、果たして女君の「苦闘の深い意味を示唆」するものだけであろうか。

ここで注目したいのは、『とりかへばや』における「宇治の橋姫」の初出は前述の通り宰相中将の心中思惟であり、その後も専ら彼がこの語を用いていることである。つまり、ここで言う「宇治の橋姫」は、宰相中将が女君を失った後に、改めて今は無き恋人を規定したことばとなっているのだ。この宰相中将の認識に言及して森下純昭氏は、女君の心中を理解し得なかった彼が、「『宇治の橋姫』を女大将に重ねて想起恋慕させるのは滑稽の他な」いとし、これは「多情故の無神経さに対する揶揄となっている」と述べるが[15]、確かに、女君の苦闘を思えば、彼女を指して「宇治の橋姫」とする宰相中将の認識には違和を感じざるを得ない。さらに、宰相中将が女君を「宇治の橋姫」と呼び始める時期というのは、当の「橋姫」である女君が最早宇治脱出を遂げたばかりか、帝寵を独占し待望の御子を懐妊した頃合いである。要するに、「我をまつらむ」とする彼の認識と、現状との間には、大きな落差が生じている。翻って、この落差を顕然化させているのが、宰相中将による「宇治の橋姫」の引歌利用なのである。

そして、この落差をさらに浮き彫りにするのが、女君による「宇治の橋姫」の利用だと言える。前の（f）（h）の同表現は、女君自身を指さずに、女君がかつての宇治での生活を回想する中において彼女の宇治での状況をたとえて言う。あの苦しい日々はさながら「宇治の橋姫」であったのだ。その上、前者の例の波線部「中納言さへ」という言い回しには彼女の不本意さが込められている。宰相中将が「我をまつらむ」という意味を響かせて女君自身を呼ぶのと、女君が自らの屈辱的体験をたとえるのとでは、その意味合いに大きな違いがあるわけである。

同じく「宇治の橋姫」の語を用いながら、宰相中将の側では行方不明の「恋人」という面が強調され、女君側では拒否の念が改めて描かれる。この「宇治の橋姫」の語を巡る二人の齟齬は、そのまま二人の、自身らの関係に対する認識の相違を描出していよう。換言すれば、女君の「宇治の橋姫」の利用は、宰相中将の認識を相対化する役割を担っているのである。

なお、前掲の例中の（c）は、今大将の男君に詠みかけた宰相中将の歌である。男君はそれに対し、（d）の歌で応じるが、その橋姫は我が身を嘆いて身を投げてしまいましたということの歌は、これ以上の詮索を避けるためのものであって、宰相中将の歌を受け、はかない「宇治の橋姫」の物語を演出しているとも言える。彼は、女君の行方をはぐらかすために、かえって宰相中将の「宇治の橋姫」という認識を利用するのだ。

以上のように、宰相中将における「宇治の橋姫」は、流行の表現を類型的に踏襲しているようでいて、実のところは、彼の認識と現状とのずれを顕然化させる仕組みが設けられている。つまり、彼の昔の恋を偲び用いる同表現は、実情から離れ、いわば独りよがりのものとなった、過剰な「ことばの〈文《あや》〉」となっているのだ。そして、その「ことばの〈文《あや》〉」を用いれば用いるほど宰相中将は、真相を理解し得ない滑稽な男という像を築き上げていく。

二　塩焼く煙

前節では、物語の終盤における事例を確認してきたわけであるが、宰相中将による、実情とは落差のある引歌表現の利用、いわば内実の伴わない、過剰な「ことばの〈文《あや》〉」の出現は、実は物語の始発時点においても見出すことができる。

場面は巻一まで遡る。宰相中将は、女装の男君と四の君への恋に身を焦がして尽力するものの、その甲斐もなく、片思いの一方の対象である四の君は、友人である男装の女君の妻へと納まってしまう。当然のごとく彼は落胆し、失望するが、その悲しみは次のように語られる。

方々尽くしつる心の一方はかく塩焼く煙に聞きなしつることを、喜びも何とも思はぬ顔に、　（巻第一　一八五）

これも浅からず心を乱りし人の塩焼く煙になりにしぞかしと思ふに、今とても思ひ放たぬ心は胸うち騒ぎて、　（巻第一　二〇五）

傍線部「塩焼く煙」という語は、人妻となった四の君に対する無念の思いを描出するものであるが、もとは、意

中の人物が思いがけなくも他に靡いてしまったことへの嘆きを表した、

題しらず　　　　　　　　　　　　　よみ人しらず

すまのあまのしほやく煙風をいたみおもはぬ方にたなびきにけり　（『古今和歌集』巻十四・恋四・七〇八）

という古歌を引く表現である。この歌は『古今集』においては「題しらず」とあるばかりだが、『伊勢物語』には、

むかし、男、ねむごろにいひちぎりける女の、ことざまになりにければ、

須磨のあまの塩焼くけぶり風をいたみ思はぬかたにたなびきにけり　（『伊勢物語』百十二段）

とあって、「ねむごろにいひちぎりける女」の心変わりをなじったものとして、その詠歌事情が語られている。

そして、この古歌は広く人口に膾炙し、その影響下に煙に寄せて相手をなじる、次のような歌が多く詠まれた。

ひさしうまゐり給はざりければ

ぬきをあらみまどほなれどもあまごろもかけておもはぬときのまぞなき

御かへし

もしほやくけぶりになるる（『村上天皇御集』では「なびく」―稿者注）あまごろもうきめをつつむそでにやあるらん　（『斎宮女御集』一三四・一三五）

むめつぼのせきがもとに、いかなることありてにか

おひかぜにけぶりまかすなもしほやくたかごのうらのすまのせきもり

かへし

うらにたくもしほのけぶりなびかめやよものかたよりかぜはふくとも　（『惟成弁集』一・二）

また、先行物語においても当該歌は繰り返し引用されてきており、そうした中には、『とりかへばや』当該場面

のごとき男の嘆きが語られたものを見出すことができる。

思ひかけずにはかなる藻塩のけぶりの口惜しさを。などか。露ばかりおどろかしほのめかし給ひたらましかば、さては聞き過ごさざらまし。（『浜松中納言物語』巻第三　二三九）

思ひのほかなる塩焼くけぶりは、わが御心とあることにもあらずかし。（『浜松中納言物語』巻第五　四三一）

右に掲出した『浜松中納言物語』の両例は、恋しい相手の「靡く」方を「おもはぬ方」と心を乱し、嘆く男の心を表している点で、『とりかへばや』当該箇所の先蹤と言えるものである。前者の例は、衛門督と結婚した大弐女に対する主人公中納言のことばであって、他人の妻に納まった彼女を中納言はなじって「藻塩のけぶり」と語りかける。後者の例もやはり中納言のことばであり、ここでは式部卿宮に連れ出された吉野の姫君に語り、その宮による誘拐事件を指して「塩焼くけぶり」を用いている。ちなみに、『古今集』当該歌をもととした「塩焼く煙」という表現は、享受の中で、前掲のごとき相手方の「なびく方」を問題としたものだけでなく、自分自身の今後としての「なびく方」へと変奏した次のような詠みぶりも見られるようになる。

つくしにまかりくだりけるにしほやくを見てよめる　大弐高遠

かぜふけばもしほのけぶりうちなびきわれもおもはぬかたにこそゆけ（『後拾遺和歌集』巻九・羈旅・五二一）

また、先行物語においても、自分の「なびく方」を問題とした、「女も、塩やく煙のなびきける方をあさましと思せど」（『源氏物語』「真木柱」③三八九）、「我が心にもあらずもてなされにし藻塩の煙」（『夜の寝覚』巻三　二七四）などの引歌表現が存する。それら多様に展開した「塩焼く煙」の用法に対して、『浜松中納言物語』の二例は、当該の古歌の発想そのままに、相手をなじり、自らの嘆きをことばに託している。そして、『とりかへばや』の宰相中将の例も、『浜松中納言物語』を踏襲するかのように、傷心の表象として「塩焼く煙」を用いているのである。以上の点を勘案すれば、宰相中将における「塩焼く煙」は、古歌の意に添った『浜松中納言物語』を引き継いで、人妻に対する彼の熱情を端的に描き出すキーワードとして示されたもののように思われる。恋しい女が「ほかざま」に靡いたことを知った男の嘆き。「塩焼く煙」は、宰相中将の抑え難い執心を一語に集約したことばとも言えるかもしれない。

しかし、ここで注意したいのは、同表現出現時点における宰相中将と四の君との関係性である。この時の両者は、未だに対面を果たすどころか、文のやり取りも見られない状況にある。宰相中将は、四の君を思い、様々に手を尽くしてはいたものの、その浮気心を警戒され、「つゆのこともあなゆゆしといづ方にも思し離れて返事する人もなき」（巻第一　一八二）と、四の君方に全く相手にされていなかった。実は、このような二人の間柄においての、相手方の「なびく方」を問題とした「塩焼く煙」の引用は、先行例とは異なり、宰相中将の認識の身勝手さや、過剰さを前景化させる役割を担うと考えられるのである。というのも、先行例の文脈には、『伊勢物語』の「ねむごろにいひちぎりける女」という設定における男女の関係性を反映した、該当の男女の親密さ、あるいは接近が前提として認められるからだ。『浜松中納言物語』の一つ目の例の大弐女と中納言とは、前掲場面以前に、結ばれてはいないものの一夜を共にし、かつ後の逢瀬を約束している。また、後者の例の吉野の姫君に対し中納言は、後見人の役割を果たし、吉野の姫君自身も中納言を唯一の頼りとする。そうした中で、恋仲となるのを中納言が躊躇し煮え切らずいるうちに、この二人の女君は他の男のもとに収まってしまうのだ。結局のところ、両女君が「ほかざま」に靡く事態を招いた大きな要因の一つは、誰あろう中納言自身の行動である点で、彼の言い分は身勝手なもののようにも思われる。しかし、あくまで彼女達と中納言との間には、引用場面以前において心情的な結びつきが成立しており、「思ひのほか」という彼の嘆きには一応の根拠があるように『浜松中納言物語』では描かれているのである。

さらに、『源氏物語』には次のような例が見られる。

塩焼く煙かすかにたなびきて、とり集めたる所のさまなり。

このたびは立ちわかるとも藻塩やく煙は同じかたになびかむ

（『源氏物語』明石②二六四～二六五）

この場合は相手をなじってのものではないが、相手の靡く方を意識した引用例と言える。明石を去る源氏が、明石の君に再会を誓う場面には「塩焼く煙」がたなびき、源氏は自分とともに相手も同じ方向へ靡くことを願う歌を彼女に詠みかける。この時既に二人は契りを交わし、明石の君には妊娠の兆候が見えている。古歌の発想を踏襲した例ではないが、『伊勢物語』の設定に通じる親密な男女間で「塩焼く煙」が引用される傍証となろう。(16)

そうした流れを踏まえた上で、改めて宰相中将の文脈を確認すれば、「塩焼く煙」ということばの過剰性が見えてくる。四の君の結婚は、彼にとっては大いに心外ではあろうが、その心情は『伊勢物語』のような二人の親密さを前提にしたものでも、また、『浜松中納言物語』のごとき接近を果たした末のものでもない。まだ見ぬ四の君の結婚に落胆し、「塩焼く煙」に自らの悲しみをなぞらえる宰相中将の認識は、同表現の享受の様相を考えれば、二人の関係性を無視した、冷静さを欠くものと言えるのだ。

さらに、『とりかへばや』における「塩焼く煙」の初出部分には、前掲の波線部「聞きなしつる」という言い回しが利用されているところにも留意したい。「聞きなす」とは、右の例に見られるように、真実はどうあれ、動作主体が聴覚から得た情報を、意識的にそう認識したことを示すものである。

さる世の古事なれど、めづらしう聞きなされ、

（『源氏物語』須磨②一八七）

若君の御時に、はた人に扱はせて、よそのものと聞きなして

（『夜の寝覚』巻五　五二四）

鳥の音だになつかしく聞きなされしは、訪るる人なき吉野山の峰の雪に埋もれて過ぐしたまふ。

（『とりかへばや』巻第一　二三二）

要するに、宰相中将は、四の君結婚という情報を、「塩焼く煙」に、すなわち、自分のものと思っていた恋しい人がほかざまに靡いた話として、あえて解釈した、というわけである。この解釈が、言ってみれば独りよがりの思い込みであることを「聞きなす」という語は示唆していよう。なお、結局この思い込みともいうべき、四の君に対する「塩焼く煙」という認識は、同表現が再出する際には「塩焼く煙になりにしぞかしと思ふ」とあり、彼の意識の中に定着する。そして、この思い込みと執心が彼を四の君との恋に走らせるのであった。

以上、「塩焼く煙」の宰相中将における用法を分析検討してきたが、ここで確認されたのは、人口に膾炙した表現を、物語の内実を反映しない、過剰な「ことば」として用いることで、彼の認識のずれを前景化させる仕掛けである。彼の用いる「塩焼く煙」は現状を離れた、過剰な「ことばの〈文《あや》〉」となっている。そして、それが実情とは落差のある「ことばの〈文《あや》〉」であるがゆえに、宰相中将の思い込みの強い、極端な情熱のさまを描き出すのである。

三　岩うつ波の

次に、狂おしい恋の煩悶の表象として人口に膾炙していた表現が、宰相中将の文脈にどのように摂り込まれているかを確認したい。ここには、その後に語られる宰相中将自身の行動によって、そのことばが実情と落差のある「ことばの〈文《あや》〉」として浮き上がるという構図が見受けられるのだ。

同じ御垣のうちになりては、時々かやうの琴の音を聞くにも、「岩うつ波の」とのみ、思ふことのかなふべき世はなげなるを思ひわびて、霞みわたれる月の気色にも、心のみ空にあくがれにたるにながめわびて、例の中納言殿に語らひて慰めんと思して、前駆などもことごとしうも追はせず忍びやかにておはしたれば、例ならずしめやかにて、「内裏の御宿直に参らせたまひぬ」と言ふが、かひなく口惜しく、内裏へや参らましなどながむるに、うちに箏の琴の音ほのかに聞こえたるに、きと耳とまりて、さならんかしと思ふに、これも浅からず心を乱りし人の塩焼く煙になりにしぞかしと思ふに、（巻第一　二〇四〜二〇五）

右は、宮中に出仕し尚侍となった男君に対する、なかなか叶わぬ恋に鬱屈した宰相中将が、四の君のもとに忍び込むまでの経緯を語ったくだりである。傍線部「岩うつ波の」とは明らかに、

冷泉院春宮と申しける時、百首歌たてまつりけるによめる　源重之

かぜをいたみいはうつなみのおのれのみくだけてものをおもふころかな　（『詞花和歌集』巻七・恋上・二一一）

を引いている。この歌は、自分一人ばかりが心を砕く恋の苦しみを歌ったものであるが、前掲の引用箇所においては、具体的には尚侍への狂おしい片思いを指す。

源重之の歌によるこの「岩うつ波の」という語もまた、広く知れ渡り、引用摂取された表現である。

本歌、源少将

なみかくるいそべのいしのあらはれて君こふる身といかでしられん

予返歌

かけてだにおもひなよりそいそべなるいはうつなみのわれはくだくと　（『重家集』二二八・二二九）

片思

夜とともに我のみおもひくだくらん岩うつ磯の波ならなくに　（『俊成五社百首』七九）

われはこれ岩うつ磯の浪なれやつれなき恋にくだけのみする
（『正治初度百首』恋・一一八二）

しほかぜにいはうつなみのわきかへりこころくだくるものおもふかな
（『千五百番歌合』恋一・千百九十番左・公経・二三七八）

とあるごとく『とりかへばや』成立周辺の時代には、重之歌を踏んで同語を詠み込んだ歌が度々現れ、また、

立ち寄れば岩うつ波のおのれのみくだけてものぞ悲しかりける
（巻一　八六）

と、先行物語『夜の寝覚』においても、右の歌が存する。これは、男君が寝覚の上に逢えぬ苦悶を示したものであって、重之歌に依ることで報われない片思いを抱えた彼の苦悩が表現されている。つまるところ、「岩うつ波」という表現は、一方的に心を砕くばかりの煩悶する心の表象として享受されていたと言えよう。

では、『とりかへばや』宰相中将においてはどうだろうか。確かに宰相中将の、尚侍への片思いとそれゆえの煩悶は、「岩うつ波の」の語によって鮮明に描出されてはいる。ここでの同表現は、それまでに語られた尚侍への思いを集約し、彼の恋心を表したキーワードとも認識できよう。しかし、問題はその後の展開にある。前述の通りその後に語られる物語は、尚侍との恋物語などではなく、点線部に始まる四の君との逢瀬なのである。彼は尚侍を思う恋心を胸に、その縁の女君を訪れたものの、そこで四の君の琴を耳にするや、その思いは持続せず、途端に四の君への恋情を表す「塩焼く煙」の思いへと流れていく。いわば、「岩うつ波の」で表明された苦しい片思いは、結局、四の君との密通の恋物語を導き出す役割を担うことになるわけだ。しかも、四の君との関係を結んだ宰相中将は彼女との逢瀬に没頭し、尚侍への恋は一時的に放り出されて巻二までほとんど語られることはなくなってしまう。心を砕く苦しい思いが表明されていただけに、読み手にとっては肩透かしの感があろう。

翻って言えば、『とりかへばや』の文脈は、同表現が実質の伴わない、飾り立てただけの、過剰な「ことばの

〈文《あや》〉」であることを暴露するものとなっているのだ。恋の苦悩を表明したはずの宰相中将は、自らの直後の行動によって、あだなる二心を顕にし、そのことばが結局のところ、空疎な形ばかりのものであることを顕在化させてしまう。つまり、「岩うつ波」という切なる片思いの表象も、宰相中将の文脈においては、内実を反映しない、過剰な「ことばの〈文《あや》〉」として位置づけられているのである。そして同表現は、かえって彼の不実を浮き彫りにすると言えよう。

おわりに

以上のように本稿では、宰相中将の恋を彩り、彼の情熱的な恋情を語る引歌表現と用法に関して検討してきた。そこで確認されたのは以下のことである。当時の読者に、ある固有のイメージを喚起させる著名なことば、あるいは表象として享受されていた表現を、あたかも宰相中将の恋を端的に表すキーワードのように利用しつつも、実は、そのことば達が、物語の内実に則していない、すなわち、宰相中将と女達との関係の実際の状況とは落差のある、過剰な表現であることを浮き彫りにしていく物語の構造。その構造の中でことば達は相対化され、実情を反映しない過剰な「ことばの〈文《あや》〉」として、宰相中将の恋の文脈に据えられているわけである。

そして、こうした過剰な「ことばの〈文《あや》〉」を駆使して宰相中将の恋物語は語られていく。つまりは、宰相中将の恋には、過剰な「ことばの〈文《あや》〉」が張り巡らされているわけである。ならば、こうした過剰な「ことばの〈文《あや》〉」達が描出するものとは何であろうか。人物論に引き付けて言えば、それは、認識のずれを露呈させることによって相対化された、ひいては戯画化された「色好み」の姿ではなかろうか。宰相中将という「色好み」の男は、多くのことばを尽くして女を口説き、さらには自らの情熱および焦燥をことばに託して表現する。そうした情熱を表すことばは、先行作品においても登場した周知の表現達によって彩られている。けれども、その表現は実質の伴わない、過剰に飾り立てられたものであることが明らかにされていくのだ。つまり、同じことばを用いながらも、宰相中将の恋の物語においては、その過剰性が強調されているのである。

そして、結局のところ、過剰なことばを尽くす彼は女君によって、

いであな心憂、類なげなりし気色をかく言ふよ、これこそは月草の移ろひやすき心なめれ、と見るに、あはれと思はん限りはうちほのめかし言ふべきにもあらざめり、また思ひ移ろふ方あらん時はめづらかなることのありしやと言ひ出でんと思ふに、いとうしろめたう、かかる人にしも逃れぬ契りのありけるよと思ふも、いと心憂し。（巻第二　二八三）

といったように、その思い込みの強さと身勝手さを見透かされてしまうわけだが、彼が用いる「ことばの〈文《あや》〉」に注目してみれば、むしろ、宰相中将はことばを尽くして自らの心境を表現すればするほど、その過剰性とずれとを端から読み手の側にさらけ出していたと言える。すなわち、彼の言動に対する女君の不信感は、至極当然のものとして示されているわけである。となればここには、宰相中将と女君の恋の破綻を必然化させる物語のありようを見出すことができまいか。

先行の物語における男達の恋は、それに相対する女達が疎ましく思うかは別として、ひとまずのところ、引歌表現などを用いつつ、心を砕く情熱的なものとして語られる。その上での二人の心の擦れ違い、および断絶は物語展開に伴う両者の心の追求の中に生じていくと言えよう。ところが、『とりかへばや』の宰相中将の用いることばは、前述のごとく、初めより実の伴わないおおげさなものとして提示されている。いわば、彼の身勝手さや不実は、結

果ではなく彼の恋の前提なのである。要するに、この二人のすれ違い、さらには、女君の宰相中将との決別は、必然的なものとして設定され、強調されている。そうして物語は、宰相中将との恋は女君にとって、払拭すべきものとして位置づけられていること、二人の関係は絶たれて然るべきものであることを、読み手の側に印象づけていくのだ。こうして見れば、宰相中将は、先行物語の男主人公たちに通じる設定を持ち、彼等と似た振る舞いをとりながらも、度が過ぎた思い込み、過剰性によって、自らその「主人公性」を失う人物だと考えられよう。そして、「主人公性」を失った色好みは、男装の女君によって乗り越えられるべくして乗り越えられる。つまり、宰相中将という男君は、「主人公性」と「パロディ性」とを併せ持つ人物として位置づけることができるのである。

宰相中将の恋の物語は、一見人口に膾炙した、情熱的な恋を描く表現達が積み重なりあやなして語られているようでありながら、実は、物語の内実を反映しない「ことばの〈文《あや》〉」に彩られている。つまり、彼の恋を描き出す物語の〈文《あや》〉の空間には、現状を認識し得ない彼自身の発する、「ことば」の実のなさ、虚飾に満ちた「過剰性」をそのまま映し出すかのように、飾り立てただけの、過剰な「ことばの〈文《あや》〉」が拡がっているのである。すなわち、宰相中将の恋物語を描く〈文《あや》〉の空間とは、実と乖離した、過剰な「ことばの〈文《あや》〉」の空間と位置づけることができるだろう。

注

（1）人物の呼称に関しては、男装の女君を女君、宮の宰相は宰相中将で統一する。
（2）本稿における引用本文には、『とりかへばや』は『新編日本古典文学全集』（石埜敬子　小学館　二〇〇二年）を使用した。なお、括弧内に巻と頁数を記す。その他、『無名草子』は、『新編日本古典文学全集』（久保木哲夫　小学館　一九九九年）、『伊勢物語』は、『新編日本古典文学全集』（福井貞助　小学館　一九九四年）、『源氏物語』は、『新編日本古典文学全集』（阿部秋生・秋山虔・今井源衛・鈴木日出男　小学館　一九九四―一九九八年）、『夜の寝覚』は、『新編日本古典文学全集』（鈴木一雄　小学館　一九九六年）、『浜松中納言物語』は、『新編日本古典文学全集』（池田利夫　小学館　二〇〇一年）を、さらに、『有明の別れ』『苔の衣』『恋路ゆかしき大将』『我が身にたどる姫君』は、『鎌倉時代物語集成』（笠間書院　一九八八―二〇〇一年）を用い、ルビに関しては省略した。和歌に関しては、『新編国歌大観』によった。傍線等は稿者による。

（3）神田龍身「物語文学と分身（ドッペルゲンガー）―『木幡の時雨』から『とりかへばや』へ」（『方法としての境界』新曜社　一九九一年）／「分身、交換の論理―『木幡の時雨』『とりかへばや』―」（『物語文学、その解体―『源氏物語』「宇治十帖」以降』有精堂　一九九二年　所収）

（4）菊地仁「『とりかへばや物語』試論―異装・視線・演技―」（『日本文芸思潮論』桜楓社　一九九一年三月）

（5）安田真一「『とりかへばや』宰相中将試論―欲望・恋情・焦り」（『古代文学研究（第二次）』九　二〇〇〇年一〇月）

（6）中島正二「『とりかへばや』の宰相中将に関する若干の考察」（『中世王朝物語の新研究』新典社　二〇〇七年）

（7）藤岡作太郎『国文学全史　平安朝篇』（東京開成館　一九〇五年）

（8）久保堅一「『今とりかへばや』宰相中将論―薫の執着の継承―」（『国語と国文学』八八―四　二〇一一年四月）

（9）安田（5）に同じ。

（10）西本寮子「『とりかへばや』と『源氏物語』―匂宮三帖への関心を視点として―」（『源氏物語の展望』第八輯　三弥井書店　二〇一〇年）

（11）『とりかへばや』の引歌表現には、先行作品からの踏襲とは言えない独自の用法が認められる例がある。横溝博氏は同物語の引歌表現に論及して、『とりかへばや』の「末の松山」との表現が、「『源氏物語』の場合に比して」、「多分に諧謔味を帯びたもの」に「変化」していることを指摘している（「『いはでしのぶ』の「末の松山」引用をめぐる試論—表現史における位相と諧謔性の胚胎について—」『国文学研究』一四三　二〇〇四年六月）。また、拙稿「『とりかへばや』の引歌表現に見られる諧謔性—宰相中将における変奏をめぐって—」（『国語と国文学』八九—一〇　二〇一二年一〇月）は、今回取り上げなかった宰相中将の引歌表現の数々に見られる「諧謔性」を問題とし、論じたものである。

（12）「橋姫の心を汲みて高瀬さす棹のしづくに袖ぞ濡れぬる」（橋姫⑤一四九）「中絶えむものならなくに橋姫のかたしく袖や夜半にぬらさん」（総角⑤二八四）「なほ心憂く、わが心乱りたまひける橋姫かな」（蜻蛉⑥二六〇）

（13）新古今時代の「宇治の橋姫」詠の様相に関しては渡邉裕美子「新古今時代の「宇治の橋姫」詠について」（『和歌文学研究』六七　一九九四年一月）／「新古今時代の「宇治の橋姫」詠」（『新古今時代の表現方法』笠間書院　二〇一〇年所収）に詳しい。

（14）辛島正雄「「宇治の橋姫」の呪縛」（『新日本古典文学大系』六一付録　一九九三年）／「『今とりかへばや』小考」（『中世王朝物語史論』上　笠間書院　二〇〇一年　所収）

（15）森下純昭「「とりかへばや」の主人公と主題—作中歌・引歌と「夜の寝覚」との関係から」（『岐阜大学国語国文学』一八　一九八七年三月）

（16）なお、『源氏物語』には「風のなびかむ方もうしろめたくなむ、いとどほれまさりてながめはべる」（「浮舟」⑥一七〇）という表現がある。「煙」ではなく「風」とあり、引歌表現とは断じがたいが、やはり発想のもとは『古今集』当該歌に辿られるだろう。その上で注意したいのは、これが、浮舟が薫に靡きはしまいかという、匂宮の不安の心情を表した文であり、傍線部の表現は、既に契りを交した男女の仲において登場している点である。同例は、近しい間柄という前提が当該の表現には付随していた傍証となるのではなかろうか。

あとがき

本書は『狭衣物語が拓く言語文化の世界』『狭衣物語　空間／移動』に続き、狭衣物語研究会が上梓する三冊目の論集である。題名は『狭衣物語　文《あや》の空間』であるが、広く平安後期以降の文学に焦点を当てた研究論文を収めている。

巻頭には、神田龍身氏・渡邉裕美子氏・大倉比呂志氏の特別寄稿論文を戴き、ポスト『源氏物語』とも言うべき文学の多様性と豊かさを掲げることができた。三氏には、記して謝意を表したい。

また、今回は研究会会員十四名の論文を収載している。これらは、研究会において発表された内容であるが、各々の立場を尊重しつつなされた意見交換をふまえ、それぞれが自身の論を見直し、成果としてまとめたものだ。なお、テーマは研究会で慎重に話し合われ、定められた。すなわち、本書の上梓は研究会活動の一環としてなされたことである。年に三回程度、東京と関西で開かれる研究会の成果を一書にまとめ、平安後期以降の物語文学や物語ジャンルと交錯する文学の研究を、少しでも活性化したいという会員の願いが込められている。

わたくしたちが所属する狭衣物語研究会の歴史は古い。三谷榮一氏が大学や自宅で開いていた少人数の研究会が三谷邦明氏・三田村雅子氏に引き継がれ、そこに、地域や研究スタイルの枠を越えて、平安後期以降の物語を研究する者たちが集った。そして、今は井上眞弓氏を中心に、さらに幅を広げ深みを増すべく研究会活動がなされている。そうした歴史のなかで積み重ねてきた論集の第三弾は、奇しくも現在の活動を牽引している井上氏還暦の年の発行となった。記して、会員全員の祝意を表明したい。

小さな研究会が三冊もの論集を上梓するには、至らぬ研究会に温かなまなざしを注ぎ、さまざまな厚意を示してくださる版元・翰林書房の存在がなければ考えられない。心より御礼申し上げる。

鈴木　泰恵

II Waka and Poetic Words Sustaining the Pattern of *Sagoromo Monogatari*

Regarding Ladies' Waka: patterns of exchange poems in *Sagoromo monogatari* ……………………………………Sumiko Inui

"Smoke of Love" of Sagoromo: concerning the symbol of "smoke" in *Sagoromo monogatari* ……………………………………Shinko Inoue

Lady Asukai's Poem *Wataranamu Mizu Masarinaba*: patterns of expression of water and tears ……………Yūki Mimura

Variant Expressions of Asukai's Parting Poem: the worlds spun by *soko no mikuzu* and *soko no mokuzu* ……………Michiko Nomura

The Landscape of the Verse *Mushi no Koegoe Nomose no Kokochi*: citation and reception in *Sagoromo monogatari* …………Kei Sudō

III Patterns in *Hamamatsu, Nezame,* and *Torikaebaya*

Patterns of Love in *Hamamatsu Chūnagon Monogatari*: the doubtful gaze toward Kara-no-kisaki's transmigration ………Yasue Suzuki

Role of Saki-no-Saigū in *Yoru no nezame*: as Nyūdō's sister ……………………………………………………Hiromi Motohashi

Onnagimi, Saishō-no-Chūjō and Uji-no-Wakagimi in *Torikaebaya*: the pattern of parent/child relationships ……………………Mai Date

Saishō-no-Chūjō's Love in *Torikaebaya*: the world of excessive rhetorical flourish ……………………………………Fuyuki Katayama

Sagoromo Monotagari: The Space of Patterns

Contribution

Sagoromo Monogatari: Nechrophilia for Narrative Literature, Monologue Narratives ……………………………………………… Tatsumi Kanda

The Characteristics of *Genji Monogatari Utaawase*: one aspect of *Genji monogatari* reception in the early medieval period ……………………………………………Yumiko Watanabe

Fragments on the Shōjin-Otoshi Episode in *Kaze ni Momiji*: a new technique for *Genji monogatari* reception ……Hiroshi Ōkura

I Patterns in *Sagoromo Monogatari*

The Empty Space of the Sanjō Residence: a study of patterned space in *Sagoromo monogatari* ………………………Mayumi Inoue

Representations of "the Bosom" in *Sagoromo Monogatari*: a father/child space ……………………………………Yūki Takahashi

The Supporting Characters Who Form *Ayame*—Designed Pattern—in the Story of Lady Asukai ………………………Yūko Chino

Horikawa-no-Otodo and Saga-in in *Sagoromo Monogatari*: reception from *Utsuho monogatari* ………………Shiori Katsumata

Uta Monogatari Methodology as a Pattern for Sustaining Unadorned Narratives: from *Ise monogatari* to *Sagoromo monogatari* ……………………………………………Atsuko Hagino

執筆者紹介

神田龍身（かんだ　たつみ）学習院大学。主著に『偽装の言説』（森話社 一九九九年）、『源氏物語＝性の迷宮へ』（講談社 二〇〇一年）、『紀貫之』（ミネルヴァ書房 二〇〇九年）がある。

渡邉裕美子（わたなべ　ゆみこ）立正大学。主著に『歌が権力の象徴になるとき―屏風歌・障子歌の世界―』（角川学芸出版 二〇一一年）、『新古今時代の表現方法』（笠間書院 二〇一〇年）、『最勝四天王院障子和歌全釈』（風間書房 二〇〇七年）がある。

大倉比呂志（おおくら　ひろし）昭和女子大学大学院。主著に『平安時代日記文学の特質と表現』（新典社 二〇〇三年）、『物語文学集攷―平安後期から中世へ―』（新典社 二〇一三年）がある。

井上眞弓（いのうえ　まゆみ）一九五四年生。東京家政学院大学。主著に『狭衣物語の語りと引用』（笠間書院 二〇〇五年）、共編共著に『狭衣物語　空間／移動』（翰林書房 二〇一一年）、『平安後期物語』（翰林書房 二〇一二年）がある。

高橋裕樹（たかはし　ゆうき）一九八六年生。海老名市立海老名中学校。主要著書・論文に「狭衣物語〈子〉と〈空間〉―「一条の宮」を起点として―」（『狭衣物語　空間／移動』翰林書房 二〇一一年）がある。

千野裕子（ちの　ゆうこ）一九八七年生。学習院大学大学院。主要著書・論文に「『狭衣物語』の女房たち―女二宮物語から」（物語研究会編『記憶の創生』翰林書房 二〇一二年）、「『源氏物語』における女房「中将」―宇治十帖とその「過去」たる正篇」（『古代中世文学論集』第二十六集 新典社 二〇一二年）、「『うつほ物語』「蔵開」「国譲」巻の脇役たち―情報過多の世界の媒介者―」（『学習院大学大学院日本語日本文学』二〇一四年三月）

勝亦志織（かつまた　しおり）一九七八年生。学習院大学非常勤講師。主要著書・論文に『物語の〈皇女〉―もうひとつの王朝物語史―』（笠間書院 二〇一〇年）、「『枕草子』「中納言まゐりたまひて」の海月」（鈴木健一編『鳥獣虫魚の文学史―日本古典の自然観』4〈魚の巻〉（三弥井書店 二〇一二年）、「物語における皇女の〈結婚〉―『うつほ物語』『源氏物語』をめぐって」（『むらさき』二〇一三年一二月）がある。

萩野敦子（はぎの　あつこ）一九六六年生。琉球大学。主要著書・論文に「中古最末期物語における女と男の〈見る〉力―『在明の別』『松浦宮物語』をめぐって―」（『国語と国文学』二〇〇九年五月）、「〈移動〉からみる中古王朝物語文学史・粗描」（『狭衣物語　空間／移動』翰林書房 二〇一一年）、共編共著『沖縄から考える「伝統的な言語文化」の学び論』（渓水社 二〇一四年）がある。

乾　澄子（いぬい　すみこ）一九五七年生。同志社大学他非常勤講師。主要著書・論文に「『夜の寝覚』―「模倣」と「改作」の間―」（『日本文学』一九九八年一月）、「『夜の寝覚』の父」（『平安後期物語』翰林書房 二〇一二年）共編共著に『狭衣物語 空間／移動』（翰林書房 二〇一一年）がある。

井上新子（いのうえ　しんこ）一九六六年生。大阪大谷大学・甲南大学非常勤講師。主要著書・論文に「場の文学としての『思はぬ方にとまりする少将』―平安後期短編物語論―」（『国語と国文学』二〇〇三年二月）、「恋の道」の物語―『狭衣物語』における恋心の形象と〈道〉及び〈土地〉に関わる表現をめぐって―」（『狭衣物語　空間／移動』翰林書房　二〇一一年）、「『浜松中納言物語』・『狭衣物語』の終幕―『竹取物語』における〈永訣〉の構図の継承と展開―」（『源氏以後の物語を考える―継承の構図』武蔵野書院　二〇一二年）がある。

三村友希（みむら　ゆき）一九七五年生。跡見学園女子大学兼任講師。主要著書・論文に『姫君たちの源氏物語―二人の紫の上―』（翰林書房　二〇〇八年）、「鏡を見ない紫の上／鏡を見る大君―『源氏物語』を映す―」（『「記憶」の創生』翰林書房　二〇一二年）、「水辺の浮舟―〈水まさる川〉〈みかさまさる袖〉をめぐって―」（『源氏物語　煌めくことばの世界』翰林書房　二〇一四年）がある。

野村倫子（のむら　みちこ）大阪府立春日丘高等学校。主著に『『源氏物語』宇治十帖の継承と展開　女君流離の物語』（和泉書院　二〇一一年）がある。

須藤　圭（すどう　けい）一九八四年生。立命館大学。主要著書・論文に『狭衣物語　受容の研究』（新典社　二〇一三年）、「狭衣物語所収歌の連接」（『国語国文』二〇〇九年九月）、「近世後期山陰地方の源氏物語享受―鳥取県米子市八幡神社蔵『源氏物語』（桐壺巻一冊・帚木巻一冊）解題と紹介―」（『立命館文学』二〇一三年一月）がある。

本橋裕美（もとはし　ひろみ）一九八三年生。日本学術振興会特別研究員（ＰＤ）。主要著書・論文に「物語史の中の斎宮、あるいは逆流するアマテラスの物語―上代の斎宮から『我が身にたどる姫君』まで―」（『古代文学の時空』翰林書房　二〇一三年）、「物語を支える時間の揺らぎ―『源氏物語』帝たちの時間を中心に―」（『物語研究』一三号　二〇一三年三月）、「六条御息所を支える「虚構」―〈中将御息所〉という準拠の方法―」（『日本文学』二〇一二年一月）がある。

鈴木泰恵（すずき　やすえ）早稲田大学等非常勤講師。主著に『狭衣物語／批評』（翰林書房　二〇〇七年）、共編共著に『狭衣物語　空間／移動』（翰林書房　二〇一一年）、『今こそよみたい近代短歌』（翰林書房　二〇一二年）がある。

伊達　舞（だて　まい）一九八七年生。日本女子大学大学院。日本学術振興会特別研究員（ＤＣ１）。主要著書・論文に「『今とりかへばや』の〈家〉への志向―親子間の〈愛情〉描写から―」（『国文目白』二〇一一年二月）、「〈家の物語〉としてみる『今とりかへばや』―世づかぬ異性装」（『国文目白』二〇一二年二月）、「『今とりかへばや』の〈家〉への意識―血脈上の子どもから家系上の子どもへ」（『国文目白』二〇一四年二月）がある。

片山ふゆき（かたやま　ふゆき）一九八二年生。苫小牧工業高等専門学校。主要著書・論文に「『とりかへばや』の引歌表現に見られる諧謔性―宰相中将における変奏をめぐって―」（『国語と国文学』二〇一二年一〇月）、「『とりかへばや』「心の闇」考」（『国語国文研究』二〇一二年二月）、「『今とりかへばや』「志賀の浦」試論―宰相中将の恋をめぐるアイロニー―」（『国語国文研究』二〇〇九年三月）がある。

狭衣物語 文《あや》の空間

発行日	2014年5月30日　初版第一刷
編　者	井上眞弓　乾　澄子 鈴木泰恵　萩野敦子
発行人	今井　肇
発行所	翰林書房
	〒101-0051 東京都千代田区神田神保町 2-2 電 話 (03)6380-9601 FAX (03)6380-9602 http://www.kanrin.co.jp/ Eメール● Kanrin@nifty.com
印刷・製本	メデューム

落丁・乱丁本はお取替えいたします

ISBN978-4-87737-372-6